这是父亲在印缅战场留下的唯一的照片

人民文学出版社

邓贤/著

```
┌─────────────────────────────────────────────────────────────┐
│ 图书在版编目(CIP)数据                                        │
│                                                             │
│ 父亲的一九四二/邓贤著. —北京:人民文学出版社,2012             │
│ ISBN 978-7-02-009338-0                                      │
│                                                             │
│ Ⅰ.①父… Ⅱ.①邓… Ⅲ.①传记小说—中国—当代 Ⅳ.①I247.5           │
│                                                             │
│ 中国版本图书馆 CIP 数据核字(2012)第 167907 号                │
└─────────────────────────────────────────────────────────────┘
```

责任编辑　付如初
装帧设计　刘　静
责任校对　常　虹
责任印制　苏文强

出版发行　人民文学出版社
社　　址　北京市朝内大街 166 号
邮政编码　100705
网　　址　http://www.rw-cn.com

印　　刷　北京天来印务有限公司
经　　销　全国新华书店等

字　　数　320 千字
开　　本　680×1000 毫米　1/16
印　　张　22.5　插页 3
印　　数　16001-21000
版　　次　2012 年 9 月北京第 1 版
印　　次　2015 年 9 月第 4 次印刷

书　　号　978-7-02-009338-0
定　　价　36.00 元

如有印装质量问题,请与本社图书销售中心调换。电话:01065233595

谨以此书,纪念我的父亲,以及所有投身反法西斯战场的父辈们,祈愿您们的在天之灵安息!

目　录

第一章　黑色的翅膀　/　001

第二章　透明的血肉之躯　/　018

第三章　遥远的西行之路　/　033

第四章　江水依旧，涛声依旧　/　049

第五章　泪洒人间悲喜同　/　064

第六章　谁偷走了鲜花　/　074

第七章　上帝死了吗　/　086

第八章　我心飞扬　/　101

第九章　教堂里的撒旦　/　108

第十章　路漫漫其修远兮　/　122

第十一章　亲吻冰雪之巅　/　134

第十二章　印度的天空　/　148

第十三章　"火坑"蓝姆伽　/　164

第十四章　天竺恋歌　/　189

第十五章　天上有个绿太阳　/　205

第十六章　死神的眼睛　/　214

第十七章　穿行地狱的风　/　231

第十八章　木鼓咚咚　/　242

第十九章　恒河之约　/ 253

第二十章　大空降　/ 266

第二十一章　喋血密城　/ 283

第二十二章　奔腾的伊洛瓦底江　/ 300

第二十三章　复仇的地狱之火　/ 317

第二十四章　破碎的阳光　/ 335

后记一　父亲的二〇〇九　/ 347

后记二　永远的父亲　/ 350

附录　重庆参军第一人(节选)邓述义　/ 353

第一章 黑色的翅膀

1

一九三九年六月的一天,也就是著名的"五三"、"五四"大轰炸过后不久,"火炉"重庆酷暑难耐。石头仿佛变软了,江水泛起金属的光斑,连聒噪的知了也躲进树荫噤了声。马路上的柏油被烤成了一摊烂泥,偶有车辆驶过,碾出一串湿漉漉的音符来。

午后父亲偷偷约了几个男同学下长江游泳。他们在美国教会创办的博学初中念一年级,身穿斜纹咔叽布的短袖校服,胸前一排闪亮的铜纽扣,显得优越感十足。这天没有空袭,城市恢复了喧嚣而忙碌的生机。

他们来到窍角沱的一处江湾。这里沙滩平坦水流舒缓,一块巨石正好可以挡住路人的视线。几个人转到巨石下面时,却见有个少年正准备下水。他跟他们年纪相仿,穿一件蓝布对襟衫,粗布短裤。父亲的同学老庾悄悄说:"这人是黄泥塘初中的,叫张兴富,外号'江猪'。家里大人也是你们裕华的。听说本事可大了,能扎到江底石缝里摸鲶鱼呢。""江猪"就是江豚。那时候长江上还没有建堤坝,也没有污染,重庆江段还常常能看见江豚成群嬉戏的身影。

父亲听了不以为然,尤其对裕华的孩子不以为然,自家老子就是裕华纱厂的老板。他径直走到张兴富面前嚷道:"喂,咱们下江里比试比试,你敢吗?"

张兴富不出声,提着自制的木头拖鞋,抱起衣物欲往下游去。父亲叫住他:"把手上的鞋放下。"张兴富迟疑着放在地上,父亲使劲把木拖鞋扔进江水里说:"你不是会摸鲶鱼吗?捞鞋去吧。"

几个人大笑。张兴富咬紧嘴唇,狠狠地瞪了父亲一眼就追自己的鞋去了。

等他们"占领"江滩才发现,因为连降大雨,浑浊的江水像脱缰的野马奔腾而来,眼看就要漫上窍角沱码头了。老庚退缩了,愁眉苦脸地说:"这么大的水,要是我爸晓得了,回去要吃'笋子烧肉'了。"

其他同学也附和说:"要是衣服裤子被水冲走了,光着腚多难为情啊。"

父亲利索地把衣裤打了个卷,用裤带捆起来顶在头上,说:"我要游到那座江心矶。你们回吧,胆小鬼。"

水流果然比平时急许多,身体被冲得歪歪斜斜的。游了一阵,发现不远处有个光光的脑袋时起时伏,待近了才认出来,正是刚刚被自己捉弄的"江猪"。只见他摊开四肢懒懒地漂浮在水面上,好不悠闲自在的样子。父亲顿时有些紧张,想悄悄溜走。不想张兴富忽然身体一翻朝他游过来。

父亲大惊,知道自己肯定游不过他,但也只有硬着头皮迎战。"江猪"却没有发起攻击,只是示威性地做了两个漂亮的"豚跃"——这种高高跃起的水上动作是一般泳者望尘莫及的,然后"噼噼啪啪"地游走了。豚跃掀起的水浪让父亲呛了几口浑水,但他松了一口气:"江猪"显然放了自己一马,不然凭那小子水性自己有得苦头吃。

接近江心时有一个水涡,父亲小心地避开去。长江水势复杂,漩涡密布,到处都有水妖设下的陷阱。他原本打算游到江心矶航标站歇口气,取一颗生锈的螺丝钉明天好向同学炫耀,但游过来才看到江心矶礁石已经被洪水淹没了,航标站在激流中歪歪倒倒。他不禁有些慌乱,看来不仅取不到螺丝钉,连喘口气的机会都没有了。

就在这时,有个东西重重地撞了他一下。他不高兴地回头一看,一个人正龇牙咧嘴地朝他笑呢,肚子鼓得老高。仔细一看,眼睛早已是两个洞了,白森森的骨头露着。是个死尸!

父亲吓坏了,大叫一声正欲躲开,又有几个人迅速围拢来。有的哭丧着脸,有的怒气冲天,还有的对他挤眉弄眼做怪相。他不禁魂飞魄散,屏住呼吸,一个猛子扎下去。直到憋不住气浮起来一看,不禁头发根根倒竖,江面上有密密麻麻的浮尸。这才猛然记起,上月的大轰炸中,很多无人认领的遇难者被当局草草掩埋在江滩上。如今洪水一到,膨胀的尸体就自动漂浮起来,浩浩荡荡地结伴而行,仿佛地狱之门打开一样。

父亲在江水中左冲右突,一心要逃离那些浮尸的包围,不料情急中却落入了"锅底堰"。锅底堰是由江底吸水洞(暗河)造成的锥形漩涡,小木船被卷进去也会无影无踪,人更是不值一提。父亲发现这个致命错误为时已晚,江水猛烈地打着旋,连浪花都散发出死亡的阴森气息。他听见死神在得意地狂笑,只好抡圆手臂顺着漩流方向猛冲,除了拼死一搏别无出路。不幸的是,漩涡是一张水妖精心编制的大网,父亲心一慌手脚就乱了,连呛几口水,水里仿佛伸出许多柔韧的触角,裹住他,拖住他……

不知道过了多久,父亲睁开眼睛,有个人正在吭哧吭哧按他的肚子。是"江猪",他身上多处被岩石划破了,还流着血。父亲吃惊地说:"是你……"

张兴富看见他醒了,站起身来就走。父亲连忙叫住他。见自己难为情地捂住下身,张兴富很不情愿地将换下的裤衩扔给他。父亲又接着央告说:"你千万莫告诉人,莫让我父母知道。"

张兴富低头看自己的光脚丫,转身走了。

2

由于敌机空袭频繁,学校提前放暑假。父亲喜出望外,终于有机会实现心愿,邀请客人到他私人空间做客。客人的主角自然是黄泥塘初中的张兴富。

所谓"私人空间",其实只是祖父在江岸边修建的一个钢架库房。库房耸立在缆车索道旁,视野开阔,凉爽的江风穿堂而过,因此成为厂里孩子向往的游乐场。但是库房重地闲人免进,于是他就常常带领他的伙伴们翻墙入室,同守库房的老头打游击。

父亲邀请的客人分别是大表哥楚士安,士安的好友林志豪,同学老庾,以及他的救命恩人张兴富。士安比父亲述义大六岁,是重庆名校南开中学的高中生,还是篮球队队长和学生政治部长,他对这个表哥崇拜有加。张兴富本不想来,可父亲多次诚心相邀,他也就不好意思再拒绝了。老庾本名庾嘉庆,是临时请来当陪客的。

几位客人跟着主人钻水沟、爬围墙,终于爬上高高的库房棉纱包时,都对父亲的私人空间赞不绝口。

父亲做了精心准备。他向家里要钱买了一双机制胶底布鞋,那时候多数人家的孩子都穿自制手工布鞋。这是他特地为张兴富准备的礼物,含义不言自明。张兴富坚决不肯收这份厚礼,大家一致劝说,他才红着脸接过去。父亲准备的还有一书包从街头地摊上租来的连环画,一包冠生园制作的奶油点心和事先装在五磅保暖瓶里的糖水冰棍。张兴富和老庾立刻就被连环画吸引了,他们捧着《忠义杨家将》和《岳家军传奇》看得津津有味。表哥士安和他的同学林志豪却对连环画没有兴趣,两个高中生一面吹着习习凉风吃糖水冰棍,一面表情严肃地讨论抗战局势。

士安不爱穿校服,只穿一件北方人常穿的对襟布纽扣短衫。他原来在河北上学,他父亲,也就是父亲的大姨父,是石家庄大兴纱厂的少东家。因为抗战爆发,辗转迁徙耽误了学业,士安二十岁才念完高三,如今正准备参加高考。不幸的是,由于敌机空袭学校提前放假,高考也变得遥遥无期了。而林志豪的父母都是南洋华侨,因为参加陈嘉庚先生组织的南洋机工团回国抗战,孩子就送回国内来念书。这个皮肤黝黑、其貌不扬的小个子男生,博闻强识博览群书,志向是做个像黑格尔那样伟大的哲学家。父亲崇拜表哥和他的同学,不仅因为他们学习优异志向远大,还因为他们身上有种与众不同的东西吸引着他,尽管他一时还无法说清是什么。

父亲打开盒子分点心。当奶油点心的香味在空气中弥漫开时,大家都使劲咽口水,父亲把第一份点心送给新朋友张兴富,张兴富眨眼工夫就吞进肚子,他从来没吃过。父亲见他舔干净手上的奶油后故意转过身去,就慷慨地把自己那份也让给他。林志豪吃完点心后遗憾地说:"在南洋的时候,我吃下过一整只奶油蛋糕。"

士安笑道:"那有什么难的,我也能吃完一只。"

张兴富忽然激动地宣布:"敢不敢打赌,我准能吃下三只!"

大家都笑,说现在哪有这种好事,等将来不打仗了再跟你赌。正说笑着,厂门口传来尖细高亢的女生湖北腔。父亲的湖北老家湖泊众多、水面开阔,女人们都喜欢隔着湖岸高声说话,个个都把嗓子练成了花腔女高音。父亲听出有个熟悉的声音是表姐如兰。如兰是士安的妹妹,正在医科学校念书,长相甜美、人见人爱。志豪的表情突然变得不自在起来,脸兀自红得像石榴。父亲有些奇怪,但问号未及展开,脑袋里就踩进许多看不见的靴子来。

仿佛开来一队巨人,他们狂暴地跺着脚,咚咚地敲击铁皮屋顶。是许多飞机同时发出的震耳欲聋的吼叫。士安失声叫道:"不好,空袭……"

没等他们逃出库房,一声山崩地裂的巨响席卷大地,爆炸掀起的气浪如同海啸那样轻而易举地掀翻屋顶,刮倒钢梁钢架,把百余斤重的棉纱包毫不费力地抛向空中。当父亲从晕头转向的翻滚中清醒时,他发现自己已经躺在了一片草地上,身体竟然完好无损,他的同伴也都幸运地与死神擦肩而过。

工厂到处都在起火,爆炸的浓烟像黑云一样遮天蔽日,浓烈的硝烟和灰土尘屑令人窒息。表兄士安大喊:"快跑,到防空洞去!"几个人都如梦初醒,慌慌张张跳起身撒腿就跑。

3

当燃烧的天空渐渐冷却下来,空袭的乌云终于散开去。连重新露面的太阳也变得胆怯起来,它半闭着眼睛,似乎不愿目睹战争恶魔留下的种种人间惨状。父亲看见自己熟悉的工厂变成了一座地狱,仓库成了废墟,厂房东倒西歪,到处都有烧焦的树木和房屋,到处都是触目惊心的弹坑和断垣残壁。他像只没头苍蝇在废墟上乱窜,大声呼唤表哥和志豪的名字,但是他的声音很快就被嘈杂的声浪淹没了。刚刚经历"无区别轰炸"的重庆,到处都是撕心裂肺的哭喊和哀号。

在一处墙根下,他看见有两个人挤在一起。大人用身体护住孩子,孩子身穿博学中学的深蓝色校服。裕华纱厂好些湖北职员的孩子都在博中念书,父亲认出来,这是外号"小干猴"的本班同学,大人是他爸爸,纱厂的账房侯先生。他连忙叫了一声,但是同学没有理睬,于是他提高声音宣布说:"飞机走了。"

同学依然偎在大人身上,连头都懒得动一下。父亲疑惑地想,难道这小子现在也能睡着?"小干猴"是个瞌睡虫,上课老打瞌睡,于是他上去摇摇说:"喂,快起来……"

话音未落,同学的小脑袋竟然像颗熟透的水蜜桃那样滚落到地上。"小干猴"被弹片齐齐整整地切断了脖子。侯先生失去平衡,仿佛也不大情愿地慢慢歪倒在地,背上现出一大摊紫黑色淤血来。父亲魂飞魄散,转头慌慌张张地逃回家去。

工厂外面,一队宪兵拉起警戒线拦住去路,路边水沟里倒插着一颗哑弹,能看见弹壳上印着白色的英文字母"USA"。父亲知道这是"美国制造"的缩写,但是他弄不懂为什么美国人制造的炸弹会落在中国人头上?

纱厂车间浓烟滚滚,救火车和救护车开进开出,许多人都被宪兵挡住不让过去。父亲在人群里挤来挤去,不想却看见了士安和志豪。父亲指着水沟里的炸弹问怎么是美国制造的?林志豪说这些炸弹原本都由美国工厂制造,由军火商卖给日本人,然后装上日本飞机轰炸中国。迄今为止,日本百分之九十的废钢铁和百分之六十五的军火都来自美国。

父亲苦恼地说:"这么说,美国人也跟日本人一起打中国人?"

士安严肃地纠正表弟说:"如果中国人有钱,也能买这些武器,但是国民政府太穷,买不起西方军火。"

这时一辆救护车响着警笛开过去,人群中乱纷纷传说,铜元局一带也遭了轰炸,还抓住一个给飞机发信号的汉奸。士安家就在铜元局对过的公馆街,那一带有许多深院大宅和豪华公馆。士安心急火燎,瞪着眼睛往前闯。担任戒严的宪兵军官倒是个很和气的人,耐心对他们解释说,戒严是因为山上的金银湖炸塌了,大水引发山体滑坡,冲走了不少房子。

父亲好像挨了当头一棒,因为他家就在金银湖边上,那两人也替他着急起来。于是三人慌慌张张地绕过警戒线,沿着一条曲曲弯弯的棒棒小路没命地朝山上奔去。

所谓"金银湖"是纱厂建厂时在山坡上修建的一座大型蓄水池,抽取长江水供应全厂生产和生活之用。蓄水池很大,有十几亩水面,即使枯水季节也可供全厂数月之需。为防汉奸投毒还放养鱼苗,夏日碧波荡漾,冬日清澈见底。祖父是湖北人,对家乡的湖泊金银湖情有独钟,因此取名。然后又在湖畔建起一幢两层红砖小楼,人称"张公馆"。

该厂迁渝的员工和家属多达数千人,这些嗓门很大、脾气火爆的外省人都住在山下临时搭建的棚屋里。张兴富的家就是这些简陋棚屋里的一间。

棒棒小路原本就不大好走,加上山石阻塞,更是险象环生。半路遇见几个抬伤员的老乡,父亲连忙打听张公馆的消息。老乡都是山下村子的农民,不大说得清楚山上的情况,只说山上的大水冲下来,把许多房子和人畜都冲到江里去了。父亲的脸都白了,发疯一样赶到山坡上。眼前一幕令人目瞪口呆:碧波荡漾的金银湖不见了,父亲的家也不见了,一点痕迹都没有留下来。父亲脑袋"嗡"地一响,腿一软就跌坐在地上。

士安连忙安慰他,万一泥沙把房子掩埋,或者还有活人也说不定。刚说完,忽然有种金属敲击声从地下传来,凝神谛听,肯定不是错觉。父亲顿时激动起来,家里有间不大的地下室,是地下室有人呼救!

父亲跪在地上用双手刨起那些厚厚的淤泥来,士安、志豪也从附近找来工具,他们奋力挖开泥土、沙子和堆积物,搬走石头和杂草树木,不久果然刨出一扇被掩埋得严严实实的铁门来。当一抹斜斜的阳光照进那座如同墓穴的狭小空间里时,家人已经憋得面色发青、奄奄一息了。原来这天空袭来得突然,来不及跑去防空洞的家人都躲进了地下室,只是没想到躲过了炸弹却没能躲过大水,滑坡挟带的泥沙正好堵住了地下室的铁门。父亲的姆妈柳韵贤双手合十,连连念叨"阿弥陀佛"。

祖父被人背出来。年近七旬的老爷子拒绝别人送他去医院的建议,而是不容商量地吩咐:"叫滑竿来!我去厂里——要快!"

4

祖父名叫张松樵,是湖北有名的"棉纱大王"。张家祖上并不姓张,姓邓。清朝咸丰年间,张松樵祖母从河南邓州逃难来到湖北汉阳,把一个年幼的儿子过继给当地的张姓山民,从此中原邓氏就变成了湖北张氏。中原有"三代还姓归宗"的民俗,因此年逾五十的张松樵在迎娶了刚满十八岁的纱厂女工,三姨太柳韵贤之后,生下的子女便一律回归祖姓。

抗战爆发的第二个年头,张松樵一家由湖北武汉搬迁来渝,途中机器损失过半。却没想到剩下的机器一落地,立刻又产生了巨大的经济效益。大后方什么都缺,唯独不缺人,因此工厂实行日夜两班制,产品源源不断地运出工厂,成为支撑大后方市场的顶梁柱。自然,裕华纱厂也就成了日本人的眼中钉。

老爷子一进工厂就下了滑竿,不许别人搀扶。纱厂里原棉、纱捆、纱包和布匹堆积如山,罪恶的日本飞机使用了专门摧毁城市的高爆炸弹和稠油燃烧弹,爆炸引燃的大火足足有几层楼高。冲天烈焰无情地吞噬厂房,吞噬机器和来不及逃生的人们,近千度的高温一瞬间就能把钢架熔化,人们即使隔着数十米距离也难抵挡烈焰的威力。老爷子眼看着工厂在烈焰中化为灰烬,面色如冰、沉默无语。直到来到火势较小的印染工间,看见许多工人还在奋力抢救机器和原料桶时,他的表情才有所缓和,对指挥救火的石厂长说:"告诉他们注意安全……莫要再伤到人了。"

正在这时意外发生了,一桶高温炙烤的化学剂忽然爆炸,巨大的气浪掀翻了数吨重的机器。老爷子躲避不及,像片树叶那样被气浪卷下台阶。这回他真的站不起来了。

这一天注定是父亲十四岁的人生中最黑暗的日子:家里遭轰炸,工厂被烧毁,爹爹身负重伤被紧急送往红十字医院抢救。夜幕降临,他们被安排与厂里员工的家属一道挤在临时棚屋里。养尊处优的父亲即使是在逃难期间,也没受过这样的罪。

一觉醒来,不见了姆妈,父亲连忙爬起身来到处找。山坡上到处都是睡不着觉的大人,他的姆妈坐在一块石头上,眼睛直愣愣地望着山下的市区。父亲连忙紧挨着她坐下来。姆妈知道儿子饿了,但是她也没有办法,只好紧紧地把他搂住。远处还有什么地方着着大火,山城的夜空被烧出一个大窟窿来。黑暗中有人唧唧喳喳地说,燃火那一带就是铜元局,听说已经烧掉了几条大街。

表哥士安家就在铜元局公馆大街,不知道情况怎样了,姆妈的湖北仙桃口音在黑暗中叹息道:"儿(日)本人造几多孽啊。梅子家莫要出事哦……只要平安就好。"

父亲心里荡起一股豪气来,冲口而出:"等我长大了,一定要杀光这些万恶的日本鬼子!"

姆妈叹口气说:"那么多军队都挡不住,你拿么子杀呦?"

父亲说:"我上前线去,拿机枪嘟嘟嘟扫射!"

姆妈呵斥道:"瞎说!好铁不打钉,好男不当兵。要是叫你爹爹听见了,他要发脾气的!"

父亲不服气地顶嘴:"么子好男不当兵嘛?没人当兵上前线,日本鬼子不是要打到重庆来了?"

姆妈耐心开导儿子:"傻孩子,乡下人没饭吃才当兵,咱们怎么能上前线打仗呢?你还是个学生,得好好念书,出国留洋,学好本事将来好接你爹爹工厂的班……"

父亲沉默了。柳韵贤却在一个劲地念叨姨妈家的事。父亲有两个姨妈,大姨妈就是梅子,小姨妈叫莲子。莲子姨妈嫁给了长江轮船公司的范经理,住在市区。梅子姨妈,就是表哥楚士安和表姐楚如兰、表妹楚鸿雁的母亲。楚家虽有雄厚资产,但是因为华北沦陷太快不及搬迁,楚姨父又不愿意跟日本人合作背上汉奸卖国贼的骂名,故举家逃难来到重庆。日本人把沦陷区不合作的中国工厂统统作为"敌产"没收了,所以楚家事实上已经破产,如今不得不靠银行存款和变卖细软过日子。

这一夜无比漫长,直到天亮时佣人家成从医院带回消息,说老爷子并无生命危险,只是腿折了,需要住院治疗一段时间。姆妈重重地舒出一口气来,低声念叨"阿弥陀佛菩萨保佑"。

上午,厂里的后勤主任安排家属疏散到村里老乡家借宿。老板一家则被安排搬到黄角垭去,厂里已经租下一座宅院给他们过渡。正忙乱中,铜元局那边慌慌张张跑来一个人,颠着一双小脚,是梅子姨妈家的女佣苏大嫂。柳韵贤一看见苏大嫂就连忙向她招手。苏大嫂蓬头垢面衣衫褴褛,像个灰堆里打滚的讨饭婆。一见柳韵贤就像找到救星,拍手顿足地哭起来:"哎呀太太、少爷喔,了不得啦……"

苏大嫂是北方人,厚嘴唇,她的家乡话永远像煮不熟的夹生饭,常常叫南方人摸不着头脑。等大家终于弄明白,不由得全都惊呆了:楚姨夫、梅子姨妈还有小表妹鸿雁都被压在垮塌的房屋里,等刨出来的时候都已经走了……

突如其来的噩耗像滔天的洪水再次重创了父亲一家,把他们的精神防线冲得七零八落。这天敌机破例没有轰炸,人们扔下自家的事情开始张罗楚家的丧事。灵堂布置起来,灵幡扎起来,白云寺的和尚也请来,送丧的料器班子也敲打起来。三口散发着刺鼻桐油气味的棺材显眼地摆放在灵堂中间。这时父亲听见姆妈不满地质问苏大嫂:"士安哪里去了?这伢,也算个大人了,这大的事为么子不见人影?"

苏大嫂一拍大腿说:"哦啊呀,大少爷一夜都在救火,后来就不见人影了。"

姆妈吩咐说:"你快去把士安和如兰给我找回来。另外,这件事先不要告诉老爷,赶快派人去厂里打电话催,莲子怎么还没过来?"

莲子姨妈裹在丝绸条纹旗袍里的身影终于出现了,她像条肥胖的金鱼扭动着身体从江岸边的空气中急急忙忙地游过来,两眼红肿。父亲想跟她打招呼,可她视而不见,直奔灵堂。不一会儿灵堂里就传出来撕心裂肺的高腔。父亲看见重庆的天空涂抹着许多黑烟,像一张难看的花脸,偶然露出来的光线,像这个花脸上淌下的泪水。

中午苏大嫂回来了,报告说:"大少爷不见了。有人猜他可能受了刺激出走,也有人说看见他在火场救人,搞不好也给烧没了。还有人担心楚少爷一时想不开,跳江寻了短见。"

看柳韵贤的脸色越来越难看,苏大嫂赶紧闭嘴。柳韵贤说:"再派人去找,一定要找到他!"接着又问:"如兰呢?"

苏大嫂赶紧说:"听见消息当场就昏过去了,在医院里躺着呢。"

姆妈抹着眼泪叹息:"可怜的孩子!"

父亲最想见到的人就是表哥楚士安,他很想在这种时刻同表哥在一起。

尽管姆妈派出好几拨人去找,表哥却像遁入地下一样无影无踪。父亲忽然灵机一动想起一个人来。这人是表哥的影子,他肯定知道表哥的下落。想到这里,他跳起身来悄悄离开灵堂,坐上渡船直奔热闹的朝天门码头。

5

朝天门码头附近有一条叫"黑脚巷"的石板小巷,濒临江岸,都是沿江而建的木楼,因悬空一侧用木柱固定在石壁上,当地俗称"吊脚楼"。父亲凭着记忆找到巷尾一座吊脚楼,敲响房门后好一阵才有人出来开门,却是个鹅蛋脸的女生,长着一双好看的杏仁眼,柳叶眉上挑着两个大大的问号。父亲以为敲错门了,正待退出来查看门牌,却听见志豪的声音说:"这不是士安的表弟吗?"

父亲一下子高兴起来。志豪身后正是全家人到处寻找的表哥楚士安。屋子里还有一群学生模样的年轻人,个个都拿严肃和警觉的眼神看他,听说是士安的表弟,才放松下来,继续各自做事。一个体格魁梧得像摔跤力士的平头——别人叫他"河马",双手握紧一把日本武士长刀有模有样地比画着。另一个留长头发的眼镜书生,气质忧郁得像个爱情诗人,也在擦拭一把锈迹斑斑的刺刀。还有一个矮小结实,头发打着卷、手臂上刺着青龙文身的男生,正在耐心地用锉刀打磨一把鱼叉。而林志豪却在摆弄一张渔网。

他们都像成年人一样抽烟,大声骂脏话。透过呛人的烟雾,父亲看见自己崇拜的表哥变成了一个陌生人,他赤裸着上身,背上几条乌黑淤血的伤痕尤其刺眼。他不理睬父亲的招呼,继续眯缝着眼睛,嘴里叼着香烟,鼻孔像烟囱一样冒着青烟,手里握着一支棒球棍比比画画,仿佛向看不见的对手发起进攻。尽管表哥表情显得凶巴巴的,但是毕竟难掩悲哀的底色,因此他的凶相看起来不像狼,倒像条无家可归的狗。仅仅一昼夜,父亲心里爱整洁,爱运动,懂礼貌,有教养的表哥就变成了这样,连下巴上都长出杂草样的胡须了。

父亲觉察出这伙人一定要干什么惊天动地的大事,心中亢奋起来,但是他不敢贸然多嘴,唯恐表哥把他赶回去。士安终于放下棒球棍,没好气地问他:"你来做什么?"

父亲说:"来找你。家里到处找你。"

表哥说:"我不回去。"

父亲不敢多说,只好小心回答:"是。"

志豪劝道:"你要不还是回去看看,这里有我们呢。"

士安面色冷冷地回答:"自古忠孝不能两全,尽忠即尽孝,是为天下的父母报仇。"

父亲心中咯噔一跳,血流顿时加快,表哥果然要干大事!他急切地盯着表哥,好奇心暴露无遗。表哥站起身来,冷冷地警告道:"不许把看见的事情告诉任何人。"

父亲立即顺从地点点头,脸上满是巴结讨好的表情。不料表哥又说:"你回去,马上走。"

父亲顿感委屈无比,自己对表哥这么忠诚,不管发生什么事都愿意同他站在一边,可是他却赶自己走。于是他拧起脖子恶狠狠地回敬道:"我就不回去……你要赶我走,我就告诉姆妈去!"

表哥放缓口气说:"你太小,这里很危险!"

父亲顶撞说:"你也比我大不了几岁!"

还是志豪出面劝说:"算了算了,就让述义留在这里吧,反正不碍事。"父亲感激地看他一眼。这时有人说:"罗霞,给你派个勤务兵,别把他弄丢了。"

罗霞就是那个开门的漂亮女生,她走过来摸摸父亲的头说:"小朋友,你别怕,我会照顾好你的。"

父亲梗着脖子说:"我才不怕呢,我秋天就念初二了。"

罗霞说:"好的好的,是大朋友。"

刺青男生开玩笑:"是男朋友。"

父亲狠狠地瞪他一眼,众人大笑,气氛缓和许多。

重庆号称中国"三大火炉"之首,空气好像熊熊燃烧一般,但是这些挥汗如雨的高中生却满不在乎。他们的心思全不在天气,他们在等待天黑。

当最后一抹晚霞消失在天边,战时重庆的宵禁和灯火管制就开始了。父亲饥肠辘辘,可黑暗中的表哥他们根本不提吃晚饭的事,他也不敢贸然开口。天彻底黑下来之后,表哥开始低声安排,有负责翻墙的,有堵后门的,其他人则从前门冲进去,要谨防敌人开枪等等。父亲的心怦怦直跳。他也想参加他们的战斗,尽管他还不知道敌人在哪里。

街道上有宪兵巡逻车经过,雪亮的车灯像探照灯一样掠过窗户,父亲看见表哥朝他这边看了一眼,目光跟烧红的烙铁一样烫人。父亲很想知道行动内容,但又不敢开口。他被自己的好奇心折磨着,简直就像受刑罚一样坐立不安。忽然外面响起尖利的空袭警报,伴随着"砰砰"的报警枪声,说明敌机正在迫近。

灯火管制下的城市,浓稠如墨的黑夜是最后的屏障,只有枇杷山上的探照灯柱在夜空中划来划去。他看见表哥们不仅没有惊慌失措,反而争相拥到窗口,好像在期待什么奇迹发生一样。

夜空中飞机的马达声渐渐近了,忽然罗霞惊叫:"呀,快看——"

顺着她手指的方向,一颗红色信号弹如同流星在夜空中划出一道亮晶晶的弧线,美丽得简直令人炫目。紧接着更多信号弹像冬眠后的毒蛇那样活跃起来,它们纷纷从各个角落爬出来,争先恐后为敌机指引轰炸目标。父亲简直看呆了,日本特务的活动是如此猖獗,这哪里是大后方的陪都重庆,简直就跟敌占区差不多。稀稀落落的防空炮声响起来,断断续续的曳光弹就同那些信号弹一道在夜空中飞舞。借着光亮,表哥用手指向附近一座民宅,发出命令:"出击——决不能让敌人逃掉!"

6

父亲到底没能参加这场激动人心的战斗。他被罗霞牢牢看管在屋子里。父亲气恼地说:"你让开,我要出去撒尿!"

罗霞一改刚才的温柔,回答他:"别跟我玩这套把戏。"

父亲说:"你羞不羞?我是男的!"

罗霞根本不吃这一套,继续把着门道:"那就撒在裤子里!"

父亲恨恨地瞪着她,趁她不备扑上去咬了她胳膊一口,没想到门却从外面上了锁。他彻底没辙了。罗霞的小臂被咬出了血,她恨恨地吓唬父亲:"你这么横,看我怎么告你。"

父亲横了心,装作无所谓的样子回到椅子上,又委屈又郁闷,眼泪都快要流出来了。他把身子蜷缩在一起,空气又闷又热,好像热乎乎的江水,他一不当心就跌进江水里。他在水中起劲地游泳,看见梅子姨妈和楚姨父,还有小表妹鸿雁正在沙滩上散步,于是他就大声朝他们喊叫……

一阵杂乱的脚步声把他惊醒了,他睁开眼,看见一群人抬着一个大口袋呼啦啦地涌进屋子,一股热浪和人体汗味扑面而来。表哥受了伤,用手捂着头,满脸都是血迹;林志豪鼻青脸肿,衣服也变成布条了;河马的武士长刀不见了,诗人的眼镜也弄丢了,刺青男生则浑身泥水,不消说,这群业余战士刚刚经历了一场真正的战斗。父亲很紧张,深怕罗霞告他的状,但是罗霞根本顾不上他,只管忙着给大家做包扎。所幸表哥受的只是皮外伤,其他人伤势亦无大碍。河马还沉浸在战斗的兴奋里,大声告诉罗霞,士安冲进去的时候像头豹子,他的球棒和敌人的砖头几乎同时落在了对方头上。敌人还想逃跑,却被志豪的渔网兜头罩住,装在了大口袋里。幸好敌人没有枪,否则他们肯定有人回不来了。

罗霞轻声问:"是中国人?"

河马答:"听他吼了几声,不像是中国话。"

士安满不在乎地说:"管他什么人,只要是敌人就对他不客气——你们谁会日语?"

罗霞说:"我懂一点,我爹在日本留过学。"

表哥忽然发现罗霞手臂上的血痕,问她怎么了?罗霞看了父亲一眼,说不小心让钉子划的。父亲松了一口气,感激地看着罗霞。

河马解开大口袋,露出了被渔网罩牢的脑袋。敌人顶多有二十来岁,长得跟中国人没有两样,穿一件粗布短衫,是当时大学校园里常见的打扮。他同样满脸是血,眼眶肿起来,眼白像死鱼那样往上翻着,呼咻呼咻地喘着粗气。大家围坐在一起，士安头上缠着绷带，表情凛然，其他人紧握武器。俘虏的呼吸渐趋平稳，眼珠子也开始活泛起来，滴溜溜地打量起这群怒目而视的审判者来。士安怒不可遏地喝道："老实点！跪下！"

河马和刺青冲上前，把敌人按住，罗霞用不大熟练的日语审问他："尼哄得失嘎（你是日本人吗）？"

俘虏听到日语，显然吃了一惊，但马上又闭上眼睛拒绝回答，因此无法断定他到底是听不懂还是装不懂。河马急躁起来，提议把他吊起来，给他吃些苦头，刺青则说干脆扔到江里去，或者挖个坑埋了。林志豪愤愤地骂道："狗杂种，就是碎尸万段也不解恨！"

士安紧蹙眉头不说话，手指却在膝盖上轻轻叩击，说明他正在动脑筋想办法。果然，几分钟后士安站起身来，走到俘虏跟前蹲下来说："你看着我——别装蒜了，我知道你懂中国话！"

俘虏果然睁开眼睛。四目相对，空气像凝固了一样。士安猛地掐住敌人脖子，每个字都像射出的子弹那样洞穿了对手的伪装："昨天，我的父母，还有小妹妹，她只有六岁，都被你们飞机炸死了！他们都是手无寸铁的平民——我要向你们讨还血债！"要不是志豪拦住他，表哥肯定会把敌人活活掐死！

志豪说："干脆把他送交宪兵队得了，听说那地方连死人进去都得开口，不怕他装哑巴！"

这时候俘虏却开口了，大家听得清楚，他说的是地道的带着高粱茬子味儿的东北话："请别枉费心思，我不会活着进宪兵队的。"

志豪狠狠地踹他一脚，骂道："你这个引狼入室的汉奸卖国贼！你是不是人？帮着日本人屠杀自己同胞？"

汉奸痛得咧咧嘴，但没叫饶。

士安拦住志豪，冷冷地说："如果你不说实话，我马上就把你交给宪兵队。至于是不是活着去，你自己恐怕说了不算了吧！"

汉奸脑袋垂下来，神情惨淡地说："兄弟，我自知死罪难逃，但是请让我把话说完……我一家九口人，先后有五个死在蒋委员长手里，国军也从没有把老百姓当人啊。东北沦陷这么多年，蒋委员长干什么去了？国军干什么去了？谁来救救东北的老百姓？做亡国奴是老百姓的过错吗?如今我老婆孩子家人都扣在日本人手中做人质,如果我活着进了宪兵队,她们立马就会被关进细菌场当人体实验品。"

父亲的心中起了风暴,拿不定主意应该恨还是同情这个汉奸。大家的表情都有些茫然,也拿不定主意怎么办。这时大街上传来宪兵巡逻车的马达声,汉奸挣扎着想站起来,河马拦住他,但是士安示意河马让开,自己走过去替汉奸解开了绳子。汉奸还是站不起来,因为他的一条腿给打断了。眼镜递给他一根木棍,于是他拄着棍子慢慢挪向窗口。窗户下面是黑黝黝的江岸,江水冲击着石壁,发出经久不息的咆哮。汉奸突然扔掉木棍,趴在地上,脸朝着北方重重磕了几个响头,然后奋力从窗台上扑出去。

屋子里的人仿佛都被一只看不见的手塑成了泥胎。这样的结局显然大家都没有想到,残酷的现实像一股寒流把他们的嘴巴统统冻起来。好半晌,士安才从牙缝里挤出一句话来:"狗日的……日本人!"

父亲的胸口堵住了一团乱麻,他第一次感到了爱恨是非的复杂性。生活是一部伟大的教科书,短短两天,战争教给他的超过了所有课本的总和。

一觉醒来已是次日,一轮西斜的太阳热烈地照耀着他头顶的蜘蛛网。屋里静悄悄的,表哥不见了,其他人也都不见了。他探头去看窗外,古老的长江咏叹不息,让人疑心昨夜发生的事只是一场梦。

少年揉揉眼睛,心里起了一团大雾。他脚步惆怅地离开吊脚楼,独自乘渡船回到南岸。家里的灵堂还在超度,丧事还在继续,姆妈沉浸在无边无际的悲痛中,居然都没顾及宝贝儿子一夜未归。父亲决心把表哥的秘密埋藏在心里,不对任何人提起。

7

父亲回家才知道,被大水卷走的棚屋中,有一间是张兴富家的。

父亲连忙赶去找他。这个在水中比鱼儿还要灵活的"江猪"仿佛变了一个人,枯坐在乱石堆上一动不动。父亲也沉默着,紧挨着朋友坐下来。父亲感觉自己有好多话要对张兴富讲,可却不知道从哪里开口。

两个少年以相同的姿势枯坐着,任凭烈日暴晒,像一对沉默的石头雕像。

傍晚时天边终于飘来一朵黑云,暑热退去,紧接着天空暗下来,一时间狂风大作,闪电紧贴着山头飞舞。忽然一个炸雷劈在附近,两人惊得同时扭过头去,身后一株几人合抱的百年老树被劈成两段,溅起的火花如流星雨般在天空中飞舞,空气中也弥漫起一股焚烧死人的焦煳气味。张兴富被惊醒了,喉咙里有了动静,渐渐就变成了咿咿呀呀的话语:"爹爹姆妈啊,奶奶妹妹啊,啊呀呀……"

大雨倾盆,张兴富趴在父亲身上大哭起来。父亲任凭他号啕发泄,然后慢慢扶着他往自己家里走。姆妈得知他的不幸,特意关照厨房为他做了一餐可口的饭菜,对他说:"今后你就住在这里吧,不用担心学费和生活费。"

父亲很高兴,赶紧附和说:"你跟我住一起,咱俩今后一道上学。"他本来还想说一道下江里游水,忽然意识到姆妈在身边,赶快打住。

张兴富停住扒饭,坚决地摇摇头。

柳韵贤问他:"你去哪里呢?有亲戚投靠吗?"

他咬紧嘴唇,不说话,只是摇头。柳韵贤又说:"你父母都是跟我们老爷从湖北来重庆的,你家里的事就是厂里的事,老爷不会不管的。"

他还是不说话。父亲急了,推推他说:"你真是个闷墩,快说话呀。"

"闷墩"终于开口了,吭哧吭哧地说:"我不上学,我要做工。"

柳韵贤惊奇地望望他说:"你小小年纪做什么工?"

他答:"我能干活儿,我有力气。"厂里确实有不少十四五岁的少年学徒工,都是管饭不给钱那种。

后来,张松樵发话让这个孤儿进厂工作,并指定他在运输部当学徒。那年月,开汽车是天底下最令人羡慕的技术工。

张兴富如愿以偿,父亲也替他高兴,两个人说了认识以来最多的话。正聊着,张兴富忽然朝父亲肩上重重打了一拳说:"你才是闷墩!"

父亲乐了,说:"你就是闷墩嘛!"

他犹豫一下说:"好吧,今后只许你叫我闷墩。"

第二章　透明的血肉之躯

1

　　转眼间陪都重庆的秋天就到来了。枯黄凋零的草木令这座满目疮痍的山城备感凄凉。父亲又悄悄去过几次黑脚巷那座神秘的吊脚楼，但是表哥和他的同学都仿佛人间蒸发了一样不知去向。

　　新学年直到深秋才开学。由于日本人实施旨在灭绝种族的"无区别轰炸"，后方重庆也早已无安全可言。许多工厂、机关和学校都往更加偏僻边远的县城疏散。父亲的同桌龙龙也转学了。龙龙是个跳水好手，能从两丈多高的岩石上表演"飞燕展翅"。临走前，他忧伤地告诉父亲，他们全家要去千里之外的川西小城雅安，据说那地方在雪山脚下，气候寒冷多雨，一路上要换乘汽车、木船、马匹和滑竿，也不知道那里还有没有地方跳水。可是，龙龙走了没几天，父亲就从报纸上读到，雅安也遭到了敌机轰炸。当时的中国，哪里是安全的地方呢？

　　父亲的同桌换成了死党老庾。老庾本名庾嘉庆，外号"鱼没死"。一次课堂抽问，国文先生摇头晃脑地问他："古人云，'临渊羡鱼，莫若退而结网'，何也？"老庾正在打瞌睡，慌慌张张地站起来，迷迷糊糊地回答："因为鱼儿没死。"大家哄堂大笑。父亲说，后来，那样欢乐的课堂时光就再也没有了。

　　阴历小雪一过，天气一天冷似一天，街道上的法国梧桐都光了膀子。除了敌机轰炸，伴随寒潮入侵四川盆地的，还有像绿头苍蝇一样到处飞舞的小道消息：某座城市沦陷啦，某处铁路枢纽失守啦，某某集团军被迫撤退了等等。学校也有消息传来，说当局考虑到学校的安全，期中考试完后准备无限期停课。

这天期中考试,校园围墙外面的街道上却忽然响起了震耳欲聋的鞭炮声,还有久违的"咚咚锵"的喜庆锣鼓。同学们顿时坐不住了,个个伸长脖子向外张望。连监考老师也走了神。抗战已进入了第三个年头,每个中国人的心都像在冰窟里苦苦挣扎,他们多么期盼有一道金灿灿的阳光破冰穿雪,让他们冻僵的心里重新升起胜利的希望啊。

父亲三下五除二涂抹了试卷,又偷偷让老庾抄了答案,然后两人冲出教室直奔大街。今天估计又不会有空袭。重庆秋冬之际经常阴霾重重,这浓浓的迷雾无意中充当了全城百姓的保护伞。如今,防空薄弱的重庆除了指望老天爷保护外没有什么力量能阻挡敌机长驱直入。

街头人流如织。一个穿西装的中年男人正在绘声绘色地发表街头演讲,他长了一张砖头脸,缺一颗门牙,嘴巴关不住风,讲的是一口北京话。抗战年代的重庆就是浓缩的中国,天南地北的腔调都有。京片子起劲地说:"……那才叫打得准呢,子弹吱儿从左脸打进去,又吱儿从右脸钻出来。噗哧一声,您猜怎么着……掉地下了。"

父亲着急地插嘴道:"什么东西掉下来了?牙齿吗?"

中年人生气地瞟他一眼,继续嘶嘶地说:"列位,您道我是说书吗?不是,咱没那闲工夫。那又是什么呢?告诉您,是舌头!呸!"他使劲啐了一口,仿佛把血淋淋的断舌啐到地上。众人一惊,然后满足地大笑。

一个穿长衫的老者见父亲丈二和尚摸不着头脑,就哗啦啦地抖动一张套红的《扫荡报》,嘴里讲的是像外国话一样的粤语。旁边有人帮他翻译:"国军桂南大捷!就是那个叫什么中村来着,反正是个日本大官,先被击伤,后来被打死!国军歼敌万余人,了不起啊!"

父亲连忙接过报纸仔细看,上面说在桂南前线一个叫做昆仑关的地方,中国军队打了大胜仗,重创日军王牌第五师团,击毙日酋中村正雄少将。

一个操着湖南口音的男人欢喜地说:"打胜仗欲(如)同过大年!要是天天打胜仗,等于天天过大年啊。"另一个戴眼镜的白净男人也连连点头:"是啊是啊,近段时间已经打了好几场胜仗啦,长沙保卫战大捷,黄土岭击毙日酋阿部规秀中将,我看再打几场胜仗,准能把小日本赶下东海去!"

众人崇敬地听着。这些无论穿长衫,穿西装,还是穿破棉袄冷得瑟瑟发抖的中国人,眼神一律都好像久旱禾苗终于盼来及时雨一样放着光。胜利的消息就像雾都的阳光一样难得,所以上街游行的队伍络绎不绝,尽情宣泄着对国耻得雪的渴望。

父亲的血液也被点燃了,跟着长长的游行队伍走了一天,直到肚子咕咕叫才猛然记起学校还有一门考试,老庾也不知道哪儿去了。想到自己误了考试,父亲简直沮丧极了,等成绩单送到家里,他肯定逃不脱一顿"笋子烧肉"了。祖父张松樵出身贫苦,没有机会上学,因此格外看重子女念书。而且他奉行"黄荆条子出好人"的家训,一般调皮捣蛋、打架闹事的错误尚可宽容,但逃学旷课必为头等大罪,考试不及格或者脱考误考则无异于触犯天条。

父亲垂头丧气地往回走,心里想着各种借口,但哪个都觉得少了让爹爹息怒的说服力。正无奈之际,抬头看见天池大街对面的红十字医院的标志,猛然记起表姐如兰就在这家医院做护士。他的脚步稍稍迟疑了一下,然后直奔医院而去。

如兰住医院后面的平房,房间里面亮着灯,还能隐约听见有人说话。他使劲敲开房门后,橘黄色的灯光照亮了他的眼睛,腿却再也迈不动了。屋子里面一个穿军装的年轻男人站起身来,微笑地望着他。

是消失已久的士安表哥!

2

父亲又惊又喜,只是站在门口傻笑。本来他对那天表哥不辞而别颇有怨言,但现在那些抱怨像冬天的水雾一样被重逢的春风刮散了。时隔几个月,眼前的表哥已不再是从前那个穿白布衫的高中生了,他的脸膛晒出了砖土红色,一套略显宽大的黄布军服穿在身上,三指宽的武装带扎在腰间,枪套里露着半截枪把,英气逼人,俨然一个真正的抗日军人了。

如兰把父亲拉进门来,父亲又羡慕又埋怨地说:"你……当兵了?"

表哥拍拍他的肩膀,点点头说:"我现在还是军校生。"他掏出一只烟盒,取出香烟顿了顿,点燃吸一口,好一会儿才徐徐吐出来。父亲吃惊地想,士安变化真大呀,连抽烟都那么老练了。他试探地问:"你回重庆待几天?"

表哥告诉他,他们只是路过重庆,一共只有几小时时间,今天夜间就要出发。父亲"啊"了一声,肚子里的问号早已堆成了一座小山,急不可耐地问:"志豪呢,也去军校了吗?还有河马、刺青、眼镜诗人和罗霞姐姐,他们都干什么呢?"

表哥没有马上回答,而是看看手表,提议去外面吃顿晚饭。三人来到马路对过的小饭馆。表哥给如兰点了女孩子爱吃的川北凉粉和醪糟蛋,给父亲叫了回锅肉和蚂蚁上树,自己只要了一份油炸花生米,又吩咐老板娘打一斤白酒。父亲心里忍不住羡慕地想,去了军队就是不一样,又是烟又是酒的,哪像自己,待在学校,还得为破考试等着挨揍。

马路上的游行队伍还没散,领头的是几位乡绅,身穿长衫马褂,头戴滚花瓜皮帽,后面的民众则簇拥着一口刚刚宰杀的生猪。生猪全身披红挂彩,看样子是要抬到军营劳军的。一个衣衫褴褛的报童飞快地跑过,把一份套红的《号外》扔进饭馆,转眼间就没了影子,只把"号外,号外"的童音留在了一阵寒风里。

父亲连忙捡起来看,除了早上"昆仑关大捷"的内容,还特地醒目地刊登了重庆各大剧场舞厅均由著名歌星、舞星、影星、社会名流专场慰问演出的消息。军人一律免票入场,还有各种吃喝玩乐的优待。同时报道说,重庆市民已经组织了多支慰问队,即将启程奔赴前线慰问浴血苦战的中国军队。父亲连忙把报纸推到表哥面前,兴奋地说:"再打几场胜仗,消灭几个日本大官,就能把小日本赶出中国了吧?"

表哥用眼睛瞟了瞟《号外》说:"要是抗战那样容易的话,咱们都不用从外省逃到四川当难民了。"

父亲雀跃的心情好像遭遇冷水的红铁块,"嗤啦"腾起一股青烟来。他有些愤愤然地说:"你上过前线,打过仗吗?"

表哥朝《号外》点点头说:"是的,这仗我参加了。"

父亲简直不能相信自己的耳朵:表哥参加了昆仑关大捷?那面对这令举国欢腾的胜利,他怎么一点也不激动,不神采飞扬呢?难道这样的胜利还不足以告慰死难亲人吗?表哥则完全不理会父亲的惊愕,大口吸着烟,沉默着。

一只白色酒壶端上来了,还有三只小瓷杯。士安唤住老板娘,让她撤掉小瓷杯,换上三只土陶大碗。他把白酒咕噜咕噜倒进大碗,然后端起一只来高举过头顶,再把碗里的酒往泥地上泼洒一半。父亲看看如兰,两人也赶紧学着他的样子往地上洒了一半白酒。浓浓的陈酿酒香立刻溢满了小饭馆。

"你们知道我为谁致哀吗?"表哥喝下一大口酒问道。

父亲抢着说:"梅子姨妈,楚姨父,还有鸿雁小妹。"

如兰的眼圈一下子就红了。士安点点头说:"述义说得对,也不全对。以前我一心想替亲人报仇,现在则要添上更多人的名字。"

父亲心里格登一跳,期盼着表哥往下说。士安眉毛拧起来,过了一会儿才说:"本来我以为见不到你们了。我们军校生被派往前线实习,可是就在半个多月前,我们那支部队被敌人打垮了,两千多人还剩下几百人。"

表哥又猛地喝了一大口酒,然后抹抹嘴说:"述义,你认识那个不爱说话的矮个子男生,身上有刺青的,他叫许博陵……一颗炮弹飞来,连尸体也没有找到。"两颗泪珠落在桌子上,"啪啪"地溅开来,像两粒爆炸的弹丸。

父亲的心直往下沉,有种喘不过气来的感觉。他也是第一次看见表哥哭。

这时又一队游行队伍经过,是一群学生,他们摇动标语,情绪激昂口号震天:"打倒日本帝国主义!""还我河山,收复失地!""宁死不做亡国奴!"

直到队伍走远,士安才继续说道:"想当初,我们也跟这些爱国学生一样,一腔热血报效国家,救国救亡投笔从戎。可是经过这场血战,冷酷的现实像冰山一样把那些空洞的口号撞得粉碎!"

父亲还是不明白:无论如何,中国人打了胜仗总是事实啊!表哥是不是神经受到刺激,被同学的牺牲吓破了胆?也许是烈酒在血管中燃烧的缘故,士安的脸更红了,他说:"给你们讲些故事吧。述义,你将来总要长大,也许会跟我一样走上血火战场。但是你记住,光有热血和冲动是换不来抗战胜利的。"

3

原来那天夜里他睡着之后,吊脚楼里的五男一女赶早班轮船去了设在铜梁的中央军校第二分校。经过简单笔试和面试,男生如愿进入了步科一大队学习,女生罗霞则被分在通讯科。他们都是后来被称为"抗战精英"的黄埔十六期士官生。

中央军校经过多次迁徙来到大后方之后,连教室和营房都是临时搭建的草棚,生活条件十分艰苦。但是从全国各地赶来投军的爱国学生和青年依然络绎不绝。表哥说:"那时候早出操,晚学习,白天上军事课,半夜还要突击拉练。每天两顿红薯饭,平均一个月才能吃上一次肉,但是生活再艰苦也没人叫苦叫累。'五四'以来,青年的觉醒就是民族的觉醒,抗战救国已是我们的人生信念。生命随时都可以牺牲,吃点苦算什么呢?"

士安天真地认为,黄埔的同学都是民族精英,都是救国救亡的栋梁。若是成千上万的黄埔同学团结一心奔赴战场,没有什么能够阻挡他们通往胜利的脚步。但是他很快发现自己大错特错了。

秋天,日军登陆广西钦州湾,封锁中国沿海最后一个出海口,直接威胁重庆大后方的安全。鉴于局势严重,大本营决定发起桂南会战。二分校接到命令,同学们立即背起背包,肩扛"汉阳造"奔赴广西前线。当满载学员的江轮徐徐开动时,士安立刻发现队伍里少了一些熟悉的身影,也就是说有些同学并没有参加行动。这个发现令他很纳闷。军令如山倒,难道还有比上前线更重要的任务吗?

很快大家便传开了,那些批准留守后方的同学个个都有来头。比如那个姓柳的胖子并不姓柳,其实是那个常常在公开场合和报纸上大谈全民抗战的某省主席的公子。志豪恨恨地说:"这班权贵子弟根本就是来中央军校镀金的。"河马也骂:"龙生龙,凤生凤,老鼠生儿打地洞。这些人将来还不是去接替他们老子作威作福?"

这一夜河面上的风很大,像刀子一样割人,把热血青年的心也刮得透凉。

学员抵达战区即受到隆重欢迎,连李长官、白长官都来驻地讲话,勉励学员发扬革命传统,不辜负"黄埔军人"的光荣称号。会场气氛虽然热烈,但是一个令人不安的传言也在学员中间流传:据说一些人已经事先选定了实习单位。士安不太明白,实习就是实习,有什么好挑挑拣拣的?难道打日本还要分等级吗?但是精明的河马很快打探到详情,原来一些学员用钱买通校部,比如二大队那个满脸青春痘的张同学就得意洋洋地夸耀说,其父向校部和大队教官分别送上了一些"意思",他就变成战区参谋部的助理作战参谋了。

后来,士安他们才知道,原来所谓的"实习名单"果然大有讲究。因为参战部队众多:既有装备精良、战斗力强的中央军,也有各省赶来的地方部队,如桂系、粤系、湘军、川军、滇军等等,甚至还有保安团改编的三流杂牌队伍(单从番号上是不容易看出门道的),所以军校生的实习分配也就千差万别:上有战区总部和各集团军机关,下有军、师、旅、团、营各级单位。如果有幸进入指挥部,那就等于抽到上上签,生命安全有保障不说,还有机会接触有实权的大人物。次之为中央军单位。因为中央军是嫡系部队,各级长官又都是黄埔毕业生,实习生自然不会遭到排斥。下下签当属地方军和杂牌队伍,这些队伍不仅素质低,战斗力差,而且对中央军校实习生十分排斥,因此乌七八糟的事情最多。可是好去处有限,所以往往都是那些既没钱又没门路的学员抽到下下签。但是士安却不这样看问题,他说:"这个时候,我们都最需要用民族先贤林少穆(则徐)的名言'苟利国家生死以,岂因祸福趋避之'自勉。从长城抗战、淞沪抗战、台儿庄抗战到武汉会战,许多地方军不也打得有声有色吗?我宁愿相信事在人为。"

等到名单公布,士安们,包括罗霞果然都被分到了左路集团军,也就是原闽、桂地方部队。士安从一本油印的《军人参战守训》上发现了一个熟悉的名字,像发现新大陆一样兴奋地告诉大家:"看看,这位左路集团军总司令不是别人,正是闻名遐迩的一代北伐名将,淞沪抗战的指挥官之一贾将军。他率领的队伍曾经令日本人闻风丧胆,跟着这样身经百战的长官上战场,咱们一定能把日本鬼子打败。"

4

到总部驻地报到才知道,这个所谓的"左路集团军"听上去很唬人,其实只有一个空架子。部队由改编不久的四个地方保安团组成,称独立第一、二、三、四团,总兵力仅相当于中央军一个师。当这群备感失望的军校实习生被值班参谋赶到院子里等待的时候,一群军官刚好从大门外面走进来。其中一位身着灰布军服的矮个子长官走在前面,目光灼灼、精神抖擞,领章上三颗银光闪闪的将星顿时把大家眼睛映亮了。他们身体站得笔直,目不斜视地向这位三星将军立正敬礼。

总司令问明他们的身份,高兴地同他们一一握手,讲了一些勉励的话。长官是南方人,嗓音洪亮:"我们左路集团军虽然穿的是灰布军装,也不是主力部队,但是一直都有威震敌胆的光荣传统。比如独立四团,不论长官士兵,除了步枪,人人都背着一把大砍刀,随时准备与敌人肉搏。这种有我无敌、视死如归的英勇气概,你们都要好好学习。"

总司令的讲话令年轻的军校生重新恢复了信心,志豪甚至悄悄对士安竖起了大拇指。除女生罗霞被留在总部通讯处外,男生都派到威震四方的"大刀团"——独立四团实习。走出院门时,河马碰碰士安,挤挤眼说:"闻到什么气味没有?"

士安刚才同总司令握手时确实闻到一股淡淡的异香,有点像中药铺里的麝香,也像佛寺里的陈年藏香。河马悄悄比个吸大烟的动作,压低嗓音说:"我敢打赌,错不了,我老爹好这一口。"

士安觉得自己的灵魂几乎触礁了。

来到独四团,士安被派到二营任实习参谋。为了对抗令人心灰意冷的现实,他一心一意准备投入即将爆发的战斗。不料第二天下午,分在团部的志豪就脸色惨白地跑来告诉他,出大事了!女生罗霞险遭强暴,河马被毒打了一顿关了起来,恐怕要枪毙。

随着志豪慌慌张张的讲述,士安才渐渐弄明白事情的来龙去脉。原来罗霞奉命到四团团部帮助调试密码机,却被外号叫"牛魔王"的牛团长看上了,欲强行施暴。一营实习参谋河马刚好到团部来办事,冲上去一顿拳脚,打得牛团长满地找牙。结果自然十分不妙,牛团长矢口否认,罗霞被扣在团部,河马挨了一顿毒打,已经被卫士捆起来,如果不赶快想办法救他恐怕性命难保。

在士安想来,此事就如天方夜谭一样不可思议:一个堂堂的上校团长,怎么敢对一个前来执行公务的中央军校女生施暴?他就不怕丢官掉脑袋?

林志豪解释说:"我已经摸清底细,独四团前身就是桂南地方保安团,而保安团前身为该县民防总团。如果再往前追溯,则是蒋桂冯大战时期被政府招安的山匪。'牛魔王'就是十万大山里赫赫有名的刀匪头子。"

士安的身子凉了半截,这都是些什么乌七八糟的军队啊?怪不得对日作战一败涂地,能指望这些人救国救亡吗?不过先救人要紧。既然面对的是这些土匪出身的乌合之众,身为中央军校生的他们也有自己的优势。这样一想,心里也就拿定了主意。

等他们赶到团部驻地,许多军校同学都已经闻讯赶来了。匪气十足的牛团长头上缠着绷带,鼻青脸肿,十分狼狈,看来身高力大的河马同学的确没有手下留情。牛团长朝这群穿黄布军装的实习生咆哮道:"反了你们了?!敢在老子头上动土的人还没有生出来!老子绝饶不过这小子!"

士安冷冷地盯着他,用一种连自己都吃惊的冷静语调宣布:"按照大本营军令部训令第十三、第十九条,作为战地实习军官,我有权当场逮捕你,或者立即向集团军总司令报告,你公然违反军人行为条例,践踏军法军纪,已不再适合担任指挥官职务。"

牛团长愣了一下,忽然又狞笑起来,哇哇叫道:"你小子想告状?没关系,老子等着,只怕那个糟老头连四团有多少人马也搞不清楚……想逮捕老子?没门儿!我马上以谋反罪枪毙你们,叫你们这些乳臭未干的小王八蛋全都去见阎王爷!"说着还怒气冲冲地掏出枪来,"哗啦"一声打开了保险。身边的卫士也都狗仗人势,拔出雪亮的大刀片。

军校同学也不甘示弱,纷纷推弹上膛。双方剑拔弩张,眼看火拼一触即发。士安向大家摆摆手,对牛团长说:"我劝你先别把话说过头。如今各级长官都亲临前线督战,你想知道他们对你的行为会有什么反应吗?这样吧,我给你一个电话号码,你打过去问问,军官在前线犯强奸罪该如何处理?"

土匪团长被士安一席话镇住了,战区毕竟不是十万大山,他也不是从前占山为王的草寇了。何况这些学生来自中央军校,所以他并没有太大把握这些人里会不会有手眼通天的角色,于是他的声调降下来,但还是嘴硬地说:"你说说看,什么人的电话,管得了老子的事?"

士安也不告诉他,只管执意要他去打电话。牛团长越发心虚起来,不敢去。双方僵持了一阵子。士安走到他身边,轻轻对着他的耳朵说了几个字,是重庆大本营一个如雷贯耳的名字。牛团长立刻呆住了,喃喃地说:"你认识他?"

士安说:"你不信?那就打过去问问看。"

牛团长继续怀疑地追问:"你是他什么人?"

士安冷笑道:"亲戚,你该满意了吧。"

牛团长立刻换了一副面孔,下令放人,并向众人连连拱手,声称不打不相识,要跟大家交个朋友。好在河马只受了皮外伤,并没有伤筋动骨。士安知道连集团军总司令也拿这个土匪头子没办法,也就顺水推舟作了让步。他盯着牛团长拿在手里的日本撸子说:"既然不打不相识,我向阁下借样东西不知可不可以?"团长一下就明白了,满脸奉承地把手枪拱手相送。

士安送罗霞返回总部时,已是黄昏。深秋季节,树林里落叶萧萧,草也现出了苍凉的枯黄色。远远看见总部驻地的灰色瓦顶了,士安才把日本撸子递给罗霞。罗霞踌躇了一下,接过手枪眼泪却涌出来,摇摇头自嘲说:"还没有上战场,倒险些被自家人暗算了。"

士安就把十万大山的土匪头子"牛魔王"如何变身独四团上校团长的事情告诉了她,罗霞愤愤地说:"如此社会败类,怎能让他玷污了革命军人的荣誉?一定要向上级告发他!"

士安说:"你相信上级会蒙在鼓里吗?错!现在是全民抗战时期,哪怕是土匪强盗,就是恶棍杀人犯,只要肯上前线打日本,也是民族英雄。"

罗霞想了想,觉得有理。她忽然好奇地说:"从前怎么没有听你说起有位高官亲戚?"

士安笑道："我哪有什么高官亲戚？你还记得双十节有位大人物到军校训话吗？他当场公布一个电话号码，说是看见有长官违法违纪，就打这个电话向他检举。我后来鼓起勇气打过一次，果然是那位大人物接的电话，我检举的那件事也得到了处理，所以才敢跟那个团长说的。"

罗霞到驻地了，她坚持要他先走，士安拗不过，只得先转身，大步往回走。不一会儿，罗霞又追上来把手枪还给他，叮嘱说："前线危险更大，你要保护好自己。"

走出老远，士安还能看见那座被落霞染红的小山冈上罗霞的身影。他使劲挥挥手，她也热烈地回应过来。一片温情的潮水漫上军校男生的心头，让他感到又甜蜜又惆怅……

5

还没等士安从"罗霞遇袭事件"中恢复平静，反攻昆仑关的战斗就猝然打响了。独四团的任务是保障主攻部队侧翼的安全。可队伍尚未进入阵地，另一道命令又来了，要他们连夜抢占一座叫"野羊坡"的山头，切断南宁方向敌人的增援。牛团长在电话里跟总司令讨价还价，要饷要粮要弹药武器。好容易队伍开动起来，却错过了阻击战机，与增援敌军迎头遭遇。

双方的枪声几乎同时响起来。担任前锋的第一营转眼间就垮了下来，日本士兵端起雪亮的刺刀，嗷嗷吼叫着冲锋。幸好二营及时赶到，组织火力接应幸存官兵。等士安见到一营的河马时，只见他鞋也跑丢了，军帽也不见了。河马跺着脚道："妈的！这些兵根本不听指挥，跑得比兔子还快！"

不久查明敌情，这股敌人只有两三百人，仅相当于一个加强连，但是他们拥有许多挺轻、重机枪，还有几门掷弹筒和迫击炮。令人难以置信的是，独四团竟连一挺轻机枪都没有。牛团长向集团军请求增援，很快独立一、二、三团都赶来了，将这股气焰嚣张的敌人团团包围，总司令也坐着一台晃晃悠悠的滑竿赶到前线督战。此时中方总兵力达到四五千人,占据绝对优势,于是总司令果断命令出击,将敌人消灭于野羊坡山头上。

冲锋号一响,手持"汉阳造"的士兵就跟赶羊群一样,只管满山遍野地跑。许多人举着枪胡乱搂火,子弹飞到哪里去了也不管。这些兵既不懂得利用地形作掩护,也不会正确地匍匐前进,看得出,他们从未受过正规训练。相反,日本人却很会打仗,不仅机枪火力配置得当,而且步枪射击也十分精准。那些要命的子弹都像长了眼睛的马蜂,几乎枪枪命中、弹弹咬肉。第一轮进攻下来,士兵伤亡惨重。士安连忙向总司令报告说:"长官,这样打法不行,人打光也没用。"

贾将军看他一眼,问旁边伺候的牛团长:"他是什么人?"

牛团长说:"就是重庆来的学生娃。"

总司令皱起眉头说:"你倒说说看,该怎么打法?"

士安冲口而出:"用佯攻吸引敌人,把敌人的弹药消耗光。"

总司令来了兴致:"然后怎么做?"

士安道:"冲到敌人跟前扔手榴弹,再拼大刀消灭他们!"

牛团长怪叫一声:"好哇!轮到老子耍大刀了!"

总司令采纳了士安的建议。这一招果然见效,时至下午,敌人的枪声稀疏起来。总司令走出指挥部,抖擞精神地命令进攻,如有违抗命令、畏缩不前者就地枪毙。但是牛团长不干了,冲总司令嚷道:"老天在上,四团作为开路先锋已经吃了大亏,损失了一两百号人了,应该让另外三个团冲锋,四团留作预备队。"

总司令拗不过他,只好改派他作预备队。

上午中国士兵吃了许多苦头,折损许多弟兄,此时敌人子弹快没了,机枪射击也没了底气,因此个个胆气陡增,冲上去扔出许多手榴弹。敌人毕竟人少势单,抵挡不住,开始败退。牛团长眼看胜利在望,摩拳擦掌道:"都给我拔出大刀来,谁弄到一挺小鬼子的机枪,老子奖他十个大洋!"

士安觉得不妥,预备队哪能随便出动呢?万一敌人援军赶来怎么办?就劝阻说:"长官,等战斗结束再收缴战利品不迟。"

牛团长瞪眼骂道:"你懂个屁!仗打完了,黄瓜菜都凉了,老子喝西北风啊?"

士兵一窝蜂跑开了,个个都跟抢稀粥的饥民一般,把几个无可奈何的军校生扔在山坡上。山风劲吹,硝烟弥漫,敌人负隅顽抗的枪声尚未平息,各团士兵争夺战利品的战斗已经展开,争吵声、打骂声和凌乱枪声不绝于耳。

忽然"轰隆"一声巨响,一发炮弹落在面前的树丛里,把士安震得跳起来,士安担心的事情发生了——敌人的援军到了。日本人分乘十几辆装甲车和汽车,车头上架着机关枪、小钢炮,冲着中国军队背后开了火。一时间机枪扫射,炮弹爆炸,猝不及防的中国士兵纷纷倒下。一些老兵调转枪口朝敌人射击,子弹打在钢板上叮当乱响,连个弹痕都没有留下。牛团长急了,命令士兵拔出大刀肉搏,可是哪里近得了敌人的身呢?一个个士兵像折断的树木一样再也站不起来了。

军校生学过反坦克教材。士安连忙建议牛团长,把手榴弹三个一捆,扔出去炸坦克履带。士安的同学,身上有刺青的许博陵现场示范。他刚绑好一捆集束手榴弹,一发炮弹竟落在脚下爆炸了。随着一声巨响,天空顿时扬起一片红通通的血雾,除了后来有人捡到一顶军帽外,刺青同学消失得无影无踪。

敌人更加猖狂,战车横冲直撞如入无人之境,日本射手甚至把身体探出车外来扫射,就像练习打靶一样。山上的残敌也乘机发动反击,两面夹攻,中国军队溃不成军。有人报告牛团长,总司令和他的幕僚早已脚底抹油逃远了。此时,身陷绝境的牛团长反倒显出英雄本色来,他一声怪叫,拔出大刀连砍几个逃跑的败兵,血脉贲张地高呼:"不许退!老子今天跟小鬼子拼了!"

话音未落,一串子弹飞来,他胸前的血洞仿佛一排红彤彤的奖章。不管怎么说,牛团长终归是战死沙场的英雄。此时附近忽然响起枪声,士安看见女生罗霞双手紧握步枪,利用石头和土坑作掩体,"砰"地打倒一个鬼子,然后推弹上膛,又一枪……

士安急了,冲她大叫:"罗霞,你不要命啦!"但是他的吼声立刻就被枪炮声淹没了。敌人的装甲车发现了目标,插着太阳旗的椭圆形炮塔转过来瞄准。士安什么也顾不得,扑过去把罗霞压在自己身下。"我们都要死啦!"士安绝望地闭上眼睛,等待一声地动山摇的爆炸响起来……

"轰"地一声,炮弹爆炸了,空气中充满着爆炸产生的灼热气浪和辛辣的火药气味,但是死神并未降临,他们也没有被炸成碎片。士安慢慢抬起头来,发现日本的战车已经歪倒在地上,一股熊熊的火焰正从车顶蹿出来。罗霞牙齿磕磕碰碰地打架,只管用手一个劲指着阵地下方。士安转过脸,这才看见山下公路又开来一队坦克。这些坦克体型很大,炮筒又粗又长,炮塔上涂着醒目的青天白日国徽……

敌人的战车被击毁,残余之敌狼狈逃窜,大家激动得紧紧拥抱在一起。这支挽救战局的援军给军校生留下了深刻的印象,其现代化的装备也让他们看到了希望,因此当一位身材魁梧的光头将军跳下车来查看战场时,同学们一起拥上前向将军敬礼,表达加入该部队参战的强烈愿望。将军爽快地接受了他们的请求。这支部队就是历史上被称作中央军"王牌中的王牌"——中国唯一的机械化部队第二百师。光头将军就是大名鼎鼎的黄埔师长戴安澜。

6

父亲和表姐听得出了神,士安脸色讲得也是非常投入,但是语调已经平静下来。他说:"报上所谓的大捷,是我方出动十万大军包围了一个日本旅团,最后只消灭敌旅团长和四千官兵,而我方付出的代价则是伤亡两万多人。五比一,这就是所谓的大捷!"说完,满脸苦笑。

父亲说:"政治课老师讲,中国有四万万人口,就是一人动根指头,也能把小日本赶下东海去。"

表哥摇摇头,把大碗里的酒一饮而尽,接着说:"我给你们算笔账。抗战以来,每消灭一个鬼子兵,中央军都要付出伤亡四到五名官兵的代价。如果换成各省杂牌军,代价就会是十倍甚至更多,但还不一定取胜。这种糟糕的战况就像以卵击石。鸡蛋不变成铁榔头,永远别想砸碎石头。戴师长说过,什么时候中国军队都变成第二百师了,中国的抗战就有希望了。"

又一队踩着高跷的民众兴高采烈地经过,他们的表情看上去既天真又快乐。表哥转个话题,问起老爷子的伤情和工厂的情况。父亲告诉他,家里都好,老爷子的腿伤基本痊愈,工厂也在努力生产自救。接着父亲忍不住埋怨道:"当初你消失不见,姆妈担心万分。她想不到你偷偷去当兵。"

表哥回答:"我知道家里人都会反对。他们虽然都很爱国,但是决不会让自家子弟上前线打仗,所以我只能选择不辞而别。"父亲记起那天夜里姆妈的话,不禁佩服表哥有远见。要是他回去服丧的话,两个姨妈不把他的手脚捆牢才怪。

三个人吃晚饭,天色已晚,表哥要归队了。在码头上,父亲听见如兰犹豫一阵才喃喃地说:"哥,我有身孕了。"

父亲大吃一惊,不料,表哥只是点点头,问:"是志豪的么?"

表姐凄惨地笑笑:"还会有谁的?"

表哥说:"他知道吗?"

如兰摇摇头,眼圈红了。父亲忽然醒悟,那次在棉纱包上,林志豪为什么听见表姐的声音都会兀自脸红。表哥说:"志豪是个真正的男子汉,你别怨他。"

表姐哽咽回答:"有机会请告诉他,我不后悔。"

父亲猛地明白表姐为何要休学去红十字医院做护士了。他没头没脑地说:"你赶快生个男孩子吧,将来也让他打日本鬼子去。"表姐点点头,一串亮晶晶的眼泪像断线的珠子滚落下来。

表哥走了,父亲的心也随表哥走远了。这天夜里日机再袭重庆,尖利的警报声撕碎了宁静的夜幕,父亲望着山城夜空划来划去的探照灯光、飞舞的曳光弹和腾起的炸弹火焰,满心期待着自己有一天能像表哥一样上战场。

第三章　遥远的西行之路

1

老爷子张松樵的腿伤恢复得很快,不到三个月就能下床,半年就基本痊愈,只是他再也离不开拐杖了。连医生都惊叹,这种康复速度简直是个奇迹,说明老人的生命力之旺盛不输于年轻人。

遭受重创的工厂也跟老板的伤势一样得到迅速修复和重建。老爷子在病床上就设计了一个重建方案,在南岸众多的天然山洞之间开挖隧道,把分散的山洞连通,这样就在大山肚子里建起一座能躲避空袭的地下工厂来。许多人都对这个超乎想象和耗资巨大的工程提出异议,老爷子却表现出异乎寻常的固执和专断,吓得那些人赶紧闭了嘴。

"您为什么要把工厂建在山洞里呢?"父亲也出面劝说,"要是抗战胜利,您这些力气不是白费了吗?"

"谁能告诉我,抗战还要打多少年呢?"老爷子目光犀利又深远,"没有人知道答案,恐怕连蒋委员长也不知道。但是只要日本人灭亡不了中国,我的纱厂就得开工生产,因为所有人都得穿衣服。"

父亲又问:"您认为日本人会打到重庆吗?"

老爷子摇摇头,他的回答令父亲心头发冷:"不知道。如果真有那么一天,工厂开不开工还有什么关系呢?"

"咱们中国军队为什么打不过人家?"

老爷子叹息说:"你看日本人,有飞机,有坦克、大炮和军舰,中国军队有什么呢?只有汉阳造步枪。"

父亲不服气,反驳说:"我知道有支王牌军第二百师,他们也有大炮坦克。"

老爷子点头："我也知道这支军队,报纸上称他们为'常胜之师'。要是中国军队都像二百师一样,日本人也不敢那么猖狂了……我来考考你,中国有多少抗日军队?"

父亲答不出。他听见爹爹说："告诉你吧,一共约有三百万左右吧,其中中央军有一百多万人。那么第二百师有多少人呢?"

父亲还是回答不出来,他很懊悔,当初怎么没问问表哥呢?还是老爷子给出答案："通常一个师只有五六千人,第二百师有九千人,姑且算一万人吧,仅占全国军队三百分之一,占中央军不到百分之一,这点力量能对抗战大局起多少作用就可想而知了。"

父亲马上提出尖锐的问题："政府为什么不把中央军都变成二百师呢?如果那样的话,打败日本鬼子不就快了吗?"

老爷子用赞许和欣慰的目光看着儿子说："这就是我为什么要把工厂建在山肚子里的原因。日本飞机胆敢在中国的土地上天天搞轰炸,就是因为咱们中国太穷、太落后。若要把中国军队都变成王牌师,打败拥有飞机大炮的日本人,我们得做好十年、二十年甚至几代人的准备!"

老爷子不可动摇的意志得到夜以继日地贯彻执行,数以千计的民工参加了这座地下"长城"的建设。重建工程还得到市政当局的大力支持,市长亲自过问并指派一支有经验的矿井施工队前来支援。一九四〇年过大年的鞭炮响过之后,父亲同拄着拐杖的老爷子一道走出家门,老爷子的脸上露出久违的笑意,因为他看见自己亲自设计的宏伟蓝图正在变成现实,一座人工开凿的山洞工厂已经初步具备了开工生产的能力。

但是开工的日子却一再推迟,原因是国外购进的机器迟迟不能到货。公司董事会是通过香港安利英洋行从英国购进的纺织机器。此时虽然英国人正在欧洲与德国法西斯苦战,但他们在印度的工厂还是如期完成了生产合同并把机器装船。如果放在抗战前,机器从印度加尔各答海运到上海港,再换装江轮运到重庆码头,一般只需要三个月时间。但此时,日本人封锁了中国沿海的所有出海口,企图困死重庆政府迫使其投降,国外物资送达大后方的通道就只剩下一条连接缅甸的滇缅公路了。英方只得将商船的卸货地点定在仰光港。

由于事关工厂生死存亡,张松樵不顾年事已高,决定动身前往仰光,要亲自把这批机器运回来。家里人都知道老爷子的行事风格:他不想做的事情谁也劝不动;他要做的事情谁也拦不住。老爷子走到正在埋头做功课的父亲身后,背着手,足足看了几分钟,严厉的目光越过他肩头投射到桌子上,好像要检查儿子的功课一样。父亲装作专心做功课,其实在期待某种不同寻常的事情发生。果然,经过短暂沉默之后,他听见爹爹说:"述义,收拾东西,跟我一道走。"

父亲又惊又喜,结结巴巴地说:"现在……吗?"

老爷子清晰地回答:"是的,马上。"

父亲被这个从天而降的喜讯涨红了脸。他几乎是欢呼雀跃地跑进跑出,恨不得把这个好消息广而告之。

张松樵的决定无异于在家里投下了一枚炸弹。柳韵贤哪里舍得让儿子去异国冒险?一路上餐风露宿不说,还有敌机轰炸和种种风险不测呢。老爷子则完全不以为然:"缅甸是英国的殖民地,根本没有战争。再说跟着我一道,哪有什么冒险?"

姆妈抹着眼泪虚弱地反驳:"孩子正在念书,等他长大了去哪里周游不好?"

老爷子生气地训斥说:"胡闹!什么周游?是去见世面、开眼界,不是游山玩水!将来他要接工厂的班,长见识比念课本更重要,你懂不懂?"

事情就这样决定下来了。

父亲用理智打造儿子精神,母亲用情感浇灌儿子心灵,这是人类不变的遗传学法则。

2

公元一九四〇年春天,由于遭到日本飞机野蛮轰炸和空中封锁,陪都重庆仅有的两座机场全都荒芜,偌大的停机坪变成了牛羊们悠闲吃草的天堂。张松樵一行,包括佣人家成,厂长石先生,财务总管韩先生,工程师技术员十余人,搭乘一辆颠颠簸簸的军用卡车,足足花了一周时间才到八百多公里外的云南昆明,然后与香港赶来的安利英洋行代表和翻译会合,在巫家坝机场登上一架英国航空公司"皇家方舟号"飞机,数小时后降落在缅甸仰光国际机场。

一下飞机,最先吸引父亲注意力的不是色调鲜明的热带景象与异国风情,而是停机坪上各种各样深色涂装的军用飞机。它们中有体形庞大的双引擎轰炸机和运输机,也有像蜻蜓一样短小精悍的战斗机和侦察机。许多汽车像小甲虫一样在机群间穿梭,一些军人围着飞机爬上爬下,父亲猜想他们应该是飞机师。当然,这些飞机师都不是中国人,而是金发碧眼、身材高大的外国佬。中国少年贪婪的目光像强力胶水一样牢牢粘在那些外国飞机上,数得眼睛都疼了也没数清楚到底是一百几十架,心中惋惜地想:"要是重庆也有这么多飞机的话,小日本还敢天天来轰炸吗?来就揍它!"

一辆大客车把他们接到仰光港口,老爷子日思夜盼的宝贝机器就整整齐齐堆放在货仓里。老爷子用手抚摸着这些散发出浓重机油味的新机器,泪珠从眼中滚落下来,这都是老爷子的命啊!父亲从未见过老爷子如此动情,在外人甚至家人眼里,老爷子都是以严厉、专断甚至冷酷著称,他从不动情,也从不示弱。

趁着大人忙乱,父亲独自走出仓库在港口四处闲逛。林立的塔吊、停泊在码头上的巨轮都令父亲惊愕不已。这些轮船大得无法用语言形容,就算把朝天门的所有轮船加在一起也比不上这里的一条船大。很快,有条与众不同的大船引起父亲的注意。这艘船模样十分怪异,像一只装雪茄烟的长匣子,脑袋尖尖的,屁股却是方的,船尾敞开,有许多冒着黑烟的车辆轰隆隆地从船肚子里开出来。有的是小巧灵活的吉普车,有的是拖曳大炮的大卡车,还有一种浑身上下都被钢铁包裹的怪物,头上顶着大炮,两条转动的金属履带发出令大地颤抖的轰隆隆碾压声。父亲吃惊地想,这些铁家伙恐怕就是表哥讲过的那种刀枪不入的钢铁战车了。他张大嘴巴,痴迷地望着,可真多啊,简直就是一条无穷无尽的钢铁洪流。

放眼望去,这样的大船还有好多条呢。如果它们肚子里都装着这样的战车,如果把这些威武雄壮的战车全都开往中国,开往他的家乡湖北武汉,开到南京、上海和东三省,小日本还不得立马完蛋呀!宏伟的想象之伞撑开来,父亲简直要被自己描绘的胜利前景陶醉了,这时有只手拍拍他,把他吓了一跳。

是一个穿军装的外国人。他个子真高,简直快有电线杆那么高了,头上戴顶皮帽子,帽子上有一对很威武的风镜,腰上吊着皮枪套。他的高鼻子像只大铁钩,一对蓝眼珠深得像湖水,脸却出奇地红,像涂抹了红汞药水,跟吃孩子的妖怪一模一样。父亲有点害怕,却要装出勇敢的样子。

"你不是印度人?"妖怪用英语问道。

父亲退后一步点点头。他当然不是印度人,这一点连傻子也能看出来。

那人又说:"你是日本人吗?"

父亲不乐意了,用英语回敬道:"你才是小日本呢。"

妖怪并不生气,伸出手来摸摸父亲的头,嘟哝了一句英语。父亲从小在美国教会学校念书,英文相当不错。他听懂这人是说,怎么中国人头上不见了辫子?

父亲更加不高兴了,都什么时代了,难道这些自以为是的外国人还在用看封建王朝的眼光看待中国人吗?他不客气地对妖怪说:"辫子应该长在女人头上。"外国人惊异于中国少年的流利英文,竖起大拇指。

父亲已经听出他的美国口音,顺口说了一句:"你是美国人?"

那人更加惊讶,连连点头说:"对呀,我是美国人,乔治·布克,你叫我布克。"

"这些都是……打仗的汽车吗,布克先生?"父亲脑子里一时找不到"装甲战车"的英语词汇。

布克告诉他,这些车英文叫做"tank"(坦克),原意是指储存液体或者气体的容器,现在专指这种带有装甲防护的战斗车辆。"M4-Sherman,OK!"他强调说。父亲听懂了,这种坦克名字叫做"谢尔曼"。

"Tank!M4-Sherman!"父亲重复了一遍,这个散发出浓浓时代气息的武器词汇立刻印在了父亲的脑海里,从此再也忘不掉了。

"你驾驶谢尔曼坦克?"

布克摇摇头。他告诉父亲,自己只是港口仓库的军械士,负责把这些从美国运来的租借物资移交给英国人。

"那么,这些租借物资……我是说这些坦克大炮,以后都开到哪里去?"父亲怀着一线侥幸的希望说。他盯住布克先生的嘴巴,希望从里面蹦出来的单词是熟悉的"China"(中国),但是布克的嘴巴动了动,吐出来的单词像一枚坚硬的石子砸中父亲。

"India"(印度)。

"为什么不是中国?"这不公平,印度并没有战争,更没有遭受侵略,而中国却需要更多的先进武器。

布克耸耸肩膀,表示无可奉告。

"你胡说!"父亲忽然怒气冲冲地嚷道,"如果是开到印度,这些大船为什么不到印度港口,却要在仰光?"

布克先生的回答彻底击溃了他的希望:"因为印度洋上有很多德国潜艇活动,所以美国运输船队必须选择安全的太平洋航线,经澳洲然后在仰光上岸。"

父亲太天真幼稚了。这些武器不属于中国,不属于他的正在遭受敌人野蛮侵略的故乡。敌人的飞机和战车还在中国横行,可是我们却没有强大的武器去阻止,也没有人愿意帮助我们。中国少年神色黯然地离开港口,像一条受了委屈的小狗一样躲在角落里无声地哭泣。一路找来的张松樵看见儿子悲伤的样子感到很奇怪,问他为什么,得到的却只是沉默。

3

机器在港口吊装时突发意外,吊车的钢索断裂,坠落的机器货箱砸死了一名缅甸工人。张松樵得到消息赶到现场,英方经理连连道歉,承诺赔偿损坏的机器,保证按时完成货物装车。张松樵察看过那箱损坏的机器,却只向对方提了一个毫不相关的问题:"你们如何处理死者的善后事宜?"

英国人做了个遗憾的手势:"他没有遵守劳动守则,公司方面不承担任何责任。"

张松樵很惊讶："万一工人闹事怎么办？"

英国人说："这里是大英帝国的海外领地，当地人必须服从英国人统治，否则就把他们关进监狱。"

张松樵点点头，不置可否。

次日清晨，机器按时装车完毕，张松樵一行随车返回。张松樵指着车窗外面繁忙的港口对儿子说："你知道这里为什么井井有条吗？因为英国人执行了一整套从欧洲搬来的制度和法规。如果我们中国也向他们学习，每个公民、包括政府首脑都严格遵守制度法规，那么中国就进入文明社会了。"

老爷子看儿子似懂非懂，又语重心长地说："今天小日本为什么敢侵略中国？都是因为我们国力贫弱。我的工厂为什么要到英国订购机器？因为只有装备最先进的机器才能振兴经济，有了强大的经济国家才能立于不败之地。孩子，将来你会明白爹爹的苦心。"

随着汽笛长鸣，列车驶出港口，渐渐就把波光潋滟的大海和来来往往的轮船抛在了身后。老爷子终于松了一口气，脱下崭新的藏青色毛呢中山装，黑色牛皮鞋和灰色呢礼帽，重新换上凉爽的长衫马褂和老式布鞋，然后惬意地在包厢里走来走去。

这是一节舒适豪华的火车包厢：包金的把手，镶金边的桌子，精美的餐具和茶具，柔软的沙发床和雪白的床单。盥洗间不仅配有抽水马桶，还能洗热水淋浴。佣人家成在普通车厢，包厢里是随叫随到的印度侍者。男侍者四十岁左右，长着一部大胡子，头上缠着一条白布头帕，穿着带铜纽扣的白色制服，看上去像个黑白分明的卡通人物。

父亲见过印度人，是汉口租界的大胡子印度巡捕，他们腰间挂根棒子，把犯事的中国人往死里打。但是，张松樵显然更在意印度人的专业素质。他脸朝着窗外，手指不经意地轻叩桌子，等他回头时，印度侍者已经恭敬地站在面前等候吩咐了。他挥挥手，印度人退下去，等他不经意地再次敲响桌子，印度人又悄然出现在包厢里。如是者三，印度人并无半点怠慢或者不耐烦的表情，依然面带微笑，垂手侍立。张松樵这才让他送来一杯白开水。父亲不懂爹爹葫芦里卖的什么药，老爷子开导他说："你知道什么叫做尽职尽责吗？刚才这个印度人就是样板。做工作任劳容易任怨难。"

父亲撇撇嘴说:"当个伺候人的侍者有什么出息?"

老爷子纠正他道:"不对,孩子,这与出不出息没有关系。当侍者就要当一个称职的侍者。任何事情,你要么不干,要么就兢兢业业,这是职业道德。如果你当服务生都不敬业,我能信得过你当经理吗?当老板就要学会考察人,如果他连小事都干不好,那么他肯定无法胜任大事,这是古往今来的通理。刚才这个侍者,如果谁把这列火车的服务工作都交给他,我敢肯定会百分之百放心。"

不多久,老爷子的话果然得到验证。当列车驶进仰光火车站时,一位西服革履的英国绅士登上列车,自我介绍是本站站长,前来拜访本次专列的中国贵客。老爷子向站长致谢,并顺便赞扬了包厢的服务质量。站长先生很高兴,向客人介绍列车的服务总管,父亲这才吃惊地发现,印度侍者就是服务总管。

列车再次开动时,老爷子把父亲叫到跟前说:"你看这条缅甸铁路,火车准时发车,管理井井有条,人人各司其职,互相配合得跟机器一样严密,这就是欧洲人带来的现代企业思想。孩子,等你念完高中到国外去上大学,一定要把他们先进的科学知识和企业思想带回工厂来。"

父亲迎着老爷子满怀期待的目光含含糊糊地"嗯"了一声。

中午列车驶进一个叫"同古"的小站,蒸汽机车要在这里加煤加水。张松樵拎起手杖,叫儿子下车去透透气。小站非常宁静,远处山坡上的佛寺金塔沐浴在正午的阳光下。父子俩仿佛行走在一幅光影强烈的电影画面中,父亲这才发现老爷子并非随便走走,而是沿着铁轨一节节地巡视起那些运载机器的车厢来。

终于走到了车尾,两个人都热得喘不过气来。当他们沿着铁轨往回走时,看见一个穿铁路制服的男人迎面走过来。他长着火鸡一样的长脖子,戴着铁路员工的大檐帽,不时弯下腰来用小锤敲击车轮。走近了才看清,是个英国人,制服上的路徽表明他是站长。礼貌地相互致意之后,英国人继续检查列车。张松樵久久地目送着英国人,父亲问:"天气这么热,他为什么不让部下替他检查?"

"这就是英国走在世界前面的原因。"

当列车重新开动时,英国站长站在月台上向列车行注目礼。父亲看见老爷子站起身来,向车窗外深深地鞠了一躬。列车一闪而过,英国人根本看不见中国人的致敬,但是父亲却亲眼目睹了一个忠于职守的英国人如何赢得了一个以严苛著称的中国企业家发自内心的尊重。父亲忽然悟出,原来爹爹是用这样的方式告诉自己,他未来的接班人应当成为一个怎样的人。

4

半夜,父亲被吵醒,这才发现火车已经到站,爹爹的卧铺不知什么时候已经空了。等他跑下站台,看见许多缅甸工人正在往汽车上装机器。铁路终点站腊戍到了。父亲出发前查过地图,知道腊戍是座紧邻边境的缅甸小城,著名的滇缅公路在这里与仰(光)腊(戍)铁路交会。

张松樵、石厂长、韩总管正在站台上跟两个陌生人说话。他们分别是执行运输任务的汽车队长和国内派来保护车队的警卫队长。老爷子指着父亲说:"徐队长,严队长,这是犬子,一路还请多费心。"两个队长都没有做声,只是客气地点点头。

姓徐的车队长长得像矮种马一样瘦小,穿一身洗得发白的帆布工装,头戴鸭舌帽,不停地抽一种味道很呛人的喇叭筒烟卷。警卫队严队长则是个黑胖子,脸上有几颗白麻子,嘴里镶了两颗招牌式的大金牙。他穿一件湖绸对襟长衫,胸前露出半截金灿灿的怀表链,倒像个患了炫富癖的暴发户。父亲凭直觉不喜欢这个黑胖子,他觉得那人的眼睛后面似乎藏着另一双眼睛,盯得人不自在。

车队当天就到了国门畹町。畹町原本是个名不见经传的傣族村寨。傣语里"畹"是日头,"町"是当头,就是"太阳当顶"的意思。严队长一入境就脱下了商人行头,换上缀有上尉领章的灰布军装,别上手枪,立刻恢复了威风凛凛的军官面目。当一群扛着汉阳造的士兵像灰鸽子那样扑腾腾飞到他跟前集合时,严队长的举手投足都表明他是主宰这条交通动脉的主人。

晚上,由资方掏钱在畹町海关外面的空地上杀猪宰羊,宴请当地官员和汽车司机、押运官兵。名为慰劳,也是搞好关系、联络感情。没想到酒席还没散,外面就传来乒乒乓乓摔盆砸碗的声音。石厂长连忙出去察看,一会儿进来报告说,是大兵在酗酒闹事,嚷着要老板发红包,领头的段班长威胁说,不给红包明天就过不了黑山门。

黑山门是紧锁畹町国门的险峻山口,士兵这么闹显见得是敲诈要挟。张松樵这才注意到严队长不知道什么时候走了:"严队长人呢?"

石厂长回答:"说是不舒服,已经回去了。"

父亲看见老爷子拿眼睛盯着天花板上的一处水渍,过了一会儿对石厂长说:"你们去跟严队长谈,我答应他们的条件。士兵每人两块云南大洋,班长四块,队长二十块。但是我也有个条件,从此一路不许再提别的要求。"

厂长说:"还有汽车司机呢?如果他们也趁机要挟,事情就更难办了。"

老爷子点点头,他说:"比照士兵发。队长十块。"

韩总管迟疑道:"这样一来成本增大很多啊。"

老爷子转向他们说:"你们记住,有时低头是为了抬头。这批机器是我的命根子,只要保证机器顺利运到,无论花多少血本也在所不惜。"

士兵达到目的,个个欢天喜地,醉醺醺地睡觉去了。但是汽车队徐队长却一脸怒气地闯进来,将装有大洋的布袋重重地顿在桌子上,转身就走。石厂长以为他嫌少,连忙去拉他,不料徐队长痛心疾首地说:"你们以为我们是些什么人啊?哼!"

大家都有些摸不着头脑,毕竟一行人都是从陪都重庆出来的,什么场面没见过?天下事归根到底就一个"钱"字,无论官场、商场,无不是金钱当道红包开路。你办事没有后门不行,有后门不给钱同样不行,不给钱办不了事,给少了同样也办不成事。

徐队长看老爷子态度诚恳,这才渐渐消了气,故意责问道:"你们可知道我们这支运输车队的来历?"

大家都摇头。因为这批机器是花了大价钱的,所以老爷子特意找了重庆交通部承包运输,至于交通部指派哪支车队或者哪家公司他们知之甚少。

徐队长说:"你们知道陈嘉庚先生吗?"

大家连忙点头,陈嘉庚先生不仅是富可敌国的南洋侨商,也是著名的爱国侨领。他组织海外募捐,捐赠抗战物资,还组织大批有技术的南洋华侨成立"南洋机工团"回国抗战。老爷子连忙表态:"陈先生是我敬佩的楷模。"

石厂长也补充说:"樵公也是国内著名的爱国人士,民国二十六年(1937年)他个人为抗战捐献过一架飞机。"

徐队长脸色缓和过来,说:"我们就是南洋华侨机工团运输车队,我们所有的机师和技工都不领工资,不要报酬,吃自家的饭。很多人都是开着自家汽车回来为国出力的。我们长年累月奔跑在这条滇缅路上,喝生水,啃干粮,每天过夜都睡在车上,难道是为了货主的红包吗?"

此言一出,石破天惊,就连自认为阅世深广的老爷子也震惊不已。当徐队长矮小的身影消失在门外,老爷子还沉浸在难以平复的心潮中,他告诉众人:"看多了重庆社会那些卑鄙肮脏的现实,人心难免遭到浸染,以为豺狼当道,即使不同流合污也只好随波逐流。今天听了徐先生一席话,让敝人有拨开云雾之感。有南洋壮士开车,我就不再担心了。"

韩总管小心问道:"我们缴纳了一笔数目不菲的运输费,都落到谁的腰包去了呢?"

没有人回答。

夜渐渐深了,浓重的雾气像牛奶一般从河谷中漫起来,渐渐淹没了这座耸立在国门上的边陲小镇。只有悬挂在桥头堡上的青天白日国旗孤独地漂浮在雾气的大海之上,像只沉船的桅杆。

5

两天后车队抵达滇西重镇芒市。当地的傣族土司是位留过洋的开明人士,慕名宴请内地实业家张松樵一行,兵们不知怎地也听说了,纷纷嚷着要同去喝酒。张松樵见状,连忙请主人另外摆桌子,好酒好肉地招待他们。不料他们酒后无形,抱住傣族姑娘拉拉扯扯,有的还要解裤带,弄得主人脸色很难看。

告辞出来,一行人都沉默无语。半夜,张松樵被一阵急促的敲门声惊醒,门一开,竟是浑身泥水的徐队长。他短裤也挂破了,一只鞋也跑丢了,那副狼狈模样像是刚刚从虎口逃生一样。大家都摸不着头脑,什么事情令走南闯北、见多识广的车队长如此受惊?

原来,有个司机躲在树丛里小解,偶然听到两个兵在房子背后说悄悄话,其中一个说,明天南天门要"下笼子"。另一个问笼子装谁? 答"肥膘"。问几个? 答"一老一小"。他们讲的都是黑话,"下笼子"指绑票,"肥膘"指有钱人。从芒市出发,半天便可到达南天门,那一带地势险要、山大林密,向来都是土匪强盗打劫绑票的地方。司机听见一个说:"不许独吞啊,不然老子不干。"另一个则安慰他:"麻子说了,刮完肥膘就撕票,不会亏待咱们弟兄。"

司机吓得魂飞魄散,赶紧拎起裤子跑回来报告徐队长。可是在这个远离内地的边陲之地,最近的警察局也在两天路程之外的保山,这些兵手中有枪,谁能制止得了他们的阴谋呢?

父亲看见大人们个个都苦着脸,成了热锅上的蚂蚁。张松樵仰天叹道:"原本指望军队来为车队保驾护航,没想反倒引狼入室了!"

韩总管着急地说:"不管怎样,樵公和公子还是连夜逃吧,只要逃出他们的地盘就安全了。"

徐队长把头摇得跟拨浪鼓一样:"据我所知,从畹町至大理,滇西沿线千里路段都归滇军息烽旅警备,汽车就是昼夜不停也要开上一周时间。"

韩总管不解地说:"只要逃出严麻子的魔掌不就化险为夷了么?"

徐队长苦笑道:"恐怕事情远没有那么简单。现在还很难断定幕后指使,若只是严麻子当然好办,若背后还有更大的来头怎么办呢?"

众人大惊,不解其意。徐队长说:"你们想想看,滇缅公路警卫处由当今'云南王'龙云的三公子龙绳曾掌控,而息烽旅旅长就是龙云的大公子,人称'龙上天'的龙绳武。他还兼任腾龙边区公署行政监督,集军政大权于一身。如今他们兄弟联手,把滇缅公路当摇钱树,你们能飞出他的手心么?"

韩总管绝望地说:"纵兵抢劫绑票,败坏国军声誉,他们就不怕中央政府追究严惩么？"

徐队长道："滇缅路通车不到两年，敲诈勒索的事情如家常便饭。一般客商惹不起只好花钱消灾。如今这班丘八吃惯了嘴，什么绑票撕票的事都敢干。人说'兵匪一家'，我看眼下兵患甚于匪患，官患甚于兵患，三患合一，已是病入膏肓了。眼下绑票尚未发生，你有什么证据去告他？没有证据不等于诬陷么？如果等他绑了人去，告他也无用，他只消把责任往下面一推，最多军纪不严而已，可是你却得面临生死之灾。而且你就是付出赎金，放回的仍可能是尸体。"

一直沉默不语的石厂长仍然怀有一线希望："樵公与云南省龙主席有过一面之交，我们路过昆明时省政府秘书长还宴请过樵公呢。如果连夜派人送个信，请他亲自过问此事如何？"

徐队长冷笑道："厂长有所不知，且不论口信送达昆明需要多日，恐怕这边祸事早已发生了，即便消息送达，有道是'最亲不过父子兵'，二位龙公子胡作非为、无法无天，他的亲爹会一无所知么？我看难保这种绑票打劫的根子不是出在上面呢。"

事已至此，张松樵反倒坚定起来："我决不能一走了之。这批机器关系工厂的生死存亡，我一定要把机器运回重庆。"

父亲大着胆子在一旁插话说，如果请土司派兵丁押车，麻子准定不敢轻举妄动。但张松樵摇摇头说："傣族土司管不了汉人的事情。何况那些兵有上面撑腰，没人敢招惹他们。"

韩总管双手一摊说："难道就只有束手待毙么？"

石厂长建议："不如樵公父子连夜折返回缅甸，从仰光搭飞机回国，车队由我和韩总管来负责好了。"

张松樵还是断然否决。他拿拐杖杵着地板悲愤地说："我断定严麻子干这种卑鄙龌龊勾当总归是见不得人的。难道中国就没有王法了？那些行政公署、政府衙门、警察军队都干什么去了，中国的事情就由着这些土匪强盗横行霸道不成？"

这句话倒提醒了徐队长，他一拍脑袋说："麻子兵属滇军息烽旅，是云南地头蛇，但是芒市前面龙陵黄草坝还驻有一支正规军，听说是中央军的后勤供应站，军装颜色也不一样，都穿黄布军衣。有次我们汽车坏了同他们打交道，感觉很正规、很和气，跟那些丘八不一样，而且严麻子好像很害怕他们似的。"

大家眼前一亮,齐声问他:"中央军么,什么番号?"

徐队长想了半天,才讷讷地说:"好像是什么……第二百师吧,听说还是机械化部队呢。"父亲的心立刻快乐地大跳起来。第二百师,不就是表哥士安和他同学投奔的王牌之师么?

徐队长连夜驱车赶往黄草坝求援,军供站长听说是师部楚参谋的家人,自然十分重视,马上开通电台向师部汇报。值班参谋正好是楚士安,于是所有难题迎刃而解。

次日,第二百师派出警戒分队赶到芒市,一辆威风凛凛的三轮摩托车开道,车上架着机关枪,另一辆军用吉普接了张松樵父子,另有十几名穿黄军装的士兵随车保护。麻子兵看见中央军出动了,果然都像老鼠见了猫,再也不敢轻举妄动。

6

车队抵达怒江天险惠通桥已是傍晚,远远开来一辆摩托车,一个军官跳下车向他们连连招手。是士安的好友,如兰表姐的心上人林志豪!

如今,军服笔挺的中尉军官林志豪不仅人长高了,肩膀长宽了,就连脸上的表情也像个真正的军人——凌厉、刚毅、自信、坚定。他腰间别着手枪,往铁索桥当中一站,立刻显出王者当道舍我其谁的霸气来。两人都很激动,没想到重庆一别,竟会在千里之外的怒江桥头重逢。志豪说,他是受士安委托,特地从保山军需部赶来迎候车队的。父亲迫不及待地打听士安的近况。志豪说,军校毕业后他们都如愿以偿地来到第二百师效力,士安在师部当作战参谋,罗霞在通讯部担任密码员,河马和眼镜都在战车团,自己则是军需部中尉副官。

父亲无比自豪地向爹爹和众人引见林志豪。本来老爷子十分感激中央军出手相援,但是一听说眼前这个军官就是把自己侄女肚子搞大的浑小子,脸色顿时变得难看起来。志豪当然不敢计较,只是尽心尽力地安排车队通过江桥直达保山。车队宿营后,志豪殷勤地邀请未来的姨父大人吃晚饭,但被老爷子借故身体不适谢绝了。老爷子看不惯现代青年的"自由",更不可能和他把盏言欢。志豪情绪低落,只拉了父亲在路边的小酒馆喝闷酒。父亲忍不住责怪他:"你怎么一点也不关心表姐啊?"

志豪道:"我怎么能不关心她呢?我们深深相爱,我时刻记得,我是她腹中孩子的父亲。我发过誓,会光明正大地娶她,为她操办一场配得起她的体面婚礼。可是眼下我是个军人,随时出征上战场,而且除了每月领一点点可怜的军饷外几乎身无分文,怎么去跟我心爱的人结婚呢?"

父亲有些同情志豪,原来每个人都有自己的苦衷啊。但是像父亲这般年纪的少年,对军队和武器的兴趣远远大过那些纠缠不清的儿女情长,他摆弄着志豪的手枪,说比士安那支大些,也沉许多。提到士安,志豪说,在他们这批军校生中,只有士安被授予上尉军衔,连戴安澜师长都很器重他,将来一定是个前途无量的优秀军官。父亲听了特别激动,表哥的形象在他心目中愈发高大起来,那一夜他梦见表哥成了将军,指挥潮水般的军队向敌人猛烈进攻。

第二天车队重新上路,志豪扛来一只沉甸甸的木箱,叮嘱他回去交给如兰,是一箱美国克宁奶粉罐头。父亲知道,在物资紧缺的重庆,连国产奶粉都是难得一见的紧俏货,美国生产的克宁奶粉简直比人参宝贝还要稀罕。父亲问他哪里搞来的?志豪说因为军务常常要去仰光出差,从英国商人那里搞来的。父亲忽然想起一个问题:"记得你父母不是都参加南洋机工团回国抗战吗?你见过他们了吗?"

志豪脸上掠过一片阴影,过一会儿才低声道:"他们原先在广西开车,去年遭遇敌机轰炸,车毁人亡。"

父亲找不到合适的话安慰,只是拉了拉志豪的手。车开出老远,父亲看见志豪还在路上朝他们张望,于是又把身子探出车窗挥手告别。他已经喜欢上了这位未来的表姐夫,举双手赞成他与表姐的婚事。他有意无意地把志豪的情况告诉爹爹,当听完志豪父母就是爱国的南洋机工团华侨,已经双双被炸遇难之后,老爷子半晌没有出声,眼睛分明被一层雾气蒙上了。

汽车正在费力爬坡,发动机"呜呜"地吼叫着,山道上烟尘滚滚。等汽车艰难地爬上山头,徐队长停下车来,大声吩咐司机们检查刹车准备下山的时候,父亲听见老爷子用湖北话说:"告诉那个浑小子,快给我回重庆来结婚,婚礼不用他管,将来孩子的费用也不用他操心。"

父亲松了一口气,开心地笑了。

7

当金灿灿的油菜花缀满长江两岸的山坡,树上的蝉鸣也一浪高过一浪时,从山洞工厂里终于传出了久违的机器轰鸣声。这座九死一生的纺织工厂终于奇迹般地复活了。

转眼来到中秋节,地头的庄稼已经成熟,树枝上坠着沉甸甸的果实,张松樵破天荒带儿子登上工厂对面的小山包。从山包上看过去,恰好能看见连成一片的山洞工厂,车辆进进出出,一派热火朝天的忙碌景象。张松樵陶醉地看了许久,说:"这下子不用担心小儿(日)本飞机了,我不信他们能把这座山炸平。"

不料儿子看法却与老子背道而驰:"要是日本鬼子打到重庆,你的山头能挡得住么?"

老爷子顿时噎住了。的确,"皮之不存,毛将焉附",如果抗战真的到了连陪都重庆都不保的那一天,无论什么山洞也拯救不了他和工厂的覆灭命运。

"你胡说!混蛋!"老爷子忽然大发雷霆,还气咻咻地杵了杵手杖。

父亲一缩脑袋,连忙把嘴巴闭得紧紧的。惹老爷子生气后果是很严重的,他早已领教过无数次,才不想把鸡蛋往石头上碰呢。但父亲心里一直在辩解:我说的没错!

第四章　江水依旧,涛声依旧

1

一棵瘦巴巴的鹅芽儿草从瓦缝中探出脑袋来,惊奇地看见院墙外面的山坡上,一层金灿灿的银杏叶已经把曲曲弯弯的石板小路盖住了,而深红色的秋杜鹃则像写意画一样点缀其间,给饱受战争蹂躏的山城涂抹了一两点温暖人心的亮色。

头天红十字医院那边传来消息,如兰要生了。姆妈赶忙带了佣人家成和保姆苏大嫂匆匆赶了去。早饭只剩他和爹爹俩人,父亲爱吃湖北老家的"热干面",就是把滤过水的熟面条拌上香油,铺上炸酱肉末,再浇上一勺麻辣芝麻酱,鲜香无比百吃不厌。而老爷子面前永远是一小碗白米粥,半只豆浆馒头和一碟咸萝卜。老爷子边吃边收听中央社的时事广播,他眼力不大好,读报纸比较困难,因此收听时事广播就成了他每天工作和生活的重要内容。

"日本人又开始大规模进攻了!你听听,河南、浙江、福建、广东、广西都在打,加上年初国共摩擦的'皖南事变',这战争怎么一点也看不到头啊。"时事广播告一段落,音乐响起来,老爷子放下碗筷,站起身重新调台。这台走私的苏联真空电子管收音机是老爷子的宝贝,它的短波频道能收听到东京和纽约的广播。一个满口高粱茬子的东北男人的声音忽然闯进屋子来。他正在振振有词地替人民说话,谴责重庆政府如何欺骗西南各省民众替他们卖命。老爷子皱起眉头说:"中国的事情,坏就坏在这帮汉奸身上。"父亲听出这是伪满洲电台。他忽然想起那个跳江的东北青年,低声说:"没准儿这人也是被日本人逼迫的呢。"

老爷子惊奇地看了看儿子,没有说话。调频旋钮不断转动,屋子里充斥着刺耳的电流噪音和各种陌生的声音。老爷子寻找的是大东亚华语广播,据说这家日本电台就设在老家武汉。他把音量调得很低,因为政府颁布的战时法令十分严厉,收听敌台轻则没收收音机,重则拘押坐牢。

直到收音机里传出一个温婉动听的女子声音,老爷子才坐下来专心倾听。女子讲的是一口夹生的华语,调子却还是日本式的。广播内容是战地记者发回消息,昨日下午战无不胜的大日本皇军某某师团已经攻占中国河南某城市,支那守军放下武器出城投降,占领军受到当地民众热烈欢迎云云。父子俩都没有说话。

短暂的音乐之后,东洋女子提高音量,亢奋地报告说,德军千机大规模轰炸伦敦,英伦三岛已经陷入弹尽粮绝的困境,英国首相丘吉尔极有可能宣布投降。一股寒气从父子俩脚下升起来,如果英国人顶不住了,往后工厂需要的机器上哪里去订购呢?东洋女子像唱歌一样发出警告说:大日本皇军也将更大规模地轰炸重庆,支那人民不要再为残暴的重庆政府卖命了,只有赶快向大日本皇军和南京汪主席投诚,才能避免被灭亡的命运。

老爷子转动旋钮,找到英国人的"亚洲之声"电台,华语播音员也是个女的,正在猛烈抨击苏德签订互不侵犯友好条约,却丝毫没有提及德国千机轰炸伦敦和丘吉尔投降的事情,父子俩这才稍稍松了一口气。

早间新闻结束,张松樵走到一幅国内地图前,地图上已经密密麻麻地插满记号。这是老爷子自制的战争态势图,蓝圈代表日本占领,红色区域表示中国军队防线。老爷子很不情愿地找到河南那座小县城,用蓝笔圈上。地图上的蓝色侵略者越发像一头气势汹汹的巨兽,血盆大口无情地吞食中国越缩越小的版图。

"儿子,中原是咱们的老家,你的曾祖母就是清朝咸丰年间从南阳逃难到湖北的。"老爷子伤感地说。这个有关家族来历的故事他不知对儿子讲过多少遍,但是同所有的老年人一样,一有机会还会喋喋不休地从头说。

父亲赶紧把剩下的面条稀里呼噜倒进嘴里,愣头愣脑地说:"爹,你放心,第二百师还没有参战呢。"

老爷子生气地训斥:"你小孩子知道么子?光一个二百师顶么子用?儿(日)本人有飞机,有大兵船,还有能让飞机起飞的那个么子母舰,咱们中国有么子?我看一百个二百师也不顶用!"

父亲抬杠:"二百师从来没有打过败仗。"

"没有打过败仗不等于不打败仗!照你说,二百师这么厉害,现在前线那么吃紧,为么子不把他们派上去?"

父亲眨眨眼,回答不上来。其实他心里也在犯嘀咕,表哥和志豪他们躲在后方干什么,为什么还不上前线杀敌,像昆仑关大捷那样把敌人打垮呢?但是嘴上还是不服气,反问道:"你说该么子办吧?"

老爷子悲观地摇摇头说:"这个问题应该去问黄山官邸那个人。虽说中国人多,也不怕焦土抗战,但是牺牲不能换来胜利又有么子用呢?如果日本人打到重庆来,我就只好放一把火,把我这把老骨头跟工厂一起烧掉。"

在这个家里,谁不知道工厂就是他的命根子?民国二十七年(1938年),张松樵历尽千难万险才赶在日本人进城前把工厂搬出武汉,迁往重庆途中多次遭遇轰炸,船只炸沉三分之二,才总算有了裕华纱厂的浴火重生。可是如果日本人真的打到重庆,他们还往哪里搬呢?两个人正发呆,佣人家成奔进来,气喘吁吁地向主人报告:"如兰小姐生了……是个男伢,五斤六两重,母子平安。"

喜讯冲淡了屋子里的悲观气氛,张松樵吩咐说:"快去告诉韩总管,马上汇一笔路费给林志豪——叫他立马赶回来办喜事!"

2

民谣唱道:"新郎官,你莫瓜(糊涂),二月要冻桐子花。新郎倌,你莫哭,三月来了旱老虎。"说的都是农历二、三月,天气忽冷忽热变化无常。此时初为人母的如兰小姐的心情即是如此,婴儿转眼间就满了百日,可她的新郎官林志豪还是不见踪影。

如兰情绪有些低落,这个心高气傲的富家小姐偏偏生逢战乱,又爱上了一个以战争为职业的人,因此她的爱情就注定要跟遭受寒流摧残的桐子花一样,残缺而痛苦地绽放。婴儿出奇地可爱,饱满的脸蛋上嵌着漆黑的眼睛,好奇地看着这新生的世界,嘴里咿咿呀呀唱着歌。如兰给他取乳名石头,大名她坚持要等石头父亲回来再取。

倒春寒一过,天气一天天暖和起来,眼看石头就要满半岁,那位二百师的中尉军官还是没有消息。西南诸省原本通讯落后,加上敌机轰炸破坏,一封民用电报在路上走几个月也并不新鲜,何况他们压根儿不知道志豪是否收到了电报。如兰一天天消瘦下去,让柳韵贤看得心疼,她对如兰说:"孩子,别着急,听我的,做父亲的回不回来都一样,石头的半周岁酒会照办。人活在世上不能委屈自己,更不能委屈孩子,谁叫咱们没赶上好世道,偏叫该死的小日本来把咱们的日子搅得一团糟!"

虽说柳韵贤有一百个理由操办酒会,但张松樵却皱起了眉头,他劝告妻子说:"如今不比从前,如果你非要办的话,就在家里办,规模也不要大,戏班子一定不能请,那样只会给自己找麻烦。"

妻子很惊讶,把疑问和不满投向丈夫。战前她常常要在汉口租界举办酒会,丈夫也从不干涉,现在就算经济不如从前宽裕,但是办场酒会还是不在话下,丈夫何以要反对呢?丈夫耐心对她解释,眼下全国都在焦土抗战,政府倡导节衣缩食支援前线,据说连蒋委员长都不吃肉,不喝牛奶,只吃蔬菜喝白开水,把节约的经费转送给军校学生补充营养。重庆市政府已颁布法令,凡大办筵席奢靡消费者都将被课以重税,并接受新闻曝光和民众监督。他说:"你愿意成为报纸上的新闻人物吗?"

妻子没想到办场酒会还会惹出这么多麻烦,赌气地说:"好好,这个酒会我就在自己家里办。但是我爱怎么办就怎么办,爱请谁请谁,爱请多少人请多少人。为什么不许唱戏?我并没有上饭店奢侈消费,谁管得着吗?"

张松樵连连摇头说:"这不光是在哪里办的问题,在哪里办都不能太出格,闹出去都会有麻烦。"

妻子冷笑道:"我在家里办个酒会有什么麻烦?难道家里不许请客吃饭吗?告诉你,我倒是知道磁器口那些大餐厅大酒店里,天天请客吃饭包戏班子的大有人在!这些难道不是奢侈消费?新闻曝光哪里去了? 那些记者眼睛都瞎了么? 社会局的官员为什么不敢去罚款?"说着竟就去着手准备了。

张松樵知道,女人一旦顶起牛来理性全无,大有一意孤行、不顾后果的意思。正闷闷不乐,看见儿子放学从外面回来,就招招手让他过来问道:"放学啦? 今天都上了什么课?"

"有算学,英文,地理,电学。"

"都学懂了么?"

父亲点点头,老爷子瘦削的脸上漾出笑意来。他没有进过正规学堂,所以把儿子念书看得比天还大,只要儿子能念好书他比什么都高兴。他和颜悦色地说:"跟我说说,长大想干什么?"

父亲抬头看看老爷子,满眼的慈爱让父亲的胆子忽然大起来。他本想说开坦克,但是话到了嘴边却变成了另外一句:"开汽车!"

老爷子眼睛顿时鼓起来,生气地训斥儿子:"胡说! 你怎么会有这种下贱念头? 我的儿子去给别人当车夫? 你的书都念到哪里去了? 白念了!"

其实,父亲自从从缅甸回来,一直都在偷偷跟着闷墩师徒学开汽车,于是小声反抗说:"车夫就不要学问了? 修汽车,造汽车,学问大着哩。不信您造一辆试试?"气得老爷子几根鼠须一翘一翘的,说不出话来。

张松樵是近代中国纺织工业的开拓者之一。他崇尚先进机器和大工业生产,当然知道汽车不是牛车马车,是西方工业的最新产物。可是他并不需要自己的儿子去侍弄汽车,毕竟汽车是为有钱人服务的,若儿子去伺候别人,自己一生千辛万苦创办的工厂谁来接班呢? 他厉声道:"我来问问你,难道开工厂纺纱织布就不要学问了? 难道把地里的棉花织成布,让成千上万人有衣服穿学问就不大吗?"

父亲知道老爷子在偷换概念,却不敢争辩,就翻了眼睛望着天花板。老子以为儿子被问住了,继续振振有词地教导说:"你今后迟早要接纱厂的班,怎能只凭兴趣办事? 农民没有衣服穿怎么种地? 士兵不穿衣服怎么打仗?"

父亲眼睛落下来望着地下,说:"没有人开汽车,你的机器能从缅甸运回来?"

老爷子终于气急了,大声骂道:"小杂种!反了你!不许吃饭,去院子里罚跪!"

父亲还是拧着脖子。小时候他最怕爹爹,因为爹爹说一不二,爹爹的话就是圣旨。现在长大了,他发现爹爹的话并不那么权威,甚至有些站不住脚,所以他边往外走边嘟囔说:"有理不在声高嘛。政治老师说了,劳动不分贵贱,劳资团结才能打败日本鬼子。"

老爷子气得跌坐在太师椅上,他发现老子的权威在儿子心中摇摇欲坠,儿子长大了,他正在走出父亲的影子。但是儿子最后那句话却令父亲心头一动,国难当头,劳资团结同心同德才是工厂渡过难关的基石。他脑子一转,立刻冒出一个念头来,背着手想了一会儿,吩咐佣人去找太太,就说老爷有要紧事同她商量。

3

一纸告示张贴在工厂门口:为隆重纪念工厂内迁开工两周年,厂方决定举办盛大庆典活动,并请来川西三合会梨园班子唱戏助兴。所有员工放假半天,每人加餐一份,发红包一个。

鄂籍员工大都是原武汉裕华纱厂的技术工人,他们千里迢迢从湖北搬迁到四川,历经艰险出生入死,当然都是工厂的有功之臣。张松樵的这个办法一举两得,一来消除办私人酒会奢侈消费的不良影响,二来又可名正言顺地大办厂庆,增进劳资团结。

对工人来说,抗战期间工厂放假是比过年还要令人期待的喜讯,何况还有加餐、发红包和看戏的好事。到了这天太阳落山时,工厂的生活区已经变成了一片欢乐的海洋。女主人柳韵贤一袭藕荷色丝绸旗袍,头发轻轻地挽了一个髻。张松樵紧跟太太身后半步,跟平时一样只穿自家工厂织染的蓝靛布衣裤,拄着拐杖,依旧是不苟言笑。

主持会场的石厂长请老板训话。那时麦克风还是新鲜事物,厂里这套扩音设备是从国外购回的。张松樵清清嗓子,喇叭里立刻回应似地发出很大轰响:"湖北乡亲们,我张某人欠你们一个情,一个天大的人情。"张松樵动情地说道,"民国二十七年(1938年)在宜昌码头,船队遭到日本飞机轰炸,要不是你们从大火里救出机器来,我张某人就没有今天。前年日本飞机又轰炸工厂,烧光厂房,但是裕华纱厂并没有垮掉,本厂生产的飞马牌棉纱和黄鹤楼棉布已经占到大后方市场的百分之七十,军需品的百分之八十。这是个了不起的奇迹,为此我要感谢你们,这个恩情我一生一世也还不清……"张松樵向员工深深地鞠了一躬。

这天父亲放学晚了,赶到会场时大幕已经拉开了,台上管弦高奏锣鼓齐鸣,俗称"满堂彩"。一个花脸打着跟头翻滚出来,又是老一套折子戏《四郎探母》,父亲知道节目单一定是姆妈点的。《四郎探母》是柳韵贤百看不厌的戏,他却一点儿也看不出那个窝窝囊囊做了敌国俘虏的杨四郎有什么好看的。按说作为大元帅杨老令公的儿子和朝廷先锋,四郎被俘后应该保持气节自杀成仁,可是这家伙倒被敌国招了驸马,真是个恬不知耻的家伙!

父亲看了一会儿戏,觉得无趣,正想挤出去找闷墩、老庾玩,忽然肩膀被人撞了一下。开始以为人群拥挤,不料又被拍了一下,连忙回过头寻找,才看见一张风尘仆仆的黑脸,顶着一只几乎辨不出颜色的军帽,帽檐下一对眼睛闪着亮光,一张嘴咧到耳根上。

是林志豪!

父亲快乐地跳起来,使劲捶打对方肩膀,两人快乐地搂在一起。林志豪浑身散发出来的汗臭味简直赛过黄鼠狼,他说自己好不容易分到一个回川公务的机会,军车开到綦江,他赶了一天一夜山路才走到重庆。父亲要拉他去前排见父母和表姐,志豪不肯,要他悄悄去把如兰和孩子领到后面相见。正拉扯着,志豪忽然松开手,好像被一道看不见的电流击中了。父亲一回头,看见表姐正像一尊瓷像一样愣愣地立在他们身后,怀里抱着小石头。

原来天地间的爱人心灵是有感应的。"如兰!"志豪话音刚落,如兰身体晃了晃,眼看就要跌坐在地上,慌得志豪连忙揽住她和孩子。一家三口就这样被一锅浓得化也化不开的胶水粘在一起了。父亲鼻子一酸,转过脸走到一边去,好让这家人痛痛快快地哭一场。战争年代,什么样的生死大戏没有上演?什么样的悲欢离合不会发生?舞台上依然还在唱戏,唱的是八百年前的爱恨情仇,扮演四郎的小生唱得千回百转死去活来,台下观众们跟着唏嘘抹泪,而在戏场边上的黑暗中,一出现实版的悲情戏剧也在悄悄上演。

眼看《四郎探母》就要唱完,父亲走过去对他们说:"要不要我去告诉姆妈一声?"

如兰抹一抹脸上泪痕,难得地露出笑脸,但态度坚决地阻止父亲:"不用惊动大家,只要他回来我就满足了,办不办仪式都无所谓。等戏散场后你再告诉姨妈吧,就说我们一家人要单独在一起,不要替我们操心。"

志豪拍拍父亲的肩膀,表示就按如兰说的做。父亲瞅着他皮带上的手枪,恋恋不舍地问:"你回来住几天?"

志豪说:"哪来几天?明天就要返回,军令如山啊。"说着,满眼歉疚地看着如兰。

父亲回到家里,大家都已经先到了,保姆苏大嫂散场后没有找到小姐和孩子,正急得团团转,他赶紧把志豪如何连夜赶回来,一家人如何重逢团聚,如兰要他转告的话都讲了。不想,柳韵贤大怒:"都到跟前儿了都不来见我,以后我再也不管她的事了,她爱上哪儿上哪儿,讨饭也不关我的事……只是苦了那个孩子,谁知道会受什么罪呢?"说着说着就抹起眼泪来。

张松樵知道妻子刀子嘴豆腐心,连忙打圆场说:"好了好了,只要志豪回来就好。年轻人忙着团圆,你吃的么子醋啊?依我看,赶紧给他们补办一下,就咱们这些亲戚来凑一凑,也就对得起他们父母的在天之灵了。你放心,他们不会抱着孩子走的,哪有军官背着孩子上战场的道理?"

骂归骂,一家人悬着的心总算放下来了,志豪回来就意味着如兰的终身大事有了着落。次日天不亮柳韵贤就张罗操办婚礼,指挥佣人里里外外地布置起来了。

不料一整天如兰都音讯全无,把柳韵贤急得如同热锅上的蚂蚁。直到太阳落山才接到一个陌生电话,说石头被寄放在江北某处,速派家人来接。第二天,孩子终于抱回家来,同时带回的还有一封信,是年轻夫妇留给姨妈姨父的。信纸上是如兰的娟秀字迹:

姨父姨妈大人见字如晤:

  志豪兰儿在此谢罪了!

如今您们就是如兰志豪的再生父母,女儿女婿给您们磕头!您们对如兰一家恩深如海,女儿女婿没齿不忘,容当图报。有道是"忠孝不能两全",如今军队医护奇缺,如兰心怀深仇大恨,决定随夫从军。请不要责怪志豪,这是我的主张,相信天堂里的父母和小妹也会支持我的。

　　石头大名就叫"林武穆",取岳武穆精忠报国之意。如果他的父母不幸为国捐躯,请姨妈姨父替小儿做主了。

　　如兰志豪泣拜!

×月×日

　　柳韵贤当场失声痛哭,抱着石头边哭边骂:"死丫头!昏了头啊?你要是死在外面,我么样给你父母交代呢?你哥哥当兵报仇,他是个男人,该有这样的血性,可你是个女伢子呀?那战场上是好玩的么?打不死也让炮弹吓个半死。要是落在日本人手里咋办?那些东洋鬼子连畜生都不如啊……就算打不死,落个断腿断胳膊,烧个大花脸,下半辈子咋做人啊?"

　　张松樵劝道:"好了好了,自古人生谁无死,留取丹心照汗青。如兰愿作花木兰,依我看她倒是蛮有志气,说不定是个巾帼英雄呢。你不要哭了,志豪这个女婿我认了,婚礼办不办倒在其次,国大于家,军人嘛,就要保家卫国,哪能都像杨四郎没有志气,要是那样中国早完了。"

　　表姐的毅然从军在父亲心中引发的震动不亚于一场海啸,他看不出外表柔弱的如兰表姐竟有如此勇气,放下儿子就跟着丈夫上了战场,这是何等的勇气和大义!他久久望着远处那座高高耸立的缙云山,山头上挂着一片薄薄的云彩,风儿轻轻刮着,那云彩就被扯得老长老长,好像一根充满向往的白色飘带。

4

　　随着一九四一年夏季来临,重庆火炉眼看又要发威,这时形势忽然变得空前紧张起来。日本飞机开始大力增强对中国陪都的空袭密度,从先前每月轰炸几次到每天不间断空袭,飞机数量也从几架十几架猛增到几十架,有时甚至达到几百架次。如此高密度的狂轰滥炸不仅为抗战以来所罕见,就是比起德国法西斯对英伦三岛的轰炸也有过之而无不及。各学校都接到政府的命令无限期停课。

在这个黑云压城的紧急时刻,张松樵的宝贝收音机却不响了。原因是头天空袭时,保姆苏大嫂正在给小石头喂豆浆,爆炸声一响,她慌慌张张把未喂完的豆浆碗随手放在收音机上。没想到这天敌机轰炸特别持久,一拨没走第二拨又赶到,因此一整天那撕心裂肺的飞机尖啸和炸弹爆炸声都没有停止。待到天黑警报解除,又传来磁器口大惨案的消息,说是有几万人闷死在校场坝防空洞里。莲子姨妈就住在磁器口一带,柳韵贤慌了神,连夜租船带着父亲赶到江对岸去。

天亮才在枇杷山避难所找到莲子一家。他们幸好没有躲进校场坝防空洞,否则大家就阴阳两隔了。校场坝一带的马路已经封锁,运出来的死人尸体堆积如山,街道两旁哭声震天,空气中弥漫着世界末日来临的悲惨气氛。

回到家里张松樵正在生气,检查收音机的技师说,豆浆灌到收音机里,弄坏了几个真空管,重庆没有配件,只能预付定金看看能不能订购。张松樵略略放了心,至少俄国没有打仗,西北方向的中俄贸易还在进行,所以他的收音机迟早总会响起来。

张松樵问他:"需要多长时间?"

技师不肯定地回答:"运气好的话也许三五个月吧。"

打这天后,老爷子把早餐收听广播变成了看报纸。老爷子戴着老花镜,拿着放大镜,看得吃力,于是父亲就自告奋勇为他读报纸。张松樵闭着眼睛,很专心享受的样子。父亲有些得意,自以为比收音机聪明能干,就向老爷子建议说:"将来找个人来专门念报纸不好吗?还要收音机干什么?"

老爷子睁开眼睛,不以为然:"你看我都在听,可是听的内容一样吗?"

父亲嘟哝道:"不都是新闻吗?我看差不多。"

"你长大就会明白,报纸和广播虽然都说新闻,但两者可谓天差地别。无线电广播不受限制,声音可以传得更远,听众能听到更多不同的声音。报纸却不一样，你看这几份报纸，《中央日报》、《大公报》、《扫荡报》、《山城日报》，都是一个面孔，新闻内容如出一辙，说明什么？说明这些新闻都是出自官方口径，不符合新闻官要求的内容都被封杀了。"

父亲却提出新问题来："为什么不让大家听到不同的声音？"

张松樵道："这个道理很复杂，现在跟你讲也不会明白。比如说在我的工厂，什么人该知道什么事情有一定之规，这是商业机密，并不是所有事情都让所有工人知道的。"

又过了些日子，重庆火炉发起威来，连江边的沙滩都变得像煎锅一样烫人，父亲又偷偷约了同学老庾下江里游泳。上岸来老庾有事先回家，他独自躺在树荫下美美地睡了一觉，醒来时才发现衣服被人偷走了，只好光着身子溜回家去，幸好没有被人撞见。他赶紧换上一件旧汗衫，装作若无其事的样子下楼来吃晚饭。其实他的父母要识破儿子的把戏并非难事，只消用指甲在儿子皮肤上划几下就知道了，因为下过水的皮肤会留下一层水膜，指甲一划就会现出灰白的水印。但是此时并没有人关注他，因为父母的注意力都被一件石破天惊的大事吸引了——法西斯德国不宣而战进攻苏联！

发动袭击的并非俄国人在亚洲的宿敌日本，恰恰是不久前刚与斯大林签订《苏德互不侵犯友好条约》的欧洲盟友希特勒！苏德战争爆发并不能让地处亚洲的中国置身局外，因为俄国一打仗就意味着来自西北的援助和贸易通道不复存在。张松樵忧心忡忡地合上报纸，看见儿子正低头扒饭，顺嘴说："你要努力学习快快长大，连俄国都打仗了，今后形势怎么发展还说不准呢。"

父亲却不接话茬儿，而是抬起头来问："爹爹，收音机还能修好吗？"

张松樵叹口气，摇摇头走出去了。

5

苏德战事初起，重庆报纸兴高采烈地预言说，俄国人在亚洲的宿敌日本必将趁机北上进攻远东，这样中国战场的压力就能减轻，打了整整四年抗战的中国人就能稍稍喘口气。但是随着德国人在俄国战场的节节推进，日本人却一点动静也没有。不仅如此，苏德战事的副作用也很快显现出来，来自西北的俄国物资，包括张松樵厂里俄制卡车零配件统统都断了线，令原本匮乏的重庆市场雪上加霜。

这天一早，保姆苏大嫂不知从哪里听来消息，说是南山军营从兰州秘密运来一批奶粉罐头，有关系的人都能搞到一点。因为小石头还在吃奶，柳韵贤二话不说就领着苏大嫂直奔南山军营而去。直到下午主仆二人才两手空空地回来，柳韵贤一脸怒气，苏大嫂悄悄说，军营长官对于赫赫有名的裕华纱厂老板娘十分殷勤，说定让她们搬走最后两箱，没想到忽然有个电话打来，那个长官立刻改了主意，把答应她们的给了参谋总长的亲戚。

张松樵安慰妻子说："老百姓流传一句话：'女不和男斗，民不和官斗，商不和兵斗，华人不和洋人斗'。你怎么去跟人家有权有势的官家争呢？这气生得一点都不值。就像雨天跌了一跤，你去骂老天瞎了眼，老天爷却睁开眼睛说，吓，我这眼睛还瞎在你头上了吗？"说得柳韵贤"扑哧"一声笑起来。

张松樵又说："关键问题还不在奶粉。西南诸省都是产粮大省，米饭总是有得吃。可是工业上却是一张白纸，没有铁路，没有水运，我忧心汉中和西北各省的棉花怎么运过来？"

"厂里不是还有几十辆汽车吗？"

张松樵道："汽车总得喝汽油啊。现在俄国的汽柴油来源已经中断，光靠滇缅公路供应，远水难解近渴啊。何况汽车运输磨损大，零配件很难搞到，只好拆东墙补西墙，勉强拼凑维持，要不了多久都得趴窝。"

"那该怎么办，工厂要停产吗？"

张松樵摇摇头回答："还是那句话，老天饿不死瞎家雀，活人不会被尿憋死。想办法吧，就是雇牛车马车，马驮人扛也得挺过来。"

父亲听说汽车要趴窝，不禁为朋友闷墩着急起来，要是厂里靠马驮人扛，闷墩不是失业了吗？父亲赶紧溜出门去运输部找闷墩，看见闷墩学徒的那辆俄制"嘎斯"车正停在材料房外面的坡道上，车上没人，钥匙却还插在仪表盘的钥匙孔里。

父亲脑袋一热，钻进驾驶室伸手扭动点火。只听"嗤啦"一响，汽车仿佛惊醒那样抖动一下，一种快乐的颤动就像电流一样传遍父亲全身。他忘乎所以地踩下离合器，推挡杆踩油门，汽车像匹受惊的烈马那样跳起来向前冲，力量之大完全出乎驭手的意料。紧接着汽车就顾自沿着坡道轰隆隆地冲下山去，引得路人一片惊呼。父亲懵了，脑子一片空白，他连忙转动方向盘，可是汽车根本不听指挥，他又试图去刹车，不幸的是他错踩了油门踏板。烈马被彻底激怒了，嘶鸣中野性大发，接连撞断多根木头电线杆，撞飞工厂值班员的木头岗亭，然后一头扎进江边浑浊的江水里。

危急关头平时练就的游泳本领救了父亲，他在汽车被激流卷走前及时打开车门逃了出来。等他爬上岸来，浪花喧嚣的江面上空荡荡的，倒霉的汽车早已不见了踪影。父亲知道自己闯下大祸，他不敢想爹爹那张雷霆震怒的脸。他在人们没有赶到前悄悄离开江岸，一瘸一拐地消失在通往市区的土路上。

6

车祸的消息立刻传遍全厂，闷墩师徒已经吓得六神无主了，他们因为一时疏忽才酿下如此大祸。人们暂时对父亲的家人封锁了消息。石厂长悄悄派船沿江寻找汽车残骸，经过彻夜搜寻，人们终于在下游十几公里外的浅滩上找到了汽车，但驾驶室里却没有尸体。石厂长决定亲自去向老板报告这个噩耗。

此时，父亲却径直走进了设在重庆江北的国民政府兵役总署招兵站。他看上去像个无家可归的流浪少年，脸上挂着血痕，一身肮脏的校服沾满泥土。一个胡子拉碴的老军官拦住他。老军官少说也有四五十岁的样子，头发花白，领章上却只有一颗星，脸上横七竖八都是伤疤，看上去蛮吓人的，态度却并不凶恶。他说："小兄弟走（做）么事？想当兵啊？"

父亲一下子就听出他的湖北口音，连忙点头说："皱（就）是的，您家。""您家"是湖北话，尊称。

老军官看看他说:"湖北人?哪县的?"

父亲答:"老家汉阳,柏泉乡。"

老军官惊奇地说:"真的么,我老家也在汉阳,张公堤的。你晓得张公堤么?"

见父亲茫然摇头,老军官又说:"张公堤就是两湖总督张之洞大人主持修的围湖堤岸,连这个都不晓得?你们柏泉乡也出了一个名人,湖北棉纱大王张松樵,你晓得么?"

这回轮到父亲吓了一跳,他赶紧摇头表示不知。老军官说:"当兵可是苦得很,你十几岁了?念过虚(书)么?"

父亲心一横说:"虚岁二十。七(吃)得苦,冒(没有)念过虚(书)。"

老军官显然没有那么好糊弄,他狐疑的眼睛盯住父亲看了一阵,然后身子往竹椅子上一靠说:"冒念过虚?那你这身校服是么子?博学中学,还有学号呢。格老子不晓得,这所学校名气大得很,不是一般人进得去的。"

父亲眼见得露了馅,索性摊牌说:"我表哥在第二百师,我要去那里当兵。"

老军官点燃一支香烟,慢悠悠地吸了一口说:"你表哥当师长么?要是当师长的话,你直接找他就行了,跑这儿来做么子?我这里可不管分到哪支军队,我只管把人送到新兵训练团。但是我要告诉你,政府爱护有知识的人才,最高当局发布过告示,在校生一律不许征兵你知道么?"

父亲争辩说:"我是志愿当兵的。"

老军官跷起二郎腿说:"你说说看,怎么个志愿法?"

父亲眼看蒙混不过去,就把表哥士安家里发生的悲惨故事复述了一遍,只是把故事的主角和幸存者变成了自己。老军官的眼睛渐渐瞪圆起来,满脸同情。他掐灭烟头,吩咐厨子把父亲带去厨房吃饭,然后扔给他一床分不出颜色的旧军毯,叫他好好睡觉,明天再来说当兵的事。

父亲谢过老军官,跟着厨子来到厨房。他真是又累又饿,厨子端来一碗糙米饭,一碗南瓜汤,他连滋味都没尝出来就一扫而空。吃过饭睡意立刻袭来,倒在草垫上立刻蒙头大睡。

不知道过了多久,耳边有人说话,睁开眼睛却看见父母站在自己跟前。他揉揉眼睛,以为在做梦,直到看到老军官,才醒过神来。柳韵贤泪眼婆娑,深怕儿子又会逃走一样,恳求着:"儿子别怕,快跟我回家,没人责怪你的啊!"

张松樵脸上没表情,只是那双令人生畏的眼睛比平时温和了许多。远远看见工厂的房子和那些赭红色的山包了,老爷子这才忽然开口,动情地说:"儿子,你往远处看看,这座工厂,这个家,以后你都是要继承的。我可以答应你学开车,做你想做的事。你只要好好念书,无论做什么我都同意。但是你给我记住了,好铁不打钉,好男不当兵,就是逃荒讨饭也不许动当兵的念头!管理好纱厂也同样是爱国!"

父亲没有吱声,他知道一场风暴已经过去了。

第五章　泪洒人间悲喜同

1

　　南方的天气说冷就冷,缙云山上的红叶还没有来得及让人好好欣赏,就像一群群无精打采的蝴蝶从树枝上翩翩飘落。随着一阵阵裹挟着浓重水气的江风刮来,漫长难熬的一九四一年冬季就到来了。

　　士安表哥来信了!老爷子不在家,柳韵贤激动得腔调都变了。她不识字,所以一个劲催促儿子快念信。父亲撕开信封,抠出一张信纸飞快看过,却故意不念。姆妈着急地催促:"快说说,都写些什么?士安还好么?"

　　父亲立刻趁机讨价还价:"人家想要一双橡胶球鞋,磁器口苏泰记鞋庄有得卖。"

　　姆妈哪里会不答应,拍着腿说:"哎呀呀,小先人,你快说说信上怎么回事……明天我叫家成给你买去!"

　　父亲这才告诉姆妈,士安要回重庆了。柳韵贤急切地问:"士安回来上坟么?不对,不是清明节,也不是忌日啊。么子公干?没说多长时间?……"

　　父亲告诉姆妈,信上只有短短几句话,但是姆妈已经自问自答开了:"他住哪家旅馆?不行,怎么也得让他回家来住。我叫苏大嫂赶快收拾出一间房子来。"自从姨妈一家遭难,姆妈对士安和如兰两个视如己出。

　　张松樵正好回家来吃晚饭,刚踏进家门,一阵尖利的防空警报就响起来。他凝听一会儿说:"刚刚清静一阵子,么子又来了?"

自从夏天德国人进攻苏联后,日本飞机空袭重庆的次数大为减少,有时一两个星期都平安无事。柳韵贤气恼地望望天空,用湖北仙桃话骂道:"可不是么?又来做么子!挨千刀的小儿(日)本!连吃饭都不让人安生!"

骂归骂,警报还是要跑的。不过这天日本飞机可能是来侦察,没过多久警报就解除了。饭桌上张松樵得知士安要回重庆的消息也很高兴,把饭碗一推说:"他们军队没有上前线么?这段时间报纸上也冒得么子打仗的消息,倒要听他讲讲前线的战况。"

姆妈嗔他一眼说:"你们男人就晓得前线前线,莫不是那个地方好玩得很?不过我倒是想起一桩事,俗话说男大当婚女大当嫁,士安也老大不小,二十几岁的人,要是有个么子事,连个血脉都没有留下来,么子对得起他的娘老子?我那苦命的梅子呦……"说着说着又抹起眼泪来。

张松樵也觉得该趁士安回重庆把婚姻大事办了,"不孝有三,无后为大",士安到底是楚家的独苗,不能眼睁睁看他绝了后。

柳韵贤说:"前些日子,石家姆妈来跟我唠叨,说她们家的静宜小姐在西安念大学,还是校花呢,家里正在给她物色婆家。"

张松樵点点头道:"石家小姐我倒是听说过,人长得标致,也聪明,就是眼光高些,不知肯不肯嫁给军人。"

柳韵贤不服气,提高嗓音说:"军人么样啦?士安配不上她么?还不是为国打仗,连这点爱国心都没有,不跟汉奸差不多啦!"

父亲心里暗暗好笑,姆妈终于替军人说话啦,但是他不敢说。柳韵贤一激动,连饭也顾不得吃,就开始张罗为士安找媳妇。这天晚上全家人都为士安回重庆的消息激动不安,但是心思却大相径庭:张松樵要谈国事,柳韵贤准备给侄儿提亲,父亲则埋藏着一个愿望。那次车祸出走、投军未成之后,他的心似乎离第二百师更近了。他要趁表哥回来把这支王牌师的底摸清楚,万一什么时候去投奔表哥也说不定。

2

表哥士安不是一个人回来的,而是带着未婚妻罗霞。两个人手拉着手,亲热得好像一个人。见到长辈,士安规规矩矩地鞠躬叫"姨妈",罗霞也鞠躬叫"姨妈",士安叫"姨父",罗霞也大大方方地叫"姨父"。两个长辈简直又惊又喜。

许久不见,士安简直变了一个人,柳韵贤连声道:"哎呀呀老天爷,要是在大街上我肯定认不出来了!这伢咋就一点不像……从前了?"

士安道:"姨妈,要是我还像从前那样,您就要说,这伢咋还跟从前一样呢?饭都吃到哪里去了?"

大家都笑。保姆苏大嫂闻讯慌慌张张奔来,人还没到跟前就额呀额地哭起来。她是士安兄妹的奶妈,自小将两个孩子奶大,对少爷小姐的感情胜过自家孩子。小石头虽然没见过舅舅,却一点也不怕生,躺在舅舅怀里格格直笑。家里好久没有这么欢乐的气氛了。父亲更是比谁都高兴,比谁都着急,他盼着能有机会单独和表哥说说话,听他讲他们部队的事情。

大家七嘴八舌地问士安的情况,士安连忙趁机说:"这次能请准假,一是前线局势趋于平稳,估计短期不会有大的战事,就赶回来给父母上坟。二来嘛,也请长辈们做主,给你们添麻烦……"

父亲逞能地抢着说:"我知道,表哥要跟罗霞姐姐订婚。"

士安惊奇地说:"你怎么知道?"

父亲得意地说:"志豪说过,你们是天生一对。"

众人都乐了,连不苟言笑的张松樵也咧开嘴。士安大方地说:"我在此呈告各位长辈,我与罗霞小姐不是订婚,而是正式结婚。"

长辈们互相望望,然后都拿眼睛看张松樵。老爷子考虑了几秒钟,然后庄严地点点头,事情就这样定下来。

张松樵迫不及待地转移话题:"你刚才说前线局势平静,是从什么时候开始的?难道日本人打不动了?"

士安说,自从苏德战事爆发,日本人并没有如预料那样向北进攻俄国,而是按兵不动。但是日本人到底在玩弄什么阴谋,是攻势疲软还是另有所图,眼下还无从得知。

张松樵又问:"报纸讲,有记者观察到,原先轰炸重庆的飞机大多是日本海军飞机,就是翅膀下面的膏药旗涂了个白底宽边的圆圈。现在都换成了陆军飞机,膏药旗只是一团红疤。你来分析分析,这里面有没有什么名堂?"

父亲看见士安吸烟的手停住了,说:"有这回事么?我怎么不知道这方面的情报?"

张松樵道:"根据我的观察,报纸上讲的确有其事。"

士安解释说:"在日本军队里,海军地位最高,陆军其次,空军只能当配角,所以飞机都配属给海军和陆军作战。尤其海军,飞机数量多质量好,但凡大战役都以海军飞机作为主力,陆军只有一些老式飞机,基本不足为惧。"

张松樵眼睛紧盯着士安追问:"换下海军飞机,是不是表明日本人战略进攻的重心有所转移?"言下之意,今后重庆的日子是不是会好过一些。

士安不得其解,如果日本军机忽然换防确有其事,那么肯定是个重要迹象。他认为两种可能性较大,一是表明日本人"以炸迫降"的战术并未奏效,所以换成力量较弱的陆军飞机,基本上只起威慑作用。另一种可能就是,敌人正在集中力量酝酿一场更大的军事行动。张松樵立刻紧张起来:"日本人会一举攻占重庆吗?"

士安连连摇头道:"这只是我的个人猜测。听说德国对苏俄开战前,保密工作滴水不漏。德国飞机都开始轰炸苏俄机场了,他们的军官还在开舞会呢。"

柳韵贤抗议道:"别老是打仗打仗的,说点轻松的事情好不好?"

张松樵连声答应,转向罗霞,很感兴趣地说:"冒昧动问罗小姐,你一个女孩子家,有多大力气,也要扛枪打仗?"

大家笑起来,只要有军人在场,老爷子三句话还是离不了打仗,就像他平时三句话离不了纺纱织布一样。不过,大家都对这个问题感兴趣。历来都是战争让女人走开,而现在这个忽然走进他们家门的新媳妇却是一个女军官。罗霞落落大方地回答:"军队也有不打仗的工作,比如医生、救护、通讯、后勤等等。我做机要工作。"

女眷们都松了一口气,不上前线就对了,否则一个女人举着枪到处杀人放火成何体统。但她们都不知道"机要工作"是什么意思,父亲也是头一次听到这个新鲜名词,就逗能地抢着问:"是不是当司机,开汽车啊?"

张松樵瞪他一眼说:"你就知道开汽车。"

士安连忙替罗霞回答:"就是做无线电收发报。我们第二百师,各团平时相隔几百公里,不管向上司汇报请示还是向下级发命令,都要经过无线电台联络传递。上次姨夫车队在滇缅公路发生那件事,后勤军供站发出的请示电报就是她第一个收到的。"

一屋子人顿时安静下来。大家都对这个新媳妇刮目相看,原来她做着这么重要的工作。这天晚上大家都兴犹未尽,直到夜深了才各自回屋睡觉。父亲听见老爷子发感慨说:"士安年轻有为,将来能成大事。"姆妈揶揄他:"不是'好铁不打钉,好男不当兵'吗?"老爷子尴尬地说:"兵与兵不一样嘛,打败日本人还要靠士安他们。"

父亲在黑暗里听着,偷偷笑。

3

表哥的婚礼定在农历十月二十五,也就是公元一九四一年十二月八日。这之前大家分头忙活,两个新人也是早出晚归,父亲根本找不到机会跟表哥聊天。喧天的锣鼓敲起来,喜庆的锁呐吹起来,震耳的爆竹炸开来,在一片喜气洋洋的乐鼓声中,婚礼仪式开始了,父亲看见脱去军装的表哥身穿缎面藏青长袍,外套一件铜钱暗纹紫红马褂,头戴圆顶瓜皮小帽,只差一根小辫子就回到三十年前的晚清朝代。新娘子罗霞则被众伴娘簇拥着,头上搭了一方大红喜色盖头,两人的手被一根红花绸带系着,由扮作媒人的亲友牵引进婚堂。父亲忽然感到兴味索然,漫无目的地离开家,朝着人流熙攘的窍角沱码头走去。

抗战前,窍角沱码头是一座货运码头,抗战爆发后,随着各省难民潮水般涌入重庆,货运码头就变成了南岸名副其实的都市棚户区。商贸集市也应运而生,吃的、用的、玩的应有尽有。父亲常跟同学到这里来,因为这里有他们喜欢的西洋镜。

"西洋镜"又称"小电影",其实就是由一个人观看的影像动画片。父亲问摊主:"几分看一部?"

摊主看看他的新衣服,举起巴掌说:"五分。"

"别处才两分钱哩,你么事要五分?"

摊主眯缝起眼睛回答:"我有新片呢。打仗的,飞机大炮,还有坦克车,美国洋片,你看不看?"

父亲在美国坦克的巨大诱惑下屈服了,一口气看了好几部,但是其中只有一部是坦克打仗的。并且洋画片太短,还没看清是不是"谢尔曼"坦克就结束了。他想,等表哥结过婚,一定要抓紧时间跟他谈谈坦克战车的事。

不知不觉天色黑下来,父亲估计表哥的婚礼应该结束了,正欲转身回家,忽然耳边传来爆竹声把他吓了一跳。远远看见有报童奔来,不住地往行人手中塞传单:"号外!号外!日本人……美国人……"一阵阵寒风把报童尖细的童音撕扯成断断续续的丝线。他连忙凑近一个戴金丝眼镜的中年男人,踮起脚尖去看他手中的《号外》,一行大字赫然写着——

"日本偷袭珍珠港!美国对日开战!"

金丝眼镜有些亢奋:"活该!这下子小日本有苦头吃了。中国人苦日子快要熬到头了!"

父亲不大明白,问金丝眼镜:"美国是要帮咱们中国打仗吗?"

那个人抖了抖《号外》:"当然啦!美国总统都下令开战了,当然是站在中国一边!"

这时又有报童跑过来,迎风扔下一张《号外》:"号外!号外!我国政府对轴心国宣战!"

大家赶快又捡起新的《号外》来看,果然是蒋委员长代表国民政府对德、意、日轴心国宣战。有人不解地说:"抗战都打了四年半了,如果从'九一八'开始算,都十年了,怎么现在才宣战?"

金丝眼镜摇头晃脑地解释说:"这有什么好奇怪的?从前我国实力弱不敢宣战,现在有美国人加盟,当然该理直气壮地宣战了。"

这时候大街上的人群越聚越多,人人都知道了日本偷袭珍珠港和美国宣战的消息,父亲也跟着欢乐的游行人群走了好远,直到次日黎明才拖着一双疲惫的双腿回到家里。张松樵破例没有对儿子发怒,只是告诉他,新婚夫妇已经赶回部队去了。

"表哥说什么了吗?"父亲有些遗憾。

"他说,小日本快完蛋了。"接着又不忘补充一句,"士安还说,原来小鬼子把海军飞机藏起来,就是为了这一天。"

4

但是,中国人期待的大好形势并未随着美国宣战而出现,倒是一些令人沮丧的坏消息像寒潮一般频频袭来:什么日军占领安南(越南)全境,法军缴械投降啦,什么日军攻占马来西亚、新加坡和菲律宾,登陆香港,击毁盟军多少飞机,击沉多少军舰,俘虏多少万人啦,如此等等。好像在日军面前,英美盟军都变成了色厉内荏的纸老虎。张松樵照例每天让儿子读报纸。

这天,父亲刚拿起报纸,找到那段新闻标题的黑体字,还没念心就开始狂跳不止。外交部奉命发布公告,称应英国盟军邀请,国民政府决定派遣远征军出征缅甸,与盟军并肩作战。公告还罕见地公布了远征军的部队番号,排在第一名的就是机械化第二百师。

连最不关心时事的柳韵贤也听懂了这则新闻的内容,屋子里的人忽然都沉默下来。这意味着士安和如兰两夫妇都要开赴前线作战了。父亲看见姆妈身体抖动,张松樵站起身来安慰她说:"国家危亡,匹夫有责,军人以服从命令为天职啊。"

"中国那么多人,么子非得他们去上战场?"

老爷子发火道:"妇人之见!都等别人上战场,中国还不亡国了?"

这天父亲上课老走神,他只关心各种同缅甸战事有关的消息,哪怕一个传闻他也刨根问底。博中学生大都有些家庭背景,比如同桌老庾的父亲在国防部任职,家里经常派吉普出来送老庾上学。司机一身黄军装,别着手枪,很威风的样子。他也没少对父亲吹嘘,连那些军长、师长都要来送礼巴结他爸爸呢。

这天放学,父亲看看没有汽车来接老庾,就讨好地问他想不想看电影,最新进口的美国片,还有飞机打仗的。老庾很感意外,因为从前都是自己巴结同桌,好抄作业,没想到太阳却从西边出来了。

当时一张电影票价相当于半个月米钱。俩人从电影院出来,老庾拍拍父亲肩膀说："说吧老邓，什么事儿？我知道你破费请客是有原因的，你照直说吧，只要我爹能办的，都包在我老庾身上。"

父亲也不兜圈子，直接把二百师出征缅甸的事情说了，请他打探消息。老庾撇撇嘴说："就这么点事啊，我当你要帮谁走门子升官呢。"

第二天老庾就告诉他，可靠消息，远征军还在滇缅公路上待命呢。父亲有些不解，日本人都打进缅甸了，怎么还在路上待命呢？老庾胡乱摆弄着课本，说他爹只说英国人刁钻得很，生怕中国军队进去占了便宜。

父亲想起仰光码头那些堆积如山的军火武器，还有隆隆作响的"谢尔曼"式坦克。他心乱如麻，连吃午饭都没了胃口。

5

敌人的屠刀也不能阻挡万物更新季节更替，随着桃红李白的彩云飞落山头，金灿灿的油菜花萌动绽放，一九四二年的春天来了。

这天吃晚饭的时候，柳韵贤兴冲冲地从外面回来，抑制不住兴奋的声调道："上次士安来信要回来，商议给他说媳妇的事还记得么？当时看上的是石厂长家的静宜小姐。"

张松樵以为妻子听到什么重要新闻，没想到还是家长里短，就敷衍地"唔"了一声。没想到柳韵贤更兴奋了，把头凑近丈夫，低低地说："老头子，我要是把这件事说出来，保管你的眼睛得掉进饭碗里。"

老头子索性不说话，也不表态，继续不紧不慢地吃饭。这是老夫少妻常有的场面：年轻一方风风火火大惊小怪，年长一方见怪不怪稳坐钓鱼台。不料，这回妻子决心要把丈夫的钓鱼台震垮："幸亏那次没有贸然去提亲，没想到人家石小姐命里还真是金枝玉叶呢。"

张松樵仔细喝完自己碗里的红枣粥："噢，有这回事，么子个金枝玉叶，你倒是说来听听。"

"人家攀龙附凤飞上高枝了，你猜猜是谁家吧？"

张松樵笑道："中国这么大，达官贵人比蝗虫还多，我如何猜得出？"

柳韵贤坚持说:"不,你一定要猜猜,重庆的。"

张松樵还是摇头。这就是男人的老道之处,只要坚持不被女人牵着鼻子走,她自己就会说出来。柳韵贤果然沉不住气了,把嘴巴贴在丈夫耳朵上,低低说了几个字。张松樵果然瞪大了眼珠子。

柳韵贤得意地笑起来:"看你,没惊着吧?"

父亲在一旁着急地插嘴说:"姆妈,你们尽说悄悄话,到底是谁呀?"

柳韵贤瞪了他一眼道:"没你的事!小孩子快去做功课,听么子悄悄话!"

父亲不干了,他任性地说:"我就要听悄悄话。不然我不做作业。"

眼看爹爹也瞪起眼睛来,姆妈赶紧打圆场:"你去做作业吧,乖儿子——听说是蒋二公子呢。可不许对外人说。"石小姐他当然见过,是厂里尽人皆知的大美人,还是大学名校的校花,但谁也没想到她竟然能攀上皇亲国戚,难怪让见多识广的爹爹也吃惊不已呢。

终于,《扫荡报》上有了来自缅甸战场的消息,说是中国远征军取得大捷,标题是《中国远征军首战同古大捷》。这篇报道只有短短的一两百字,说机械化第二百师首战缅甸告捷,师长戴安澜将军如何临危不惧,歼灭日寇多少,缴获甚丰云云。

父亲还清楚地记得列车停靠同古车站的情形。同古城位于缅甸中部平原,距离中缅边境已有数百公里,说明第二百师已经深入缅甸腹地,眼看就要逼近仰光城了。"忽如一夜春风来,千树万树梨花开",父亲心中的快乐顿如漫山遍野的花朵绽放。可这一轮的花还未开败,新的更加令人振奋的消息又传来了——美国飞机轰炸东京!就是历史上著名的杜立德大轰炸。

东京被轰炸在饱受日机轰炸之苦的重庆人心里会激起怎样的反响可想而知。学校一下子开了锅,同学们激动得嗷嗷乱叫,人人心头好像揣了一颗炸弹。日本人终于遭到了惩罚,连皇宫都挨了炸弹,他们兔子尾巴长不了了。男同学们甚至开始讨论攻打东京的方案,好像明天他们就要在东京湾登陆似的。

这时,几架敌机忽然从云层里钻出来。然而市区并没有响起防空警报,学生和市民误以为天空出现的是盟军的飞机,一场乐极生悲的惨剧由此酿成。随着炸弹呼啸着落下来,到处火光冲天血流成河。

柳韵贤得知博中被炸险些吓晕过去,她带了家人发疯似地四处寻找,终于在桥洞下面找到父亲的时候,他尚未从空袭的惊吓中清醒过来。柳韵贤看见儿子活着,一颗悬着的心放下。

这天家里的气氛发生了微妙的变化,儿子成了家中的主角。晚上屋里亮起灯光,张松樵柳韵贤还是守在儿子床前不肯离开。父亲忽然对着天花板说:"我要去杀日本鬼子!"

姆妈见儿子终于有了话,赶紧说:"你好好休息,不要胡思乱想。"

"我就是要像士安那样上前线杀敌人。"

老爷子闻言脸色发黑,但是并没有开口斥骂他,而是转身走了。姆妈小声哄他说:"好儿子,你还小,这件事长大以后再说吧。"

第六章　谁偷走了鲜花

1

一九四二年的春天一眨眼就过去了,天气陡然炎热起来,此时在抗战的大后方重庆,局面却越发严峻起来:各种商品几乎绝迹,汽油配给完全停止,连长江里的渡轮都停了航,改用木船摆渡。纱厂几百台汽车全都趴了窝,由于原棉供应不上,多半机器也不再转动,大部分工人只能回家等待开工通知。

父亲从外面回来,正碰到老爷子送客人出门。是一个军官,扎一根牛皮腰带,穿高腰马靴,手里玩弄着一根马鞭。重庆行营有许多不上前线的军官,都打扮得威风凛凛的样子。张松樵通常没有那么多礼节,一般不亲自送客,但是这天不一样。苏大嫂压低声音说:"一个军官,听说还是个宪兵团长。老爷关着门同他说话呢。"

老爷子送客回来,把父亲叫到书房。父亲不知道自己做错了什么,惴惴不安地偷眼瞄着神情严肃的爹爹和姆妈。不料,张松樵以一种对待大人的郑重口吻说:"儿子,你十六岁了,算得上半个大人了,不能整天只会淘气。如果以后家里发生什么事,你不但要学会保护自己,还要像个男子汉那样帮助姆妈和家人。"

父亲从老爷子的话中听出一种非同寻常的分量来,有些不知所措。姆妈再也控制不住,掏出手绢一抽一抽地揩鼻涕。张松樵看看她,语调尽量放平静,但是字字语重心长:"其实可能什么事也没有。只是儿子你要记住,树大招风,财大招祸。你是我张松樵的儿子,张松樵不光有钱,还有事业,他肩头上扛着裕华纱厂几万员工家属的饭碗。要是工厂垮了这些人都得饿肚子,所以你要学会扛起责任,不能光做个吃喝玩乐的公子哥儿。"

父亲尽量让自己像个大人那样点点头,其实他并不完全明白爹爹的意思。这一夜他都没睡好,心里有事硌着。第二天跟老庾在一起,也是心不在焉。现在他同老庾的友谊已经深到无话不讲的地步了。老庾虽然功课不好,但是社会方面的事情却无所不知,经常对父亲神吹国防部军官扎姘头的故事。父亲心里有事儿,不等老庾说尽兴,就匆匆告别回家了。

刚一进门,佣人家成就报告说:"少爷不好啦,出大事了,老爷被抓走了。"

父亲懵了:"谁……抓走的?"

"宪兵队。"

父亲这才如雷轰顶,明白昨晚爹爹说的那些话原来事出有因。家里早已乱成一团。莲子姨妈看见他连忙说:"好了好了,述义回来了,你要看住你姆妈,不要叫她出门。"

柳韵贤抬起头来说:"我不出门,老爷么子办?"

莲子姨妈劝道:"你一个妇道人家,能起么子作用?还是让厂里出面好。"

柳韵贤摇摇头,招手叫儿子到跟前来,然后用不容商量的口气说:"你们都到外面去,我要和述义单独待一会儿。"

原来,年初国民政府颁布《战时物资管理法案》,将棉纱布匹列入管制清单,该法案的初衷是保障军需供应。士兵总不能光着身子去打仗,抗战是压倒一切的任务,所以民品必须让位于军品。但是问题出在军方定价不仅远低于市场,而且低于成本,生产越多亏损越巨,与"杀鸡取卵"无异。棉纱行会多次出面协商无果,军方不仅蛮横地派宪兵封锁厂门,规定棉纱成品布一律不许运出厂,而且宪兵团长还登门拜访,开宗明义告诉张老板,拿出部分军品来投入黑市,赚钱按三七分成——三成归厂方补贴亏损,七成归军方。还露骨地暗示这是上头的意思。

张松樵思量再三没有表态,他当然清楚战时倒卖管制军品是杀头之罪,一旦事情败露那些人往他身上一推,他就成了冤大头替死鬼。再说他一生不赚昧心钱,宁可工厂停工也不做这刀口舔血的生意。

宪兵团长临走扔下一句威胁的话:"张老板你看着办,这事儿由不得你,别敬酒不吃吃罚酒。"

张松樵一生都在社会动荡的大风大浪中摸爬滚打,就算日本飞机把炸弹扔到头上也没有乱过方寸,但是这回他感觉到要出大事了。他连夜给厂里做了布置,将正在运输途中的原棉改运西安纱厂,准备实施"以拖代抗"的对策。宪兵团显然也不是吃素的,找个借口说在黑市上查获一批"红飞马"牌产品,证明裕华纱厂倒卖军品牟取暴利,然后就把人抓走了,关在江北军事监狱里。

柳韵贤悲愤地说:"明明是栽赃陷害,可是有么子办法?牛不喝水强按头,他硬要栽赃你倒卖军品,你辩得清么?"

父亲想起同学老庾,他父亲是国防部大官,就连忙说:"姆妈你等等,我去找个人救爹爹。"

不料,刚跟老庾讲完,他就连连摆手说:"宪兵团可不好惹,听说那个团长是何总长的亲戚。"

父亲满怀希望地恳求:"求求你老子给疏通一下不行吗?"

老庾换成一种鄙夷的神情说:"实话告诉你吧,我爹在国防部算个屁,连看门的都是校官,将军多得跟苍蝇一样。有实权的人哪会买你的账?"

父亲没想到在外人看来不可一世的老庾他爹,原来也是个没有实权的草包。回到家里,他不想让姆妈失望,就编个假话说那同学的父亲出差了。父亲问姆妈道:"爹爹留下什么话没有?"

这句话倒提醒了柳韵贤,她拍拍脑袋说:"哎呀,老头子说过,万不得已时,只好去找石厂长,只有他能解这个围。"

是呀,石家的静宜小姐不是正在同蒋二公子谈恋爱嘛,据说已经准备结婚了。但是柳韵贤又告诉他,老爷子说过,他不太相信这个石厂长,此人野心大得很。父亲闹不懂厂里复杂的人事关系,但是那次缅甸之行他对石厂长印象并不坏,他着急地说:"先把爹爹救出来要紧,石厂长总归还是厂里人嘛。"

2

石厂长的家是幢红砂石砌就的两层小楼。石姓为湖北孝感的旺族,光石凤翔这一辈就有兄弟十人,都在裕大华公司下属的各纱厂做事,所以石家总是人来人往络绎不绝,外人永远闹不清楚他家有多少亲戚。柳韵贤领着儿子走进石家花园时,一个十来岁的小姑娘正蹲在花园里采花,她站起来礼貌地问他们找谁?小姑娘头上扎着一朵鲜艳的蝴蝶结,眉眼十分灵动。柳韵贤很喜欢,问她叫什么名字,以前怎么没有见过?小姑娘有些害羞,小声回答:"我叫石淑贞,刚来叔爷家呢。"小姑娘讲的是一口道地湖北话。

石厂长闻声从门里走出来,连声道:"贵客登门,有失远迎啊。太太少爷快请进屋。"见柳韵贤拉着小姑娘的手不放,就介绍说:"这是我三哥的孙女儿,刚跟她母亲从湖北老家来重庆,一路上千辛万苦啊。"

柳韵贤惊叹道:"兵荒马乱的,要从湖北到重庆可不简单啊。你让她到我那里住段时间吧,谁叫我没福气生个女儿?石厂长,你干脆让我认个干女儿好啦。"

石厂长叫道:"啊呀,淑贞有福了,快叫干娘。"

小姑娘脆生生地叫了声"干娘",把个柳韵贤喜得眉梢开了花,当场就把手腕上的玉镯子褪下来作了见面礼。

谈话很快转入正题。等柳韵贤把与宪兵团长的谈话内幕和盘托出,石凤翔马上意识到问题的严重性,站起身来不停地走来走去。父亲看见他唉声叹气的夸张表情,总觉得他像个不高明的演员。

柳韵贤说:"宪兵团咱惹不起,总归躲得起啊!重庆好歹是陪都,也不能由着当兵的胡来,如此下去,工厂还怎么生产?生意还怎么做?没有人纺纱织布,日本人还没有打进来,咱们自己先冻死了。"

石厂长眯缝起眼睛说:"话是这么说,道理也是这么讲,可是军人是不讲道理的。秀才遇上兵,有理讲不清嘛。这件事情内幕也不好对外人讲,弄不好宪兵团扣你个'造谣滋事,破坏抗战'的罪名……这样吧,如果对方同意花钱保人的话,厂里立刻就准备现金。"

柳韵贤摇摇头说："这不是钱的问题,那些人敲诈惯了,有第一次还会有第二次,后患无穷。"

"那太太意思要怎么办?"

柳韵贤直截了当地说："石小姐不是正在跟蒋二公子谈恋爱吗?石厂长,今天我来登贵府的门,就是当面求你通过这个关系向你的亲家公申个冤,否则咱们全厂百姓只好家破人亡没有活路了。"

姆妈平时婆婆妈妈惯了,倒看不出来关键时候也很泼辣干练。石厂长面露难色,沉吟一阵才说："太太有所不知,小女虽在谈恋爱,能不能结婚尚未可知。这样的大事,搅和进私人关系恐怕不大妥当。不是石某人不肯尽力,是怕没有把握反倒把事情弄糟了。"

柳韵贤见他有推辞的意思,眼睛里有了冷冷的光芒,愤然说："石厂长与我家老头子恐也不是几天的关系了,打从民国九年(1920年)武汉裕华创立之初,你来投奔做技术员,老头子从来没有薄待过你。民国十三年(1924年)老头子送你去日本学习纺织技术,回来做了裕华技校的校长,算得上知遇之恩吧?如果今天你不肯出手相救,老头子有个三长两短,这裕华和大华纱厂也都要关门的。我宁可鱼死网破,也决不会让工厂落在别人手中。如果石厂长能够保护工厂渡过难关,让别人知道裕大华也是有后台的,我们老头子自然会感谢你的救命之恩。我们母子在这里先谢谢石厂长了!"说着就要拉儿子行礼,慌得石厂长连忙拦住,嘴里连声道:"太太误会了,不是我石某人不尽力,是不敢打这个包票啊。"

柳韵贤抹抹眼睛,动情地说："石厂长,这件事靠不了别人,你家静宜小姐这桩婚事不是我裕华纱厂的福星高照又是什么?工厂兴,你我俱兴,工厂若垮,你石厂长在未来亲家公的面前也是没有面子的!恳请石厂长看在与老头子二十多年的交情上帮帮这个忙吧,我裕华纱厂的未来就全靠你了。"

石厂长下了决心说："太太少爷请回吧,此事容我来想个办法。虽不敢打包票,但是我石某人定会百分之百地尽力。"

出得门来,小姑娘还在花园里玩耍,看见柳韵贤就奔过来,但是快到跟前却停住脚,怯怯地叫一声:"干娘!"

石凤翔说："淑贞,还有一位阿哥呢。"

小姑娘眼睛亮亮的,又叫了声:"阿哥。"

父亲顿时羞红了脸,盯着脚连头也不敢抬,他听见姆妈说:"阿哥多没出息!咱们家里没有女孩子,弄得他比女孩子还要害羞。淑贞你往后来咱家住,多见见面彼此就熟悉了。"

但是淑贞到底没有来干娘家里做客,她很快跟父母去了西安,后来又到了成都。原本以为这段儿时的邂逅只是岁月天空的一片云彩,没想到多年后国共内战,张松樵又举家返回四川避难,父亲与这个女孩再次相遇。彼时她已经出落成一个优雅大方的华美教会学校的高中生,于是俩人成就了一段美满情缘。此为后话。

日子一天天过去,当柳韵贤焦急地在佛像跟前许下无数个心愿时,一个白发苍苍的老人终于出现在她面前。父亲看到陪同老爷子一道下车的还有神采奕奕的石厂长,美丽大方的石静宜小姐,以及陪伴石小姐身边的那个高大英俊的年轻军人。他虽然佩戴的军衔只是陆军上尉,但是英气勃发的神情中分明有种掩藏不住的高贵气质。

他的名字叫蒋纬国。

3

张松樵出狱后不久,来援的美国飞机与日本飞机进行过几次大规模的空战,日本人吃了不少苦头,现在他们再也不敢肆无忌惮地闯进重庆天空来了。这天,重庆各报头版无一例外都以"中途岛美军舰队大胜,日本舰队损失惨重"为题,报道美军在一个遥远的太平洋小岛取得的海战胜利。张松樵草草浏览一下内容,目光便停留在《扫荡报》末版一则不起眼的前线消息上:"述义,你快过来,给我念念这段!"

父亲看见这是一则来自怒江前线的战地新闻,标题为"怒江前线我军大捷,英勇反击歼敌×××",记者以官样文章的口吻简略报道怒江前线我军如何英勇作战,将强行渡江的敌人赶回西岸云云。父亲看不出这则新闻有何特别之处,难道这场不起眼的小战斗竟比盟军痛歼日本舰队意义更大么?但是他看见爹爹的眼神变了形,悲哀地说:"孩子,我来考考你,怒江位置在哪里?"

第二百师军官林志豪立在戒备森严的怒江桥头迎接车队的那一幕立刻浮出脑海,父亲脱口而出:"怒江不就是滇缅公路经过的那条江么?我们车队是从畹町入境后第三天经过龙陵怒江桥头的。"

张松樵点点头说:"这就对了!你想想看,这则消息却说怒江发生激战。它至少说明两个问题:第一,缅甸已经沦陷,滇缅公路被切断,否则日军不可能出现在我军后方的云南境内。第二,我十万远征大军哪里去了?我看这则消息透露的内容实在太可怕了。"

爹爹的话犹如当头一棒,无情地击碎了父亲满脑子的幻想,把严酷的事实摆在他的面前。当天父亲就跑去那家报馆询问,但是人家告诉他,前方记者是用电报发回的稿件,没人能回答他的问题。

一连多日,父亲都情绪低落郁郁寡欢,只要有人一不当心提到远征军话题他的眼里就饱含热泪。老庾注意到朋友的变化,说:"老邓你怎么了?失恋了么?"

父亲只好把事情的原委一一道出,没想到老庾满不在乎地说:"嗨,你这个瞎猫,有啥好郁闷的?问问我父亲不就知道了。"

父亲说:"你父亲要是不肯说怎么办?"

老庾拍拍胸脯,两肋插刀地说:"看我的,我有办法让他开口。"

老庾家租住在黄角垭一座深院大宅里,庭院清幽花木葱茏,照壁上一个脸盆大的"福"字,金粉虽已脱落,但依然显出昔日大户人家有过的富贵气派。屋脊上站着许多马头牛首之类的陶俑鸟兽,俗称"站风水",都是典型的川东民居建筑。庾家租住的是一套偏院,雇了一个保姆,一个男佣人。老庾一进家门立刻变得蹑手蹑脚,神情也拘谨了许多。他们听见一个年轻女人在里屋拉开嗓子风急火燎地训人:"钱妈你咋搞的?娃儿吐奶了你都看不见?哦哦,顺儿乖呢,不哭不哭……再让我看见莫怪老娘不客气!"

不一会儿这个"老娘"便出现在他们面前,是个二十多岁的年轻女人,长得十分光鲜,老庾规规矩矩地叫声"姨"。父亲恍然大悟,老庾平常总在学校磨磨蹭蹭不肯回家,原来他家里有个后娘。后娘见来了客人,表面倒也客气,叫佣人来倒了茶水。不一会儿听见门外汽车响,后娘"噔噔"地赶出去迎接,他们也连忙站起身来等候。庾父是个体格魁梧的中年人,络腮胡,领章上挂着上校军衔。老庾赶紧做介绍,庾父点点头说:"你就是上次打听二百师的邓同学?"

父亲回答是。

老庾把邓同学拜托的事小心地说了,上校盯住父亲看了一会儿,语气沉重地说:"国家危亡之际,军人赴汤蹈火,也是职责所系啊……下周重庆各界要进行公祭,你会听到一些有关二百师的消息。"

父亲结结巴巴地说:"公祭……谁?"

上校嘴里吐出"戴安澜"三个字,然后扔下他们回里屋换衣服去了。

父亲好像挨了一个炸雷:戴师长战死了,等于第二百师也完了,那么士安表哥、如兰表姐他们呢,是不是也都战死了?葬身异国再也回不来了?这个可怕的消息简直要把他击垮了。

老庾送他出门来的时候悄悄说,他很讨厌那个贱货,仗着生个小儿子,老在背地里说他的坏话。父亲听他骂后娘"贱货",知道他们关系不和,但是他的心头好像压了一座大山,远比任何家长里短重大。

4

重庆各界公祭戴安澜将军的仪式在磁器口举行,会场外面的街道戒了严,听说多位政要和军界高官莅临会场,自发赶来悼念的市民被挡在了会场外面。父亲当然也无从打探到消息,只好眼巴巴地在会场外面逛来逛去。公祭尚未结束,一架敌机忽然窜至重庆上空,还好没有投弹扫射,只是扔下一些花花绿绿的传单就飞走了。传单都是有关缅甸战场的宣传,比如"我大日本皇军战果赫赫,全歼支那王牌第二百师,击毙师长戴安澜以下数千人",比如"皇军俘虏新三十八师副师长齐学启及官兵千余众",还附有被俘齐将军的照片。

父亲悄悄把传单藏在身上带回家,张松樵看过后身子僵在椅子上,半天没言语。老爷子经过多方打听,得到了一些有关缅甸战场的消息:远征军主力并没有被消灭,一部分撤退去了印度,还有一部分仍在缅北野人山坚持。父亲听了,沉默着坐在一边。张松樵蓦然发现,不满十七岁的儿子已经高出自己一头了,嘴唇上也已经长出了一层毛茸茸的软髭。

张松樵用少有的和蔼口吻说:"述义,你跟我来,给你看一样东西。"是一张卷起来的军用地图:"你来看,这是当前的战争形势。黑色代表沦陷区,绿色是大后方,红色区域表明敌我正在争夺。"张松樵指着地图对儿子解说道:"日本袭击珍珠港,攻占南洋各国,继而三面包围中国。原本以为美国宣战中国就有救了,没想到如今日本人占领缅甸和滇西,切断滇缅公路,封锁重庆通往外部的唯一通道,就等于把最后一根绞索套在中国脖子上。一旦日军渡过怒江兵临城下,大后方将不复存在。覆巢之下,岂有完卵啊。"

父亲望着地图上三面受敌的形势和爹爹苍老忧戚的脸,忽然有了种挺身而出为父亲分忧的冲动:"如果重庆沦陷,爹爹工厂怎么办呢?"

张松樵无奈地摇摇头:"如果重庆沦陷,我的工厂再也不能像上次那样来个千里川江大搬迁,且不说没有足够的交通工具,没有汽油,关键是无处可去!现有这些机器运到哪里去安家呢?沙漠戈壁吗?还不是等于一堆废铁!"

"有么法子不让敌人打进来?"

张松樵语重心长道:"你得好好念书,学好本事,将来开工厂办实业,实业发达了才会有资金,才能开矿山办炼铁厂炼钢厂,造出许多飞机大炮。国家强大了,敌人才不敢任意欺负我们。"

谁知儿子并不认同老子开出的救国药方,反驳道:"日本人打到家门口,念书能挡住日本人吗?只有打胜仗才能救国!"

张松樵瞪了父亲一眼,生气地训斥道:"闭嘴!你小小年纪懂什么?只有好好念书才是正道,什么救国救亡,统统都是空话!如果学生都不念书,中国岂不成了文盲国?"接着他放缓语气,指着工厂的方向说:"那才是你将来该做的事。儿子你听着,等你中学毕业就给我到美国留学去,我还能有几天指望?将来工厂还不得靠你,你不好好念书怎么行?"

明明是皮之不存,毛将焉附,抗战重于念书,行动重于口号,这是人人都懂的道理,难道爹爹不明白?他小声嘟哝道:"士安志豪还有如兰和罗霞不都是中学生吗?他们能上前线,我为么子不能?"

张松樵勃然大怒,顿着拐杖警告说:"士安本来是个很有出息的孩子,一上前线就给毁了,连个音讯都没有。虽说忠孝不能两全,可他一死,楚家就断了后,他对得起死去的父母家人吗?"

父亲看见爹爹说到痛心疾首处,眼眶都红了,只好软弱无力地争辩说:"士安是光荣的,您从前说过,有士安这样的军人,抗战就有希望了。"

张松樵疾言厉色:"什么狗屁光荣……不值!第二百师还不是给人家连锅端了,顶什么用?中国有的是人,可是士安爹妈就只有他一个儿子!如果他爹妈活着,会同意儿子放着书不念去当兵吗?"

一阵绝望的潮水漫上父亲心头,他没有想到爹爹反复无常蛮不讲理。空气立刻冷下来,令父子俩都感到不自在。张松樵不由得仰天长叹:"都说知子莫如父,可是我越来越看不懂你了。你到底像谁呢?孽障!"他恨恨地一跺脚,父亲赶紧转身走了。

5

日子一天天过去,日本人没有兵临城下,前线战局也没有明显恶化,但是表哥表姐还是音讯全无。父亲每天依然上学放学,渐渐就把与爹爹的不愉快谈话扔在脑后。这天放学回家,半路下起滂沱大雨,他没有带雨伞,只好躲进一家行商歇脚的骡马小店避雨。远远看见一个穿黄军装的伤兵拄着拐杖从坡下走来,大雨泼浇也不在意,只顾一瘸一拐地赶路。等到走近了,父亲不由失声叫道:"志豪——林志豪!"

他忙把志豪拉进小店,向店主要了干毛巾擦去雨水汗水,然后两人面对面坐下来。眼前的志豪衣衫褴褛目光黯淡,全无怒江桥头那种一夫当关的豪迈气概了。父亲急切地问:"你受伤了?严不严重?只有你一个人回来吗?快告诉我,士安呢,还有如兰姐姐,罗霞嫂子呢?他们在哪里?"

志豪沉重地摇摇头,无言以对。父亲的心像条漏水的小船一样直往下沉,他摇动志豪的胳膊说:"你为什么不说话?千万别告诉我他们都死了,我不信!"

接着父亲的眼泪就不由自主地往外涌。志豪好像被父亲的眼泪惊醒了,拍拍父亲肩膀,吩咐店老板说:"给我拿瓶酒来,我要借你的地方说说话……还有什么吃的也只管拿些来。"

志豪用牙齿咬开酒瓶盖,咕咚咕咚把两只土碗斟满,大声对父亲说:"述义,我是要告诉你这些事的!不管有天大的不幸都得扛住!不是说'自古人生谁无死'吗?先把这碗酒喝下去。军人上了战场就得将生死置之度外,哭什么哭!就算他们都牺牲了也不许哭,要学会把仇恨埋在心里,总有一天我们要用胜利来雪耻的!"

两只酒碗统统见了底,父亲听见酒精汩汩地流淌进血管。他用一种连自己都陌生的粗哑声音说:"你还没有回答我的问题。"

志豪点点头道:"其实我已经回答过了:队伍接到命令分散突围,全走散了,连我也不知道他们的下落。"

父亲似乎又看见一线微弱希望:"第二百师真的被敌人打垮了?"

志豪的目光又黯淡下去,只管默默地喝酒。父亲又问:"报纸上讲,你们首战同古亦获大胜,这该是真的吧?可是后来究竟怎么了?连戴师长都被敌人打死了?"

志豪的脸被酒精烧成了砖红色,喃喃地说:"述义你知道,被子弹打中只是皮肉的疼痛,可是失败更像一把捅进心里的刀子,只要你活着,就不得不每天撕开伤口来忍受疼痛。同古之战,我二百师的坦克、大炮还在腊戍火车站待运,根本没用上。敌人来势凶猛,天上有飞机,地面有坦克,但我军官兵以旺盛的斗志迎击敌人,打了敌人一个措手不及。这就是那些随军记者一开始报出同古大捷的原因。但是敌人援军赶来,二百师孤军作战……若不是士安奉命突围报信,又带领援军赶来解围,同古小城很可能已经成为二百师的葬身之地了。"

"随后形势更加恶化,侧翼的英国盟军只顾自己撤往印度,原本制订好的战役计划临时取消。命令朝令夕改,部队疲于奔命,加上不熟悉缅甸地形,与当地人语言不通,结果日本人轻而易举地利用盟军之间的矛盾穿插到我军背后,抢占了国门畹町和滇缅公路,阻断我十万大军的回国道路。第二百师始终担任后卫掩护,多次遭到敌人截击包围,最终队伍被打垮,戴师长中弹身亡,仅有少数官兵抬着师长遗体翻山越岭,历经艰辛才从小路回到国内来。我就是这少数侥幸生还的官兵之一。"

"你最后见到士安是什么时候?"

志豪摇摇头说:"我们在大撤退时匆匆见过一面,那时他刚好奉命去另一支部队执行联络任务。他还曾提醒我情况不妙,缅甸恐怕不保。没想到几天后就被他一语成谶。"

父亲难过地说:"还有……如兰姐姐、罗霞嫂子呢?"

军人的头颅垂下来,像一面垂落的战旗。父亲听见他嗓音嘶哑地说:"罗霞在师部通讯处,如兰在野战医院,但是日军切断退路后大家就失去联络了。各种说法很多,有的队伍去了印度,有的被困缅北野人山,被俘受伤的也不在少数,当然更多的人是战至最后一枪一弹、英勇阵亡。"

父亲一仰头把碗里的酒全都倒进喉咙里,喉咙里挤出一种干涩的声音说:"她们会被……日本鬼子俘虏吗?"

这个问号比刀子还锋利,志豪的眼睛像狼一样红起来,大手把酒碗狠狠一捏,那只碗立刻像鸡蛋壳那样碎了。他忽然呜呜地大哭起来嚷道:"日本鬼子是人吗? 畜生……啊!"头一仰就醉倒在地上。

父亲本想伸手去扶起他来,没想到眼前一恍惚也跌倒在地上,晃晃悠悠地云游四海去了……

醒来已经是第二天中午,店老板告诉他,军官先生已经走了,留了一张字条给他:

> 兄弟,本想看一眼儿子再去收容站报到,但是我临时改变了主意。以我现在的样子是没有资格去见儿子和养育儿子的亲人们的,我的儿子也决不能以他的军人父亲为耻。一个失败的军人是不应该回家的,他宁可战死沙场! 志豪即日。

父亲愣愣地望着窗外,中国的王牌之师都覆灭了,往后抗战就没有指望了么?他把纸条折起来小心地放进口袋里,暗暗决定将昨晚的事永远封存心底,不对任何人提及,除非打败日本人的那一天到来。

第七章　上帝死了吗

1

闷墩自从进了汽车队,每天下班都到南山一心寺悄悄拜师习武,因为体力劳动和习武的缘故,二头肌和胸肌都像发面馒头一样鼓起来。老庾原来只佩服闷墩的水性,后来听说闷墩不仅会开汽车,而且功夫了得,几个壮汉近不了身,就更佩服得五体投地。

到了学校放暑假,他俩无事可做就跟着闷墩跑长途,搭帮着当助手。师傅老冒也不见怪,只要少东家不添乱就行。这天四个人跑合川拉皮棉,中午木炭汽车停在县政府门口加水,看到公路上开来一队衣衫褴褛的壮丁。他们被一根长长的绳索捆绑着手臂,步履蹒跚。父亲小声说:"既然去打日本,为啥还要绳索捆着?"

老冒连忙嘘了他一下,小声回答道:"这是抓丁呢。乡下人日子惨啊,抗战初期三丁抽一,后来两丁抽一,再抽下去,只剩女人和孩子了。"

闷墩忽然闷声闷气地插言道:"听说有的地方更凶,不管你家几丁,只要是个男人就不问青红皂白地抓走。"

父亲想起上次士安讲过的昆仑关那些杂牌军的故事,说:"强扭的瓜不甜,抓来的壮丁能卖力打仗么?"

老庾讥笑道:"老邓学堂里功课好,外面的事就一窍不通了。告诉你吧,只要上了战场,冲锋号一响,督战队的机枪就在后面伺候。你敢不卖命,立马吃子弹!"此言一出,几个人都吓住了。

几个骑马的军官耀武扬威地赶上来,父亲看他们都穿灰布军装,知道不是中央军。为首一个长官勒住马头,打量一下木炭汽车和师徒几个,名为商量实为命令地对老冒说,让那些走不动的壮丁搭车到十几里外的师管区去。老冒看壮丁实在可怜,犹豫一下就同意了。

长官也不客气,亲自坐在驾驶室里押车。闷墩还负责烧锅炉,父亲和老庾就只好跟壮丁挤在一起。汽车颠颠簸簸地开动起来,父亲听见有个细小的声音像蚊子一样飞进耳朵里:"行行好,寄封信好吗?"

父亲循着声音一看,他比其他壮丁斯文,一袭白布衬衫,一条蓝布长裤,不像普通下苦力的粗人。他小声问:"你哪里人?怎么给抓丁了?"

白布衬衫愁眉苦脸地说:"我本是个乡村教书先生,前几天出门打豆油,在镇上不由分说就给抓走了。一家老小还在家里眼巴巴地盼着回家呢。"父亲接过字条,看见上面的地址是"泸县小坝镇回龙乡街面李张氏吾妻亲启"。泸县此去已有三四百里,难怪教书先生的脚已经磨破了。

不多时汽车开到师管区,军官命令一直开进去,师傅不敢违拗,只好又开进营区里。壮丁和兵都下了车,长官也下了车,随即招来几个持枪的士兵,然后才皮笑肉不笑地宣布说:"这车已经征用了,你们谁都别想走。老的继续开车,年轻的么,应征入伍为国效力。"

老冒当即吓得腔调都变了,好心帮忙,不想却中了圈套。他连连哀求道:"老总不行啊,这车是老板的,我做不了主。这几个年轻人都是学生,政府规定学生免服兵役。"

长官不屑地说:"学生?拿证件我看看!"

父亲他们只是跟车好玩,哪里会随身带着证件?于是长官呵斥道:"国难当头,抗日救国是全体国民的神圣义务你们懂么?学生怎么会跑车干脏活儿呢?都给我押起来!"

几个兵凶神恶煞地扑上来,闷墩急了,随手抓起铁锹说:"你们讲不讲理?随便乱抓人还有没有王法?"

长官变了脸,厉声喝道:"老子就是王法!先给我拿下,打一百杀威棍,看他还敢不敢嚣张!"

眼看就要动手,这时老庾却跟没事人一样,站出来笑嘻嘻地对长官说:"您说得对,这年头就该查紧些,免得那些漏网分子不爱国。证件我们没带,不过有个电话号码烦你打过去查一查。"

军官一见电话号码立刻愣住了,他看出来是国防部的总机号头,问:"什么人……的电话?"

老庾拉长声调说:"没什么人,就说找个姓庾的。"

军官还当真唤一个参谋去打了电话,几分钟后那人急匆匆跑过来,跟他咬了一阵耳朵。军官听完马上换了一副亲热无比的笑脸,拉住老庾的手连连说:"啊呀呀,原来是庾大处长的公子,真是大水冲了龙王庙。得罪得罪!"说着还往老庾手里塞了一沓钞票。老庾也不推辞,理所当然地把钱塞进裤兜里。父亲看那教书先生实在可怜,就悄悄跟老庾说,把他也救出来。

当教书先生自然千恩万谢,父亲把身上的零钱都掏出来给他做路费,老庾也从那沓钞票中抽了几张给教书先生。眼看他一瘸一拐地走远了,老冒说:"要不是遇上你们,他就完了。"

闷墩也说:"是啊,他一家老小往后怎么过啊?"

父亲忽然冒出一句话:"当兵真可怕,简直跟下地狱差不多。"

老庾说:"听说有的部队更可怕,新兵都是绳子捆起来押上战场的。"

闷墩说:"绳子捆着,还怎么打仗啊?"

老庾道:"长官怕他们做逃兵,直到跟敌人交火才松绑。"

汽车又开动起来,灰蒙蒙的天空实在令人绝望,像在心头压上一座山。

2

秋季开学,父亲顺利升入高中二年级。班上一下子增加了许多新面孔。这些外来插班生年龄都比他大,有的看上去有二十几岁,上课就打瞌睡,老师提问一问三不知。老庾悄悄告诉父亲,这些插班生不是沦陷区逃来的,而是本地为逃避服兵役才来上中学的。父亲反问:"为啥城里人不三丁抽一或者两丁抽一呢?"

老庾撇撇嘴说:"乡下人没文化,穷人又多,不当兵干什么?"

随着缙云山上的黄叶渐渐飘零,北方南下的冷空气一阵紧似一阵,中国前线的局势陷入胶着状态,据说敌我正在进行拉锯战。张松樵终于如愿以偿地弄到一架美国收音机,现在他除了收听时事广播还要研究地图,俨然变成了半个战略家。

　　这天傍晚老爷子在饭桌上告诉儿子,美国盟军在南太平洋上展开反攻,已经击沉日军各型舰只三十余艘,击毁作战飞机数百架。正说着,沉寂的天空传来一阵由远而近的马达轰鸣,父亲跑出门来朝天空张望,认出机翼宽大的是美国的轰炸机,像孕妇一样挺着大肚子的是运输机,像鹞子一样动作灵巧上下翻飞的是护航战斗机。这些美国飞机绕着重庆机场来来回回地转圈子,然后依照顺序一架跟一架落下去。

　　次日重庆各家报馆登出消息称,美军飞机已经成功开辟一条从印度通往中国的"驼峰航线",空运量是从前滇缅公路的三倍多。

　　父亲问道:"为什么叫'驼峰航线'?是因为有一座叫'驼峰'的山峰么?"

　　张松樵说:"不是。因为这条航线要经过被视为空中禁区的喜马拉雅山脉,还要经过许多海拔高高低低的山脉,整个航线形似驼峰,因而得名。"

　　父子俩探讨得热烈,柳韵贤却被触动心事,叹口气说:"大半年了,士安如兰他们一点消息也没有。"

　　父亲赶紧埋下头,不敢看姆妈的眼睛。张松樵安慰说:"战争期间,哪能那么方便?再说有美英盟军参战,战况肯定会好转起来。今天听广播,美国飞机又轰炸了日本四岛,小日本也尝到了挨炸弹的滋味。现在好消息是越来越多了。"

　　听老爷子这么说,柳韵贤也高兴起来,说,昨天去磁器口黑市,美国货一下子多起来,基本上只要有钱什么都能买到。吃的用的穿的,甚至还有军品卖,听说都是从印度空运过来的。"现在好了,咱们小石头又能喝上美国克宁奶粉了。"

　　父亲也高兴起来,说:"听说厂里的雪佛莱又要开动了?"

　　张松樵惊讶地看儿子一眼说:"你的消息么子这么灵通?"

　　儿子得意地说:"都说黑市上美国车的零配件又能买到了,汽油也开始配给,我看见老冒在那儿试车了。"

张松樵严厉地警告儿子说:"你别动歪脑筋,给我好好念书!上次毁了车的事还没跟你算账呢。"

儿子脖一缩,没敢吭声,但是心里却很高兴。如果厂里跟木炭汽车拜拜,闷墩再也不用当司炉工,能开上一回真正的汽油车该多带劲!

下午父亲放了学,迫不及待地往厂里跑,想亲眼看看闷墩试车。这时一辆吉普车从后面超过他,然后停靠在前面。一个军人从车上下来,身穿美式咔叽呢军装,头戴大檐军帽,戴着墨镜,斜倚在车旁微笑着注视他。自从"驼峰航线"开通以来,重庆大街上的吉普车和军车明显多起来,父亲早就见怪不怪了。但这个人一直看着他微笑——正是他日夜思念的表哥楚士安。

表哥见他站着发呆,就招招手说:"发什么愣,不认识啦?"

3

这是一九四二年深秋的傍晚,山城重庆的天空飘荡着一团团破絮般的碎云,一只泅血的落日斜斜地挂在朝天门码头的船桅上,好像一盏燃烧殆尽的红灯笼。父亲上了表哥的车,觉得自己有满肚子的话要跟表哥说,也有满肚子的问题要问,却一时不知道从何说起,于是赶快把志豪回来的事同表哥讲了。士安喜出望外:"志豪到底突围了,这是今天最让我高兴的消息。"

"你们不是都在二百师吗?还有如兰表姐、罗霞嫂子、诗人眼镜、河马他们呢,难道你们都失去联系了吗?"

士安没有说话,脸上的笑容却收敛了。吉普车开得飞快,不一会儿就离开市区上了一条曲曲弯弯的山路。士安把油门踩到底,吉普车发出愤怒粗野的咆哮,耳边传来呼呼风响,那些令人胆战心惊的悬崖峭壁在他们眼前一闪而过。过了没多久,士安停下车说:"下去看看吧,你的脚下就是歌乐山主峰。整座重庆都在你的脚下。"

山顶上风很大,所有的高山都匍匐在他们面前,就连那一轮夕阳也被踩在了脚下。极目远眺,波澜壮阔的长江像条黄金带子挂在天边,陪都重庆只是烟云笼罩下一片模模糊糊的影子。

士安点燃一支香烟,说:"我来一一回答你的问题吧。诗人和河马都在同古之战中阵亡了。他们都英勇地战死在敌人坦克炮火下,因为战斗打响的时候第二百师的反坦克炮还在腊戍火车站待运。同古之战开局顺利,如果我军主力坚决压上,会同英军两面夹击,原本是有可能一举击溃敌人、收复仰光的。"

父亲着急地追问:"后来究竟怎么了?为什么没能收复仰光?"

士安变得悲愤起来:"同古之战打了十多天,我军主力始终疑虑重重按兵不动。当敌人的援军从千里之外的新加坡星夜兼程地赶到后,一切战机都从我军手中溜走了。这时同古已经变成了一座孤城,第二百师遭到敌人团团包围,通信联络中断,眼看陷入绝境。戴师长派我突围求援。自我追随将军,就深知他是个勇猛无畏、视死如归的铁血军人,但是这天将军的脸上都是悲愤和忧伤,他的话至今还令我心碎。将军说:'去告诉后方那些人这到底是怎么回事。第二百师九千官兵就是全部壮烈殉国,也不能死得不明不白啊。'

"等我突围成功赶到后方,看见主力部队还在三百公里外的曼德勒集中待命,这才知道总部并没有下定决心反攻。我急了,冲进总司令部,跪下来大哭说:'求求长官赶快下令进攻吧,不然我二百师官兵死不瞑目啊!'

"总司令眼里也噙着泪花,说:'你不知道,如今我军身在异国,处处身不由己啊。'

"我很奇怪,壮起胆子反问:'您身为总司令,手握军权,进攻还是撤退,还不是您一句话吗?'

"总司令摇摇头,背过身去没有说话。后来我从参谋那里才得知,原来远征军早已经做好了大举进攻的准备,但是西线的英军却不肯配合,他们只需要中国军队单独进攻,因为中国军队进攻可以掩护他们撤退。几次协调会都不欢而散,英国人随后放出话来,滇缅公路是你们中国人的生命线,当然该由你们保卫,难道要大不列颠士兵去为你们亚洲人流血吗?总部只好派出新二十二师前往同古接应,打开一个缺口把戴将军和残余官兵救援出来。此战不仅令我二百师元气大伤,而且大好局面已经丧失殆尽。

"日本人并不因为盟军的矛盾而放慢进攻步伐,不久总部担心的事情果然发生了,英国人继续后撤放弃多处阵地,把我军侧翼暴露给日本人。狡猾的日本人似乎嗅出了盟军间不和的气味,他们利用盟军战线的裂痕忽然发起致命攻击,长驱直入地抢占腊戍、畹町,切断我远征军回国退路,至此缅甸败局已定。可以这么说,缅甸沦陷就是中英盟军首次合作不默契的牺牲品。"

父亲听得揪心,愤愤地嚷道:"这些自私自利的英国佬!难道缅甸沦陷,中国军队失败对他们有什么好处吗?"

表哥说:"原先我也这样想,认为英国人的自私自利葬送了胜利的希望。有一段时间,许多人对英国人的怨恨甚至大过对敌人的仇恨。但是后来我改变了看法。"

"现在你是什么看法?"

士安点燃香烟深深吸了一口,没有马上回答。父亲望着士安半明半暗的脸,觉得表哥比从前多了几分深沉和神秘。于是他换了另一个话题说:"快告诉我,你是怎样脱险,又怎样幸运地逃出缅甸的?"

时间暂时凝固了,只听见纸烟燃烧的呲呲声。

4

"你知道,戴师长是我崇敬的老长官。他赤胆忠心英勇抗日,最终捐躯沙场。如果我没有奉命执行那次特殊的联络任务,可以肯定我会追随戴师长突围,如今是死是活就不得而知了,也许只是异国他乡山沟里的一具无名死尸罢了。"士安的声音听上去疲惫而苍凉。

"就在远征军争相突围回国之时,侦察兵报告,侧翼有支中国部队正在离开中央公路向相反方向运动。第二百师是全军的后卫,戴师长怀疑他们走错了路,或者未接到总部突围命令,就派我去追赶,要求他们掉头北进回国。

"等我好容易追上这支队伍,才得知他们是后续入缅的新三十八师。这支部队原先是隶属财政部的缉私警察部队,是一支非正规军,师长孙立人是个美国军校毕业的留洋派。但是呈现在我面前的阵势却令人吃惊,这支前警察部队建制完整、斗志高昂,侦察兵驾驶摩托车,搜索连摆出战斗队形开路。孙师长挎着望远镜,站在一辆吉普车上查看地图。我感觉他们根本不像撤退突围,倒像乘胜追击。我向孙师长传达总部向北突围的命令,没想到他只回答知道了,并不下令改变行进方向。于是我明白了,他们并非走错路或者不知情,而是有意违抗军令!我很愤怒,再次重申这是来自重庆的最高命令,所有队伍必须北进突围回国。

"孙将军皱起眉头,跳下车来对我说:'上尉,请回去报告戴师长,远征军长官部有命令分头突围,作为师长我有权决定队伍的行动方向。'我大声争辩说:'请问长官,重庆大本营大还是长官部大?长官部大还是长官您大?您到底服不服从命令?'他看我一眼淡淡地说:'中国有句古话,"将在外,君令有所不受"你知道吗,大本营根本不了解这里战况,敌人已经封锁国门,北进突围是死路一条,为什么一定要羊入虎口呢?'我还是不改初衷:'长官,我提醒您,您正在违反最高军令,请您必须改道回国!否则我就挡在路上让汽车轮子从身上碾过去。'

"孙师长看上去身体单薄瘦弱,全不如戴师长那般高大威猛。他操南方口音,听起来像个软绵绵的教书先生,缺少震撼人心的雷霆之力。我之所以态度强硬绝不退让,是因为我代表'中央军王牌'第二百师,而他们算什么呢?只是一队前缉私警察而已。

"正在这时,前方响起了密集的枪声,侦察兵报告说搜索连与敌人遭遇,通往温佐的道路已经被敌人封锁了。我看见孙师长脸色大变,命令各团营全速攻击前进,不惜任何代价通过温佐路口。我赶紧劝说道:'长官,现在回头还来得及,请不要再一意孤行了!'孙师长瞪我一眼,目光喷火,于是我心一横拦住汽车不让开动。孙师长勃然大怒,命令卫士把我捆起来扔在车后座上。'这是一场生死之战你知不知道?狭路相逢勇者胜!等打完仗再放你走。'说完他戴上钢盔帽,拎起一支美国冲锋枪,头也不回地登车前进。

"我被软禁起来,心有不甘地躺在汽车后座上,被迫做了一回袖手旁观的看客。遭遇战打响了,这真是一场天昏地暗的硬仗,整整一师官兵紧随他们的师长奋勇冲锋,炮声隆隆,枪声嗒嗒,数千条喉咙一齐发出惊天动地的怒吼。后来查明,温佐之敌为日军精锐的第三十三师团主力联队,人数与新三十八师相当。按说,即使第二百师要击败日军也要出动三倍于敌的优势兵力。可是这天不同,这支前警察部队表现出来的斗志是如此高昂,没有一个士兵贪生怕死,每个人都勇猛无畏地扑向敌人。我看见一个少尉排长硬是把敌人打红的机枪从掩体里拖出来,双手已经变成了黑糊糊的焦炭……

"孙师长说得对,狭路相逢勇者胜,置之死地而后生。敌人的战线被强行撕开一个缺口,他们抓住这个宝贵时机突围成功,几天之后便安全抵达印度边境,伤亡率只有不到百分之十。此时被裹挟到印度的我就是要返回第二百师也有心无力了。

"在印度休整期间,陆续传来有关第二百师被敌人击溃的消息。后来盟军情报证实,我远征军主力第五军丢弃装备,被迫遁入无路可走的缅北野人山,长官部联络中断,总司令下落不明。十万雄师远征异域壮志未酬,转眼间却变成了一场噩梦。"

表哥猛烈地吸着烟,寂静的夜色里,他的粗重喘息好像一头受伤的野兽发出来的。

"我常常想,大本营为什么要命令远征军不惜代价北进回国而不是转往印度呢?说明他们不信任英国盟军。盟军不团结是缅甸失利的主要根源。孙师长冒着抗命风险果断西进,不仅挽救了全师官兵的生命,也为今后反攻缅甸保存了一支建制完整的中国军队。事实证明他在危急关头的行动是正确的。当我明白自己无意中被迫走上了一条正确的道路后,我无比感激孙师长,是他给了我第二次生命。因此当我再次见到他时,我毫不犹豫地说,请让我留下来,我愿意追随您一道上战场,粉身碎骨在所不辞!

"在印度那些日子里,我天天都在打听罗霞和如兰的消息。每当有幸存者走出野人山抵达印缅边境,我都要想尽办法询问,但是得到的只有失望。有人告诉我,如兰所在的野战医院在东枝以北遭遇敌人,医护人员生死不明。罗霞本来是跟随师部转移的,也在缅北遭到敌人包围,戴师长负伤阵亡,大批官兵被俘。我设想过任何可能的结果,但又不敢去想任何一种可能的结果。"

父亲不由得心如刀绞。山风习习,秋凉如水,一轮银盘样的圆月从山背后爬上来,渐渐就挂在了老黄桷树梢上。父亲只得转移话题说:"你还没有告诉我,现在对盟军是什么看法?"

士安沉吟一下说："这个问题不是三言两语能够说得清楚的,但是我告诉你一句孙师长说过的话。他说,英国人不信任中国军队,卑鄙地把中国军队当后卫,这是事实,但是这种内斗局面并非不能改变,因为盟军的根本利益是一致的。在缅甸仁安羌,日军包围了八千英军,英军不得已向远征军求救,孙师长亲率队伍猛攻,替英军解了围,为此英军态度有很大转变。你看,现在盟军飞机每天将各种物资从印度空运到中国,说明英美也在重新认识中国战场的重要性。"

天色已晚,下山的时候士安把车开得飞快,到厂门口时他对父亲说："我不下车了,你自己回去吧。"

父亲惊讶地说："你不去看看小石头吗?他可是经常念叨舅舅的。还有我爹爹姆妈,他们蛮想你的。"

士安语气淡淡地说："想想看,我能去见他们吗?如果他们问起如兰、罗霞来,小石头问起他妈妈为什么还不回家,我该怎么回答?"

父亲满怀希望说："我还能见到你吗?我还有好多事没有来得及跟你讲呢。"

士安摇头道："我明天就随盟军飞机返回印度,大本营已经决定利用驼峰航线输送兵员,在印度重建一支中国远征军。"

士安的话令父亲心头一震,呼吸也跟着急促起来。士安看穿了父亲的心思,警告说:"你别胡思乱想,打仗可不是闹着玩的。你不好好念书,将来抗战胜利了谁来搞建设?你爹爹的工厂还等着你接班呢。"

5

此后几天,父亲精神恍惚魂不守舍,连他最感兴趣的数学课,也提不起兴趣,老师提问他也答非所问。人在教室,一颗心却不知道在哪里梦游。但是只要天空中飞机马达一响,他的头脑立刻就清醒过来,好像那些大铁鸟牵着他的魂一样。他常常举着头,想象这些飞机漫长的航迹连接着喜马拉雅山麓的另一端,在一个古称"毒身"(即印度)的南亚国家,他敬爱的表哥士安正在重新投入战斗,而一支全新的中国大军正在像钢铁洪流一样悄悄集结起来。

小时候家里有个乡下奶妈,喜欢给孩子们讲鬼怪故事,说是有个蜘蛛精趁小男孩熟睡的时候,悄悄织了一张网把他的心偷走了。直到小男孩长大才发现自己的心不见了。有一天,一个白发婆婆告诉他,他的心在很远很远的地方,必须翻越千山万水,遭受很多磨难才能找回来。父亲苦恼地想,自己的心是不是也被蜘蛛精偷走了呢?他是不是也该翻越千山万水去找回丢失的心呢?

恰巧,老庾一脸神秘地把他拉到教室外面说:"哥们儿,我要跟学校拜拜了。"

父亲吃了一惊:"你要离开重庆吗?上哪儿去?"

老庾压抑不住得意的声音说:"出国。到外国逛逛去。"

父亲很意外:"去……留学吗?"

"这破书我早他妈的念腻了,还喝什么洋尿水?告诉你,我要去当兵。"

"当兵?别瞎扯了,你老子舍得送你上战场?"

老庾恨道:"我家那个狐狸精一直想把我赶走,我爹就说,儿子,我看你也不是念书的料,干脆当兵得了。在中国,手握兵权比做什么事都吃香。"

父亲问他:"那你去考中央军校得了,出什么国啊?"

老庾一脸兴奋地说:"只告诉你一个人啊——美国人要在印度武装中国军队,大本营都批准了。嚯,那可是真正的美式装备,飞机大炮,坦克战车,就是与英美盟军相比也毫不逊色。我爹说了,机会不能错过,赶早吃肉,赶迟吃屁。"

父亲觉得有只大手捏住了自己到处游荡的魂儿,一下子把它按回自己的胸膛里了。他紧盯着老庾,喉咙里挤出一种陌生的声音说:"你是说,要去……印度吗?"

老庾调侃地说:"老邓你没事儿吧,这么舍不得我走?"

父亲这才发现自己反应过度,吓着同学了,于是他平静一下自己,拉着老庾的手说:"快告诉我,到底怎么回事?"

原来中美两国政府达成协议,决定在印度组建一支接受盟军领导的中国远征军,利用驼峰航线的返航飞机将中国新兵运往印度,在那里接收美式装备,重新打通中印缅国际交通线。征兵工作即将开始,优先招募一批懂英语有文化的大中学生。

父亲听完,有种如释重负迎风飞扬的感觉,迫不及待把自己也要去印度当兵的想法对老庾讲了。老庾惊得半天回不过神来,嚷道:"你疯啦!你老子那么多工厂,那么多钱,你用得完吗?用得着上军队混么?再说你家里又没有后妈。"

父亲不想跟他多解释,只盯着老庾问:"这个忙你到底帮还是不帮?"

老庾的脸皱成一团,苦恼地说:"想当兵还不容易,让我爹给兵役署打个招呼就行了,再说以后还要公开招募,有什么不成?咱还巴不得多个朋友照应呢。可是话说回来,你父母让不让走可不敢说。我不信你娘老子守着万贯家财,还会放儿子去印度打仗!"

老庾说的没错,父母肯定不会放自己去印度当兵的。一想到爹爹的威严神情和姆妈的泪眼,他的脑袋就乱哄哄地理不出头绪来。

这天放学回家,张松樵立刻注意到儿子情绪异常,便要问个究竟。父亲心里忽然产生一种强烈的渴望,渴望让爹爹狠狠责罚自己,惩罚自己的不孝,也许只有爹爹的惩罚才能让心中的苦闷和烦恼减轻一些。于是他直截了当地告诉爹爹,自己下江水里游泳了,险些没叫弹子矶的大漩涡卷走。张松樵当场脸就白了,几根胡须一翘一翘的,二话不说抓起拐杖就打。这天儿子却不跑,也不叫饶,直挺挺地迎着老子的拐杖。

忽然"咔嚓"一声,拐杖断了,儿子头上流出小溪一样的鲜血来,可是他还是原地站着一声不吭。张松樵气得浑身哆嗦。老子打儿子,向来雷声大雨点小,"高高举起,轻轻落下",儿子服软告饶或者拔腿就跑,老子也决不会穷追猛打,要的就是一个警告和教训。可是今天儿子仿佛变了一个人,公然与老子对抗。张松樵骑虎难下,只好哆嗦着手去找棍子。恰好墙角有一把花工锄头,他抓起来就朝儿子头上抡去。恰好这时柳韵贤赶到,张松樵借坡下驴,扔掉锄头转身走了。

作为儿子,父亲正在经历一种前所未有的精神和感情裂变。他对父母和亲人抱有深深的爱和歉疚,他知道自己将要违背父母的意志,极大地伤害他们的情感,他觉得用什么方式向父母赎罪都远远不够,别说挨几下打,流一点儿血了。

6

　　这天放学,他和老庾一道沿江边马路步行。已经很久不见汽车来接老庾了,老庾说不是他爹没空,而是被"狐狸精"占用了,所以他只好天天当"步兵"。快过新年了,去印度的事还没有消息。北风正刮得紧,两人都缩着头,手笼在袖子里走得没精打采。这时,对面街上走过来几个时尚青年,尽管天空并无太阳,但是他们个个都戴一副遮阳镜,很招摇的样子。老庾看着那伙人走远了才羡慕地说:"你看看,那是真正的'雷朋'呢。"

　　父亲不懂,老庾咂咂嘴道:"'雷朋'就是美国军用的遮阳镜,只有美军才配备,眼下是重庆最时髦的。"

　　他们来到街头黑市打听"雷朋"的价格,竟要几百元一副,相当于几百斤大米的价格,把父亲吓了一跳。他想,把几百斤大米戴在脸上不知道是个什么滋味?还有一种瑞士军刀,有一百多种用途,父亲爱不释手,一问价格竟要一千元法币,吓得他俩赶紧溜走了。

　　转过街头,闷墩的汽车正好迎面开来。老庾在驾驶室坐舒服了说:"就你一个人哇,你师傅没出车?"

　　"师傅胃疼,起不了床。"闷墩少有的兴奋,"你们看见没有,这可是汽油车,不是木炭车,拉了满满两吨皮棉呢。"

　　父亲眼馋说:"让我来开开,好久没摸方向盘了。"

　　闷墩连忙护住方向盘说:"不成不成,这可是载重车,不是闹着玩的。你要是再出个事故,咱就全毁了。"

　　父亲觉得很扫兴,这家伙哪壶不开拎哪壶。快到厂门口了,路边站着个穿红衣服的少女朝汽车招手,闷墩赶紧熄了火,拔了钥匙揣进兜里,然后才下车同少女说话。少女显见得对闷墩十分亲热,眼神热辣辣的,两个好看的小酒窝盛满了蜜水。闷墩一个劲儿地对她解释,又指指车上,少女显出很失望的样子。父亲很郁闷,拉着老庾就要下车,闷墩连忙拖住他们说:"别走啊,天气真冷,我请你俩喝那啥玩意儿去——对了,美国洋啤酒。"

老庾翻着白眼说:"美国洋啤酒?那可是很贵的东西噢。"

闷墩拍拍口袋说:"啥贵不贵的!咱有钱,加班费涨了两倍,喝得起!"

父亲知道,随着美国飞机掌握制空权,工厂现在一片红火。工人加班加点连轴转。生产一上马,奖金自然看涨,裕华纱厂的员工个个都跟小财主似的。而驼峰航线开通的直接效果就是黑市大繁荣,不论吃的穿的用的都能通过黑市买到,而且一律都是美国货,现在连闷墩都敢开口请朋友喝美国洋啤酒,可见形势今非昔比。

三个人来到饭馆里坐定,闷墩先点了一盘卤猪耳朵,一碟油炸花生米。父亲一看就笑了,调侃道:"哎呀,你师傅一辈子就点这两样菜,现在徒弟也学会了,真是'有其师必有其徒'啊!"

闷墩脸红了,憨厚地笑着说:"你们点,你们点。"

父亲叫了一道红油麻婆豆腐,一盘回锅肉,老庾点了一条红烧松鼠鱼。洋啤酒上来,是那种铁罐装的美国货,可是饭馆却没有罐头刀,店主找来一把厨师剔肉的尖刀,旁边一群穿长袍马褂的食客瞪着眼睛看他们怎样对付这洋玩意儿。老庾和闷墩没喝过啤酒,这时候只有父亲出马。他把刀尖轻插进罐顶,小心地沿着边缘旋开一条口子,然后把金黄色的液体倒进粗瓷碗里。老庾也赶紧学着他的样子,在铁盖子上凿开一条口子,只是用力过猛,一股蓬勃的泡沫冷不防喷出来,溅了满脸满身。马褂们见状个个幸灾乐祸,笑得抽了筋。

啤酒到底不比白酒,不经喝,还不见酒力。闷墩连连说:"这洋货味道咋跟马尿差不多,还贼贵。不好不好!"

父亲知道他心疼钱,就向店主要了一瓶泸州老窖,三个人这才正式喝起来。闷墩吱儿吱儿地啜了几口,脸上有了一丝红亮亮的酒色。父亲偏着脑袋问闷墩:"刚才那红衣女孩儿是你么人?"

闷墩一下子脸红了,连连说没啥没啥,一个熟人。父亲和老庾对视一眼,更加觉得有鬼,老庾挤眉弄眼地说:"我看不像嘛,怕是找媳妇吧?"

闷墩把头摇得跟拨浪鼓一般。父亲将一盒香烟扔到桌子上,三人都点上。老庾就开始盘问女孩儿叫啥名字,住哪里,多大年纪?闷墩低着头只管不吭声。父亲问他是不是本厂的?他看了父亲一眼,很不情愿地回答说是师傅家的,叫喜妹。父亲这才恍然大悟,原来师傅有心招徒弟入赘啊。大家说笑了一阵,闷墩忽然问父亲道:"小哥子遇上啥不高兴的事吗?"

父亲很惊讶,看不出闷墩这样心细,能体察出他心里有事。他没准备跟他们讲,可刚一张嘴,心里的话就全出来了。没想到,还没等他讲完,闷墩竟哭了,坚决地说:"小哥子,老庾,我要跟你们一起去印度当兵!"

"不行,你好不容易就要学徒满师了,这可是一份人人羡慕的好工作!"父亲第一个反对。

闷墩瓮声瓮气地说:"小哥子,你别忘了,我家七口人都死在鬼子的炸弹之下。告诉你们吧,你们别以为我会好了伤疤忘了疼,这种血海深仇我这辈子也忘不了。我常常做梦都梦见我家的木板棚屋,还有至今尸骨无存的亲人。我暗暗发誓,有一天我一定要亲手把刺刀插进日本鬼子身体里!"

父亲不再劝说了,而且心情格外轻松起来,好像这个选择带来的苦恼、彷徨和犹豫统统都被大水冲走了一样。他说不清是自己的决心影响了闷墩,还是闷墩的行动影响了自己。闷墩把大半瓶白酒咕咚咚地倒进三只碗里,然后端起来对他们说:"小哥子,老庾,咱们干了。如果有一天我能报了血海深仇,就是粉身碎骨也绝不后悔!"三个年轻人毫不犹豫地端起杯子一饮而尽。

第八章　我心飞扬

1

　　重庆兵役署设在市中区清凉寺背街一扇黑漆大门里。三个人来到一间挂有"新兵征集"招牌的平房跟前时,都有些紧张。老庾小声说:"这间办公室刚刚挂牌,我们是最早报名的三个。"

　　报名程序十分简单:一个戴眼镜的文书对三人象征性地目测一番,没有明显的生理缺陷即算合格。然后他们被领进另一间办公室,各自领到一张黄裱纸油印表格。闷墩写字慢,就由父亲代填,其中有一栏是"会否英语",老庾悄悄说:"当然会。不会人家不要。"

　　闷墩着急地说:"要是人家跟我说外国话怎么办?"

　　"其实英文我也不懂,上课我都睡觉了。老邓英文顶呱呱,咱们让他去对付得了。"

　　父亲说:"反正车到山前必有路,走哪儿算哪儿。"

　　只有一栏令父亲感到为难,那就是家庭住址和父母姓名。他问军官,这一栏能省略或者暂时空着吗?军官回答说不行,此栏必填,除非你是孤儿。闷墩闷声闷气地说:"我就是孤儿。"

　　父亲本来想说,我也是孤儿,但是想想觉得对不住父母,于是就如实填上了。然后三个人依次按手印。

　　刚刚完成报名手续,一个穿西装挎相机的男人就闯进院子来,大声嚷嚷着:"在哪里呢?在哪里呢?"做政工宣传的军官欢喜地说:"好了好了,《中央日报》王记者来了。"

　　王记者为准备《有志青年投笔从戎,争相从军报效国家》的命题新闻而来。他要求三个青年挤在征兵办公室门口,手举按过手印的兵役登记表,脸上露出幸福满足的笑容,然后镁光灯"嘭"的一炸时光就定了格。老庾悄悄说:"有记者给白照,咱们就省下钱去耀华餐厅吃西餐。"

出门时来了一位上校,把一张盖了朱红大印的《征兵通知书》发给他们,告知一周后新兵将在江北集中登车,前往教导团驻地。父亲性急地问上校:"什么时候出发去印度啊?"

上校是个北方人,一脸严厉地训斥说:"军队里有纪律,不兴打听你不该打听的事儿,违反纪律要受处罚的!"

父亲偷偷吐了一下舌头,三个人都规矩起来,向长官鞠了一个躬。

2

三个新兵在市区逛到半夜,喝了许多酒,次日才乘轮渡回到南岸。父亲没有想到,一夜之间自己的照片已经登上了张松樵每日必看的《中央日报》的头版,更不知道家里已经发生了十二级地震:老爷子当场血压升高四肢僵硬,被紧急送往医院抢救;柳韵贤哭得哑了喉咙肿了眼睛,莲子姨妈被从市区紧急招来商量对策……

一场正面风暴免不了了,父亲索性横下一条心来等着父母摊牌。他回到自己房间,和衣倒在床上,脑袋乱哄哄的,睡不着。房门推开,进门来的不是暴跳如雷的父亲,也不是哭天抢地的母亲,而是住在市区的莲子姨妈。

莲子姨妈胖胖墩墩的,在母亲三姐妹中,她脾气最好也最没有主见。父亲赶快替姨妈搬了一张椅子,又替她倒了茶,看看她气鼓鼓的脸色,知道她是受姆妈差遣前来劝降的。于是他先发制人说:"姨妈,您还记得梅子姨妈一家的惨剧么?如果不把日本鬼子赶走,这样的惨剧每天都可能落在头上!"

莲子姨妈一提起梅子就抹开了眼泪,抽抽噎噎地说:"我看你妈也不是反对你去打日本,反对打日本那不成了汉奸了?但是你年纪还小呢,先让别人打去吧,你要是有个三长两短,你的爹妈怎么活啊?"

父亲笑起来:"我虚岁都十八了,不是小孩子啦。姨妈您想想看,哪家孩子不是娘身上掉下来的肉,要是都想着让别人的孩子去打日本,自己等着享受抗战胜利,那抗战还有么指望啊?难道只有咱爹妈的孩子宝贵么?"

姨妈急了,嚷道:"可是你还在念书,还是个学生,你妈说了,咱们家念书是头等大事,你别不知好歹!"

父亲耐着性子跟姨妈讲道理,抗战救亡才是头等大事,要是日本鬼子打到重庆来,连爹爹的工厂也得关门,还念什么书呢?姨妈更生气了,拧起眉毛喝道:"不管怎么说,你得听你爹妈的话,不许去就是不许去,我就天天坐在屋子里守着你!"

父亲并不怕姨妈的威胁,他本来任性惯了,除了爹爹谁也不怕,何况他知道姨妈身体不好,打不了持久战。他笑嘻嘻地对姨妈说:"您别生气,我现在还不会跑掉,您那边家里一大摊子事情等着您回去收拾呢。"

父亲干脆捧起《少年维特之烦恼》读起来。眼前的字像蚂蚁一样到处乱爬,但是他强迫自己一行行读下去。德国少年维特的烦恼来自爱情,少年父亲的烦恼却来自亲情。他想,其实大道理谁都会讲,但是"爱"却不讲道理,这恐怕就是天下人烦恼的根源了。

莲子姨妈自知拗不过任性的父亲,坐了半天觉得无趣,只好抹着眼泪走了。

3

一连两天过去,家里出奇地安静,爹爹姆妈仿佛躲起来一样,每天吃饭都是佣人家成按时送到房间来。这天父亲实在忍不住,悄悄向家成打听爹爹姆妈到底哪儿去了?家成抱怨道:"少爷,您到底想起老爷太太来了,实话告诉您吧,他们都在医院躺着呢。"父亲完全没想到情况糟到这种地步。家成在一旁又说:"老爷血压还降不下来,太太也气病了。全都是为了少爷您哪!"

父亲连忙问道:"他们要紧吗?有好转吗?"

家成道："老爷两天滴水未进，挂着吊针，医生说老爷年事已高，恐怕很严重呢。"

父亲生气地冲家成吼道："你怎么不早点告诉我？"

家成低头回答："可是少爷您并没有问呀，我敢主动讲吗？"

父亲心里直责怪自己不孝，问清医院地址，立马出门。

出了厂门就听见报童口中乱纷纷地嚷着："看《号外》，看新出的《号外》啊！斯大林（格勒）战役结束，德军元帅投降，消灭德国法西斯三十万人！美国盟军攻占所罗门群岛，击沉日本舰队。美国飞机轰炸日本东京、横滨、大阪，大火三天不熄！看《号外》啦！"

一个挂着拐杖的伤兵也捡了一张，但他不识字，正好拦住父亲请求说："小兄弟，替我念念好吗？"

黑字标题为"我英勇国军重创日军，怒江前线固若金汤"。原来日本人多次试图强渡怒江天险，遭守军猛烈反击，毙敌数百人，击毁坦克、汽车若干辆。《号外》虽然没有提及守军番号，但父亲脑海里浮现的是表姐夫林志豪的身影。

伤兵低着头听完，什么也不说，只把《号外》仔细收起来。有人好奇地问他："老总，您从哪里回来的？腿怎么残的？"

他没有回答，顾自向前走，父亲见他登石阶很吃力，就赶紧扶他一把，小心地问："您从前线回来的吗？"

"野人山……捡了一条命。"

父亲大惊，急切地说："您从缅甸回来？我表姐楚如兰，表嫂罗霞都在第二百师，至今没有消息。您知道她们的下落吗？"

那人摇摇头，神情惨淡："别指望了，小兄弟……大多数官兵尸骨无归呢。"

父亲心底有条很硬的弦被拨动了，他改了主意，扭头回家了。

4

次日太阳出了老高，父亲还在蒙头大睡。家成上楼来唤醒他，告诉他老爷太太回来了，在楼下饭厅等他吃早饭。他的睡意一下子全没了，爹爹姆妈到底回来了。他忽然明白父母在医院或许也是试图张网以待,用亲情的丝线捆住儿子手足。

几日不见,爹爹张松樵苍老了许多,原本稀疏的头发全白了,平时在儿子心中的威严形象如同未经修葺的旧厂房一样斑驳起来。姆妈柳韵贤云鬓纷乱眼圈红肿,一看到儿子泪水就往外涌,被张松樵狠狠瞪了一眼才没有大放悲声。饭桌子上摆放着各自的早餐:爹爹还是白米粥、豆浆馒头和咸萝卜,姆妈则是豆浆、油条和小点心,都还一动未动。

父亲眼看父母备受折磨的样子,心中深感自责和不安,险些就要下跪请罪了。但是转念一想,自己报名从军是为国效忠,救国救亡何错之有?那么多在战场上马革裹尸的铁血男儿,哪个不是爹娘养的?凭什么别家儿子该去当兵打仗,去流血牺牲,张松樵的儿子就该躲在后方享受胜利成果?想到这里他强忍住感情,只是规规矩矩垂手唤一声:"爹爹!姆妈!儿子忠孝不能两全,请二老今后多多保重。"

张松樵睁大眼睛,柳韵贤停止抽泣,儿子嘴里的"忠孝不能两全"等于抢先竖起了民族大义的挡箭牌,让他们无言以对。八百年前,当满头白发的慈母将"精忠报国"四个大字刺在那个名叫岳飞的青年军人身上时,它也就深深地铭刻进了我们民族的灵魂中。当"尽忠"与"尽孝"不能两全之时,大忠则为至孝,报国即是孝敬父母,张松樵柳韵贤岂有不知?

柳韵贤开始期期艾艾地抱怨起儿子来:这个绝情寡意的小子,刚刚长出牙齿就以为翅膀硬了,一点也不怜惜做父母的感受。但是她缺少说服儿子的道义武器,只好可怜巴巴地把求援的目光投向丈夫。谁知张松樵长叹一声,摇摇头,顾自低头吃起早饭来。父亲吃的还是"热干面",他机械地把面条一根根往嘴里挑,根本没有吃出味道来。待到佣人收拾桌子,张松樵示意柳韵贤上楼,自己向儿子招招手,让他坐到身边来。

"述义,救国可以有各种选择,并不只有上前线。"张松樵试图做最后的努力。

父亲低着头说:"爹爹,对儿子来说,这是已经选定的路。"

"可是你的书还没有念完,你不能等念完中学再去吗?"

父亲抬起头来:"爹爹,请您原谅,有些事情是不能等待的。抗战比念书更紧迫,念书可以等,抗战却不能等,相信您比儿子更明白这个道理。国家兴亡,匹夫有责,否则您为什么要历经艰险把工厂从湖北迁往重庆,而不留在沦陷区同日本人合作呢?抗战五年多来,您的工厂在敌机狂轰滥炸下咬牙坚持,即使被夷为平地也决不屈服,您不是已经为儿子树立了一个救国榜样吗?"

张松樵无话可说,儿子的话句句在理,只除了父母感情通不过这一条外。他掏出手绢来擦擦眼睛说道:"我要告诉你,国家可以有千千万万的忠臣义士,但是儿子对父亲来说却是唯一的。"

父亲恭恭敬敬地回答:"儿子明白。"

"明白你还去?"

父亲回答:"儿子不能不去,普天之下的骨肉都一样。小石头也只有一对父母,可如今他们都在战场上。他们是儿子的榜样。"

张松樵长叹一声道:"昨天我去了兵役署,你知道他们怎么说?"

儿子紧张地盯着爹爹,爹爹嘴里的牙齿残缺好几颗,让他想起朝天门码头那座被炸塌的古城门。城门一开一合吐出声音:"他们说,只要你同意撤回报名申请,他们就放你回家。"

"儿子不能同意。如果儿子不幸为国尽忠,请父母好自珍重,儿子不能为您们尽孝了。"

张松樵彻底明白了,不禁有些神情黯然。他摸摸索索地取出那张报纸,指着照片上另外两个人说:"他们都是你的同学吗?"

儿子告诉爹爹,这个是同学老庾,父亲是国防部军官。另一个是厂里的司机助手闷墩,全家在民国二十八年(1939年)夏天那场空袭中,被山上金银湖大水冲进长江,踪迹全无。

张松樵半晌无语,后来他终于站起身来,去房间叫柳韵贤下楼,两人在椅子上端端正正坐好,然后对儿子说道:"你长大了,要报国去了。父母养育之恩,你就此叩谢吧。"

父亲心中大恸,"扑通"一声跪下来,连磕三个响头。等他抬起头来,姆妈已经瘫软在椅子上哭成一团,爹爹像棵身姿挺立的老树,沟壑纵横的脸上泪已成行……

出发的日子到了,天色未明,父亲就起床收拾好简单的行囊,还特别挑选了几本书带着。门推开了,一宿未眠的老爷子走进来。父子俩一时都没有说话,看见父亲行囊里尽是书,老爷子不由得十分伤感,摇摇头转身走了。

早饭是柳韵贤亲自下厨为儿子做的,还是他平时最爱吃的"热干面"。父母眼光里流露出来的千言万语简直就像一只手,把儿子的心都揉碎了。父亲不敢与他的父母对视,唯恐心一软那些柔情和母爱就化作绳索把他给拴牢了,只好慌慌张张地装出吃得很香的样子。

告别的时刻到了,柳韵贤拉住儿子的手,从口袋里掏出件东西给他套在手腕上。父亲低头一看,竟是只瑞士产的"OMEGA(欧米茄)"金表。姆妈的湖北仙桃口音好像凄怨无比的戏文唱腔在耳边回荡:"我的儿哪,答应我,么子时候吃不了那些苦,么子时候后悔了,不想当那兵了,咱卖了它,好换飞机票回家来啊?"

父亲本想缩回手来,但是手被姆妈紧紧捏住。他想跟她说,一名普通士兵戴着金表上战场别人会怎么看?何况自己绝不会后悔,也绝不当逃兵。可看着姆妈哀求的目光,他无法启齿,他不能再往父母破碎的心上添雪加霜了,就算给他们留个盼头儿吧。

他向父母深鞠一躬——这是儿子辞行,也是感恩,更是一个年轻人终于长大奔向战场的成人仪式。

这是公元一九四二年岁末的最后一天,但是对年轻的父亲来说,这一天东方升起的太阳却是全新的,如同他的从军之路以及胸中的希望和梦想也是全新的一样……

第九章　教堂里的撒旦

1

一个中尉军官大声点名,点到名字的人慌忙答"到",然后依次领到两套黄布军装,一套是旧的,另一套还是旧的。还有一条旧棉毯,一只饭盒和一双草鞋。有人嗅嗅军衣上的气味说,会不会是从死人身上剥下来的?这句话引起许多人的生理反应,父亲觉得身上痒痒的,好像许多小虫子在背上爬。老庾发牢骚道:"这算什么当兵?我可从来没有穿过草鞋。"

闷墩把草鞋往脚上一套说:"算了吧,当兵可不是来享福。"

一辆卡车轰隆隆开进大门来,父亲认出这是辆美国"道奇"卡车,因为太老旧的缘故,发动机像老牛一样喘着粗气,车轮转起来浑身乱响。车上已经装了半车粮食,新兵都挤在车厢后面。大家起初还兴致勃勃地东张西望,指指点点大声说话,但随着汽车驶上江边公路,北风像刀子一样呼呼乱舞,他们很快就站不住了,蜷缩在一起挤着取暖。

爬陡坡时汽车熄了火,来接兵的军官骂骂咧咧地跳出驾驶室,朝车厢上吼道:"都愣着干什么?给我下来推车!"

坡陡车重,竟比推一座山还要难。父亲看见军官站在一旁抽烟,除了骂人自己并不动手,好像推车的都是一群囚犯,心中有些不满,就悄悄对身边的两人说:"你看那家伙,像不像土地庙里的催命鬼,好像咱们上辈子欠他二百两银子似的。"

闷墩同意道:"咱们可是志愿从军,不是来受气的。"

老庾劝道:"当兵都这样,官大一级压死人,咱们别惹他。"

催命鬼发现他们在偷偷嘀咕,看眼光有些不满,就过来踢了父亲一脚,嘴里恶狠狠地骂道:"嘀咕什么?还没吃上粮就想造反啦?兔崽子!别以为你们是学生就了不起,看老子怎么收拾你们!"

父亲更加不服气,大声说:"报告长官,我要撒尿!"

军官骂道:"滚回去推车,不推到山顶不许撒尿!"

父亲争辩说:"水火不留情,屎尿憋死人!请长官允许撒尿。"

军官扬手打他一耳光:"今天你就尿在裤子里!"

父亲哪曾受过这种窝囊气,把帽子朝地上狠狠一掼说:"老子不推了,你怎么着?"

军官脸气歪了,脖子上的青筋像蚯蚓一条条鼓起来,拔出手枪"咔嚓"顶上子弹说:"违抗军令就地正法!给老子推车去!我数一二三……"

老庾闷墩眼看朋友要吃亏,赶紧把他拖回去推车。

推到山顶,大家都累出一身臭汗,军官钻进驾驶室,汽车继续开动起来。老庾到底是军官家庭出身,埋怨父亲道:"你别当这是你老子的工厂,别人不敢拿你少东家怎样,这里可是军队。我父亲说过,军人以服从命令为天职,军令如山倒,长官的话就是圣旨,你要敢抗命他真就可以当场把你毙了。"

父亲也有些后悔,倒不是怕得罪长官,而是觉得自己任性耍少爷脾气确实不好,有些意气用事。不过话说回来,士兵也是人,不是牛马,当官的怎能随意打骂士兵呢?一路上空气沉闷,只听见发动机呜呜地打转,冷风把人心都吹凉了。

下午太阳落山,汽车开进教导团驻地,新兵纷纷探出好奇的脑袋。驻地是一座空荡荡的破教堂,院子里杂草丛生,只有屋子尖顶的十字架上,那位受苦受难的外国老人睁大悲悯的眼睛迎接这批新兵到来。

一个斜眼睛勤务兵和围着白围裙的中年上士从厨房跑出来,后面跟着三四个邋里邋遢的火头军。几个人并排站好,勤务兵恭敬地向催命鬼报告说:"厨房和仓库已经清理出来,今晚可以烧大锅了。"

军官眼皮不抬地说:"豺狗,我的屋子消过毒了吗?"

叫"豺狗"的勤务兵讨好地说:"报告长官,统统用草灰水消过毒,保管没有跳蚤。您的饭也热着呢。"

军官对勤务兵挥挥手说:"这里就交给你了,先叫他们干活儿。"然后走进厨房吃饭去了。

军官一走,豺狗立刻就神气起来,对新兵嚷道:"都愣着干什么?快给我搬粮食。"

有人抗议道:"我们还没有吃午饭呢。"

豺狗不怀好意地笑起来:"你们以为当兵还跟学校里一样享福啊,格老子的!不打仗每天吃两顿,打仗两天吃一顿……不干完活不许吃饭!"

父亲原本以为当兵就是上前线,与敌人英勇作战绝不退缩,没想到当兵还要受欺辱。他愤愤不平地说:"简直是狗仗人势么,不都是一样的兵嘛,为啥还要受他欺负?"

老庾赶紧拉拉他说:"老兵欺新兵,到处都一样。"

父亲看见那几个火头军也抄着手看热闹,就大声说:"要干大家一起干,凭什么只叫我们干?"

那个上士伙夫头走过来。他长着一张砖头红脸,粗脖子,厚嘴唇,连头发上都蒙着一层灶灰,看上去有些宽厚的模样,好意劝道:"学生娃,别自讨苦吃,这里是军队,谁不听长官的话谁倒霉!"

半车粮食足足让他们搬了一个小时,个个累得东倒西歪。好容易完成任务,伙夫头赶快从厨房里搬出一桶热气腾腾的南瓜干饭,一盆黑糊糊的猪杂豌豆汤煮萝卜,这是当地俗称的"豆汤饭"。父亲放开肚子吃了三大碗才住手,他觉得家里的山珍海味也没有这顿豆汤饭香甜可口。

教堂没电,新兵早早就睡下了。所谓寝室就是四壁透风的教堂走廊,地上铺着厚厚的稻草捆,散发着一种像牲口圈里的霉灰气味。好在白天累狠了,什么也顾不得,头一挨着稻草鼾声立刻响起来。黑夜就像海潮那样涨起来,淹没了年轻人自由飞翔的梦境……

2

天不亮尖利的哨音就把新兵从睡梦中拽起来了,豺狗连踢带吼地把他们赶到空地上站好队。等了好一阵不见长官出来,身上先痒痒起来。父亲撩起衣服,发现身上有许多小红包,闷墩告诉说:"是跳蚤咬的。"

父亲说:"跳蚤吗?谁会带跳蚤来呢?"

闷墩笑了:"草捆里最藏跳蚤,我知道的。"

父亲顾不得天冷,连忙把衣服脱下来使劲抖着说:"有本书上说,按照身体比例,跳蚤是地球上跳得最高的动物。就是跳高冠军。"

老庾也学样抖着衣服:"去他妈的跳高冠军,我担心会不会染上传染病。"

闷墩安慰他们说:"待会儿咱们用草灰水来消灭它。"

天亮后催命鬼才慢腾腾地从屋子里走出来。长官心情看上去不错,换了一身斜纹布的新军装,脸上的表情也像新军装一样生气勃勃有了笑容。他背着手,像老爷一样在队伍前面踱来踱去,好像新兵是一群等待训话的仆人。父亲听见他说:"我是你们的政治教导官阳清云。太阳的阳,不是木易杨。清官的清,云彩的云。你们编为教导团一连,班长就是李稀饭。李稀饭你站出来大家看看。"

李稀饭站出来,大家"轰"地一声笑了,原来李稀饭就是"豺狗"。阳教官皱起眉头呵斥道:"不许笑,严肃点!我宣布纪律,不许私自外出,不许交头接耳,不许结社集会,不许谈论国事,不许议论长官,不许看书看报,不许逛窑子⋯⋯士兵见到长官要立正敬礼,长官的话就是命令,必须坚决执行。听见没有?"

队伍稀稀拉拉地回应着,豺狗连忙说:"长官问话要大声回答,是!长官!"

父亲悄悄问老庾:"你怎么不跟他说说,你爸是上校?"

老庾撇撇嘴说:"他们是师管区接兵的,没用。"

闷墩好奇地问:"什么是师管区接兵的?"

老庾答:"打个比喻,这里就像旅店,我们不过在这里路过罢了。"

父亲纳闷地说:"旅店怎么能这样对待客人呢?"

老庾笑了,说:"官大一级压死人,这就是军队。以后可得记牢了。"

阳教官又踱起方步来,换了一种推心置腹的口吻对大家说:"昨天以前,你们多数人还是学生。知识分子有一个特点就是自由散漫。最高领袖说过,知识分子成事不足,败事有余,指的就是你们这些人。现在我来问一问,你们中间谁是三青团员?谁是国民党员?举手我看看。"

队伍沉默着,没有人举手。教官的表情忽然变得狰狞起来,冷笑一声说:"你们不要自以为清高,什么君子不党,朋比为奸之类,其实小人才不党呢。君子不结党,如何推翻帝制,如何完成三民主义的救国大业?国父创建的国民党就是中国抗战的中流砥柱。国父立下宗旨,以党立国,以党建国,党为国之本,你们如今都是党国军人,所以必须拥护党,服从党,随时准备为党献出生命。"

父亲觉得有些难受,好比满心高兴地照镜子,却看见镜子里有个歪嘴和尚在念经。他拿眼睛去看朋友,老庚望着天,一副无所谓的样子,闷墩则专注地盯着脚下一只蚂蚁,像个动物学家。

催命鬼把目光投向教堂尖顶上那座十字架,提高声音说:"别以为你们面前都是白丁,告诉你们,本教官穿上这身军装以前也是高中生,也曾经自以为是目空一切,直到投身黄埔军校,才懂得国父的三民主义和领袖的党国一体理论。政治教官是干什么的,嗯?就是要把你们改造成党国需要的军人。什么样的军人才是合格的党国军人呢?就是效忠领袖,服从命令,为党国献出生命也在所不惜。"

豺狗带头鼓掌,队伍里响起稀稀拉拉的掌声。父亲心想,倒看不出来,催命鬼还念过高中,可是他那副德行怎么跟兵痞没有两样呢?

队伍解散,豺狗举着一摞发黄的表格要大家按手印。父亲问他什么意思,豺狗骂道:"妈的,长官讲一通话等于放屁呀?什么意思——就是集体参加三青团。"

父亲当场顶撞说:"抗日救国跟参加三青团有什么关系?难道印度还有三青团吗?哪有强迫按手印的。"

豺狗冷笑道:"你不按是吧?实话告诉你,不按手印就别想去印度!"

父亲急了:"不让去印度,我就脱了这身军装回家去。"

豺狗摇晃着脑袋说:"想回家?晚啦!现今国内兵员奇缺,要征到你这样的高中生还真不容易,怎么能轻易放你回家呢?"

父亲恨恨地看着他说:"你们能把我怎么样?"

豺狗坏笑起来,幸灾乐祸地说:"你放心,这里是师管区,我们一定会把你送上前线去。而且不听话的兵一般都送给地方杂牌部队,他们决不会不欢迎像你这样有文化的壮丁。"

老庾劝他说:"还是按了吧,反正随大流,不按手印人家不让去印度。"

闷墩也道:"反正咱们又不做坏事,管他什么三青团四青团的,只要能去印度就行。"

父亲终于屈服了,他觉得自己那个红通通的手印很像一摊难看的血迹。

3

冬日的太阳姗姗来迟,把羞涩的光线洒落在没有生气的泥地上。星期天破例没有出早操,父亲起床后觉得身上痒,脱下衣服竟然在衣领上发现了几只看上去像灰瓢虫的小动物。闷墩说:"虱子。"

父亲大叫:"我身上怎么会有虱子?"

老庾笑起来:"虱子这东西跟人不一样,人是嫌贫爱富,虱子恰好相反,谁过上穷日子它就找上门来啦。"

听他这么一说,父亲觉得连头发里也痒起来,连忙乱抓一气。闷墩说:"这东西特顽固,你得这样它才能死。"说着指甲对指甲一挤,只听见"啪"的一响,果然挤出一滴污血来。

父亲说:"太恶心了,比跳蚤还恶心。"

闷墩满不在乎:"穷生虱子富生疮嘛,哪个穷人身上没有几只虱子?待会儿烧桶水,洗个热水澡,再把头发剃光就好了。虱子最喜欢在毛发里产卵繁殖。"

"那不成秃瓢了?"

闷墩正色道:"小哥子你自己看着办吧。听说长虱子的人头皮会越来越厚,因为虱子都钻进头皮里去产卵。"

父亲吓得再也不敢吭声。闷墩去镇上找来一个剃头挑子,三下五除二把父亲的头发剃光了。又从厨房弄来一桶热水替他大扫除。几个新兵闻声来看热闹,他们发现了父亲的手表,个个稀罕地放在耳朵上听,轮番戴在手腕上。闷墩唯恐弄坏了,不停地赶他们:"去去!没见过手表么?"然后小心地替父亲装进口袋里。

没想到豺狗也知道了,一会儿工夫就像闻到肉味一样找上门来。他乜斜着眼睛说:"听说你还藏了个宝贝?"

父亲看不惯他这副装腔作势的鸟样,故意不搭理他。豺狗说:"给我看看,没准儿让大爷看上了,给你找个好买家。"

父亲故意问周围的人:"谁放屁了?怎么这么臭!"

豺狗脸上挂不住,悻悻地走开了。晚上红脸伙夫头悄悄把父亲唤到门外,告诉他催命鬼叫他去一趟。伙夫头姓赵,四十来岁年纪,山西人,人称赵老大。赵老大嘱咐父亲说:"学生娃,俺还是那句老话,军队里官大一级压死人,俺见得多了,别自讨苦吃。"

父亲不吭声。作为长官,起码的公私总该分得清吧?

房门紧闭,父亲在外面喊了报告,推门进去才看见屋子里乌烟瘴气,几个人围着桌子推牌九。催命鬼嘴里叼着香烟,看见他连忙招手说:"来来,坐下玩两圈,喝点什么?茶还是酒?"

父亲仍然立正道:"报告长官,士兵邓述义奉命前来,请指示!"

催命鬼摁灭烟头,拖长声音说:"我问你,听说你有只外国手表是吗?"

父亲只得把手表取下来递给他。长官眼睛一下子放出光来,凑近灯光研究一阵,毫不掩饰对手表的喜爱。豺狗凑近父亲小声说:"既然长官看得起,你就做个人情吧,长官不会亏待你的。"

父亲假装没听见。阳教官见状站起身,径直从皮箱子里取出一沓钞票,慷慨地说:"我出高价买下了,不会让你吃亏!"

父亲道:"报告长官,此表乃士兵家传,无论多少钱都不卖。"

长官愣住了,他从未碰到过如此不识时务的士兵,一时下不了台,恼怒之色渐渐浮上脸来,冷笑道:"看来你是敬酒不吃吃罚酒啊。你一个小小的士兵,有什么资格戴一只名贵的手表?难道战场上它能替你挡子弹,救你小命吗?"

父亲初生牛犊不怕虎,回敬道:"长官,挡不挡得了子弹不由你说了算,请还给我。"

长官一拍桌子:"好大胆子,竟敢藐视长官!我现在就可以关你禁闭!"

父亲还是站得笔直说:"我不信军队就没有地方讲理!"

长官大怒,吼道:"给我捆起来!"

几个人冲上来就要动手。这时门外传来一阵急促的脚步声,是闷墩、老庚和几个学生兵"报告"进来。他们大叫大嚷地说:"不好啦!出事了……"

大家停住手,催命鬼呵斥道:"出什么事了?乱嚷嚷什么?"

闷墩说:"报告,刚才,刚才……"他看看老庚,不往下说了。

长官说:"刚才怎么了?"

闷墩这才为难地说:"他往我铺上放了一条活蛇。"

长官气坏了,正待发作,闷墩赶快又补充一句:"他仗着老子是国防部军官,尽欺负人。"这句话立刻把催命鬼的嘴堵上了。他转向老庚,老庚眼睛望着地下不说话,也不否认。他知道,学生兵中的确会藏着有来头的,只得宁可信其有,挥挥手让他们都出去。但是父亲却不走,长官只好悻悻地手表还回来。

出了房间,老庚埋怨道:"别尽拿我老子当挡箭牌,上回壮丁那事我爹还揍了我一顿呢。"

闷墩呛他说:"你仗义点好不好?不拿出你老子的名头他们会放手吗?对了,小哥子,这次的事儿你可得好好谢谢赵老大呢。"

闷墩担心长官会再找岔子报复,父亲凛然道:"人正不怕影子歪,当官又咋啦?只要咱们站得直行得正,不怕他给咱们小鞋穿。"

老庚也说:"反正咱们要去印度,一开拔就跟他们拜拜。"

4

没想到第二天又出事了。

出早操父亲动作慢了一拍,被豺狗罚给伙夫班担三天水。担水是件苦差事,不仅要挑着大桶下到几百米远的江边,而且坡陡路滑,弄不好就会连人带桶摔进江里。本来是新兵轮流当值,父亲被罚,明摆着是豺狗在寻机报复,但谁叫你授人以柄呢?只能认罚。

伙夫班有个老兵姓崔,外号崔大嘴,东北人。倒不是他的嘴真有多大,而是他专好巴结长官,头晚长官屋子里赌博也有他。父亲以前哪里担过水,两桶水往肩上一放就像压了一座山,他好不容易一步三摇地担进厨房,桶里的水只剩下了不到一半。崔大嘴堵在门口,故意大惊小怪地喊:"哎哎,你快放下来。"

父亲把水桶放下,他又说:"你看看,水这么浑,还有牛粪渣,人能吃么?"

父亲来了火气,大声说道:"你睁大狗眼看看,哪有什么牛粪渣?"

崔大嘴抱着胳膊说:"你去把赵老大叫来,他要说这水能吃我就放你进厨房。"

父亲不知是计,转身去叫赵老大,等他回来却看见水面上晃动着一些可疑的东西,果然是些牛粪渣。他眼睛喷火:"你存心陷害我是不是?"

崔大嘴满不在乎:"跟我有什么关系?谁都知道近处水脏,你干吗不到远一点的地方去担水?"

父亲二话不说,提起水桶,连桶带水砸到崔大嘴头上,崔大嘴怪叫一声扑过来,两人当即扭打成一团。等到大家把他们拉开来,厨房已经变成了劫后余生的战场,坛坛罐罐的碎片到处都是。崔大嘴满脸开了花,门牙也被打掉了,说话变得嘶嘶漏风,父亲头上也开了口子,一头一脸都是血。

营房斗殴的后果当然很严重。新兵被哨音集合起来,催命鬼铁青着脸,腰里别着手枪,身后紧跟着全副武装的豺狗和一群老兵。催命鬼指指父亲下令道:"把他给我捆起来!"

老兵一拥而上,把父亲捆翻在地。此时父亲已经横下一条心,想总不至于枪毙我吧?只要留条命,老子就决不认输。接着催命鬼大声宣布:"寻衅滋事,败坏军纪,依军队条令打五十板子,以儆效尤!"

队伍"轰"地一下炸开了锅:打板子是军营里除枪毙外最厉害的惩戒,打二十大板人就会失去知觉,三十板致残,五十板小命难保。换句话说,五十大板等于拉出去枪毙,甚至比枪毙更残酷。闷墩站出来愤愤地质问道:"打架斗殴是双方的事情,为何单罚一方?既然罪不至死,为何故意置人于死地?"

老庾也声援:"士兵犯罪应送交军法处审判,这里不是前线,长官不能滥用权力!"

伙夫头赵老大也走到长官跟前,悄悄求情说:"我亲眼看见水面上漂浮的牛粪都是干的,说明刚刚被人放进去的。请长官查明事实。"

催命鬼眼见得难以服众,而且面前这些毕竟都是学生兵,不是乡下壮丁,他也有所忌惮,于是转向父亲说:"如果你当众求饶,我可以考虑宽大处理。"

父亲拧着脖子别过脸,让长官碰了一个钉子。长官冷笑着说:"既然有人为他说情,我就成全你们吧。当事二人,每人二十大板;求情之人,代人受过分担十大板。赵老大你也有管束不严的失职,打五板。马上执行。"

豺狗跟过节一样忙碌起来,他吆喝人搬来木凳,亲自操起又厚又沉的竹板子,把父亲脸朝下按在木凳上。父亲像头待宰的牲口那样被当众剥掉裤子,露出白生生的屁股。一个四川老兵站得笔直大声报数,父亲听见他把"一"报成"爷","二"报成"鹅",但是还没等他笑出声来,沉重的板子就带着蛮不讲理的哨音呼啸而至。这是父亲第一次受刑,或者说遭遇的第一场野蛮的暴力侵犯,当他听见那个报数的声音终于数到"屎尖儿(十九)"的时候,眼前景物渐渐模糊起来,大叫一声,昏死过去。

5

醒来已是傍晚,意识一旦恢复,锥心的疼痛就令他情不自禁地呻吟起来。他听见耳边有个声音说:"醒过来就好了,忍一忍小伙子,让我来看看你的伤势。"

他睁开眼睛,看见一伙人围着他,说话的人正是伙夫头赵老大。

"你们……不也挨打了吗?"

伙夫头宽厚地说:"那算什么打呀,走走过场呗,他们对真正要打的人才会下狠手。这打板子的学问多着呢,有轻打、重打、狠打、毒打、假打和实打之分,幸好只有二十下,要是五十下就是观音现世也救不了你的小命。"

赵老大举起马灯察看他的伤势,松口气说:"还好,没有伤到骨头,你得谢谢豺狗。"

闷墩愤愤地说:"他那么狠还谢他?"

赵老大说:"要是豺狗存心整死你,板子只消抬高一寸脊骨就断了。"

父亲不由得倒抽一口冷气。

闷墩问:"豺狗为何手下留情?"

伙夫头想想说:"俗话说,'人在做,天在看',人总得给自己留点良心吧。"说着吩咐人去街上买来一刀草纸,这种用稻草和麦秆土法制造的草纸表面粗糙,吸水能力却很强。赵老大把草纸铺展在父亲的伤口上,又取来一颗生鸡蛋,取蛋清轻轻涂抹在草纸表面。这种治疗场面看上去十分有趣,好像伙夫头不是疗伤而是在表演摊煎饼。不料,伙夫头又扬起巴掌拍击草纸,父亲立刻疼得大叫,伙夫头安慰他说:"小伙子,这可不是挨打。这是刮骨疗伤。"

闷墩急了:"等等赵老大,你在弄哪门子巫术?为啥要用蛋清,还要拍打?你不怕把人拍坏了?"

伙夫头没有停手:"草纸的作用是吸血,蛋清是修复血脉的良药,多用于治疗外伤消肿化瘀。轻轻拍打等同于清除垃圾,如果不把淤积在皮下的坏血污血拍出来,他的屁股就会烂掉,再好也得落个残废的下场。"

大家想不到一个做饭的伙夫头竟有这么大学问,不禁对他刮目相看。拍打一阵,蛋清很快拍干了,草纸上却浸透着一层又厚又硬的乌黑血渍。如是反复,一两个时辰过后,父亲果然感到疼痛消退,他仰起头来问赵老大:"你这是从哪里学来的?"

伙夫头得意地说:"我从前在中央军待过,士兵挨板子挨鞭子那是家常便饭,班长就用这种方法替弟兄们疗伤。久而久之,老兵都学会了这一手。不过要是在地方军队,长官的特权更大,士兵的死活只是长官一句话。听说滇军还有一种剜脚筋的刑罚,叫你一辈子只能在地上爬。"

大家惊叫起来,闷墩不解地说:"士兵都残废了,谁打仗呢?"

伙夫头没有回答,忽然换了一种声调,意味深长地告诫大家说:"年轻人,记住切勿与长官作对,否则长官就会给你小鞋穿。但是,更不要与弟兄们作对,得饶人处且饶人,得帮人处且帮人。大家都是一样的命,不然上战场会有人从后面打黑枪的。"这些初出茅庐的学生兵不由得都点头称是。

伙夫头的土法果然疗效惊人,第二天父亲的伤口便结出一层薄薄的紫痂,第三天下床走动,一周后完全复原,没有落下一点疤痕。

又过了几天,更多的新兵来到教导团驻地。父亲这才知道外面已经掀起了如火如荼的从军热潮。军营里到处都是新面孔,新兵大多傻乎乎的啥都不会,父亲他们俨然一下子成了老兵。父亲正在执行勤务,有人从身后拍他一下,他回头见那人有点面熟,脸上有道显眼的伤疤,忽然记起这不是跟自己打过架的"虎头"么?虎头看他吃惊的样子就笑了,说:"不认识了?不打不相识嘛。"

虎头是棚户区的孩子,仇富,爱打架,跟父亲和闷墩交过手,没占着什么便宜。后来有一次,他跟一个老人拉着煤车爬坡,正巧父亲和闷墩路过,帮忙推过车,三个人就此"一笑泯恩仇"。

父亲没想到在这里遇见他,鼻孔里哼了一声说:"你还想打架?"

虎头大大咧咧地说:"那次你们帮我推车还没感谢呢。"

父亲说:"那老头是你父亲?"

虎头回答:"父亲死了,是老舅……有烟没有?来一支。"

父亲递给他一支,他很享受地从鼻孔里喷出烟雾来说:"听说这次去印度还发美金,比拉煤车好多了,所以我就混在学生里报了名。"

父亲问他:"你脸上的伤疤也是打架弄的吧?"

他满不在乎地说:"狗日的日本飞机,弹片划的。"

俩人逐渐聊得热乎起来。原来他本名仇小虎,父亲原是码头上的水手,一次空袭船被炸沉,一家的生计全靠母亲替人洗衣帮佣度日。父亲同情地说:"这次你母亲舍得让你走?"

虎头说:"啥子舍得舍不得的,穷人的崽儿,当兵家里少张嘴吃饭……再说日本人炸死我老子,我这个当儿子的也不能有仇不报啊。"

正说着,闷墩走过来,也认出伤疤脸来:"原来是你啊,还想比试么?"

虎头一看他就有些发怵,连忙说:"这位大哥是真正的武林高手,小弟甘拜下风。"三人大笑,至此关系亲近许多。

新兵每人发一杆老式步枪,天天一成不变地操正步,何时开拔完全没有消息。

又过了几天,营地开来一队敲鼓吹号的仪仗兵,个个戴着白手套,马靴铮亮,不像兵倒像一群演员。老庚悄悄说这是大名鼎鼎的黄埔仪仗队,凡有重大国事活动他们都要出场表演。

仪仗队的到来等于为枯燥的新兵操练注入了某种不同寻常的意义,大家格外卖力,口号声也格外响亮。教导团长很满意,站在临时搭建的检阅台上宣布说:"我已经下令宰一头猪,一头牛,专门犒劳你们的肚子。但是这肉不是白吃的,明天就要正式检阅。我不能告诉你们会来哪些长官,因为这是机密。"他忽然将声音提高八度,杀气腾腾地巡视下面说:"但是我要警告你们,如果哪个狗崽子胆敢跟我捣蛋,我就把他的腿砍下来喂野狗!"

次日凌晨,启明星还亮晶晶地挂在天上,新兵就被哨音驱赶到检阅场上。他们个个都把身体站得好像木桩一样,因为没有哪个新兵敢拿自己的腿开玩笑。一轮冬日的太阳升起来,兵营进来许多记者,接着又来了一些官员。忽然,台前响起一声口令,仪仗队奏起乐来。父亲的眼睛余光捕捉到有个光光的脑袋出现在检阅台上,他猜想可能是那个人来了。

果然,从麦克风里传来一个尖细的浙江口音,那个人念了一阵事先准备的讲稿,大意是你们知识青年到印度去接收先进武器,执行打通中印缅国际大通道的战略任务,寄语各位抗日志士不辱使命,舍生取义,精忠报国,夺取反法西斯战争伟大胜利。

他忽然扔下讲稿,清了清喉咙,好像要与那些陈腐说教划清界限。果然,麦克风里的声音立刻清爽许多:"我决定,第一,你们各位都是志愿从军的大中学生,将与英美盟军并肩作战,为此我下令将你们入伍的军衔一律提升为上士。第二,我要设立一个专门的机构来管理你们的学籍。我向你们保证,打败日本人之后,你们可以重返学校继续完成学业。学校将为你们敞开大门,高中生考大学一律加分,大学毕业政府优先提供就业机会。"

台上讲话赢得下面一片欢呼。新兵个个都很激动,受阅时士气格外高涨步伐格外有力,记者不失时机地按下快门,把从军学生英姿勃发的照片发往全国,以鼓舞更多的在校师生投入到救国救亡的从军热潮中来。

阅兵结束,大人物纷纷登车离去,当检阅台重新变得空荡荡时,教导团长大声宣布:"明天早上出发!行军目的地——云南昆明。"

新兵面面相觑:"不是讲乘飞机吗?怎么变成步行了?足有一千公里山路呢。"

豺狗幸灾乐祸地说:"学生哥,你们不是放着学堂不念来当兵么?先练练腿吧,这还是最轻松的课程呢。"

父亲抬头仰望阴沉沉的天空,忧心忡忡地想:原以为到印度从军只是个决心问题,看来现实与愿望的差距真大呀!

第十章　路漫漫其修远兮

1

民谣唱道:"一九二九,僵脚冷手;三九四九,冻死猪狗。"数九寒冬,川滇黔三省交界的乌蒙山区到处是大雪封山的景象,山林间飞鸟绝迹,到处可见千姿百态的"冰吊子"(树挂)。父亲他们在重庆登上小火轮溯川江而上,过了泸州,队伍弃船登岸,步行进入高耸入云的乌蒙大山。

"乌蒙山,路难行,天如缝,人似蚁。"自古以来,凡从四川盆地南行入滇的行客旅商都须翻越这座绵延不绝的乌蒙大山,久而久之,赶着骡马的运输队伍、挑着担子的行商旅人、荷戟负甲的戍边官兵就在这崇山峻岭中踏出了一条细如丝线的天险小道来,这便是中国南方著名的"蜀身毒道(古西南丝路)",也有人称之为"茶马古道"。对城市长大的父亲来说,在风雪弥漫的山路上行军已经变成了一种酷刑,脚上起了血泡,两条腿像灌了铅一样不听使唤。身上的军衣太单薄,只好把棉毯裹在身上。家里带来的鞋穿坏了,只能换上市民慰问的布鞋,不久布鞋也磨穿了,不得已换上草鞋。可是草鞋更不经磨,半天就变成一堆草绳了,最后只好打着赤脚行军。可是天寒地冻滴水成冰,赤脚很快就冻得失去知觉,只好又找出破布来包上。幸好有闷墩在身边照料,否则裕华纱厂的少东家能不能走出大山只有天知道了。

一群军官骑着马赶上来,都是团级长官,个个披着厚厚的呢披风,脚蹬高腰皮靴。士兵赶紧站在一旁目送这些骑在马上的长官,忽然有个士兵站出来,拦住马用一种父亲熟悉的湖北口音说:"报告长官,有位同学脚等(冻)伤了,请派匹马帮帮他。"

长官看看那人,又看看伤者,轻蔑地挥挥鞭子说:"路都不会走,还打什么仗?你给我让开,下次再有人拦我的路,我就赏他鞭子!"

马队走远了,新兵一阵哗然,有人嚷道:"什么长官?简直是不顾士兵死活的军阀。"

有人文绉绉地批评说:"同甘共苦,爱兵如子,体恤部下,身先士卒。带兵之道,乃爱兵之道也。"

还有人骂道:"谁跟了这样的倒霉长官,不一败涂地才怪呢!"

骂归骂,路不会自己缩短,大家只好发扬集体精神,轮流背着伤员走路。山还是那样陡,水还是那么长,天还是那么低,雪花还是那么大,与刚刚从学校出来的热情相比,父亲觉得一股寒风已经刮进心底了。

这天黄昏,队伍来到一座地势险要的山崖下,只见山隘上耸立着一道雄关,直到走近了,才发现关上箭楼上的"石门关"三个大字。他听见又是那个湖北口音介绍说:"此关始建于隋朝,从前称'石门关',后来改名'豆沙关'。此关一闭,内地与边疆就此阻绝。唐天宝年间南诏反叛,石门关就曾关闭数十年之久。过了此关就离云南昭通不远了。"昭通为滇东北第一站,大家听了顿时松一口气,觉得苦难行军有盼头了。

父亲不由得看了那人一眼,只见他身材颀长、相貌堂堂,据说是重庆大学社会学系的高才生,名叫胡君,他父亲是文史教授。他也是瞒着家人去印度当兵的。父亲不禁对这个湖北老乡另眼相看,觉得与这样的优秀同学为伍真是不虚此行。

露营后山坡上燃起一堆堆篝火,荒寂的大山变得热闹起来。新兵们一面等着伙夫开饭,一面忙着烤火取暖。闷墩把着手教父亲如何裹上毯子,如何把身上的湿衣服换下来烘烤。从前父亲在家里最不喜欢听姆妈唠叨生活细节,但此刻他却十分顺从。

伙夫吆喝着送来热气腾腾的晚饭,还是南瓜、红薯和大米混煮的"三合泥"稀饭。父亲捧着碗,嘴里哈着白气,冻僵的手不争气地发起抖来。其实他的手对于温度已经没有知觉了,甚至连五脏六腑都结了冰。直到吞下几碗稀饭,才感觉身体有了一丝热气。

虎头虽然个子瘦小,饭量却十分惊人,直到把锅底刮干净才罢休。

吃过晚饭,大家都挤在火堆前取暖,虎头后悔不迭说:"想着当兵能吃饱饭,没想到比拉煤车还不如。"

老庾问他:"你一顿能吃多少东西?"

虎头道:"有次过年老板请吃,我整下十九个馒头,两碗红烧肉。"

众人皆惊叹。父亲同情地看着虎头,觉得他真实可爱。晚上八点不到,天地已经漆黑一片,闷墩不知从哪里吭哧吭哧跑回来,神秘地对父亲说:"小哥子,我弄来一件宝贝东西。"

等他小心地取出来,却只是根马尾,父亲不由得撇撇嘴。闷墩解释说:"你别小看这东西,好容易才弄来的……替你放放脚上的血泡,保管明天就没事了。"

父亲将信将疑地伸出脚板来,果然,神奇的马尾穿过那些胀鼓鼓的血泡,血泡立刻就瘪下去了,火烧火燎的疼痛也消退许多。父亲纳闷地问:"你怎么知道马尾能治血泡呢?"

闷墩回答:"从前我有个亲戚拉黄包车,这是他告诉我的秘方。"

父亲很惊讶,佩服闷墩懂得多,可闷墩不以为意,说:"如果家里三天揭不开锅,你就什么都懂了。"

后半夜火堆熄灭,许多人冻醒后才发现脸冻伤了,眼睫毛冻在一起了,赶紧爬起身来走动取暖。也有人捡来枯树枝将篝火重新添得旺旺的。风还在刮,雪还在下,远处狼嚎阵阵,姓刘的四川籍同学即兴作打油诗一首:"火烤前胸暖,风吹后背寒,如此去抗战,几时能凯旋?"

许多人反驳说,刘同学你太悲观了,印度是热带地区,盟军的军装都是短袖短裤呢。父亲听见胡君说:"各位可知道,本来美国飞机完全可以飞到重庆,么子偏要我们千里行军到昆明乘飞机吗?"

众人不解,虎头叹口气说:"早知道走这远的路,老子就不当兵了。"

胡君道:"其实原因很简单,因为飞机从昆明到重庆需要重新加油,这笔费用归中方出。政府为了节省燃油费,所以下令新兵徒步走过去。"

父亲一拍巴掌说:"早知道政府这样节约,干脆我们大家凑出这笔汽油费,也好省了这段辛苦。"没想到一句玩笑引来众怒,虎头愤愤地说:"我老娘一日三餐等米下锅,哪来钱送我坐飞机?"

其他人也附和说,是啊,哪有上前线还要自家出钱的道理?

胡君看了父亲一眼,转移话题道:"再考考大家,四川入滇有几条道路可行?"

父亲曾经乘车经过遵义、贵阳入滇,那是一条大路,古称川黔道,就忍不住说了。胡君点点头说:"自古川滇有三条道路可通:一为东线驿马大道,经遵义、贵阳、曲靖到昆明,此路人烟稠密条件最好。第二条为西线,经成都、雅安、西昌入滇,与滇缅公路相连,这条路线气候温暖,但是路程最远。中线即为眼下这条经石门关、昭通入滇的山路,高山大壑悬崖峭壁,冰雪覆盖崎岖难行,实为最艰难的偏僻线路。"

父亲疑惑地问道:"既然行军,何不选取一条便捷好走的路线?"

胡君回答:"听说是为了防止出现逃兵。荒山野岭的看你们往哪里逃。"

父亲摇头说:"我们都是志愿报名从军的,谁会当逃兵呢?"

胡君看看大家道:"也许行军艰苦就会有人吃不消打退堂鼓,这也不是没有可能。好在咱们是到印度去接收美式装备,要是留在国内,谁愿意放弃学业去当兵呢?"

这话说到了大家心坎上,大家向往的都是阳光灿烂的印度和先进的美式装备,眼下也只有靠着这份理想来抵御风雪严寒的侵袭。胡君低声哼起歌来,正是熟悉的《保卫大武汉》:"武汉!你挺起胸来!……大家都来保卫你,不许敌人来到你身边!武汉,你的坚强,鼓舞我们勇敢抗战!"

不想遭到值日军官的大声呵斥:"深更半夜的,唱什么?赶快睡觉!"

胡君反驳说:"我们没有帐篷挡风遮雪,睡不着还不许唱歌么?"父亲大声响应:"长官出来试试,能睡得着么?"还有人讥讽道:"欢迎长官出来跟我们一道唱……"

第二天早上出发时,号兵老半天也没能吹响行军号,因为铜号嘴都被冰冻住了。后来又传来消息,各连都有人冻伤,有人甚至没能站起来,永远留在这座白雪覆盖的大山里了……

2

远远望见昭通城已是夜幕降临的晚上,山下闪烁着许多温暖的灯火,大家心头一振奋,脚下就有了力气。没想到城外已有许多热情高涨的爱国民众连夜迎候在路边,他们只管把热气腾腾的白面馒头、鸡蛋、红薯和茶水拿来慰劳学生兵,很多人一边吃一边哭起来。

队伍的宿营地设在城外一座几近荒芜的"凤池书院"。相传此地有一眼香气缭绕的温泉,引来天上的凤凰洗澡,因此得名。书院都是木板房子,红通通的火炉生起来,铺上厚厚的新鲜麦草,满屋子都是温暖而香甜的秸秆气味,父亲甚至等不及解开背包就跌入梦乡,比起冰天雪地的露营,此处已是天堂了。次日,团部宣布放假两日。午餐除了难得一见的豆腐烧咸鱼外,还加一道土豆烩猪杂,白花花的大米干饭管饱。父亲与闷墩、老庚、虎头、胡君五个人,吃得肚子溜圆,结伴直奔城里最繁华的挑水巷而去。

昭通为云南的第二大城,古称乌蒙,自古就是三省通衢的要道。古城方圆九里,城内有九街十二巷,街街连商铺,巷巷有楼馆。令人惊讶的是,这座大山深处的滇北小城如同世外桃源一般,马车驴车在土路上跑得正欢,耍猴戏卖狗皮膏药的江湖艺人大声吆喝,许多老人头上还留着辫子,怡然自得地蹲在街头晒太阳。这种远离战争、安乐祥和的景象对父亲他们来说真是久违了。

父亲提议先找家澡堂洗澡,却发现到处都是穿黄军装的人,一连几家都没有空位。澡堂隔壁有家剃头店,老板是个穿长袍马褂的中年人,看见父亲很失望的样子,就主动过来询问:"敝店倒是备有热水,只是要用木盆舀水洗澡,不知各位肯否屈就?"小城的人早就听说,城里新来的队伍是要到前线抗日的学生兵,因此格外热情周到。洗完澡付账,老板分文不收:"你们是学生,哪里有钱呢?要不是你们要上战场打日本,平时想为各位尽点心还没有机会呢,哪能收钱呢?这不是让人笑话,打我的老脸吗?"

胡君感慨道:"看看,这就是民心所向哪。如果不努力打日本,如何有脸见江东父老!"

来到挑水巷,原来是条再普通不过的街巷,两旁尽是油漆大门的楼堂会所,一家紧挨着一家。及至进了巷子深处,但见两旁的青楼过道和雕花窗户里倚了许多花枝招展的女子,这才恍然,大家误入红灯区了。烟花女子见来了学生兵,纷纷挤眉弄眼向他们抛绣球:"抗战光荣啊!兵哥哥半价包床,让我们姐妹也为抗战出一份力吧。"

虎头拿眼睛觑各人的脸,看出老庾目光也有些黏糊糊的意思,就拉他在一旁鬼鬼祟祟地嘀咕。胡君皱起眉头道:"兄弟,你们若有谁要及时行乐,请好自为之,本人恕不奉陪。"

父亲连忙拉着闷墩跟上去,那两人看见大家走了,也慌慌张张地赶上来。出了挑水巷,胡君痛心疾首地说:"你们知道'商女不知亡国恨,隔江犹唱后庭花'么?眼前就是。中国的事情,坏就坏在这些皮肉女人身上!"

虎头不服气道:"恐怕没那么严重吧!我家就住在红灯区旁边,皮肉女人还不是中国人?她们也要挣钱吃饭。再说了,难道她们比汉奸还坏么?我亲眼见过她们为抗战捐钱呢。"

胡君被噎住了,只连声说可耻,虎头也梗着脖子瞪着对方。父亲连忙隔开两人,虎头一甩手独自走开了,这边四人逛街兴趣大减,就沿着马路信马由缰地朝前走。转上一条新马路,来到一处繁华街市,只见两幢乳白色法式建筑拔地而起,不仅有大理石立柱的过街楼,还有许多旅馆、酒店、金铺和当铺门庭若市。问了当地人,才知道这条大街就是赫赫有名的"云南王"龙云、卢汉所建,均模仿世界著名的巴黎香榭丽舍大街打造,取名"云兴街"。胡君一针见血道:"'云兴'表面为云南兴盛,更含'龙云(运)大兴'的隐喻啊!诸侯割据乃国之不幸啊!"

正说着,那边人群闹将起来。父亲眼尖,一眼看见穿黄军装的身影眼熟,不觉失声叫道:"是虎头——快去看看!"

果然是虎头惹事了。原来他独自走在大街上,心里不痛快,就顺手拿了别人的香蕉。那边货主闹起来,虎头瞪着眼睛发横:老子抗战吃你根香蕉算什么!但是货主不买账,喊人围上来要揍他。父亲连忙掏出钱来付钱,又是赔礼又是道歉,哪知人家偏不要,指着虎头教训说:"老总要上战场打鬼子,吃点香蕉还不应该,老汉没这点爱国心还算中国人?可是老总不能欺负人啊,欺负老百姓算哪样本事?"

一场风波化解了,闷墩拍拍虎头肩膀说:"兄弟,记住你是打日本的军人,别再把自己当土街巷的天棒崽儿。"虎头低头不语,看得出他也有后悔之意。

父亲提议说:"去看场电影吧,不知道有没有电影院。"几个人转了一圈也没有找到电影院,问了路人才知道小城里没有。这时,巷子里传来一阵铿锵铿锵的锣鼓声,据说正在上演云南花灯《南诏公主》。胡君问他们:"此去印度再无中国戏,你们想不想进去听一场?"

见大家都点头,父亲就抢着掏钱买票,不料卖票老头指着墙壁上贴出来的告示说:"看看,连县长都号召昭通市民以实际行动慰问抗日将士,剧社决定凡是抗战军人一律免费听戏,茶水热毛巾一律免单。"

虎头兴奋地说:"我还是第一次进戏院呢。"

父亲说:"你从前没听过唱戏么?"

虎头盯着台上道:"听过,趴在墙头上。"他忽然鬼鬼祟祟地说:"有件事只告诉你,我们还偷看过女演员换衣服呢,那奶子,白白的呦……"

3

听完戏出来,远远看见城边河岸有一杆三角幡上顶着斗大的"酒"字,胡君说:"今天我请客,请大家喝酒。"

昭通的小酒馆古色古香,一张四方的矮腿桌,围着几只松毛蒲团当椅子。店家端上菜来,有当地的风干牛肉、麂子干巴和腌菌子,又上了一瓶酒。众人看那酒碧绿如玉,酒瓶上有"乌蒙肥酒"几个字,均感纳闷,不解"肥酒"何意?店家解释道:"此酒乃乌蒙一绝,除以五谷杂粮精心酿制外,还要添加少许猪皮肥膘,埋藏地下慢慢融化,令酒味甘香醇厚肥美如脂,却尝不出丝毫肉腥味来。"

大家尝一口,果然酒气浓郁唇齿留香,都道好酒。胡君放下酒碗,面色凝重地说:"我有句话,不知当说不当说?"

大家纷纷说,都是上战场的兄弟,还有什么不当说的?胡君目光中透出一种悲壮来,他说:"自古男儿多奇志,为的是青史留名,如今我等远离家乡亲人,为的是打败日本抗战救国。常言道'百年修得同船渡,千年修来共枕眠',讲的是缘分。今天有幸与各位兄弟一道奔赴印度并肩杀敌,这不是前世注定的缘分是什么?"

大家点头赞同。胡君给每个酒碗添满酒说:"五根指头分开没有力量,抱在一起就是拳头。我提议按照中国习俗,天地为大,父母在上,我五人歃血为盟义结金兰如何?此地虽非桃园,但结义堪比刘关张,今后也好在战场上齐心协力同生共死。"

大家无不点头。于是,五个人都把手指刺破往酒碗里滴血,一起祭了天地,干了血酒。然后依照生辰八字序齿,胡君虚岁二十一,尊为长兄,后面依次为闷墩、老庾和虎头,父亲还不满十八岁,成了五弟。

大家最关心的话题还是到印度作战,大家七嘴八舌地讨论着:会发什么枪,英式武器还是美式武器;听说日本人的老式步枪叫做"三八大盖",子弹会发出"叭勾"、"叭勾"的叫声;美国兵则是冲锋枪和卡宾枪,能连发子弹,打起来跟泼水一样。老庾卖弄军事知识说,日本兵喜欢拼刺刀,一旦对方人少,他们就会把枪膛里的子弹卸下来,然后上刺刀捅。

父亲不相信日本人会这么傻,他说:"咱们专等日本人卸了子弹,然后开枪消灭他们,那岂不跟打老鼠一样容易?"

胡君评判道:"拼刺刀就该光明正大,不能搞小动作,那样做不道德。"

虎头站在父亲一边争辩:"打仗还有什么道德不道德?你爱拼刺刀那是你的事,我爱怎么打是我的事,总之胜者为王嘛。"

闷墩也赞成说:"听说武汉会战日本人打出白旗诈降,中国兵以为他们要投降,结果被他们开枪杀死好多人呢。"

胡君不想跟大家辩论军事问题,换个话题说:"各位兄弟都来说说,抗战胜利了想干什么。"

这个话题跳跃太大,他们互相望望,一时转不过弯来。虎头说:"你先说说自己想干什么。"

胡君雄心勃勃地说:"我要参加民主竞选,投身政界当个国会议员,再致力于实现美国和西方社会那样的议会民主。"

父亲说:"我想继续念书,考个名牌大学,然后出国深造。"

大家看着老二,闷墩瓮声瓮气地说:"我要做生意,挣一大笔钱。"

胡君问他:"挣一笔钱干什么呢?"

闷墩不回答,连脖子都涨红了。大家都笑,老庾说:"人家二哥要娶老婆生孩子,过好日子呢。"

胡君道:"那也不坏啊,难道谁想过一辈子苦日子——老三该你说。"

老庾局促地说:"我爸说了,以后就做个职业军官,反正我既不是做生意也不是念书的料。"

胡君说:"那就是当将军了。拿破仑说过,不想当将军的士兵不是好士兵。咱们为老三的将军梦干杯。"

老四虎头低着头不说话,父亲知道他的情况,就安慰他说:"等打完仗你到裕华纱厂来,我让爹爹替你安排一个挣钱多的工作。"

话音未落,虎头忽然暴躁起来,嚷道:"谁要你可怜啦?老子自己能挣钱,挣很多钱。"

胡君镇静地说:"能问问怎么挣吗?"

虎头梗起脖子说:"我要在战场上滚一身伤疤,回去把欺负我们的青洪帮哥老会统统打垮,我要做窍角沱码头的老大。"

大家互相望望,无言以对。胡君又说:"你们想过没有,要是抗战不胜呢?"

几个人异口同声反驳道:"连英美盟军都站在咱们一边,抗战怎么能不胜利呢?"

胡君说:"我指的是……万一呢?"

他们从没想过这个"万一"。外面空旷的河滩上,狂野的河风发出野兽一样的嚎叫……

4

第三天一早,团部下达开拔命令,大家这才发现军官都换成了新面孔。上面给每人发一条干粮袋,里面装着足有十斤重的炒米,是从昭通到曲靖的行军口粮。有知情人悄悄告诉他们,教导团军官和火夫兵都返回重庆了,由滇军负责护送新兵,所以今后没有人做饭了。虎头抓了一把炒米放在鼻子下面闻闻,发现米没有炒熟,透出一股隐隐的霉灰味道。他恼火地说:"这炒米怎么吃?妈的,还不如老子回重庆拉板车去。"

老庾指点他们说:"南方军队多备炒米充饥。我父亲说过,炒米可救急,不可多吃,因为生吃多了再喝水就会胀破肚皮。"

新来的滇军都穿灰布军装,大家鄙夷地管他们叫"灰狗子"。团长是个黑皮胖子,骑一匹南方矮种马,身后跟着一大群卫士。灰狗子只管执行护送任务,态度十分粗暴,轻则呵斥,重则打骂,简直跟押送犯人差不多。胡君就借曹植《七步诗》来讽刺这些地方军:"煮豆燃豆萁,吾在釜中泣,本是去抗日,相煎何太急!"爱做打油诗的川籍刘同学则又编了一段顺口溜,还用四川小调来传唱:"打我新兵郎,在乡如虎狼,平时好威风,战场如猪羊。"闷墩想,到底是知识分子,嘴巴都不吃亏。

队伍很快抵达滇东北一个叫做"会泽"的县城。小城坐落在金沙江东岸,与西岸的四川大凉山隔江相望。当晚宿营在一座废弃的仓库里,行军劳乏,父亲也顾不得许多,抓一把炒米胡乱吞下肚子,早早就躺下睡着了。不料半夜忽然传来一阵尖利的哨音,值星官大吼紧急集合,马靴踩踏在地板上跟起了地震一样。透过空地上一盏昏黄的马灯,父亲看见灰狗子全都端着枪,杀气腾腾的样子,空气中一片阴冷的潮水渐渐逼上来。虎头恰好站在父亲身边,父亲觉得他有些不对劲,身子怕冷似地瑟缩着,就悄悄问他是不是病了?虎头只管摇头,黑影中看不清脸上的表情。

站了一个多时辰,天边渐渐有了鱼肚白,马蹄声响起,团长率领一群全副武装的骑兵闯进来。值星官敞开喉咙猛吼立正,口令如同在寂静的空气中打个炸雷。团长是个公鸭嗓,嗓音粗粝得跟砂纸一样。他跳下马来张口就骂:"你们都给老子听好了,老子是上过台儿庄战场的,身上留着小鬼子的纪念品。那时候几千人倒在战壕里,死人堆成山,没一个人胆敢逃跑!有人骂老子是屠夫团长,喜欢杀人,实话告诉你们,老子就是屠夫团长!身为抗日军人,第一大耻辱是什么?就是贪生怕死,畏敌如虎!罪不可赦是什么?就是临阵脱逃,动摇军心!"

他目光灼灼跟老虎打量猎物一样,皮靴发出"咔咔"的迫人声响,然后挥挥手道:"带上来。"

一个逃兵被五花大绑拖上来,头上身上都是血迹,显然已经挨过毒打。正是爱作打油诗的四川籍刘同学。有人悄悄说:"放了他吧,我们还没有上前线呢。"

屠夫团长好像听见新兵窃窃私语了一样,咧开嘴巴狞笑起来。值星官一声令下,灰狗子就把逃兵拖到墙根跪下,逃兵自知大难临头,早已吓得瘫软在地上。团长拔出手枪"咔嚓"一声顶上子弹,这时有个勇敢的声音打破沉寂:"士兵胡君——向长官报告!"

父亲吃惊地看见胡君大步走出队列,年轻的身体站得跟白杨树那样笔直。屠夫团长显然有些吃惊,阴沉着脸说:"你想说什么?"

胡君大声回答:"请求长官执行军事条令。"

长官威胁说:"你不怕我一枪打死你?"

"按照军令部颁布的《士兵条律》,士兵胡君有权向长官报告,并未违反军纪。"

长官的眼睛骨碌碌在士兵脸上打转,然后说道:"好吧,还有谁要求执行军事条令?都站出来。"

闷墩毫不犹豫地挺身而出,父亲勇气倍增,也紧跟朋友出列。最后站出来的是老庚和虎头,五个兄弟笔直地站成一排,肩并肩地站在风口浪尖上。胡君大声说:"根据军令部条令规定,逃兵应当受到军法处审判,以儆效尤。"

长官悻悻地说:"老子就是军法处,你们知道不?现在听我命令——向后转,回列!"

大家稍稍迟疑了一下,机械地转过身体。震耳的枪声响了,屠夫团长连开两枪,然后头也不回地上马离去。逃兵栽倒在地上,暗红的血液像蚯蚓一样从他头上怯生生地钻出来。

枪声来得太突然,直到值星官发出解散的口令,新兵还呆立原地不知所措。刘同学的尸体抬走后,虎头忽然蹲在地上哭起来:原来刘同学约了他一道逃走,但是虎头觉得对不住四个刚刚喝了血酒的兄弟,犹豫再三就错过了约定的时间,因此逃过一劫。

真正的战场还未到达,但生命却随时随地在消失。父亲后来老对我说,当兵从军的经历催熟了他们每一个人。如果不是因为抗战离开家门,他可能一辈子都不知道世事变幻会如此迅疾。

5

一周后队伍终于抵达曲靖,大家都被长途行军拖垮了,困乏、劳累和营养不良像三座大山压在他们头上,队伍变了形,人也变了形。

好在有个令人鼓舞的喜讯在前面等着他们——大本营驻云南军运处已经派出车队来接应他们,苦难重重的千里大行军终于要走到尽头了。经过短暂的休整,长长的运兵汽车在当地民众的喧天锣鼓声中驶上昆(明)曲(靖)公路,父亲回望身后高耸入云的乌蒙大山,不敢相信自己的双腿已经跨越千山万水,从四川步行来到千里之外的滇中腹地。

越往南开,天气越热,渐渐地炎热的季风迎面扑来,公路两旁山花盛开,郁郁葱葱的热带风光开始扑入眼帘了。新兵的心又开始向往美好的未来了,尽管前方等待他们的是一个未知的异国战场。

第二天车队爬上一座陡峭的山垭口,远远望去,高山像一只椭圆形泥盆,山下流淌的云海如一池倾斜的春水。胡君解释说,云南人将山间平地称为"坝子",皆因云南多火山,很多坝子都是亿万年前火山喷发形成的小盆地。没等新兵们从这幅七彩美景中回过神来,有人便指着天际高声惊呼:"快看,那是什么?"

一群排出整齐队形的小黑点好像南来北往的雁阵朝他们飞过来,父亲认出来那是一队双引擎的大型运输飞机。当飞机飞近时,机翼上美军的白色五角星异常醒目。车厢顿时沸腾起来,父亲深深地呼出一口气。他知道,此次行军的目的地——昆明巫家坝机场到了。

第十一章　亲吻冰雪之巅

1

"队列——立正！稍息！"发出口令的值星官是一个身穿黄布军装的中国上尉,但是新兵更感兴趣的却是上尉身后那群头戴船形帽的美国军人。他们个个黄头发蓝眼睛,都用一种神气活现的眼光打量这些正在列队的中国学生兵。许多新兵都是头一次看见这么多高鼻深目的外国人,都很新奇。闷墩小声嘀咕:"天！要是晚上闯进人家里,还不得吓个半死——简直跟妖怪一模一样！"

父亲发现,美国人的军装虽然也是米黄色,却与自己身上的明显不同。他们的布料是加厚的毛料斜纹布,厚重,挺括,而自己的土黄色军装则单薄多皱。美军人高马大,嘴里嚼着口香糖,一副满不在乎吊儿郎当的样子,而一架正在跑道上轰鸣起飞的美国飞机就是他们优越感的不可撼动的注脚。反观中国新兵,因为长途行军和营养不良,许多人脸色蜡黄头发老长,军装和鞋子也已经破烂不堪。有人打着赤脚,有人裹着毯子,看上去简直就像一群被收容来的俘虏或者囚犯。

上尉军官以标准的队列姿势向美国军官立正敬礼,因为紧张,他的声音有些结巴,好像在向将军做汇报一样,其实美国人的肩章上也是三颗星,军阶也是陆军上尉。美国军官还了礼,然后走到队伍跟前来,叉开双腿开始讲话。他长着络腮胡,鼻梁高挺,口音很重,卷着舌头说话,多数新兵听不懂,一脸茫然的样子。美国人放慢声音又说了一遍,人们还是面面相觑。父亲听懂了,美国人是问谁懂英语请举手。父亲连忙举手报告说:"我还行。"

上尉招招手说："你出列，请站在我身边来。"

父亲感到自己的心像头快乐的小鹿一样怦怦直跳，连忙站到上尉身边充当起临时翻译官来。军官训话的内容是告知新兵，他们接下来将要接受美国军医体检，体检合格方能登机。他强调说，体检不合格的人不能登机，由中国军方重新分配工作。他使用了一个英文单词"work"，父亲稍稍犹豫了一下，因为他觉得中国军方肯定不会为淘汰的新兵重新分配工作，但他还是直译了美国人的意思。果然，中国上尉立即表达了不同意见，他说，体检不合格的人将被送往国内部队作战，而不是"重新分配工作"。

接下来每人领到一份表格。表格虽不复杂，但需要用英文填写，于是父亲和少数懂英文的同学就代劳。因为他们是头一批前往印度的中国新兵，美方许多体检仪器还未测试好，学生兵只好坐在机场外面的草地上耐心等待。美军体检站设在一排临时搭建的军用帐篷里，门口有持枪的美军"MP"（宪兵）守卫。闷墩有些紧张："要是体检过不了关怎么办？"

虎头满不在乎地说："随便吧，实在去不了就听天由命。"

胡君却坚定地说："要是去不了印度，我就回重庆去念书。我宁可再翻越一千次乌蒙大山也绝不在国内当兵。"

老庾却讥讽道："我说胡兄，你以为军方会那么轻易放你走么？除非你当逃兵。可是当逃兵却要承担更大的风险，所以我劝你还是打消这个念头吧。"老庾的话令大家的心不禁凉了半截，于是大家更加忐忑不安，有种命悬一线的感觉。

帐篷里进进出出都是美国人，他们个个脸上都罩块白纱布，闷墩悄悄说："他们罩那家伙干啥？在我们湖北老家只有拉磨的驴才在眼睛上蒙这个。"

父亲解释说："那叫卫生口罩，防止吸入灰尘病菌。"

虎头指着一个黑人说："你看那人黑得跟狗熊一样，没见过晒得这么黑的人。"

父亲纠正说："不是晒黑的，是天生的，他们是地球上一个独特的人种，就像我们是黄种人一样。"

虎头啧啧地说："天生的？那衣服里面也是黑的？"

父亲竟被难住了,他见过黑人,但也从未见过黑人的身体。这个新奇的问题在新兵中引起一阵热议,注意力一转移,心里就没么紧张了。

一会儿美军上尉从帐篷里走出来,独自站在空地上抽烟。父亲灵机一动跑上前敬个礼,然后用英语说:"报告长官,能向您提个小小的问题吗?"

美国人立刻认出父亲来,很有兴趣地说:"邓,你就叫我威廉吧,让我来听听,你有什么小小的问题?"

父亲就把刚才大家争论的问题说了一遍,威廉乐得眼泪都出来了,拍拍他肩头说:"你的问题很好。"

他当即叫来一个黑人男护士,把中国士兵的问题重复了一遍,那个黑人倒也不忸怩,脱掉上衣露出黑泥炭一般的身体来,并且像个广告模特儿那样在大家面前来来回回展示一遍,把中国新兵惊得目瞪口呆。事实胜于雄辩,黑人用身体给大家上了一课,这是父亲从美国盟军那里获得的第一个生动知识。

威廉忽然没头没脑地问他:"邓,你吸烟吗?"

父亲愣了一下,他在学校里偷偷吸过烟,于是他爽快地回答:"是的,我吸烟。"

威廉从衣袋里掏出一盒香烟来,父亲瞟一眼就知道,这种黄绿颜色的香烟是美军专供品,在重庆黑市相当于二十斤大米或者五十只鸡蛋的价格。他以为威廉会抽出一支来奖励他,好让他回到队伍里向同伴炫耀,没想到长官把一盒都拍在他手里。当大伙儿兴高采烈地享受他的胜利果实时,虎头悄悄问他:"你不怕他训你吗?"

父亲告诉他美国人甚至比中国军官还好打交道。

2

哨音响了,佩戴臂章的值星官大声念着名字,新兵领了表格依次走进帐篷去体检。

帐篷里亮着电灯,父亲进去才看清,原来这些大帐篷跟火车车厢一样都是相通的,每座帐篷各有不同的体检项目,他数了数总共有七八座之多,也就是说他们要过七八道关口才能领到合格证。第一关是个大胡子军医,脸膛红彤彤地泛着光,简直像涂了一层新鲜红漆。军医将一只金属圆表放在新兵肚子上,另一头戴在自己耳朵上,父亲知道这玩意儿叫"听诊器",但是闷墩是第一次接受这样的检查,感觉"怪痒痒的"。

第二关测量身高、体重,检查四肢有无明显残疾等等,多数人都顺利过关,只有老庾被查出患有头癣,险遭淘汰。后经复查,军医认为基本上不影响战斗力,这才涉险过关。老庾抹抹头上的汗,心有余悸地骂道:"妈的!这些美国佬也太他妈的那个了,穷生虱子富生疮,生几个红疖子有什么要紧的?我不信你们美国人就不会长头疮!"

骂归骂,决定权掌握在别人手里,终归气短。新兵个个都如履薄冰,深怕哪道检查不合格而遭淘汰。接下来数脉搏,量血压,查肺活量、心跳次数等等,科目越来越繁多,检查也越来越仔细,被淘汰的人也多起来。父亲顺利过了几关后,看见大家都排成一行,一个头发花白的老军医用手反复敲击新兵身体的各个关节,又用听诊器反复听胸音。他用英语说吸气,前面的虎头却一脸茫然没有反应,于是老军医就示范一个吸气的动作,虎头领会了,跟着做了一遍,老军医听完手一扬说"OK",虎头赶紧如蒙大赦地过了关。

轮到父亲,老军医看见他手腕上戴着"欧米茄"手表,不由得很惊奇,因为这种名贵手表在美国也属奢侈品。出身这样的家庭而能上战场,老军医不由得对父亲刮目相看。看父亲有些紧张,老军医拍拍他肩膀说:"别紧张,孩子,你是好样的……你们国家一定会胜利。"他的表情犹如一个仁慈的神父,父亲立刻放松情绪,老军医检查完毕说声"OK",他就轻松地进入下一关。

但是没等他走进下一座帐篷,忽然听见闷墩像杀猪一样惨叫起来。等父亲冲进去一看,原来有个高大粗壮的黑人女护士正试图扒下闷墩的裤子,可怜的闷墩死死护住自己的裤衩,任凭军医在一旁怎样劝说他也摇头不肯。好一会儿父亲才闹懂,这是检查排泄和生殖系统,也就是肛门和生殖器。在西医看来这是常规项目,但是闷墩却固执地认为该隐秘处关系到"男女之大防",父亲好容易说服他,让他明白这不过是一次例行的医学检查,否则他将不能通过体检。闷墩迫于压力同意检查,但是条件是不能有女人在场,黑人女护士倒很通达,笑笑就出去了,闷墩终于很不情愿地脱下裤子,让自己的私密处暴露无遗。检查结果却令人沮丧,闷墩居然患有疝气,医生在他的表格上打个叉,于是身体壮实的闷墩就倒在了通往印度的关卡上。

等父亲顺利挺进到最后一关,科目为"五官"检查。他看见前面的胡君满脸庆幸地走出来,原来他的视力差那么一点,还有口臭和一颗虫牙,但是他找到主管的上校军医据理力争,终于说服对方让他过了关。随后虎头和老庚也顺利通过体检,他们朝父亲做了个鬼脸,炫耀地扬了扬那张打满红勾的表格,然后喜气洋洋地加入了领取登机证的行列。体检官是个棕色头发的中年白人,那张长脸简直跟头大叫驴差不多。驴脸军医看上去不大友好,生硬地拨弄父亲脸上的器官,不一会儿体检表上就出现了如下字样:沙眼(严重),龋齿(虫牙)三颗,鼻窦炎,然后重重打下一个蓝叉。父亲一向身体很好,不明白怎么一下子钻出这么多毛病来?他不死心,去找主管的上校军医申诉。不料上校先生耸耸肩膀,摊开双手说:"孩子,很遗憾,你的问题我无法帮你。"

父亲争辩道:"为什么别人长虫牙就可以通过呢?"

上校说:"一颗可以考虑通融,三颗不行,你还有沙眼和鼻窦炎。"

父亲理直气壮道:"可是这些小毛病跟上战场有什么关系呢?难道打败敌人不是靠决心和斗志吗?"

"对不起,这是我们的规定。"

父亲咬咬牙说:"我要向你的上级申诉。"

上校笑起来:"先生,我的上级在华盛顿。"

父亲还是不死心。在他看来,什么疝气、沙眼、虫牙和鼻窦炎统统都是吹毛求疵,都不该是阻拦他们去印度打仗的理由。他情急中想到美军上尉威廉,威廉先生对自己有好感,说不定会替他求求情网开一面。

威廉严肃地听完他的申诉,然后告诉他说:"邓,你只好留在国内了,因为我看不出谁能改变这个结果。体检由军医负责,除非你自己能够找出解决的办法来。"

父亲绝望了,恳求说:"您不能帮帮我吗?"

威廉两手一摊说:"很可惜我帮不了你,先生。"

父亲的怒火像火山一样爆发了："中国政府规定在校学生可以免除服兵役,可是我和我的同学还是选择为保卫国家而战斗。这样的士兵却因为一点小毛病被你们拒之门外,您认为合理吗?"

威廉也不生气,同情地点点头说:"邓,你是个有理想有激情的士兵,你的国家需要这样的士兵,因为只有为理想战斗才能打胜仗。但是我还是帮不了你,因为这是制度。"

父亲像只斗败的公鸡那样耷拉着脑袋,走到草坪上同闷墩坐在一起,两个不走运的朋友只好眼睁睁地看着别人欢天喜地地领取登机证准备登机。闷墩看看父亲的脸,小心地说:"这样也好,免得你们都走了,扔下我一个人。"

父亲恨恨地说:"不行,不能就这样完了。"

闷墩纳闷地问道:"那怎么办? 走到印度去吗?"

草地上聚集的淘汰新兵已有几十个人,个个都很沮丧。除非他们有办法混进机场,否则只好接受身体的判决。

3

登机的哨音响了。过关的三兄弟来跟父亲和闷墩告别。父亲看见美国人发放的登机证并不是一张硬纸片或者金属牌什么的,而是别出心裁地在新兵的手臂上盖上一只蓝色的三角印章。据说这个办法是从前美国海关用来对付亚洲移民的,人总没有办法把手臂砍下来交给另一个人来顶替吧。美国佬确实精明过人,擅长把各种复杂的事情简单化。

父亲好奇地察看虎头手臂上的三角印章。其实印章并不复杂,一颗五角星军徽,中间镶嵌着英文字母"PASS"(合格),四周点缀一圈橄榄树叶花纹。父亲脑子飞快地转动起来。但一时间去哪里找可以比照着画的蓝颜色呢?

长长的登机队伍排好了,父亲感到心中的绝望正在逼近。忽然,父亲发现自己的手臂上残留着一点新鲜的蓝色印痕,是三兄弟同他们告别时不小心留下的。云南天气炎热,蓝色印记被手臂上的汗水浸湿了，正在慢慢洇开来。数学老师说过，世界上没有解不开的难题，只有没有找到的方法。既然印泥会因汗水浸润而融化，那么它为什么不可以……重新制作一下呢？一个英文单词像皮球那样蹦进脑子里，copy……没错！就是它！一瞬间父亲明白自己已经找到破解难题的途径了，他必须穿越美国人设下的防线，让什么龋齿、沙眼、鼻窦炎、疝气统统见鬼去吧，无论什么都不能阻挡他们飞往国际战场的决心。

父亲一把拉起闷墩来到帐篷跟前。一个刚刚盖了印章的新兵走出来，新鲜的蓝色印泥还是湿漉漉的，三角形印章在阳光下闪耀着骄傲和自豪的光辉。父亲说声"劳驾"，然后不由分说捉住那人的胳膊往自己手臂上一按，当两只胳膊分开来时，一个蓝色三角印章就被成功复制出来了，除了上面几个英文字母是反的，任何人都难以辨出真伪。闷墩在一旁看得目瞪口呆，几秒钟后，闷墩也完成了同样的复制，然后他们扔下那些还蒙在鼓里的"原件"，排进队伍等待宪兵查验。

美国人可能从来都不知道他们的蓝色防线会被攻破。神气活现的"MP"（宪兵）嘴里嚼着口香糖，蓝莹莹的眼珠子漫不经心地瞄一眼每个中国新兵的胳膊，只要印有蓝色三角印章就统统放行。这时候忽然发生一个险情，有个不甘心的落选者用钢笔绘制的一个印章被查了出来，被拖出了队伍。宪兵查得更严了，气氛顿时紧张起来。闷墩哪里经历过这种场面，神情立刻紧张起来，一副做贼心虚的样子。一个美国军官注意到他了，让他过去，闷墩立刻吓坏了，额头冒出虚汗来。父亲连忙用英语向那个军官解释说，这个新兵有些中暑，因为他第一次从寒冷的家乡来到云南，不适应亚热带高原的炎热气候。他还像个老太婆那样喋喋不休地唠叨说："长官您要是不信的话，请摸摸他的额头吧，看看，脑袋烫得跟火炉一样。"

军官看见闷墩脸上淌着汗水，又看看他的手臂，那个蓝色三角印章正被汗水稀释，看不出有什么问题。军官唯恐他患有流感疟疾或者其他什么传染病，赶紧厌恶地挥挥手嘟哝道："到印度他恐怕得融化了。"

两人如蒙大赦，赶紧进了机场。父亲看见威廉上尉就站在不远的地方同别人说话，深怕被他看见功亏一篑，就赶紧低下头拉着闷墩快步来到停机坪。老庾正和胡君、虎头坐在草坪上玩扑克牌，忽然有人扑上来捂住他们的眼睛,等看见面前站着的是父亲和闷墩,他们差点儿兴奋得尖叫起来。父亲指了指不远处的威廉上尉,做了个噤声的手势。

4

天空响起隆隆的马达声,几架大型运输机从天边飞来,眨眼工夫就降落在跑道上。这时机场外面开来一队头戴钢盔帽的中国士兵,他们从飞机上搬下许多汽油桶和武器弹药箱子,然后再装上汽车。父亲恍然大悟,为什么大后方汽油贵如黄金,有"一滴汽油一滴血"之说,原来它们就是这样万里迢迢从印度空运过来的。

父亲的视线被一个中国军官的身影吸引了。军官个子不高,别着手枪,叉着手吸烟,他觉得这姿势似曾相识,猛然一道电光石火划过脑际,他快乐地大叫起来:"志豪!表姐夫!"

志豪好一阵才认出身穿黄布军装的父亲来:"你……偷跑出来的?你父母可知道?"

父亲连连点头,他实在太高兴了,就把如何报名到印度,父母如何从不允到改变态度,一口气说给志豪听了。没想到志豪抓住他的手,坚决而急促地说:"你不能去!英国人会拿中国军队当雇佣军替他们卖命的!你忘记上次我跟你讲的那些事了?第二百师就是因为英国人背信弃义才惨遭覆灭的,你不能相信他们骗人的鬼话。你跟我走,第二百师已经重建,我在后勤兵站给你安排个位置,过些时日再送你回重庆去。"

父亲看看他的兄弟们,再看看那些正在卸货的钢铁大鸟,他不大相信英美只是利用中国人当炮灰的说法,因为打败日本法西斯是国际盟军的共同责任。士安表哥说过,英美盟军也在努力调整战略,否则他们为什么要重建中国驻印军队呢?父亲皱起眉头,有点反感志豪的长官意志,他已经长大了,不需要别人代替他做决定,即使亲生父母也不行!

志豪眼看说不动他,脸色有些惆怅,悻悻地说:"述义,我看你太任性,太自负了,简直是头脑发热不计后果,当兵可不比你在重庆当大少爷啊。"

父亲气鼓鼓地瞪着表姐夫,要不是看在如兰姐姐的分上他早就发作了。志豪苦口婆心地劝道:"我是为你好啊,你这养尊处优的少爷脾气怎么在军队里当兵?怎么吃苦?怎么与人相处啊?在厂里有你父母罩着你,可是军队里官大一级压死人,一个小小排长就会要了你的小命!"

父亲承认志豪的话并非没有道理,因为新兵教导团那个催命鬼阳教官还有豺狗班长、伙夫头赵老大已经给他上过课了,可是养尊处优就不能改吗?

志豪递给他一支香烟,两人不再争论了。过了一会儿,父亲问志豪:"表姐有消息吗?"

志豪情绪低落地摇摇头:"我逢人便打听,但是没有人知道在那个混乱的时刻到底发生了什么。"

父亲告诉他,士安表哥还活着,现在也在印度。志豪脸上却只是显出伤感的神情,说:"战争还长着呢,今后大家都不知道还能不能见上面。"

"第二百师也要开上前线吗?"

志豪答:"怒江前线快要反攻了,不然美国佬运来这么多武器弹药干啥?"他忽然比个手势,然后过去斥骂那些士兵,大意是如果再不赶快把军火卸完,回去统统出勤务,不许吃晚饭!父亲心中十分诧异,志豪的粗暴蛮横竟与教导团那个人人痛恨的催命鬼教官如出一辙,看来军队很会改变人啊,一个原本立志要当哲学家的志豪同学,怎么也变成了不顾士兵死活的催命鬼?等志豪重新走过来,父亲小声劝告他别对士兵太粗暴,志豪恼火地说:"现在这些兵可贼啦,长官一不监督他们就偷懒,磨洋工,好像是为我林志豪抗日一样。"

父亲就把自己在教导团如何与长官冲突,包括挨板子和行军途中枪毙逃兵的事情说了一遍。志豪摇摇头道:"告诉你吧,我也下令打过板子,也亲手枪毙过逃兵,当然那是在战场上。不过今天的国军虽然武器不断更新,天上有盟军飞机护航,但是人际关系却没有改变。你记住,士兵就是机器,他们的存在就是为长官卖命,长官无论命令干什么你都得服从,这是永远的真理。"

货物终于卸完,加油车也驶离停机坪。志豪扔掉烟头,担忧地对父亲说:"述义,我看你满脑子幻想,别一时冲动以为印度就是天堂。虽然你们接收美国装备,但是军队还是中国军队,人还是中国人,我担心你并不适合当兵,所以现在留下还来得及。"

父亲冷冷地回答:"谢谢,我可不想像逃兵一样逃回重庆。"

志豪道:"我会安排你在后勤保障部过渡,再找机会……"

父亲打断他的话说:"我不需要保姆,也没有人强迫我去印度,你怎么跟我爹妈一样,就不能让我自己做一回主吗?"

登机的哨音响了,志豪看看那些准备登机的新兵,压低声音急促地说道:"给你透露一个最新情报,缅甸方向的日军近期有大动作,很可能会有一场大战……别以为打仗跟做游戏一样,到时候后悔可就晚了。"

父亲看见几个兄弟都在着急地朝他招手,就再次打断他说:"表姐夫,你多保重吧,有机会还是回去抱抱你儿子。小石头经常问我,他爸爸长什么样。"

两人拥抱告别。志豪的眼眶湿了,父亲心里不禁有些歉疚,毕竟志豪是关怀自己啊。他连忙逃也似的奔回队伍,站进队列准备登机。

一个中国军官赶来传达来自重庆的命令,新兵必须将行李装备留下来徒手登机。军官解释说:到那边盟军就会发给你们新装备,所以你们的要留给国内部队继续使用。大家对此深表理解,国内抗战那么艰苦,当然需要节约资源。等上了飞机才知道,这架运输机肚子可真大,足足装了两三百人。

终于机身一震,马达轰鸣起来。父亲看看手表,时针正好指向中午十二点。他兴奋地想:"到底起飞了——印度,我们来啦!"

5

随着飞机怒吼着爬升,炎热迅速退去,无数凉丝丝的气流像小虫子一样从机舱缝隙里钻进来。闷墩放松地说:"这下子好了,刚才都快蒸熟了。"

胡君正色道:"这点热就受不了啦?印度是世界上最炎热的国家,

听说只消把锅子摆在太阳下面,不多时间锅里的水就开了。"

虎头大惊道:"那人畜怎么办?岂不也被烤熟了?"

胡君笑了:"那倒不至于,但是印度每年都有数以千计的人被热死。"

老庾忽发奇想:"不知道印度人都爱吃什么?我倒是最喜欢重庆的牛油毛肚火锅,那味道一想起就睡不着觉。"

闷墩也说:"我最想吃湖北的热干面,酸辣味,再放上一勺芝麻酱,那味道……馋死人了!"听闷墩一说,父亲记起离家早上姆妈亲手为儿子做的热干面,可是他却什么滋味也没有吃出来,现在想想觉得对不起母亲,那是世界上最好吃的热干面啊!

机舱上方的绿灯亮了,一闪一闪的,大家立刻安静下来。一个满脸络腮胡子的美国机长出现在大家面前,他用英语告诉大家(父亲还是临时翻译),这段空中航程有好几个小时,无论中途发生任何意外情况,都请大家务必保持镇定,不许走动,不许大声喧哗,不许干扰驾驶员飞行等等。有人大声问:"意外情况是指什么?"

机长坦率地承认:"你们知道,'驼峰航线'是世界上最危险的航线,不仅可能遭遇日本飞机的拦截,而且复杂的地形,诸如高山、峡谷、风暴和强气流都可能造成致命灾难。"

胡君举手说:"为什么叫'驼峰航线',能解释一下吗?"

美国人友好地笑起来,解释说:"'驼峰'不是具体地名,而是我们的飞机将要飞越的这条弯弯曲曲的航线形似驼峰。你们知道,日本人占领了缅北重镇密支那,这对我们很不利,敌人的零式战斗机切断了从印度飞往中国的航线,为此我们不得不付出极大的代价,重新开辟一条能避开敌人飞机的新航线,这就是我们为什么要冒险绕行西藏和飞越世界屋脊喜马拉雅山脉的原因。"

机舱里响起热烈的掌声,这是中国学生兵向美国盟军发自内心的致敬。机长的手指在皮帽檐下碰了碰就进了驾驶舱。不一会儿他又出来,扔给父亲一个坐垫,指定他坐在驾驶舱外面的过道里,随时做翻译。

父亲因此获得了一个视野开阔的位置,他看见机翼下方的群山呈现出大海一样波涛起伏的黛黑色,三条夹峙在崇山峻岭间的江河仿佛是从雪峰之巅抛落下来的白色哈达,整齐地铺展在被称作"世界屋脊"

的雪域高原上。父亲猜想它们应该是金沙江、怒江和澜沧江,自己现在看到的应该就是被称作大自然博物馆的"三江并流"的奇观了。

这时头顶的红灯忽然亮了,并伴有"嘟嘟"的急促蜂鸣声。机长快步走出来警告说,所有乘员保持安静,无论发生什么情况都不许乱动。父亲听见发动机的吼声猛然加大起来,好像一辆正在爬坡的载重汽车,给人声嘶力竭的感觉。随着机身的大幅倾斜,父亲看见大地和山峰旋转着扑面而来,机舱里的人前仰后合坐立不稳。从阳光不断变换的角度不难判断,飞机正在紧急转弯,接着又躲进云层。毫无疑问,敌人的战斗机正像饿狼一样逼近,如果体形笨重的运输机遭到攻击的话,所有人都不会有下一次乘飞机的经历了。

等到马达声平稳起来,飞机已经钻出厚厚的云层,父亲通过折射的阳光判断,飞机不是向西而是改朝北方飞行。也就是说,飞机即将飞越"驼峰航线"的"峰"世界屋脊喜马拉雅山脉了。

机舱的红灯又闪烁起来,机长再次出来的时候已经头戴毛皮帽子,身穿厚厚的皮夹克了。他面色严峻地告诉大家:"虽然我们避开了敌机的拦截,但是我们要经历冰河世纪一般的寒冷了。运输机是货机,没有客机的充氧和保暖设施。现在听我命令,请打开行李,把你们所有的衣服毯子都裹在身上,互相挤紧以保持体温。"

大家看看美国机长如临大敌的冬装,才觉出问题的严重性,可登机前他们遵照来自重庆的命令,把所有的行李装备都留在地面上了,现在他们除了一身单军装外别无他物,怎么抵御即将到来的冰河世纪呢?胡君装出满不在乎的口气道:"我建议开个高空派对,跳跳舞什么的就不会冷了。"

机长严厉警告说:"先生们,请不要开玩笑,飞机将要爬升到极限高度,因为我们将要面对的是世界海拔最高的喜马拉雅山脉。机舱里不仅会缺氧,还会结冰,你们中的一些人可能因此无法活着走出机舱。"

新兵到底是初生牛犊不怕虎,都嚷嚷说不怕冷,坚持坚持就过去了。虎头还逞能说,咱三九寒冬还常常要洗冷水澡呢。胡君则豪言学校组织冬泳,他还得过第一名。父亲虽然不大清楚机长的警告有多严重,但是他觉得事情一定不会像冬泳那样简单,机舱结冰与洗冷水澡也肯定不是一回事。美国驾驶员都穿着厚厚的皮毛夹克,还有专供机组人员的吸氧设备。可这些货舱里的新兵,该如何应付即将到来的缺氧和低温严寒呢?

很快机长预言的冰河世纪就降临了,随着马达吼叫,飞机就像一艘大海中航行的小船,机身剧烈颠簸,机舱内的温度急剧下降。新兵嘴里哈出了白烟,不多久连热气也结成了一层冰凌。可怕的严寒迅速瓦解了新兵的斗志。父亲从舷窗玻璃上看见自己的脸色由红转白,再转青紫,然后就有像墨汁一样的颜色浸染开来,好像有只看不见的手在他脸上泼墨作画一样。牙齿也开始打架,它们根本不服从来自大脑的命令,彼此发出的热烈声响简直快要跟飞机抖动一样震耳欲聋了。更可怕的是,眼皮也开始打架,他知道这种危险状态叫做"高空缺氧",如果睡过去就可能再也醒不过来了。于是他不顾一切地去敲驾驶舱的门求救。

机长一开门就明白发生了什么,父亲告诉机长,新兵的行李都留在了地面上,所以请想办法救救大家。机长二话不说,打开行李间搬出一些厚帆布来扔给大家。这些厚帆布原本是保养飞机用的,又脏又硬而且散发出一股刺鼻难闻的机油味,如果放在平时,谁会拿一堆破布当宝贝呢?但是现在却不同,它简直就是受难者的诺亚方舟,是机舱里抵御严寒的城堡,是新兵穿越冰河世纪的生命保险箱。

不知道过了多久,父亲被飞机下降的抖动惊醒,钻出帆布,觉得不再那么寒冷,再看舷窗外面,一瞬间他几乎不敢相信自己的眼睛:缭绕在冰峰雪谷间的云雾正在散开,一位圣洁无比的冰雪女神矗立于天地之间,阳光彩带簇拥着她,重重叠叠的冰雪城墙如同女神的宫殿。这就是传说中的仙境珠穆朗玛峰吗?

"没错,它就是伟大的珠穆朗玛峰,即使我们飞行员一睹其真容的几率也仅有百分之一。"美国机长站在父亲后面轻声说。父亲感激地朝他点点头,要不是他的厚帆布,他们很可能已经变成飘落在喜马拉雅山上的雪花了。机长告诉他:"赶快唤醒你的同伴,继续睡下去会有危险的。"

随着飞机继续下降,大地像一幅倾斜的画卷徐徐铺展开来:黛青色的山峦渐次融入绿地,森林像波浪一样从山间涌出来,遥远的地平线划出一道隐隐的弧形,好像连接着另外一个世界。忽然有人激动地嚷道:

"快看,村庄!"

一座炊烟缭绕的村庄像小岛一样浮现在飞机下方,很快又出现第二座,第三座……伴随大片整齐的庄稼、弯曲的河流和细如蛛网的公路铁路纷纷浮现出来。这些经历千辛万苦,跨越万水千山的年轻人终于来到了喜马拉雅山脉的另一端,这里将是他们通往战场的出发地——

印度到了。

第十二章　印度的天空

1

当父亲和他的弟兄们歪歪倒倒地走出运输机充满机油气味的巨大机舱时,立刻就被一幅恢宏的战争景象吸引了:繁忙的军用机场像一座巨大的蜂巢,各种车辆像勤劳的工蜂一样来来往往,等待运输的物资堆成小山,有枪枝弹药、汽油桶、机器零件和各种军民用品,还有吉普车、十轮卡车和威风凛凛的大炮。虎头羡慕地说:"好家伙,这么多东西啊,都运到哪里去?"

胡君说:"你傻啊?咱们脚下就是大名鼎鼎的'驼峰航线'的起点,这些物资当然都是运往中国去抗战的。"众人这才恍然大悟。

此时已是下午五点多钟,也就是说,他们已经飞行了五个多小时,可是头顶那轮太阳依旧当空照耀,还没有西斜的意思。闷墩和虎头不禁嘀咕起来,难道印度的太阳半夜才落山不成?父亲听了哈哈大笑,说因为印度和中国不在一个经度上,所以有两个半小时的时差。看两个人不明白,父亲又说,就是印度的太阳比中国的晚出山两个多小时,所以自然就晚落山两个多小时了。两个人总算弄明白了。

队伍一集合,父亲就被美军上尉威廉发现了,他纳闷地说:"邓,你怎么来了?冒名顶替吗?"

父亲洋洋得意地回答道:"报告长官,我把自己变成了一条影子,跟你们一道登上了飞机。"

威廉假装生气地说:"你再变一回我看看,变不出来我就把你送回中国去。"

父亲委屈地申辩说:"您不是说过,我怎么登上飞机您不管,只要到了印度您就负责接收么?我相信您是个说话算数的绅士。"

威廉上尉仔细察看过士兵胳膊上那个足以乱真的杰作之后,只好无可奈何地摇摇头。父亲看出长官并没有真生气的意思,放下心来。

这时候几辆吉普车风驰电掣地开进机场,一群身穿盟军制服的中国军官神气活现地下了车。老庾羡慕地说:"到底是驻印部队啊,连军装都是美式咔叽布的。"

胡君反驳说:"我看是英式军装,你没见他们穿的是短袖军装么?"

虎头则遗憾地说:"这些中国军官怎么没有一个高个子——妈的,都跟矬子将军一样。"

胡君跟他玩笑道:"不是说浓缩的都是精华吗?据说拿破仑皇帝连一米六都不到,可是谁敢与他比肩呢?"

父亲的注意力却被一个军官的侧影吸引了,他觉得这人的轮廓有些像表哥士安,但个子似乎矮些。父亲是太想在印度见到表哥了。

当地给新来的学生兵安排的是临时军营,门口站岗的也是中国兵,穿盟军军装,戴英式钢盔帽,胸前挎着冲锋枪。虎头同他们打招呼:"兄弟,哪一部分的?"

哨兵回答:"驻印军辎三团。"

闷墩小声问:"啥子是支三团?"

哨兵听见了,就用浓重的四川口音回答道:"格老子的!龟儿子连这个都不晓得,就是后勤物资运输团嘛。"

队伍"轰"地一声笑开了,大家都欢喜地说:"看看,格老子的!走到哪里都是四川人。"

不料这句地方主义的豪言立即引发了一阵抗议。有人说:"俺是河南人,咋的啦,就你们四川人在打日本?"

湖北人也说:"说么子话呢,老子也在打儿(日)本人嘛。"

胡君赶快站出来调和说:"不管河南人湖北人东北人四川人,中国人都是一家人。大家都不愿做亡国奴才来到四川大后方,四川人民把你们当亲儿子看待,你们就算半个四川人也不为过吧。"这才皆大欢喜起来。

几个穿白大褂的美国军医等在临时军营,挨个给新兵打预防针。

接着就有几个大块头的白人大兵走来,赤裸着上身,个个肌肉隆起,胸毛浓密,手持一架呜呜作响的电动机器,抓住新兵就把电动机往脑袋上一按。白人大兵力气很大,动作也很熟练,速度简直比剪草还快。闷墩摇着自己的光头直吐舌头,惊奇地说:"老天爷,那是什么东西啊,轰隆隆地跟打雷一样。要是按错地方还不得把耳朵鼻子给剪没了?"

老庾很内行地解释说:"军队里剃光头是为了不给寄生虫藏身之地,另外如果受伤也方便包扎。"

父亲也是头一次见识这么厉害的洋机器,忍不住用英语请教白人大兵:"你们美国人平时都用这种工具剪头发么?"

白人咧开嘴乐了:"嗨,小个子,我们都是澳大利亚人,我们来自澳洲而不是美洲。这是我们家乡剪羊毛的电动剪刀。"

父亲跟大家说,虽然澳洲大兵把咱新兵的脑袋当成了绵羊屁股,但效率还是蛮高的。大家哄堂大笑。

2

按照指令,接下来每个新兵都要脱下国内穿来的旧军装,然后每人领一块毛巾,一小块美国香皂,一起去露天澡堂洗澡。父亲觉得自己好像还是上辈子才这样痛痛快快地洗过热水澡,浑身的骨头都酥软了。他用香皂反复搓洗许多遍,才意犹未尽地走出来。

闷墩气急败坏地跑过来,连声说坏了坏了,刚才脱下的衣服不见了,鞋也不见了,这可怎么办好?父亲连忙去找自己的衣服,果然也没了踪影。这一下非同小可,他的欧米茄手表还在衣服口袋里呢。正在着急,老庾急匆匆地跑来道:"找到了,衣服都堆在后面呢,我们的人正在跟他们吵架。"

吵架对象是几个壮得跟牯子牛一样的黑人士兵,他们头戴消毒面具,正把新兵的脏衣服脏鞋子用手推车推了往大坑里倒。胡君面红耳赤地质问他们,凭什么擅自拉走别人的私人财物?就算要集中处理也该征求主人的意见,哪能这么蛮不讲理?黑人却听不懂,瞪着一双黑白分明的眼珠子,父亲连忙用英语告诉黑人,自己的私人财产还在衣兜里。这回黑人听懂了,让父亲自己找,手表果然还在。

正吵得不可开交,威廉上尉赶来了,生气地呵斥道:"你们胡闹什么?这些旧衣物是会传播疾病的,要是军营里传播瘟疫和传染病,你们想想会有什么样的后果?"

胡君小声嘟哝:"我们自己会把衣服洗干净的。"

威廉厉声说:"你们以为长途跋涉到印度来是为了洗衣服吗?告诉你们,这里还有比洗衣服更加重要的事情等着你们。"

于是大家再也不敢吭声。威廉亲自指挥黑人士兵往土坑里泼上汽油。胡君痛心疾首地说:"这些美国佬,为什么就不懂得节约呢?"

老庾附和道:"国内部队每人只有一套军装,连换的都没有,洗了衣服只好打赤膊。"

虎头也说:"是呀,我在家穿的衣服还是我爹小时候穿过的呢。"

洗完澡的人排成一堵白墙,值星官举着厚厚的花名册点名,点到谁的名字就发一个带号码的铜牌去大帐篷领装备。眼看光身子的人越来越少了,最后只剩下父亲和闷墩两个人。值星官合上花名册,奇怪地瞅瞅他们说:"怎么没有你们的名字?"

父亲连忙说:"肯定是美国人搞错了,不然我们怎么能上飞机呢?"

闷墩也说:"是啊,美国人搞错了,你看我们胳膊上不是都盖了印章么。"

值星官看看他们手臂,果然都有模模糊糊的印迹。值星官只好给他们重新补上名字,然后一人发一个铜牌。父亲和闷墩相视一笑,飞奔进帐篷,这下彻底名正言顺喽!

负责发装备的美国军官在登记本上填写了号码,几个黑人军士就将两只足足一人高的军用行李袋抬到了他们面前,然后指指后面那扇门说:"OK!"

父亲用力去扛那只行李袋时却险些摔个趔趄,他怎么也想不到口袋会有那么沉,简直跟石头轱辘一样。黑人士兵都露出白牙开心地笑了,连那个表情严肃的白人军官也被逗乐了。想必他们已经笑了不止一次了。只有结实得像牛犊子的闷墩不怕这样的挑战,他先把自己的装备扛出去,又转回来把父亲的口袋也扛在肩上,还狠狠瞪了一眼幸灾乐祸的美国人,和父亲一道走出后门。

胡君、老庾和虎头都已经在外面草地上等着他们了。三个兄弟挎着卡宾枪,嘴角叼着美国香烟,鼻梁上架着"雷朋"遮阳镜。虎头还卖弄地戴上了钢盔帽,那形象气质已经跟机场那些盛气凌人、吊儿郎当的美国大兵别无二致了。三个人看他俩还光着腚,挤眉弄眼地说:"快打开行李袋看看,百宝箱啊,保管你想要的东西全都有。"

行李口袋上有道铜环扣,还有一把锁,俩人越是着急越打不开,最后还是胡君过来替他们打开了。闷墩像初入大观园的刘姥姥一样口中念念有词:"两套棉织内衣内裤,两双袜子,两件衬衣,还有帆布胶鞋,大头皮鞋……我的妈呀,咱这辈子还没有穿过皮鞋呢。"

岂止这些,还有多用手电筒,父亲心仪已久的多用途瑞士军刀,还有咔叽布软顶军帽和作战钢盔各一顶,钉有铜纽扣的咔叽布长短军服(冬夏季)各两套,呢绑腿一副,牛皮武装带一条,毛军毯一条,防水睡袋一只,橡胶雨衣一件,橡皮褥垫一张,铝制饭盒水壶各一个,刮脸剃须工具一套,急救包一个,毛巾一条。怪不得这么重!

胡君指着一个二尺见方的纱布罩子说:"我来考考你们,这是干什么用的?"

闷墩左看右看,挠头说:"蚊帐吧,太小,再矮的个子也装不进去啊。抓鸟的吧?"

虎头说:"该不会抓你那只鸟吧?你抓抓看。"

父亲琢磨了一会儿说:"印度天气炎热,蚊虫叮咬特多,容易传染疾病。我想应该是防蚊虫的头罩吧。"

闷墩一拍大腿说:"真绝了,美国人替咱们想得真周到。"

胡君哼了一声,说:"要是士兵都得了传染病,谁上前线打仗?"

闷墩又好奇地取出一只挎包袋来,里面装着十几个铁盒子,一条美国香烟,还有一些包装纸上印着英文的巧克力和口香糖。他掰了一块巧克力放在嘴里,腮帮子嚅动好半天才透过气来说:"我的妈呀,真是好吃死了,下辈子都值了。铁盒子是什么?"

父亲看了看英文标签,告诉他铁盒子是罐头,分别为青豆、牛肉和压缩饼干。胡君撕开香烟,扔给他们一人一支,自己也点燃吸起来。闷墩苦恼地说:"可是我不会吸烟,怎么办呢?"

父亲果断地说："学习呀，从现在开始。"

闷墩刚刚抽了一口就呛得大咳起来，胡君说："美军香烟可是配给制，不要白不要，要不我拿巧克力糖跟你换。"

闷墩固执地摇摇头："我就从现在开始学，不信学不会。妈的，浪费可惜。"说着闷着头继续抽，好容易把一支香烟烧完了。

百宝箱终于见底了，还剩下一只油布裹着的长条，打开来是一支崭新的美制卡宾枪，一把刺刀，还有四枚手雷，两只牛皮子弹盒，里面装着一百发黄澄澄的子弹。胡君拍拍卡宾枪骄傲地说："看看吧，这可不是汉阳造，也不是小日本的三八大盖，这可是真正的美国卡宾枪。"

父亲感到脑袋有些发涨，这些装备实在太丰富了，丰富得出乎想象。他甚至怀疑一个普通士兵是否真的需要这么多装备。在物资匮乏的中国，士兵冬天穿单军衣、打赤脚还是家常便饭。他想起在重庆教导团，一个小包就能把全部行装背走，在冰天雪地的乌蒙山区露营时，如果有一只防水睡袋的话，那些可怜的新兵也不至于白白冻死了。也许这就是差距吧，他惋惜地想，只是留在国内的人永远没有机会丈量这种差距。

五个中国兄弟在镜子前站成一排，除了一张东方人的黄面孔外，简直和那些威风凛凛的英美大兵没有任何区别。老庾遗憾地说："可惜没有照相机，不然寄回国内让他们看看多好。"

虎头咬着嘴唇说："我一定要照张照片寄回去，好让我母亲拿给土街巷的邻居街坊看。她会骄傲地告诉大家，看看，咱儿子多威风！"

集合哨音响了，当新兵队伍迈着整齐的步伐返回宿营地的时候，父亲又看见了威廉上尉。他跑步出列敬了一个军礼，用英语问道："请问长官，我们的敌人拥有像我们一样出色的装备吗？"

美国人肯定地回答道："你们的装备已经不逊于世界上任何一支最强大的西方军队，日本人装备比你们差多了。"

父亲信心百倍地跑回队伍。他和他的兄弟们感到前所未有的斗志昂扬，因为有一颗叫做"信心"的种子已经落入中国士兵心中并且正在生根发芽，直到长成参天大树。

3

夕阳西沉,早已过了晚饭时间,新兵都支起耳朵,拎着饭盒等待开饭哨音响起来,不料左等右等都没动静。有人不知从哪里听来消息,说中国军官都住在镇上的旅馆里,临时兵营就是自己管自己。

不久这个消息被证实了,一个开着摩托车的传令兵赶来传达长官命令,说晚饭各人解决,吃罐头。有个叫黄余仁的成都籍学生,家里开着老隍城有名的"小有天酒楼",抱怨说:"还以为有回锅肉白米饭,外加鸡蛋番茄汤呢,再不济也有一碗炸酱面啊。这罐头怎么能当饭吃呢?"

虎头指着不远处的美军帐篷说:"看看,那些美国人也住在帐篷里,他们吃什么呢?"

胡君说:"听说他们用煤油炉热罐头吃。"

黄同学叹息道:"没想到千辛万苦来到印度,连顿热饭都吃不上,这还是国际化军队吗?"

胡君狠狠瞪了黄同学一眼,有些鄙弃的意思,于是大家纷纷把那些装着食物的铁罐头取出来,比画着怎么打开来充饥。问题是教官还没有教过如何开罐头的方法,因此新兵纷纷按照各自的习惯大显神通,有人拔出刺刀中心开花,也有人用刀子沿着边沿寻找突破口,还有个鲁莽的河南籍赵姓同学,他试图像切西瓜一样把罐头从中间一分为二,没想到刀尖一滑就落到自己小腿上,痛得哇哇直叫。出乎意料的是,这些金属罐头竟然十分坚固,据说从飞机上扔下来也摔不破。于是有两个东北籍同学,举起石头来砸,结果当场把罐头砸成一块铁饼。

虎头看见父亲轻松地把牛肉从罐头盒里倒出来,然后用一只小钢勺不紧不慢地舀着吃,再看看父亲扔掉的罐头盒,盖子边沿都切割得十分整齐,丝毫没有暴力打砸的痕迹,于是纳闷地问他是怎么弄开的?父亲告诉他,多用途瑞士军刀上有一把月牙形的卷口小刀,叫开罐器,就是专门用来开罐头的工具。虎头这才恍然大悟,他盯着父亲说:"啧啧,你不简单啊,怎么找到这个诀窍的?"

父亲道:"没吃过猪肉,还没见过猪跑?当然是看见别人打开过。"

虎头嚷嚷地把方法传开去,大家纷纷试了一回,果然毫不费力地打开罐头。新兵头回享用来自大洋彼岸的军用食品,纷纷对洋食品评头论足。黄同学嗅着罐头盒子连声道:"奇了怪了,这美国青豆怎么都跟洋人一样有股怪味?难道他们的蔬菜也有狐臭不成?"

众人大笑,有人笑得把吃下去的食物都吐出来。胡君看不惯黄同学的娇贵气,冷冷地纠正他说:"人家美国人喜欢吃洋葱、胡椒和咖喱粉,就像你们四川人喜欢吃辣椒花椒一样,这些罐头不是为你特制的,将就点吧。"

黄同学愁眉苦脸地说:"可是我一闻到这种味道就要恶心,要知道,我家祖辈都是开餐馆的。我爹规矩特多,不许吃那些乱七八糟的东西。呸呸!我真的要吐了。"

大家更乐了,虎头趁机拿走了他的罐头,还理直气壮地说:"你不吃洋罐头我吃,咱重庆人不怕狐臭味!"

折腾一阵,既然罐头吃不惯,最后只好啃压缩饼干了。黄同学不知道那压缩饼干的厉害,看上去体积虽小,下肚后却是要膨胀的,他一连啃了两包还遗憾地说:"这东西跟成都春熙路'西北老家'的馕饼差不多,就是量少了点儿。"一句话没说完,肚子里就有什么东西鼓起来,不一会儿就像条翻白眼的鱼直吐白沫,吓得周围人赶快把他抬到涂有红十字标志的医疗帐篷去抢救,至此父亲送他一个外号叫"呀呀呜"(瞎胡闹的意思)。

熄灯号响过三遍,大家纷纷钻进睡袋里。父亲搂着冷冰冰的卡宾枪却睡不着,许多人都兴奋得睡不着觉,于是大家干脆坐起来聊大天。外面月光如水,照得营区一地碎银,胡君热衷于发挥理论优势,拍拍手中的枪说:"有人计算过,战场上一支卡宾枪的火力要抵三支日本三八大盖,咱一个班挡得了他一个排。所以呀,这回小鬼子得落后二十年。"

大家都觉得有理,但是一直不声不响的闷墩却提出一个问题:"如果国内军队统统换上自动武器,岂不立马就把日本人赶下东海去了?"

胡君道:"那当然了,武器决定战争么。"

老庾出生于军官家庭,懂得一点军事常识:"算了吧,告诉你们,中国军队是有自动武器的。比如第五军各师包括第二百师都是著名的'德式师'，可是他们都败得很惨。"大家的兴致好像一只刚刚出港的小船冷不防触了礁，老庾就是那块黑色的礁石。他继续毫不留情地指出："日本士兵不用自动武器，是他们造不出卡宾枪来吗？他们能造出先进的飞机和航空母舰，难道会被一只小小的自动步枪难住？"

胡君明显底气不足了："那你说说看，日本军队为啥不用自动步枪？"

老庾不慌不忙地说："有次我爹带我去军官俱乐部，我听他们讨论过，日本的资源贫乏，自动武器是很费弹药的。美军自动步枪的耗弹量是普通步枪的十倍，但是同比命中率却只有步枪的几十分之一，所以日本军队要求士兵务必节省子弹，一发一发地瞄准打，以期提高命中率。"

大家忽然冷场了，空气开始沉闷起来。父亲擦拭着冷冰冰的卡宾枪，嗅着枪膛散发出来的机油味，心中一个跃跃欲试的念头越发挥之不去。他望望头顶，月亮像只大银盘，再看远处，群山的影子默不作声，于是他试探着发出邀请说："我想到山脚下去试试枪，谁愿意去？"

虎头热烈响应说："好啊！我去！"

胡君犹豫地说："这里可是军营啊，没有命令不能去吧。"

父亲说："长官都在镇上，外面月亮这样大，我们打几发子弹谁会知道呢？"

这群年轻人终于向自己心中的欲望屈服了，兴高采烈地溜出帐篷，涉过一条小河，然后来到一座黑幽幽的山谷跟前。胡君警告大家说："每人最多不要超过五发子弹，要不万一上面检查没法交代。"

虎头不满地说："你管好自己得了，管那么宽干吗？"

父亲从弹盒里取出一排黄澄澄的子弹来，这些子弹在月光下闪动着金子般的美妙光辉。许多年前，这些男孩子就都梦想着拥有一支真枪，现在这个愿望终于实现了，他们把子弹小心地压进枪膛，倾听子弹在枪膛里滚动的清脆声音，然后举起枪来扣动扳机。随着夜色中的弹丸像流星那样飞舞，枪口火光此起彼伏，寂静的山谷变成了一座热闹的打靶场。

忽然虎头惊慌地大喊："糟啦，我的弹盒空了。"

大家都安静下来，连忙去数各自的子弹。有打了一二十发的，也有打了三四十发的，总之他们明白这下子闯下大祸了。年轻人全都像做了错事的小学生，惴惴不安地溜回帐篷躺下睡觉。

父亲在心里安慰自己，也许明天根本不会有人追查打枪的事情，美国人才不在乎子弹呢……

4

"昨天夜里擅自打枪的士兵，自动出列！"上校团长愤怒的吼声像打雷一样在营地上空震响。新兵个个站得笔直，目视前方，连大气也不敢出。

"我再说一遍，昨天夜里哪些人私自动用武器，自动出列！"长官再次发出威胁。他背着手，眼光咄咄逼人。眼看弟兄们个个百口莫辩的样子，父亲好汉做事好汉当，跨前一步大声报告："士兵邓述义出列！"

长官走过来，亲自检查了他的子弹盒，点点头说："你很能干，打了三十发子弹，也就是两个弹夹。"

父亲眼睛望着天空，大声回答："报告，是三十五发。枪里还少五发子弹。"

团长怒气冲冲地训斥道："混蛋！国内士兵的弹药基数是多少你知道吗？三十发，这还是中央军待遇。地方部队只有十发！你白白浪费一个中央军士兵的弹药基数，为的只是自己取乐。你知道吗，这是犯罪！"

父亲不服，争辩说："报告长官，不是取乐，是射击体验。"

团长的脸更黑了。他是在国内战场上拼杀出来的军官，对于军队制度和官兵关系有着自己的理解。他看看这个像钉子一样钉在地上的新兵，眼睛里渐渐涌出一团冰冷的杀气。他用马鞭指指队伍："还有哪些人？都给我出列！"

那些参与射击狂欢的新兵眼看躲不过，只好灰溜溜地站出来，一共十二人，整整一个班。长官冷笑着说："这里是军队，不是学堂，由不得你们胡闹……现在要让你们记住，任何违犯纪律的行为都不能不付出代价！"

一个上尉副官宣布，违纪者须当众受刑，量刑标准是一发子弹换一皮鞭。立刻就有打手拖着皮鞭登场了，父亲看到这种皮鞭有两三米长，粗若井绳，还蘸了水，像堆湿漉漉的死蛇。但打手把皮鞭凌空一挥，伪装的死蛇立刻活动起来，它昂起头来舞动身躯，嘴里发出嘶嘶的呼啸声。

卫兵拥上来剥去父亲的上衣，将他正面铐在一棵树干上，晾出整个后背来。这样的受刑姿势令父亲很不舒服，好像他抱着那棵大树跳华尔兹似的。由于与树干亲密接触，父亲看见眼前有一队蠕动的小蚂蚁。这些小动物一定以为这个冒着热气的大家伙是美食，于是爬上来到处乱逛，有几只已经大模大样地钻进他的耳朵和鼻孔里。他知道自己违反军纪，可是心里却不大服气，谁没有犯过错误？难道犯错就要打鞭子，这跟国内的催命鬼阳教官有何区别？可是眼前不是讲理之时，长官的命令就是王法，打鞭子就是将讲道理的念头从士兵的脑子里打掉。父亲只好拱起背来准备挨打，唯一遗憾的是打完再也没有伙夫头赵老大来替他抹鸡蛋清和拍黄表纸了。

远处美军帐篷里钻出几个人来。

本来新兵团的管理属于中国人的内部事务，但是眼看新兵被捆在树上要打鞭子，于是就有几个人朝这边跑过来，领头的就是威廉上尉。远远地听不清美国人如何与上校团长交涉的，但是美国人的干涉显然很有效果，父亲听见美国人口中多次蹦出"NO"、"STOP"这样语气坚定的单词，于是上校在美国人的否定词面前让步了。

父亲和他的同伴被从树干上解救下来，一顿眼看临头的皮肉之苦得以幸免。上校团长很生气，但是却奈何不得美国人，只好怒气冲冲地离开了，把这群不知天高地厚的新兵扔给爱管闲事的美国佬。

长官一走，威廉上尉立即接手新兵管理。他宣布整肃纪律，重新对违纪士兵进行处罚，以此表明美国人虽然反对不文明的酷刑，却不纵容士兵为所欲为。于是，父亲和他的弟兄们获得了每天两小时惩罚性勤务的额外待遇，内容包括打扫营地卫生和厕所，清洗粪桶填埋垃圾，还有夜间执勤和站岗放哨。

相信再也没有人会忘记清洗粪桶的臭味和与厕所污秽做伴的日

子,尽管免除了皮肉之苦,可是美国人留给他们的教训一点儿也不比挨皮鞭子少。于是虎头开始发牢骚说:"还不如挨鞭子痛快呢,老子在家也没干过这么下贱的活儿。"

闷墩瞪他一眼说:"什么话?就数你打得最多,还不闭嘴!"

老庾讥讽道:"别逞英雄了,你挨一回皮鞭试试?不把你打得尿裤子才怪。"

胡君慢腾腾地说:"谁不拉屎拉尿,别人凭什么就该干下贱活儿?"

虎头这才不再吭声。父亲虽然不愿意挨鞭子,但是他肯定也不喜欢洗粪桶,而且不知道惩罚性出勤要到何年何月才是尽头。他苦恼地想,难道自己全错了吗?长官们为什么不理解士兵的热情和冲动呢?

这天傍晚,威廉上尉出现在新兵面前。他命令受惩士兵拿起武器,跟他一道跑步来到山谷。父亲看见,山谷里已经竖起一排红绿相间的人形枪靶,威廉宣布,这些靶子距离为五十米远,每人准许打十发子弹。如果打中一发,可减少洗厕所粪桶一天;如果十发全中,从明天起就可解除出勤务。

这简直是个振奋人心的动员令,大家纷纷憋足劲,一心想打出好成绩来将功抵过。然而此时手中的卡宾枪却同他们开起玩笑来,随着一阵砰砰的枪声乱响,报靶员频频摇动白旗,表示全部脱靶剃了光头。

虎头嘟哝道:"该不是枪有问题吧?"

威廉听见了,取过虎头的卡宾枪来"哗啦"一声推上子弹说:"这样吧,谁愿意同我比赛?如果我输了,赢家的处罚将获得赦免;如果你们输了,处罚加倍,每天多站一小时岗。"

大家互相望望都不敢吭声。父亲心里有点跃跃欲试,眼光活跃起来,威廉指指他说:"邓,你出列。"

父亲出列,威廉又命令道:"你前进十步,打十发子弹。"

父亲向前走了十步,打完十发子弹,居然中了四弹,兴奋得脸色涨红。只见威廉原地举枪,一阵连珠般的枪声响过,报靶员报告,全部命中无一脱靶。大家惊得目瞪口呆,忍不住热烈鼓掌,对威廉佩服得要命。威廉把枪还给虎头,意味深长地说:"记住,本领没有天生的,优秀军人是练出来的。"

虎头低着头不敢吭声。父亲不知道这个职业军人还有什么本事,他跟闷墩悄悄商量,换个玩法没准能打败他。闷墩说咱跟他摔跤,美国人虽然牛高马大,但是未必灵活,于是父亲就向威廉报告说:"长官,咱们是新兵,比射击不公平。要是换种方式,您未必赢得了。"

威廉很感兴趣地说:"什么方式,你说来听听?"

父亲说:"咱们比赛摔跤。"

没想到威廉当即应战。两人脱光膀子准备摔跤,威廉一眼看见父亲手腕上戴着的欧米茄,惊讶地说:"这可是个好东西。邓,你得收好它,别摔坏了。"

威廉虽然个子高大,动作却一点不笨,抓住对手连摔三跤,父亲宣告惨败。这下子可惹恼了父亲的朋友闷墩,他当即脱了衣服上场来。别看这家伙平时不显山不露水,摔跤可是真功夫,拜过师门,练过站桩的,几个回合下来就把威廉摔翻在地上。一连三跤,美国人完败,新兵连连鼓掌。

威廉也笑了,坐起身来说:"厉害厉害,从前听人说过中国功夫。这就是中国功夫吗?"

这回轮到胡君出面练嘴上功夫了,他讲起中国文化来头头是道,从南拳北腿、少林武当到八大门派的轻功绝技飞檐走壁,把美国人听傻了眼。好半天威廉才连连说道:"等打完仗我一定要到中国,见识见识你们的中国功夫。"

天色渐晚,大家开始慢慢往回走,威廉把手搭在新兵肩膀上,推心置腹地说:"你们记住,我并不是反对你们打枪,如果新兵领到新枪连试枪的激情和冲动都没有,他能是一个好兵吗?但是你们错在自行其是违反军纪,这是两回事情。今天让你们打枪,就是让你们看看自己的射击技术到底有多差,以后好好努力吧。"

父亲打趣威廉说:"我们刚才也看见了,威廉先生的摔跤技术到底有多糟糕。"

威廉正色道:"邓,你可是我的手下败将啊。"

父亲一使眼色,弟兄们一齐拥上去,抓住威廉的手脚往地上墩,直墩得威廉大叫:"不不,放开我,你们这群小崽子!"

笑声填满了空旷的山谷,笑得月亮公公也咧开了嘴,一不当心就笑掉下巴,只剩下半个亮晶晶的月牙豁子。

5

父亲的新兵生活在一阵急促的集合号音中匆匆结束了。天色微明,新兵全副武装列好队。父亲悄悄看表,时针刚好指向早上六点钟。上校团长下达出发命令,新兵背起沉重的行囊步行到汀江火车站,然后登上早已等候在月台上的军列。

长长的火车开动起来,父亲望着车厢外面渐渐升高的太阳,判断出列车的运行方向是向西——缅甸在汀江东面,西边是印度腹地,谁也不知道他们这回要去哪里。在连续不断的"哐当"声中,铁皮车厢像只闷热的罐头盒。父亲看见身边的胡君在一个本子上画什么,原来这个博学多才的大学生在用象形图画记日记。父亲羡慕地说:"到底是名牌大学生,真是了得。是你家里让你来当兵的么?"

胡君头也不抬地说:"啥让不让的,我全家都在沦陷区,几年没音讯了。"

父亲说:"你是为父母家人报仇么?"

胡君合上本子道:"也不完全是。"

父亲很好奇,刨根问底:"那又是为什么呢?"

胡君看他一眼,淡淡地说:"我未婚妻,她跟一个美国大兵跑了。"

父亲恍然大悟:"原来胡兄失恋了!"

胡君没有说话。父亲心想,原来每个人都不一样啊,失恋竟也能成为到印度从军的理由。

火车摇过白天又摇进黑夜,直到大家都迷迷糊糊的时候,忽然又停了。站台上响起尖利的集合哨音,有人在车下大喊:"下车了,都下车集合。"大家这才慌慌张张地跳下车去站队。

父亲看见在灰蒙蒙的站牌上,一排英文字母拼出了"RAMGARH"的字样,表明此地名叫"蓝姆伽"。站台上灯光昏暗,闷热的空气中到处弥漫着一股煤灰、蒸气和人畜粪便的混合气味。虎头摇晃久了不适应,下车就"哇啦哇啦"地干呕一阵。胡君看见站台内外有许多美国人,忽发奇想说:"该不会把我们送去欧洲战场吧?"

老庾冷笑道:"胡兄开什么国际玩笑?连美国人都赶来亚洲打仗,送我们去欧洲添乱吗?"

父亲苦恼地说:"可是我们到印度内地来干什么呢?游览观光吗?"

这时站台上又进来许多穿美式军服的中国军官,其中一个熟悉的身影跳入父亲眼帘,这次一点儿没错,就是他日思夜想的表哥楚士安。虽然他比从前显得瘦削些,皮肤也更黑一些。他壮着胆子大喊一声:"表哥——楚士安!"

那人正要低头划火柴,听到叫声衔着没有点火的香烟转过身来张望。父亲快乐地跳起来:"表哥!"

两个人激动地拥抱在一起。

"述义!"士安仔细看看父亲的脸,忽然生气地说:"你怎么来印度了?姨父姨妈知道吗?肯定是偷跑出来的!"

父亲得意地说:"难道只许你来,不许我来?印度是你家私人领地吗?告诉你,爹爹姆妈可是点过头的,他们说,楚士安能去的地方,我儿子当然也能去。"

士安摇摇头说:"瞎胡闹。你太不懂事啦,打仗可不是闹着玩的,再说像你这样的……"

父亲连忙打断他的话。他看见士安领章上的军衔已经是少校,就问他在哪支部队服役,士安告诉他,自己是驻印军新三十八师作战参谋,师长就是曾经跟他讲起过的美国军校毕业的孙立人将军。父亲赶紧向他打听:"我们新兵下一步干什么你肯定知道,快跟我说说。"

士安悄悄告诉他,蓝姆伽就是中国新兵的终点站,他们将在各个新兵学校接受训练,然后再补充到战斗部队去。父亲道:"我们一道的弟兄会分开吗?你能想办法让我们在一起吗?"

士安道:"你别枉费心思了,这种事谁也帮不上忙。新兵学校都由美国人掌握人事大权,他们知道中国人很会搞关系开后门,所以不让中国人插手。以后你就会知道,在驻印军里,美国人权力大得很,跟太上皇差不多。"

父亲忽然想起在昆明机场遇见志豪的事情,就连忙讲了,士安说:"述义,你别责怪他,你在军队待久了就知道了,现实总不如想象中那么美好。"

父亲刚想问他如兰表姐和罗霞嫂子的消息,集合号音就又响了,车站里的人群像潮水一样哗啦啦地往外涌去,于是他连忙朝表哥挥挥手,拔腿去追赶自己的队伍。

天空渐渐亮起来,东方升起一片美丽的霞光,车站外面的柏油公路上停放着许多军用卡车,卡车篷布上分别印着"T"、"P"、"G"、"B"、"D"等英文字母。闷墩悄悄问父亲,这些洋文什么意思?父亲想起表哥的话,猜想这些字母很可能代表不同的新兵学校,但是他没有告诉闷墩,他不想让朋友难过。

一个中国军官举着花名册,好像念戏文一样拖着腔调唱名字,被唱到名字的新兵立刻就会挂上一块金属胸牌,然后被带到指定车上去。河南籍的赵同学最先被唱到名字,他求援似地回头看看朋友们,大家虽然依依不舍,却都还是鼓励地朝他微笑,胡君还竖起大拇指比个"好好干"的手势。父亲看见赵同学的胸牌上是个英文字母"T",就纳闷地想,"T"是什么部队呀?别是火头军就行。

接下来陆续有人被唱到名字,他们被挂上各种不同英文字母的胸牌,同样也没有人知道这些"B"或者"D"是什么部队。空地上的新兵越来越少,最后只剩下一群稀稀拉拉的人,其中包括父亲、闷墩、老庾、胡君、虎头,东北人老江老林,还有那个家里开餐馆的呀呀呜黄同学。唱名字的军官已经合上点名簿,甚至干脆走到一旁点燃香烟抽起来。

这时候只见威廉上尉大步流星地赶来,将一摞文件递给那个中国军官说:"这些人统统属于我,请签字吧。"

父亲的心脏顿时狂跳起来,一串快乐的音符响彻大脑。这就是说,他和兄弟们不会分开了。他听见那个中国军官拖长音调发出命令:"全体立正,稍息!现在你们的新长官就是这位威廉上尉。"

大家兴奋地鼓起掌来,恨不得把威廉举起来抛向空中。威廉做了个噤声的手势,把手一指,大声宣布道:"士兵们,听我口令,开步走!你们的目标——正前方。"

此刻太阳已经升高,在一片耀眼的金色波涛中,一辆旧卡车从公路尽头驶来。篷布上的白色英文字母"A"像火炬一样映亮了他们的眼睛。

第十三章 "火坑"蓝姆伽

1

南亚次大陆的旱季尚未结束,从南方刮来的季风在印度平原上撒着野,长达数月的高温和干旱统治着印度北方这片人迹罕至的蓝姆伽戈壁滩。军用卡车驶进一片荒凉河谷,威廉从驾驶室里钻出来,朝车上大声嚷道:"OK!全体下车。"

正午的阳光猛烈地炙烤着低矮的灌木丛和一株瘦巴巴的老榆树,在他们面前,干涸的河谷看上去一副死气沉沉的模样。极目四望,天地间被一片蒸腾的紫气笼罩着,除了裸露的黑色岩石和滚烫的沙子,连一座村庄和房屋也看不见。

卡车掉转头一溜烟开走了,新兵目送汽车远去的尘土,心里有种被遗弃的不祥之感。父亲有些疑惑,新兵学校在哪里呢?威廉把这些不知所措的新兵召拢来宣布说:"先生们,祝贺你们。从今天起,你们就是光荣的印缅战区特种兵学校的第一批学员了。请记住,'A'是特种兵部队的代号,而我,美军军官施奈德·威廉上尉,就荣幸地担任你们的队长。"

父亲翻译完这些话,胡君抢先发问道:"请问队长先生,我们的营房呢?还有教室、学校和训练场在哪里呢?"

教官指指远处泛着白光的群山和不停颤动的蜃气说:"以你们脚下的戈壁滩为圆心,方圆一百公里之内都将是你们的学校和训练场。至于营房嘛,它们当然不会缺少,但是从某种意义上说,你们现在暂时还不需要它们。"

呀呀呜愁眉苦脸地说:"请问队长先生,今晚我们将在哪里宿营,还有喝水、吃饭、洗澡和睡觉的地方呢?"

美国人忽然生气了。他的怒火来得让人措手不及,粗暴地训斥道:"你们难道都是一群懒惰的动物吗?你们是美军特种兵学校的学员,你们应该回答'是!长官',而不是请问这样,请问那样!你们应该说,报告长官,请下达命令,让我们去完成最艰巨的任务。可是你们只关心吃喝拉撒和睡觉,简直可耻!"

新兵吓呆了,没人见过美国人如此生气。他们由此明白一个道理,长官不发怒不等于不会发怒,一旦好脾气的长官生气连上帝也得让他三分。中国士兵只好垂头丧气地执行命令。他们忍着饥饿和干渴,背负沉重的枪支和行囊,跟在美国指挥官后面朝着"方圆一百公里以内"的学校和宿营地走去。

灼热的季风呼啸着掠过蓝姆伽河谷和起伏不定的山峦丘陵,除了松散的沙土和砾石,目力所及只有大大小小的风蚀岩石和奇形怪状的裂谷。季风无情地榨干土地表面所有的水分,新兵们仿佛走进了《西游记》里的火焰山,皮都快要烤焦了,汗腺早干了,再也挤不出一滴汗水。他们个个都像狗一样伸出舌头来呼哧呼哧地喘粗气。只有队伍前面的美国长官不为热浪所动地大步走着。他看上去好像一个铁人,脚步铿锵有力。

忽然后面传来"扑通"一声,父亲回头一看,原来是呀呀呜跌倒了。他使劲舔着自己干裂起泡的嘴唇,喉咙沙哑地嚷道:"渴死啦,我实在走不动了……我要喝水。"

威廉停下脚步,平静地对新兵说:"现在只有一个办法能喝到水。"

呀呀呜眼睛亮了,连忙坐起来说:"什么办法?快告诉我。"

威廉指指他的裤裆说:"把你那家伙掏出来,能尿多少喝多少。"

呀呀呜呻吟一声又倒下了。这个成都"小有天"酒楼老板的儿子失声痛哭起来,威廉冷冷地说:"特种兵都是独立与敌人作战,别指望有人给你送水。你们的生存原则就是,自己救自己。"说完头也不回地继续向前走。

其他人看看绝望的黄同学,都默默地从他身边走过去。呀呀呜忽然大哭起来,居然还能挤出几滴眼泪,连忙用手接住送进嘴里。不知道是眼泪的滋润还是威廉的话起了作用,接下来他飞快地解开裤裆,用水壶接住"那家伙",然后把焦黄的尿液一滴不剩地喝下去了。

走在前面的队长忽然停住了脚步,大家也都站下来。原来威廉面前横拦着一条三米长的毒蛇。父亲知道,印度属于南亚热带地区,毒蛇种类繁多,但是从来没有见过如此凶恶的毒蛇。它有个三角烙铁般的大扁头,一嗅出危险气味马上立起半人高来,嘴里吐着红信子并发出"嘶嘶"的威胁声。

威廉比个手势让大家后退。他小声告诉大家,这是世界闻名的眼镜王蛇,素有"毒蛇之王"的恶名,它的一滴毒液足以毒死一头几吨重的大象。父亲不由得倒抽口冷气,老庾已经开始往后缩。中国人有句老话,惹不起躲得起,对付毒蛇之王的上策还是绕道为好。但是威廉队长并没有打算放弃,他环视士兵问道:"你们确定要……躲开吗?"

一时间空气凝固了。威廉说:"你们不是很渴吗?很饿吗?你们看,现在你们面前没有毒蛇,只有救命的液体,还有补充体力的食物。但是只有勇者才有资格活下去。"

父亲顿时醒悟,威廉的话像一双大手推开了他的心灵之门,现在站在威廉面前的,已经是一个无畏的战士,他听见自己大声说道:"报告长官,我请求杀死这条毒蛇!"

威廉点点头,拔出匕首递给他说:"胆大心细,别让它靠近你。"

其实任何动物都不是人类的对手,因为人才是百兽之王。父亲一手紧握匕首,另一只手捡了根树枝来分散毒蛇的注意力,几个回合下来,眼镜王蛇被彻底激怒了,它口中喷出毒液,身体闪电般蹿出几米远。父亲虽然有所防备,但是毕竟慢了一步,眼看就要被毒蛇咬住胳膊,大家不由得都发出"啊——"的惊叫。只听见"砰"地一声枪响,毒蛇绷紧的身体忽然软下来,尾巴扭动几下,然后像根草绳那样落在地上死了。

威廉利落地把手枪插回枪套,取过匕首砍掉蛇头,然后把温热的蛇血用饭盒接住,再把蛇肉斫成若干小段。做完这些之后,他告诉大家,每人可以舔一舔蛇血,吃一块生蛇肉,这样就可以保证活到太阳落山。

自父亲懂事以来,留给他印象最深刻的野餐非这次"茹毛饮血"的经历莫属。那蛇血竟是甜丝丝的,像浓稠得化不开的千年琼浆,一入口那种铁锈般的浊腥味就渗进血液再也忘不掉了。生蛇肉更是难得的美味佳肴,比父亲吃过的什么中餐西餐都鲜嫩可口。他看见每个人都吃得津津有味,连骨头和蛇皮都嚼烂了吞下肚去。

傍晚来临,当这群步履蹒跚的中国新兵终于穿越高温干旱的无人区,赶在天黑前走出戈壁滩时,一幅美轮美奂的人间仙景忽然出现在他们面前;湖水如镜,碧波荡漾,太阳像一只胀鼓鼓的大红球在湖面半沉半浮,一群美丽的白天鹅在万道霞光里优雅地戏水。大家愣住了,不敢相信自己的眼睛,闷墩对父亲说:"你快打打我,看看是不是做梦?"

父亲怀疑地说:"别是海市蜃楼吧?我要走不动了。"

威廉转过身来对他的士兵做了个邀请的手势说:"先生们,宿营地到了……还愣着干什么?难道你们不想与天鹅公主共舞吗?"

大家发出像狼群一样的嗷嗷长嚎,争先恐后地扑过去,湖水立即变成一池破碎的金屑。当父亲恨不得淹死在湖水里的时候,却发现自己痛痛快快地哭了,眼泪是咸的,嘴里那股浊腥味却是甜甜的,就像小时候吃过的生姜糖一样……

2

一轮朝阳从东边重新露出脸来,把万道金针洒向大地,父亲和他的战友已经在山坡上列队完毕。威廉队长发出"立正"命令后就跳上一辆吉普车开走了,留下的士兵站得笔直一动不动。随着太阳升高,空气变得灼热起来,父亲感到自己背后的汗像成群的蚂蚁在爬,很快连军服和头发都变得湿漉漉的了。但是这回没有人抱怨,也没有人因此变得懒散松懈,因为他们已经懂得什么是军令如山倒。

树丛后面终于出现了一群人。父亲用眼睛余光看见,走在前面的是个小个子英国人。此时他们已经能够正确区分盟军军服——英军热带作战服颜色较浅,而且都是短袖短裤,很容易与美军加以区分。威廉上尉同英国人说着话,走近了才看清,英国人是个头发花白蓄着胡须的小老头。小老头的脸晒得像烤肉一样红通通的,走到父亲跟前时用英语嘟哝了一句:"slim grape vines!"(像葡萄藤一样瘦弱)

父亲用英语大声回答:"先生,我们很快就会强壮得像大树一样。"

英国人惊奇地扬扬眉毛,然后露出满意的微笑来。

威廉向大家介绍说,这位长官就是印缅战区大名鼎鼎的"钦迪特"旅指挥官,英国准将翁勋爵。"钦迪特"是一支战功赫赫的英军特种兵部队,专门在敌后从事特种作战,而勋爵先生同时还兼任他们这所特种兵学校的名誉校长。大家兴奋地鼓掌。小个子英国勋爵掏出一支形状古怪的特大号木头烟斗,他的助手和副官都争着替他点火。当烟斗里的烟丝化作一阵烟雾升腾起来之后,勋爵先生开始讲话了。父亲注意到,勋爵所说的每个字发音都很准确,不带任何口音,语调干涩急促,好像学生干巴巴地背书,据说这是英国贵族的语言习惯。他简要阐释了特种战的意义:出其不意地渗透到敌人后方作战,像匕首那样插进敌人的要害——炸毁铁路桥梁,袭击军火仓库,消灭敌军指挥部,获取重要情报,狙杀敌军首脑和重要人物。总之一句话,搅得敌人不得安宁。

勋爵的烟斗忽然熄火了,助手赶快又替他换上一支。勋爵幽默地说,我不允许特种兵像我的烟斗一样中途退场。你们记住,我的"钦迪特"部队就是你们的榜样。蓝姆伽军校的使命就是,把中国士兵训练成像"钦迪特"战士那样令日本人闻风丧胆的特种战精英。

一位美军上校代表印缅战区总司令史迪威将军对首批中国学员的到来表示祝贺,他念了一串军官任命的名单,其中大家熟悉的威廉上尉担任战术总教官。随后将军向学员颁发特种兵臂章。臂章是一块巴掌大小的绒布,图案上有一只不起眼的七星瓢虫。父亲觉得这只呆头呆脑的小甲虫一点也不威风,他不明白臂章上为什么不是一只威风凛凛的雄鹰,或者一头令人生畏的老虎、狮子或者大黑熊,就是野狗也比甲虫勇猛百倍啊!勋爵看出大家的疑虑,简要解释说:"在西方传说中,甲壳虫代表进取、耐心、智慧和不屈不挠,它是一种尊严的象征。"

将军一行离开后,威廉总教官开始履职。他说:"先生们,从今天起,你们就是'甲壳虫'特战分队的队员。我们将在一起度过漫长的六个月时光。但是我们各自的职责不同,你们将受到魔鬼般的训练,而我呢,则将成为那个让你们脱胎换骨、终生难忘的魔鬼教官。"

威廉指指父亲道:"邓,你出列。"

父亲出列,平视长官。威廉说:"你曾经告诉我,你渴望使用武器是吗?"

父亲大声回答:"是,长官!"

长官问:"那么你准备好了吗?"

父亲本来想摇头说"NO",但是他觉得不能让威廉失望,于是挺起胸膛大声答道:"是!"

威廉指着远处竖起的靶标下达命令:"今天我命令这位具有射击冲动的士兵向靶标十发连射。"

父亲心想,那天晚上没有打好,全是因为心情激动没有经验,加上傍晚不大看得清楚,今天无论如何再不能丢脸了。他屏住呼吸瞄准靶心,然后连续扣动扳机。不幸的是,他的努力就像一个新手在烈马面前遭到失败一样,不仅完全无法掌控连续射击的震动和后坐力,而且子弹溅起的烟尘也模糊了视线。当他看见报靶员交叉摇动小旗,表示全部脱靶的意思时,不禁羞得满脸通红。威廉拍拍他的肩膀告诉大家:"请记住,今天是你们的起点。如果一个月后你们继续脱靶,那将是军人的奇耻大辱。你们虽然穿上了军装,但是并不表明你们已经成为了合格的军人。"

一辆吉普车飞快地朝队伍开来,两个全副武装的美国军人跳下车向威廉报到。他们一白一黑,从肩章上能分辨出他们的军衔都是美军士官。威廉向新兵介绍说,白人军士乔治,黑人军士史利姆,他们都是战术教官。乔治是个典型的西方青年,身材高大金发碧眼,眼窝与鼻梁就像深潭与山峰。黑人军士则是个结实得跟橡胶轮胎一样的小个子,黑皮肤在阳光下闪闪发亮,让人联想到一只上了烤漆的金属弹簧。

威廉一声口令,教官开始战术技能示范。他们快速持枪,前进卧倒推弹上膛,一连串动作熟练得令人眼花缭乱。随着"啪啪啪"一阵枪响,对面很快报过靶来,子弹全部命中靶心。

黑人史利姆在一棵树干上竖起靶子,拔出匕首闪电般一挥,雪亮的尖刀就像长了眼睛一样插在二十多米远的靶心上。接下来演练肉搏战,威廉命令老庾和呀呀呜出列,两人同时向史利姆发起进攻,没想到史利姆灵活得像头豹子,不到一分钟就把两个挑战者打倒在地。威廉说:"还有谁想试试?这回多来几个人,挑战对象是乔治,他可是美军有名的格斗专家。"

父亲不大服气,毕竟他学过一点摔跤和武术,他望望闷墩和胡君,三人同时站出来,紧接着虎头也主动加入他们的行列。威廉转过头来问乔治:"四个?"

乔治咧嘴笑了笑,算是迎战。

挑战者低头商量一下,然后四面散开。父亲趁那三人吸引乔治注意力,悄悄绕到后路偷袭,猛扑上去试图扳倒对手。没想到乔治像半截树桩那样纹丝不动,自己反倒被扭住胳膊扔了出去,就像一只棉花口袋那样飞到了草丛里。等他摇摇晃晃地站起身来,发现只剩闷墩还在勉强抵抗,但他也没有坚持多久。威廉赞扬了新兵的勇气,但他警告说:"如果你们想要打败乔治和史利姆,除了学习格斗技术外,还要具备强健过人的体魄。瘦弱的葡萄藤是没法战胜粗壮的大树的。"

营地北面有座石头山,高达数十米的悬崖峭壁好像一堵城墙挡在新兵面前。威廉指着山头说:"你们心里可能想问,特种兵究竟能不能攀上去呢?我告诉你们,答案是肯定的。特种兵就是全能兵,他们能够完成别人不能完成甚至连想都不敢想的特殊任务。现在我们面前这座峭壁,连以灵敏著称的岩羊都望而却步,但是对合格的特种兵来说,他的面前绝没有让人停步不前的障碍。"

两位教官乔治和史利姆已经准备停当。他们摇身一变,就像卡通电影中的蜘蛛人:一身黑色的紧身作战服,大腿和前胸多出几根挂有金属铁环的帆布带,各自手持一把轻巧的金属抓钩,卡宾枪和手雷都移到了后背上。新兵的目光都被吸引住了。两位本领高超的教官果然不负众望,仅仅二十分钟,他们就一前一后完成了这场高难度的攀援,当他们从山顶上扔下绳索飞身滑降而下的时候,赢得了新兵热烈而持久的掌声。闷墩兴奋地说:"小哥子,我喜欢像他们这样,将来咱们一定要练到比他们还要厉害!"

父亲捏捏他的手以示同意。随后威廉总结说:"两位教官向你们展示的仅仅只是特种兵训练科目中的一小部分,还有更多难度更大的训练科目在等待你们,比如潜伏、捕俘、泅渡、跳伞、驾驶等等。你们每个人都必须是全能士兵。现在我提个问题,你们谁会驾驶汽车?"

这回轮到美国人吃惊了,因为父亲和闷墩同时举起手来。在欧美人的印象里,抗战时期的中国基本上还停留在十九世纪,在陪都重庆,汽车都是稀罕之物,马路上除了人力车黄包车就是牛车马车,牛粪马粪随处可见。他怀疑地说:"你俩……让我们看看,难道汽车是被马拉着跑吗?"

于是他们就在美国人面前得意洋洋地露了一手。父亲在山路上把吉普车开得又稳又快,闷墩更绝,他表演了汽车原地调头,也就是所谓漂移技术,然后在教官面前稳稳地停下来。威廉点点头,好奇地问:"你们还会什么?"

父亲想了想说:"我会上树,再高的树都难不倒我。"

闷墩回答:"我会游水,还会潜入江底摸螃蟹。"

威廉转过脸来问大家:"你们都这样,会上树会游泳吗?"

没想到白人教官乔治抢着说话了,用的是一种懒洋洋的腔调:"中国人这么瘦小,简直跟猴子一样,当然不难解释他们会上树了。"

父亲一听这话就想起汉口租界"华人与狗不得入内"的牌子,觉得血直往头上涌。几个兄弟看他变了脸色,就问他白人说了什么,父亲把那家伙很不友好的种族言论说了一遍,几兄弟都拿眼睛恨恨地瞪着乔治。但是威廉总教官及时制止了,宣布说:"士兵们,从今天起,你们首先要学会增加体重。你们的任务是尽快变得强壮起来。这个起点将从餐桌上开始。"

3

负责安排伙食营养的是一个四十多岁的黑人军士长,他自我介绍叫老汤姆,来自新墨西哥洲。老汤姆在一张单子上认真地划着记号,按照每个人的身高体重比例分发了一大堆食品。主食是一只又黑又硬的长面包,还有牛肉和蔬菜罐头。他又从车上搬下一只大桶,里面装满了五颜六色的糨糊浓汤。

"主啊,看看这些可怜的孩子吧,他们哪里是士兵,简直像犯人一样瘦弱!"老汤姆在胸前划了一个十字,一面嘟哝着,一面用勺把糨糊汤装满学员的饭盒。呀呀呜黄同学只喝了一口就放下来,又啃了一口面包,愁眉苦脸地说:"这算什么饮食?简直跟我父亲餐馆的泔水差不多……还有这面包,跟砖头一样,哪有这么增加体力的?"

老庾勉强啃完半块面包,又喝了几口糨糊汤说:"我看这东西跟汤药没有两样。上初中那年我患水肿病,一个老中医开了祖传秘方,什么地龙、蜈蚣、糊米、白蚧、黄芩、百节草炖猪尿脬,硬是弄得浑身一股大粪味儿,至今一想起那种味道就想作呕。"

呀呀呜天真地问:"什么是地龙呀?"

老庾说:"就是滑腻腻黏糊糊的蚯蚓呀。"

呀呀呜往地上一蹲,呻吟道:"别说了,我真的要反胃啦。"

虎头奚落他说:"昨天行军你还喝过自己的小便呢,怎么没见你反胃?"

呀呀呜泄气地说:"我父亲说过我不是当兵的料,看来被他说中了。"

只有闷墩没有附和他们叫苦,他一口气啃完面包,又把自己的糨糊汤喝光,然后看了父亲一眼。父亲本来也难以下咽,但是被闷墩的眼神一激励,就强迫自己大口吞下去了。

下午的训练内容是军体课,大家都很兴奋,因为他们在学校都喜欢体育课。胡君更是跃跃欲试的样子,他是校篮球队员,体育积极分子,巴不得找机会露一手。威廉迈着大步走来,命令学员脱下军装,赤裸上身,只穿短裤。学员们互相看看,满眼疑惑不解,但也只能服从命令。父亲低头看看自己,虽说不是皮包骨头,但也是细胳膊瘦腿,跟没发育好的孩子差不多。再看看别人,除了闷墩略显结实外,其他人大都形销骨立的样子。

随着一声口令,两位美国教官出现了,白人乔治和黑人史利姆以标准的队列姿势跑步前进。大家惊叹地看到,他俩同样只穿一条短裤赤裸上身,腰间勒条皮带,但是这一黑一白两个美国青年肩宽背阔、肌肉发达,无论胸前鼓突的胸大肌,腹部排列对称的腱子肌,还是肩背像山丘一样隆起的背括肌仿佛都在向新兵炫耀美国军人的力量和信心。真个是"不比不知道,一比吓一跳"。父亲惭愧地想,难怪外国报纸将中国人蔑称为"东亚病夫",与两位教官相比,他们不是一群"病夫"是什么?

训练开始了。每个人面前都有一只灌满沙子的炮弹壳,足足有一百多斤重。两位教官率先示范,他们一口气将炮弹壳举过头顶五十次。

接下来轮到学员,呀呀呜一次也没能举过头顶,老庾和虎头勉强举了一次,胡君举过头顶四次就认输了。父亲拼尽吃奶的力气只完成三次,第四下胳膊肘无论如何也不听使唤了。勉强为大家争光的只剩下闷墩,他坚持将炮弹壳举过头顶十下,成为新兵中最后一个倒下的英雄。父亲不由得脸红了,因为全部中国学员的成绩加在一起还不及一个教官多。威廉现场总结道:"你们都看见自己差距了,原因就是身体素质太差,我要求你们尽快强健体魄缩小差距,下月必须把成绩提高到五十次。"

第二个项目是翻越障碍,障碍物是一堵垂直于地面的木板高墙,要求不借助任何器械徒手翻越。乔治身材高大,只助跑几步就轻松地翻越而过。黑人史利姆虽然个子不高,但是弹跳十分了得,只见他原地一纵,腿上就像安装了一架弹簧机那样"噌"地越过高墙。俗话说"看者容易做者难",轮到新兵翻越,高墙成了他们面前的喜马拉雅。父亲努力跳跃多次,手指距离墙顶还是差那么几公分。只有胡君一度无限接近了成功,他个子本来高些,当过篮球队员,弹跳还行,手指够上了墙顶,但是因为缺少腰腹肌和臂力支撑,还是没能翻过去。

最后一个项目是越过悬崖深渊。一条长约五十米的钢缆系在两棵大树之间,只见白人乔治像头马戏团里训练有素的大白熊,不慌不忙抓住绳索,倒挂在缆绳上从一端迅速爬到另一端,耗时仅一分半钟。黑人史利姆则让人联想到某种灵长类动物,他耗时一分二十秒就顺利完成示范表演。父亲在厂里素以胆大包天著称,他曾经在货运缆车道上溜过钢缆,自以为这种攀爬科目不在话下,于是主动站出来请战。但是当他把身体倒悬在钢缆上,就明白了"溜"与"爬"的显著区别了,"溜"需要胆量而非体力,"爬"则不仅需要胆量,更需要体力加技巧,因为倒悬的身体必须依靠腿、腰、手臂以及十指力量的配合才能移动。父亲只爬出五米远就砰然坠地。

威廉走到他跟前,蹲下身来拍拍他说:"邓,你很有勇气,但是你掉下悬崖了——嘭!你摔碎了。"

父亲内心无比沮丧,他的兄弟们也都垂头丧气,因为没有一个人顺利抵达终点,仅有的领先者还是闷墩,他坚持爬行了十米远,然后在大家的加油声中掉下地来。这天的训练直到太阳落山才结束,老汤姆已经准备好砖头面包、怪味营养汤和罐头食品伺候,很多人一看就没了胃口。老庾愁眉苦脸道:"要是能泡个热水澡就好了。"

虎头咽着口水说:"我要求不高,一碗白米干饭外加一盘四川泡菜就是神仙过的日子了。"

胡君叹口气对父亲说:"这算什么西餐啊,要是让你选择,你最想吃什么?"

父亲想都不想地回答:"一碗湖北老家的热干面。"

只有闷墩埋着头,稀里呼噜把那堆被称作"食物"的东西全都吞下肚子,然后抹抹嘴巴对父亲说道:"小哥子,别不知好歹,看看咱们这身体,有什么资格挑挑拣拣?要是遇上肉搏战,一个日本兵还不得干掉咱们几个!怪不得人家乔治看不起中国人,别再自己糟踏自己了。"说完就踢踏踢踏地回帐篷睡觉去了。

这群人一下子没了声儿,都觉得闷墩的话很对,于是赶紧把那堆食品往肚子里塞。这天晚上蓝姆伽山头上早早升起来一轮很大的红月亮,像只没腌熟的咸鸭蛋。父亲打个饱嗝,也踢踏踢踏地回去睡觉了。

4

一阵尖利的集合哨音像一群挥舞马刀的骑兵呼啸而至,把寂静的夜空和学员香甜的梦境砍得七零八落。父亲惊醒了,光着身子跑出帐篷一看,三个全副武装的教官正站在清亮如水的月光下面,吓得他赶紧又缩回头去穿衣服。等到大家终于按要求站队完毕,威廉看看手表宣布说:"先生们,祝贺你们,从警报拉响到现在已经过去了二十五分钟,如果敌人来袭的话你们已经被消灭三次了。"

虎头不满地嘟哝道:"事先也不警告一声,搞突然袭击嘛。"

威廉提高嗓音厉声咆哮:"先生们,德国纳粹袭击苏俄事先警告了吗?日本人偷袭珍珠港事先打招呼了吗?还有你们中国的'卢沟桥事变',日本人事先警告过你们吗?对不起,你们是士兵,不是老百姓,你们面对的是一场战争!"

大家满心以为训完话接下来会解散队伍继续睡觉,不料乔治发出口令:"全体听我命令,保持队形,快速出发!"

毫无准备的学员就像被鞭子驱赶的羊群,沿着黑漆漆的丛林小道开始急行军。都说"新兵有三怕,机枪大炮夜行军",此话果然不假,很快他们就尝到了夜行军的苦头。尽管头顶月华如水,可是脚下错综复杂的山间小道根本看不真切,那些无处不在的树根、乱石和坑洼稍不留神就会侍候你一个大跟头。开始大家还在努力保持队形,黑暗中一片粗重杂乱的呼吸声脚步声就像潮水那样哗啦啦响,不多久队伍就乱了套,没扎紧的鞋带松了,绑腿脱落了,鞋也跑丢了。有的行囊散开一地,有人开始掉队,有人摸不到弄丢的东西急得骂娘,也有人摔得鼻青脸肿叫苦不迭,总之能跟得上教官脚步的人越来越少。

闷墩好像一头生性倔犟的四川驴子,紧盯前面的教官寸步不离,紧随其后的是胡君和老庾,他们虽然被拉下十几米但仍在奋力追赶。虎头位居第四,父亲距离虎头只有一步之遥。他觉得背上的枪支和行囊越来越沉重,胸膛也像拉风箱一样了。他只好绝望地给自己鼓劲:快跟上!千万别让弟兄们笑话!正当他们跌跌撞撞地向前挣扎的时候,山谷中响起了一阵凄厉的战斗警报,一道雪亮的探照灯光像利剑劈开沉重的夜幕,原来是黑人教官史利姆正在摇动一架手摇警报器,白人教官乔治则高举一盏手提探照灯,他们要让这些在黑暗中掉队的新兵一下子现出狼狈的原形。威廉大声吼道:"士兵们,日本人就在你们前面,他们正准备杀死你们!你们如果不能准时到达,将死无葬身之地!"

警报如同呼啸的钢鞭重重抽打在新兵的灵魂上,父亲的脑海中迅速闪过那枚落在仓库里的炸弹,那种铺天盖地的浓烟尘土和迎面砸来的碎砖烂瓦,还有葬身火海的梅子姨妈全家,以及漂浮在江面上龇牙咧嘴的尸体。燃烧的血液激发了斗志和力量,年轻的士兵凶狠地昂起头颅,不顾一切地向着目的地扑去。

天快亮时队伍终于走出丛林,新兵纷纷精疲力竭地倒在地上。他们几乎累垮了,两条腿像折断一样不听使唤。但是震耳欲聋的枪声又响起来,美国教官一面对空射击,一面凶狠地用脚去踢那些倒在地上的学员。威廉怒吼着命令:"敌人正在同你们赛跑,你们三十分钟之内必须抢占面前这座山头,否则你们将像死狗一样永远躺在肮脏的烂泥和沼泽地里!"

闷墩忽然跳起身来,一面举起卡宾枪向山头疯狂射击,一面声嘶力竭地向前冲去。说来也怪,枪声一响,父亲觉得原本快瘫痪的身体忽然又有了力量,消耗殆尽的勇气也像泉水一样涌出来。他也扣动扳机,大吼大叫像一头发狂的豹子扑向山头。

最后一个登顶的人是呀呀呜,他仅比教官规定的时间提前了一秒钟,也就是说全队新兵无一不及格。威廉满意地说:"你们记住,努力才能胜利,馅饼不会从天上掉下来。接下来你们的任务是土工作业,学习挖掩体做伪装,要求敌人来到跟前都看不出破绽才算及格。"

学员惊讶地瞪大眼睛,因为他们并没有携带食品,早已是饥肠辘辘力气耗尽,威廉教官是不是忘记他们一整夜急行军还没有吃东西呀?但是命令就是命令,军令如山倒,只要你还有一口气就得执行。呀呀呜愁眉苦脸说:"我从小饿狠了要犯头晕,医生讲是低血糖病。"

胡君抹抹头上的汗说:"体检时你怎么不说有低血糖病?"

呀呀呜分辩道:"那天吃过饭了。"

闷墩吓唬他说:"等会儿叫你吃生蛇肉。"

呀呀呜恨恨道:"你倒会恶心我!不过现在我不怕,不信我吃给你看。"

土工作业持续数小时,学员个个都累得直不起腰来。这时忽然从土堆里钻出来许多大黑蚂蚁,都有指头大,张牙舞爪来者不善,吓得新兵纷纷避之唯恐不及。但是威廉却喜滋滋地告诉大家说:"先生们,你们的运气来啦!这可是热带丛林特有的高蛋白食物'食肉蚁',尽管它们专以动物腐肉为生,今天它们却将成为我们的营养品。"

说完他就从地上捉了一只,放进嘴里津津有味地咀嚼起来。威廉幽默地比画着说:"我知道中国有句话,'人是铁,饭是钢'对不对?对特种兵来说,极限生存是一种基本技能,你们要想尽办法活下去,无论蚂蚁、蚯蚓还是蛇都能就地取材补充能量。"

白人乔治和黑人史利姆也不甘落后,他俩都从容地补充起能量来:乔治当场嚼碎了一只挥舞两只大螯的森林蜈蚣,史利姆则将一条指头粗的大蚯蚓吞下肚去。呀呀呜看呆了,绝望地抗议道:"妈呀,我宁可饿死也不敢吃这些脏东西,想想都要呕吐。"

父亲感到震惊不已。他从未想过抗日救国竟要付出如此巨大的代价,包括活吃蚂蚁和昆虫充饥,从某种意义上说,接受这样的生存方式比上战场更加困难。正在这时,威廉教官低沉的声音又像警钟一样在他耳边敲响起来:"两年多前中国远征军兵败缅甸,仅在野人山就饿死数万人。其实大自然到处都有充足的食物,人为大地之子,受惠于大地母亲的养育,就像那些老虎、蛇、熊、鹿、猴子和野象,它们怎么会被饿死呢?除非你对眼前的食物视而不见。可以这样说,那些不幸饿死的官兵都是因为没有受过极限生存的训练而丧命的。"

父亲忽然感受到一种无法形容的强烈震撼,他开始明白无知比敌人更可怕,因为敌人是有形的,无知却藏在人的心中。美国教官用行动为学员做出了榜样,榜样的力量胜过千语万言。当父亲生平头一次把一只张牙舞爪的大黑蚂蚁吞下肚时,他的胃并未感到不适。这天他总共吃下了九只热带蚂蚁,好像他已经变成一头捕食昆虫的食蚁兽一样。

野外训练直到太阳落山才告结束,当学员拖着灌满铅的脚步返回营地时,远远看见营地上空炊烟袅袅。虎头从空气中闻到一种令人馋涎欲滴的饭食飘香,使劲吸吸鼻子说:"我好像闻到有菜花炒腊肉和白米干饭的香味。"

胡君问:"你再闻闻,有没有回锅肉的味道?"

虎头顾不得回答拔腿就跑,远远看见一个高大黑人正倚在树下悠闲地抽着烟斗,老汤姆果然做好了晚餐等他们归来。虽然盛在铁桶里的食物依然是红红绿绿的"糨糊汤",锅子里还是一成不变的甜豆角、胡萝卜和罐头牛肉,主食还是又黑又硬的砖头面包,但是对于已经以蚂蚁、蚯蚓和昆虫充饥的新兵来说,这些食品便是人间最好的美味佳肴。他们都像饿狼一样扑上去,转眼工夫就把食物消灭干净,有些兴犹未尽的人还用眼睛到处寻找面包。

老汤姆惊奇地注视着大家,他甚至忘记拔下嘴里的玉米芯烟斗,脸上的表情就像看见太阳从西边出来一样。黑人老兵告诫新兵说,饭永远不要吃得太饱,尤其是饥饿之后,但是营养一定要充足。为了补偿大家的午餐损失,他变戏法一般从餐桌下面拖出一箱金灿灿的水果,那是大家平时做梦都想要的印度香蕉。父亲快乐地吃着香蕉,他忽然醒悟威廉说得没错,中国人想要打败凶恶的日本人,起点就得从餐桌开始。

5

　　南亚的雨季来了,几乎每天雨水都会光临,隆隆雷声就像天神的战鼓那样彻夜不停。父亲托着卡宾枪屏住呼吸。他的眼睛被雨水浇得几乎睁不开了,靶标依然隐藏在漆黑一团的夜幕里。不过他并不着急,手扣在扳机上很有耐心地等待目标出现。

　　一道闪电将黑夜的幕布撕开缺口,父亲趁机看见了那排竖在半山腰的人形胸靶。他抓住时机连扣扳机,清脆的枪声就在这座雷雨交加的热带山谷中响起来。枪声此起彼伏地响了一整夜。

　　次日天亮,风停雨住,明晃晃的太阳给远山近壑涂抹上了一层亮闪闪的油彩。威廉公布夜间实弹射击的成绩,最不起眼的呀呀呜黄同学竟然夺得全队第一,他的成绩为一百发八十中,率先达到良好标准。老庾紧随其后,也取得了七十三中的好成绩,父亲只有六十六中,依次是虎头和胡君,均为六十中,勉强达到及格。训练最刻苦的闷墩竟然只打了四十中,成为全队最不光彩的"赶鸭子"的人。美国人严厉警告新兵说:"在你们中国,两发一中即为优秀,但是我们不一样。特种兵必须个个都是特等射手,无论白天黑夜,他的射击成绩必须达到九十中,否则将被无情淘汰。"

　　回营路上,父亲看见闷墩脸色发青,不禁暗暗为他担心。没想到一回营地闷墩就不见了人影。父亲把所有角落都找遍了,最后才在训练场的大菩提树底下看见他,背靠树干,像是睡着了一样一动不动。他奔上前去一看,只见闷墩怀中抱着卡宾枪,眼睛紧闭口中念念有词,鼻涕眼泪流了满脸。

　　父亲连忙紧挨着朋友坐下来。两个朋友就像回到了少年时代,他们并排坐在远离家乡数千公里外的"蓝姆伽"军营里,眼睛望着热带阳光下无遮无拦的群山、河流和戈壁滩,心中充满不可遏止的青春忧伤。闷墩低着头说:"我师傅,老冒,你知道的,他有肺病,家里还有师母和喜妹儿,不知道他们现在怎么样了。"

　　父亲说:"你想喜妹儿了?"

闷墩没有吭声,父亲又摩挲着手腕上的表道:"我也梦见过爹爹和姆妈。爹爹年纪大了,又折断过腿,姆妈还得里里外外地操心。可是训练营不许写信,有时觉得,当兵真是一件苦差事。"

闷墩抬起头说:"小哥子,如果我被淘汰出训练营,就没法跟你在一起了。你知道,离开重庆前,你母亲来找过我,我答应过她要照顾你的。"

父亲很惊讶,但想想又在意料之中。母亲怎么放心自己一个人在外面呢？如果是从军之初听闷墩这么说,自己一定会抱怨母亲拿自己当孩子,瞎操心。可如今,孤身在外一路辛苦,父亲对父母和家的情感变了,他理解了父母,儿行千里母担忧啊！可他嘴上还是说:"我又不是孩子,你别当真,都是姆妈瞎操心。"

闷墩认真地说:"你姆妈是我见过的最好的母亲,我说过就要做到。"

"谁说你被淘汰了？你一定能行。"

闷墩难过地说:"我小时候害过眼疾,就是俗称'鸡摸眼'(夜盲症),这恐怕是我打不好的原因。"

父亲毅然决然地说:"恐怕没那么严重,我绝不让你被淘汰。"

正说着话,那几个兄弟和呀呀呜也气喘吁吁地找来了。大家席地而坐,老庾抹抹头上的汗水说:"就怕老二一时想不开,好了好了,没事了。"

胡君分析说:"夜间射击是所有训练科目中难度最大、要求最高的,一次没打好没关系,关键是要找出原因来。我很纳闷,就说呀呀呜吧,其他科目都是勉强及格,偏偏射击夺了第一,你说来我们听听,到底什么原因？"

大家都把目光转向呀呀呜,他连忙声明说:"我也不明白怎么弄的,恐怕是瞎猫撞上死老鼠吧。"

大家对他的谦虚很不满意,虎头揪住他的耳朵说:"你快老实交代,要是有什么隐瞒不拿出来共享,以后我们兄弟就不再把你当朋友。"

呀呀呜连忙赌咒发誓:"要是我黄余仁敢有私心的话,出门摔个大跟头。"

老庾审问他说:"你说说,夜间射击几个环节,你都是怎么做的?"

呀呀呜就把自己射击的过程详细描述了一遍,胡君忽然听出门道来:"等等,你说你是左撇子吗?"

呀呀呜莫名其妙地点点头,胡君一拍大腿,恍然大悟道:"我看原因正在这里。步枪射击都是左臂托枪,对臂力要求很高的,一般人左臂力量都比右臂弱,而呀呀呜正好是左撇子,持枪稳定性好,枪口定位准,再加上他心细,呼吸节奏稳定,我想这就是主要原因了。"

虎头松口气说:"怪不得呢,我的左臂从前跟人打架骨折过,一直恢复不好,当然要影响稳定性。"

闷墩讲了自己小时候害眼疾的事儿,老庾听了说:"不要紧,你又不是瞎子,只要能看清东西就能行。说个故事吧,从前我老爸最爱讲官兵剿匪,说中国之大,就数关东土匪最凶悍,当地称响马,个个都是百步穿杨的神枪手。后来抓到一个响马头子,师长说如果你比得过我的神枪手卫队长,我就饶你一命。结果两人从地上比到天上,一直不分胜负。后来参谋长出个主意,让两人的老婆站在百米开外,一人头上插三炷香,卫队长怕打着老婆,手一抖就打高了,响马头子眼睛都不眨,当当当一连三枪,那三炷香应声而灭……你们还要不要听?"

众人正听得出神,见他要卖关子,一齐嚷着要把他"春碓窝"(墩屁股)。老庾这才告饶道:"好了好了,说实话,谁还有香烟,拿出来共享。"

于是大家抽着烟继续听老庾讲响马的练枪秘诀。原来响马练枪术代代相传,有三大秘诀,曰托砖、吊袋、瞄香火。托砖就是练持枪的稳定性,将左臂抬起与身体成直角,手掌向上托起砖块,从几分钟慢慢延长到几十分钟。然后再加重量,从一坯砖增加到五坯不等。据说有人一只手托起过十坯砖。

吊袋就是在枪口上吊一只装满沙子的口袋,如果枪手想要保持三点一线的稳定性,除了要有强大的臂力支撑外,还必须控制枪口晃动,加大瞄准训练的难度。

最难的当然还数瞄香火。夜间在山林野外竖起几根香火来,百米之外的香火看上去就像鬼火一样飘渺不定若有若无,枪手的眼睛当然要盯死这些香火,他们会将准星"靠"上去扣动扳机。"靠"不是瞄准,而是一种感觉,因为真正的神枪手从来不用瞄准,他们都是凭感觉百发百中。据说东北有个著名响马"草上飞",甚至骑在飞奔的马上打香火也从不失手,这就是中国功夫出神入化的境界。

大家听得忘记抽烟,胸膛里咚咚地跳个不停。中国文化真是博大精深,创造了那么多伟大的奇迹,连土匪响马都有这么生动传奇的故事,他们难道不能做得比土匪更好一些吗?闷墩当即下决心说:"从今天起,我也要练托砖、吊袋和瞄香火。"

父亲立即响应道:"我跟你一起练。"

那几个人互相看看,齐声抗议道:"不行不行,要练大家一起练,不许拿兄弟当外人。"

这些具有中国特色的练兵方法立刻在营地不胫而走,"三大秘诀"成了训练营的传家宝,人人风雨无阻苦练本领,个个都把手臂练得红肿,眼睛迎风流泪,往地上一站都像半截纹丝不动的黑铁塔。功夫到底不负有心人,几周下来,学员的射击成绩突飞猛进,人人都达到和超过了九十中的特等射手标准。进步最大的当然是原本险遭淘汰的闷墩,他在一次夜间射击考核中竟然创造了一百发九十七中的奇迹。

威廉教官得知中国学员的"三大秘诀",惊讶得合不拢嘴,伸出大拇指连连称赞道:"了不起!多么神奇的牛仔——不,简直就跟罗宾汉一样传奇。"

6

转眼间漫长的雨季接近尾声,壅塞天空的雨幕云团终于被风神收进口袋,干热的沙漠季风越过喜马拉雅山脉扑向一望无际的印度恒河平原,于是一年一度的旱季又拉开序幕。

父亲开着一辆崭新的"威利斯"吉普车驶进特种兵训练营地,汽车后座上靠着一架崭新的无线电台。两个多月前,父亲被派到总部无线电中心接受通讯培训,因此他的身份不仅仅是个普通士兵,而是身负重任的特种兵报务员了。

熟悉的营地静悄悄的,四周连个人影也看不见,他使劲按按喇叭,还是没有响应,很显然学员都外出训练了。他停稳车径直推开伙夫房门走进去,这才看见老汤姆打着哈欠朝他走过来。

"哈啰,我的孩子,才两个多月,你长高了,也壮实了不少。还没有吃饭吧?"老汤姆在胸前划个十字,夸张地瞪大眼睛说。

父亲热情地拥抱了这个自称"中国孩子的父亲"的中年黑人,说实在话,每个学员都没有理由不喜欢老汤姆,因为这个善良、唠叨、有点拙笨和厨艺永远有待提高的黑人军士长更像"中国孩子"的保姆。现在大家已经习惯了他的糨糊汤和砖头面包,所以老汤姆总是自豪地说:"看看吧,我的主啊,我把他们全惯坏了,一个个喂得跟牛犊子一样。"

父亲说:"老汤姆,我饿坏了,行行好,给点吃的吧。"

当老汤姆乐呵呵地把奶油浓汤和罐头食品推到他面前时,父亲装作不满地说:"难道你没有听说,别的训练营地都开始做中国菜了?"

父亲的激将法没起作用,老汤姆一点也不着急,反而骄傲地说:"我的意大利奶油浓汤可是原汁原味。别的训练营做什么我不管,但是这里我说了算!"

父亲还是津津有味地吃起来,他已经完全适应了这些分不清饭和菜的罐头食品,也顾不得惦记湖北热干面和四川麻辣火锅的味道了。

随着太阳落下山去,远处传来一阵汽车喇叭的响声,很快几辆吉普车就拖着长长的烟尘你追我赶地冲进营地来了。汽车已经成为特种兵的坐骑,营地里人人都有了一手熟练的驾驶技术。当大家看见营地停了一辆新吉普车,车上还有一架无线电台时,以为来了什么重要人物——营地与世隔绝,难得有人来,除非上级长官来视察——于是大家都变得轻手轻脚起来。但是当他们发现熟悉的身影从伙夫房里走出来时,立刻变得疯狂起来。他们欢呼着扑上去,抓住父亲的手脚把他抬起来往天上扔。分别不过两个多月,感觉倒像隔了几年,他们放肆地打闹着,那股亲热劲儿活像一群顽皮的孩童。

父亲看见威廉总教官站在一旁微笑地望着他,就赶紧理了理军帽军服,跑步上前敬礼:"士兵邓述义,结束培训归来,向长官报到!"

威廉说:"邓,能让我们见识一下你的新装备吗?"

父亲从车上取下背负式单兵无线电台来。这是美军一九四三年装备部队的最新通讯设备,体积只有一只普通行囊的大小,却兼具短程通话和远程发报的双重功能。报务员只需背上它就能参加执行各种任务，无需像从前那样车载或者骡马运输。对于以敌后作战为主的特种兵来说，这种小型电台的加盟无异于如虎添翼。

威廉脸上露出满意的笑容，意味深长地对报务兵说："邓，很高兴你和你的新装备加入队列。在下一次战斗中，我们一定会让日本人尝到苦头的。"

天黑下来，却没有看见闷墩人影。老庾告诉他，刚才回来的路上坏了一台车，闷墩正在独自修车。父亲立即去伙房包了一份晚餐，打了一饭盒汤，然后开着吉普车朝着戈壁滩驶去。远远看见前面有亮光，闷墩正趴在车头下面忙碌。父亲快乐地大叫一声，两人顾不得身上的油污拥抱在一起。闷墩很激动："回来啦，学得咋样？"

父亲从车上取下晚餐来递给他说："你快吃吧，我来替你修车，咱们慢慢说话。"

闷墩连忙说："你别弄脏了，马上就好。化油器出了点毛病，油路不大畅通。"

父亲羡慕地说："你三年学徒工真没白学，都派上用场了。"

闷墩打量父亲的新吉普车说："你开回来的吗？真棒！超过训练营所有的老爷车。"

父亲道："这原本是专为车载式电台设计的吉普车，有双电瓶和天线座，但是现在电台改进为单兵背负式了，这车就归我开了。"

闷墩抹抹嘴说："小哥子，你在学堂念的书也没白念，都派上了大用场，我可比不了你。"

两人说着话，不一会儿化油器修好了，老爷车就轰隆隆地开动起来。两人一前一后回到营地。胡君正朝他们张望，神情焦急不安。待他们跳下车来，胡君赶紧告诉他们，今天夜里肯定有任务，因为他刚才看见老汤姆在准备压缩饼干和野餐罐头。父亲问他们："我离开这俩月，你们都进行了什么科目训练？"

胡君回答道："多是实战项目，比如驾驶汽车、射击对抗、攀岩泅渡、侦察捕俘、格斗爆破和测绘地形等等。"

父亲忧心忡忡地说："我怕是赶不上你们了。"

闷墩说："你有通讯联络的重任在身，不会让你去格斗捕俘的。"

半夜里果然响起紧急集合哨,不到一分钟,队员们已经全副武装列好队。教官发出口令,队员们数十分钟后抵达作战区域。经过侦察,"敌人"的指挥部已经加强了警戒,而且一股"敌人"正朝他们扑来,试图形成包围之势。威廉命令父亲打开电台,用密码向基地请示。

"嘀嘀嘀"、"嗒嗒嗒"……一串串神秘的无线电信号通过指尖飞向遥远的星空。此时蹲守在树丛中待命的特战队员个个瞪大眼睛,他们看着父亲灵巧的手指在键盘上跳舞,把瞬息万变的敌情报告给后方基地。上级立即命令炮兵对"甲壳虫"分队实施炮火支援。他们趁着混乱突入"敌人"阵地,顺利地端掉了对方的指挥部。

威廉对夜间的突袭训练十分满意。他进行简短的总结之后命令父亲出列,大声宣布道:"你们第一阶段的体能和技能训练很快就要结束了,即将转入第二阶段,也就是热带丛林的战术合成训练。'甲壳虫'分队是一个战斗整体,如果把全队比作一个人的话,邓和他的电台就是这个人的眼睛和心脏。你们记住,无论何时何地,也无论发生什么危险,你们必须首先保护好电台和报务员。失去眼睛,队伍就会迷失方向、不知所往,如果被敌人击中心脏的话,你们都知道那将意味着什么。"

接下来总教官宣布一条不成文的军规,据说这条军规仅适用于战场:一旦情况危急,报务员必须抢在成为俘虏之前销毁密码,砸毁电台,然后把最后一颗子弹留给自己。因为他绝不能被敌人活捉,敌人会动用酷刑从他嘴巴里掏出绝密情报。如果报务员因为负伤或者胆小难以对自己下手,那么其他队员,哪怕只剩下最后一名队员,他的任务就是帮助他完成自杀。

从此这道命令就一直刻在父亲的脑袋里,他明白自己的生命已经不再属于个人,而是属于千万人为之赴汤蹈火的战争。

7

为了庆祝第一阶段训练结束,训练营宣布放假一天,大家约好到几十公里外的蓝姆伽小镇去照相。

天色未明,父亲就被一阵乱纷纷的响动吵醒了,他看见兄弟们都起了床,个个都换上新军装,虎头还戴上钢盔背上卡宾枪。胡君劝他说:"全副武装干什么?又不是去打仗。"

虎头犟着头反驳:"拍照没有枪怎么行?我就是要拍一张全副武装的照片,要是有大炮,我就在大炮跟前拍。"

大家觉得虎头说得有理,纷纷重新武装一番,直到父亲的吉普车挤了满满一车人,发动机发出欢快的轰鸣。此时太阳尚未升起,寒风迎面扑来,胡君唱起一首不知何时在蓝姆伽军营流传开来的《士兵吃饭歌》:

> pork(猪肉)四两,beef(牛肉)四两,vegetables(蔬菜)半磅,rice(大米)二十两,不及cans(罐头)有营养。哎呀呀,士兵长官一个样,我们人人都强壮。都——强——壮!

大家一齐拍打车厢,兴致勃勃地加入合唱。风把年轻人的歌声卷到空中,然后刮散到没有人迹的荒滩和原野上去了。

简陋的土路在戈壁滩上延伸,路上不时有雨季洪水冲刷的大坑,父亲都小心地绕过了。寂寞的荒原如同史前时期,不见人群,也不见村庄,只有一只兀鹰的影子在空气中盘旋。老庾不由得大发感慨,说来印度几个月了,连个围纱巾的印度姑娘都没见过。大家哄地笑起来,说老庾想姑娘了,待会儿哪家印度人有女儿,叫老庾做个上门女婿。说笑归说笑,到底还是把大家的思乡病勾起来了,于是个个沉默下来,心里都像起了湿漉漉的大雾。

太阳升上山间的时候地平线上终于出现一座教堂的尖顶,接着远远就有了房屋的轮廓,年轻人开始发出欢呼,一颗心早就飞了过去。所谓蓝姆伽小镇其实就是一座大兵营,等汽车开进镇子才看见满街都是穿军装的人,有白人、黑人和中国人,却不见一个印度居民的影子。父亲按照指示牌停好车,他们刚下车就听见一阵山呼海啸的喧闹,原来球场上正在进行中美军人篮球比赛。一伙人拥去看热闹,父亲一眼就看见看台上的熟人,也是一道从重庆行军到昆明的同学,就赶紧同他们打招呼:"你们怎么也在这里?"

他们回答说:"我们炮兵学校就在附近,没事常常来逛。"

父亲这才知道,原来"B"字头就是炮兵。炮兵看看他们的臂章说:"这虫子怎么回事啊?你们是……生物战吗?"

虎头横他们一眼说:"什么生物战,是特种兵。"

那些人拍手笑道:"甲壳虫……特种兵?好好!"

父亲说:"那个分到T部队的河南籍赵同学你们见过吗?"

他们手一指场上说:"那不是河南籍老赵吗?今天是他们战车学校同美军工兵团比赛,我们来给他们加油的。"

大家都激动起来,齐声高喊赵同学的名字,弄得裁判不知道发生了什么事,连忙吹响哨子暂停比赛。赵同学气喘吁吁地跑过来,高兴地同大家拉手,胡君趁机提出替换他比赛。

换了背心短裤的新中锋在中国人的助威声中闪亮登场。胡君不愧是重庆名校的篮球队员,一出手就来了个远投中的,接着又连投带上篮,一下子把比分赶超十多分。美军一看对方来了高手,连忙派出一个大个子白人后卫专门盯防他,这人比胡君高出一头,可是胡君动作灵活,绕来绕去总让那堵墙落空。眼看比赛就要结束,大个子忽然使出一个小动作,用手肘狠狠撞了胡君一下,胡君猝不及防跌倒在地,眼角流出血来。

弟兄们眼看胡君遭了暗算,纷纷冲进场里同美国人理论,还有人同对方拉扯起来。眼看一场争斗马上要起来,胡君赶紧出来劝住自己的兄弟,比赛继续进行。中方到底还是输了,大家十分不满,纷纷指责白人后卫手段不正派。但美国大兵不管这一套,只要赢球就达到目的,所以得意洋洋地扬长而去。

打球耽误了时间,等一伙人赶到军人照相部,那里已经排起了长队。不料快到他们时,大鼻子美国照相师却出来说胶卷用光了。大家急了,挤上前去央求他,营地太远赶来一趟不容易,请帮帮忙。照相师耸耸肩说,胶卷要从美国空运,就是上帝站在这里也无能为力。

大家的满心期待化为泡影。虎头更是失望,恨恨地瞪胡君一眼说:"都是你逞能,要是不打篮球咱们就赶上了。"

胡君委屈地叫道:"谁知道美国人没有胶卷了。"

老庾提议找家印度餐馆吃饭,赵同学笑道:"告诉你们,这里虽是印度,却是英国人划出的军事禁区,哪来什么印度餐馆。"

原来,荒凉的印度北部大戈壁堪比俄国的西伯利亚,从前都是监禁和流放犯人的地方。十九世纪英国人在蓝姆伽修建监狱,"一战"时期还关押过数万名奥匈帝国和意大利的战俘。

大家不禁有些泄气,原来蓝姆伽不过是一座大监狱而已,那些想象中身披彩色纱丽,婀娜多姿的印度姑娘简直就跟天上的云彩一样遥远。

大家来到一家军人餐厅,这里出售的食品跟训练营差不多,唯一区别在于训练营免费吃饭,这里却要自己掏腰包。老庾叹道:"要是有川菜馆,今天算我请客。"

赵同学不服气说:"俺河南海鲜烩面天下一绝,要是有我也请客。"

东北同学老江老林也不肯示弱,说:"嘿,咱东北的猪肉大白菜炖粉条,还有锅边馍大拉皮没见过吧,那才叫好吃呢,吃死不管!"

闷墩吭哧吭哧地说:"做梦去吧,让你们来当兵,不是来享福的。"

学生兵军衔一律定为上士,月薪十二个卢比,约合三美元。在蓝姆伽,一卢比能买五瓶美国啤酒或者一百五十支英国香烟。父亲口袋里装着一沓印度卢比,掏出来说:"今天喝个痛快,都算我的!"

桌子上的啤酒瓶渐渐堆多了,胡君边喝边说:"我来考考你们,在印度孟买,一个普通工人的月薪是多少?"

众人面面相觑,都回答不出来。胡君说:"只有三、四个卢比,也就是二十瓶美国啤酒。我们已经算是高薪阶层了。"

虎头忽然恨恨地骂道:"妈个×!老子在重庆拉煤板车一天挣多少钱知道吗?一根美国香烟!咱活得比印度人还不如呢。"

大家一下子噤了声。老庾指指酒吧里正在狂灌啤酒的美国大兵说:"你们谁知道,这些美国佬的薪饷是多少?"

大家都竖起耳朵来听,老庾道:"一个在后方开卡车的美国工兵,薪饷为一百一十美元,约合四百七十二卢比,是我们前线士兵的三十几倍,印度工人的一百一十倍。"大家不觉"啊"了一声,一种愤愤不平的感觉像酒精一样在心底燃烧。

美国大兵走到哪里都很嚣张,酒瓶扔得满地都是,醉醺醺的眼睛四处挑衅地张望。父亲这时才认出来,这伙人正是上午比赛篮球的那帮工兵,暗算胡君的白人大个子也在其中。那伙人也认出他们来了。大个子扶着桌子摇摇晃晃地走过来,胳膊上刺着文身,胸口长满了浓密的黄毛,喷着酒气说:"嗨,你们不是想打架吗?来呀,这里可没有裁判。"

大家互相看了一眼,没有吭气,跟美国人打架有什么后果谁心里都没底。赵同学胆小,赶紧对大家说:"这些美国佬喝了酒就爱闹事,我们还是走吧。"

虎头瞪他一眼说:"你们是不是常被他们欺负?"

父亲看虎头脸上的伤疤都涨红了,就伸手去按他的肩膀,没想到大个子正好看见了他的手表,眼珠子立刻不转了,然后比个惊奇的手势说:"小孩儿,把你的手表卖给我。我有钱,美元。"

父亲不想理睬他,那人却抓住他的胳膊,很蛮横地说:"我给钱,美元,要多少有多少。"

父亲用英语告诉他:"请你松手,美元买不到的东西很多,这表就是其中之一。"

没想到那家伙更来劲了,从衣袋里掏出一把乱糟糟的零钱往桌子上一拍,然后就强行来取表。父亲本来不想惹事,可是大个子偏偏不识趣,那就只好给他一点教训。他捏住那人的胳膊稍一用力,大个子立刻疼得松了手。父亲不慌不忙地把衣袖抹下来,继续喝啤酒。大个子愣了几秒钟,恼羞成怒地抓起啤酒瓶扑上来。虎头霍地跳起身来,一个锁喉动作卡住了对手的脖子,然后顺势把他的手臂拧过来。不料大个子蛮力极大,虎头竟制不住他。闷墩闪电般出手,一个干净利落的蒙古翻山大背包,把美国人像只口袋一样直接扔出了门外。美国大兵眼见同伴吃了亏,纷纷抓起啤酒瓶椅子腿扑上来,一场混战随即展开。那些只会架桥修路的美国工兵哪里是特种兵的对手,不到几分钟这些人就七零八落躺在地上和墙角里呻吟了。赵同学看傻了,好半天才拍着手欢喜道:"士别三日当刮目相看啊,佩服佩服,特种兵果然名不虚传。"

远处响起刺耳的哨音,赵同学连忙说:"美国宪兵来了,赶快逃吧,被他们抓住要关禁闭的。"

于是一伙人慌慌张张地发动汽车往回开,宪兵看见肇事者溜了,骑上摩托车来追赶,可是吉普车不一会儿就把宪兵甩得远远的了。大家眼看追兵变成几个小黑点不见了,个个开心地大呼小叫。就在他们得意忘形的时候,一个大坑又出现了,刹车已经晚了……

第十四章 天竺恋歌

1

父亲苏醒过来的时候,空气中飘来一种久违的消毒水味。

"好了好了,他醒过来了。"有只手轻轻抓住他的胳膊,眼前是一张俏丽的面孔。她戴着一顶白色的护士帽,一双宁静的大眼睛正一动不动地注视着他。父亲心头一跳,脸上发起烧来,他还是第一次被女孩子近距离注视,尤其是一个漂亮得像天使一样的女孩子,他甚至能够感受到她身体散发出来的玫瑰样的香甜气息。

"我怎么啦?这是什么地方?"父亲听见自己不争气的声音简直像蚊子叫。

"这里是野战医院,你已经昏迷了一天一夜。"女护士讲的是一口带美国腔的华语,"亲爱的,能告诉我哪里疼吗?"

父亲虚弱地说:"头疼得厉害,像要爆炸。"

护士说:"幸亏你身体结实,不然就醒不过来了。"

一个肥胖的美国医生过来为他做了一番检查,然后吩咐护士:"珍妮,继续给他打针服药,他现在需要的就是好好休息。"

像所有浪漫的战地故事一样,珍妮成了伤员父亲心中的太阳。她一出现,整个世界都变得温暖明亮。

说起来,住院治疗真是一种奇妙的经历,你只管像老爷那样躺在床上吃饭睡觉,而你的一切事情,包括吃喝拉撒都有别人替你操心。但是父亲在床上躺了三天就忍受不了消毒水的气味了,第四天他尝试着下了床,看看房间外面没有人,就歪歪扭扭地溜进树林里享受久违的清新空气和热带阳光。

印度的气候变化无常,刚刚还在阳光灿烂,转眼间一场大雨就夹着冰雹劈头盖脸地砸下来。父亲毕竟受伤未愈,哪有力气往回跑?正焦急的时候,珍妮高举一件军用橡胶雨衣跑来了,不由分说把伤员和自己裹在雨衣下。

这是父亲十八岁人生中第一次同女孩子挨得这样近,近得彼此都能听见对方心跳,他感到大脑有些缺氧,一种来自身体深处的东西不停撞击他的心脏,令他心猿意马和惊慌失措。但是思想越是出轨,肢体语言却越是僵硬,简直像个俘虏兵一样手足无措。珍妮忽然笑起来,她的笑,仿佛神奇的按钮,立刻放松了男孩子的神经,动作也随之松弛下来。珍妮对着他耳朵说:"你多大了?从来没有跟女孩子接过吻吗?"

父亲没想到美国女孩儿这么直接,脸红到了脖根:"我十八岁,我们中国不时兴这样。"

"你有女朋友吗?"珍妮盯着他的眼睛。

看见父亲尴尬地不知所措,珍妮叹口气说:"真可怜。听说许多中国女人在做新娘之前甚至都没有见过她的未婚夫,真是这样吗?"

父亲感到难以回答,因为过去的确是这样,但是如今不同了,比如士安表哥和罗霞嫂子,志豪姐夫和如兰姐姐,他们不都是自由恋爱、自主选择吗?

父亲觉得自己像个被盘问的小孩子,决定转守为攻:"你多大了?到底是中国人还是美国人?"

珍妮自豪地回答:"我比你大三岁,年底就满二十一啦。我父母都是中国人,他们很早就来到美国。我在旧金山出生,算个道地的美国女孩。"

聊着聊着,父亲就很自如了,毕竟是特种兵,适应力还是非常强的,即使是在女孩子面前。珍妮发现了父亲的手表,惊讶地说:"你家里一定很有钱吧,那你为什么来当兵呢?"

这个话题立刻给了男孩子足够的表现空间:"难道当兵跟家里穷富有什么关系吗?当兵应该跟爱不爱国和有没有决心抗日有关,难道哪个中国人愿意当日本人的亡国奴吗?"

珍妮的眼神开始由惊讶转为敬佩，由衷地说："杰克也这样说过，他也是华裔，我们是在中学合唱团里认识的。他先参了军，我是因为爱情才报名当战地护士的。"

父亲完全没想到珍妮背后还藏着个杰克，心里有点嫉妒，但嘴上还是客气道："你男朋友在哪支部队？你们常见面吗？"

珍妮眼睛里掠过一片阴云，忍不住黯然神伤，好一阵她才低声说道："杰克在飞虎队驾驶运输机，去年飞机与地面失去联系，机组人员都失踪了。当时他刚刚过完二十二岁生日。"

父亲心潮汹涌，情不自禁地伸出手臂来搂住珍妮，珍妮顺势把头靠在他的胸口上。两人就这样依偎着，不知道过了多久，远处有人大声叫珍妮的名字，他们才忽然惊醒过来，暴风雨已经过去了。

珍妮仰起脸说："吻吻我，好吗？"

父亲毫不犹豫地吻了她。这是父亲的初吻，但却并不是为了爱情，而是为了战争，为了比爱情更加崇高的那个加州男孩的英勇牺牲。

"邓，你信神吗？"珍妮问。

父亲摇摇头。他告诉珍妮自己是个无神论者，更愿意相信正义的力量。珍妮说："你信奉暴力主义对吗？"

父亲有些不高兴，说："我想我们每个人都反对暴力，但是战争却并不因我们的反对就不发生。"

珍妮在自己胸前画了一个十字说："上帝保佑。邓，战争每天都在夺走许多人的生命，请你好好爱惜自己。"珍妮把父亲扶回病房后这样对他说。

此后多日，珍妮仿佛人间蒸发一样不见影子。父亲的病房换了另一个华裔护士简。父亲从简那里知道，三号营地发生流行病，珍妮随军医巡诊去了。父亲心里有种空荡荡的感觉，好像有个什么东西也随珍妮一道走了。好在不久威廉教官就来到医院，告诉他小分队要出发进行第二阶段的训练了。父亲一听就坐不住了，他甚至等不及主管医生的签字就跳上吉普车一溜烟开出住院部。

珍妮就这样变成了一片云彩，将一段若有若无的甜蜜惆怅留在了父亲心间。

2

火车慢腾腾地抵达加尔各答郊区的时候已是凌晨时分,战争期间的印度铁路很不准时,一路上都有满载士兵的军列呼啸而过,而民用火车只好像老牛一样走走停停,有时一停就是几个小时。"甲壳虫"特种分队只占用了半节普通旅客的车厢,一路摇来晃去没见多少风景,倒把人摇得昏昏欲睡疲惫不堪。

车站外面已有一队汽车等候,跟威廉总教官握手的是一个英军少校,他蓄着小胡须,叼着一支方头雪茄烟。父亲注意到,少校军服上的臂章图案既非西方人推崇的雄鹰或狮子,也不是什么长刀短剑之类的兵器,而是一种虎头龙身的怪兽,下面缀有"CHINDITS"(钦迪特)的英文字母,说明他们来自著名的特战部队"钦迪特"旅。父亲不明白,这种怪兽图案到底有何象征意义,他悄悄问了知识渊博的胡君,难得这老兄也一头雾水。

军车驶离车站,开上一条弯弯曲曲的山区公路,山谷两旁都是黑黝黝的热带雨林,高大的望天树好像巨伞一样伸向夜空。一群长尾猿猴被汽车马达惊动了,纷纷跃过树梢落荒而逃,汽车还惊起几只不知名的长尾巴夜鸟,它们优美而缓慢地掠过夜空,融入漆黑的密林深处不见了……

忽然司机紧急刹车,车上的人猝不及防,都以为发生了什么情况,纷纷去抓自己的卡宾枪。一位英军上士连忙告诉大家是象群在过公路。大家几乎都没有见过大象,纷纷好奇地张望。虎头紧张地说:"要是大象向我们进攻怎么办,能开枪吗?"

胡君说:"大象在印度被尊为神物,受到顶礼膜拜的。"

父亲用英文询问英军上士同样的问题,不料上士冷淡地回答:"我们英国军队每年都要猎杀许多大象,用象牙制成精美的饰物和摆设,用象皮制成皮箱、皮坐垫。向英国民众提供动物制品是我们的责任。"

象群过后汽车又开动起来。父亲不喜欢英国人这种居高临下的说话腔调,但他实在按捺不住好奇心,又向他请教:"先生,你军服上这种虎头龙身的臂章图案是什么意思,能告诉我吗?"

上士懒懒地回答:"它是缅甸北部山区原始部落的图腾,被称作'CHINDITS',意思是无敌于天下的复仇之神,所以我们也被称作'虎龙兽'部队。"

父亲惊奇地说:"你们从前驻扎在缅甸吗?"

上士看他一眼,说:"我们是缅甸失败后由英国勋爵翁将军亲手组建的特种部队。勋爵创造的特种作战就是渗透到敌人后方,打击敌人重要目标。到目前为止,我们已经深入敌后作战数百次,让敌人防不胜防闻风丧胆。"

大家不由得十分佩服,英勇善战的钦迪特旅不仅闻名遐迩,而且传奇人物翁将军还兼任蓝姆伽特种兵学校的名誉校长,所以大家都感到自豪。呀呀呜说:"我们个个都成了《西游记》里的唐僧师徒,到西天圣土取经来了。"

胡君说:"岂止取经,还要并肩作战呢。"

父亲却不满足,追问道:"龙是中国独有的图腾,怎么跟老虎结合在一块了?而且还是缅甸部落的图腾崇拜?"

英军上士耸耸肩膀,表示无可奉告。这时候社会学系高才生胡君出来解释了:"清末以前,缅甸中北部一直都是中国属地,那些山地民族长期受到汉文化影响,加上他们对于大自然有自己的理解,由此创造出来虎头龙身的图腾崇拜并不奇怪。"

虎头惊讶道:"照你这么说,缅甸中北部原来还是中国领土?"

胡君点点头说:"鸦片战争后,中国被西方列强瓜分的领土相当于现有版图的一半多。"

大家都沉默下来,只听见耳边呼呼的风响。

天亮后,汽车驶进一座戒备森严的兵营,大家拎起装备跳下车,看见一群穿军装的人朝他们走过来,为首的小个子将军正是传奇人物翁勋爵。

3

"士兵,听我口令,持枪,立正——敬礼!"随着威廉总教官一声口令,中国学员个个都以熟练的动作持枪挺胸,向前来检阅的英国勋爵行注目礼。

翁准将头戴野战贝雷帽,身穿战训服,手里却握着一根精致的镶银马鞭,好像他是来参加马球比赛似的。但他看上去有些憔悴,比起几个月前来蓝姆伽视察时好像老了好几岁。勋爵一一打量过他们,然后满意地说:"不错,先生们,你们长高了,也结实多了,不再像群瘦弱的小绵羊了。"

他用鞭杆指着自己的"钦迪特"臂章说:"你们看见这个神奇的图案了吧?它有虎头和龙身,就是复仇之神的意思。向谁复仇呢?当然是日本人。现在日本人就在东边虎视眈眈,他们随时可能进攻印度,为此特种兵必须采取先发制人的战术,渗透到敌人后方搅乱他们,袭击仓库、机场、通讯设施和指挥部,炸毁铁路和桥梁,消灭敌人高级将领,获取重要情报。这是'钦迪特'士兵的光荣使命,他们不惧危险、以一当十,已经执行了几百次这样的作战任务。而你们,我尊敬的中国盟友,将在这里接受实战训练,相信你们每个人都将成为与'钦迪特'战士一样令日本人闻风丧胆的勇士。"兴致勃勃的勋爵用马鞭拍打着马靴,然后忽然话题一转,做了一个出人意料的决定——为了欢迎中国客人的到来,他要举行一场英中水球友谊赛。

威廉连忙向大家解释说,勋爵先生是个狂热的水球迷,所以他更愿意以球迷的方式来欢迎客人。但是中国客人全懵了,要是篮球足球还能打一打,这水球是啥样的?什么规则?怎么打法就更谈不上了,怎么比赛?

父亲倒来了兴趣:"水球想必就是在水里玩的球吧。没吃过兔子肉,还能没见过兔子跑?看他们怎么做我们就怎么做。"

胡君也说:"我听说这项运动有点像水上足球,关键是要会水。咱们谁不是喝长江水嘉陵江水长大的?选几个水性好的上去试试。"

虎头自告奋勇道:"我算一个。凭咱这身江底摸鱼的水性,想来也不能输给他们。"

当场选定胡君、虎头、闷墩、父亲和老庚五人,胡君担任队长,水球比赛就开场了。比赛场地是一段水流缓慢的河面,两岸各支起一张渔网当做球门,规则是只需把球扔进球门就算得分。对方出场五个白人军官,一律身穿印有"钦迪特"标志的绿色水球衣,头戴水球帽,看上去像支神气活现的英国国家队。领头队长正是年过半百的英国勋爵翁准将。绿队一亮相立即赢得岸边观众的热烈欢呼,这些观众都是闻讯赶来助威的营地官兵和家属。

代表中方出场的队员则一律赤裸上身,清一色的光头,下面是清一色的黄色军用大裤衩,看上去很像一群练梅花桩的少林武僧。黄队球员同样精神抖擞斗志昂扬,他们的自信来自水性而非球技。

哨声吹响,绿队率先进攻。队员传球,翁准将快速划水跟进,鲤鱼打挺般跃身投射,皮球应声入网,激起河岸上一片欢呼。轮到黄队进攻,还没游到中场皮球就被对方截走,很快又输掉一分。这时父亲看懂了,水球比赛果然跟篮球足球差不多,比的都是控球技术,然后投篮(射门)得分。不同的是水球是在水中比赛,需要队员有很快的游泳速度,这一点黄队显然吃了大亏。英国人受过严格的游泳训练,个个轮臂划水和蹬打水花都跟鱼雷一样快,父亲他们虽然在江边玩水长大,但是动作姿势却不正规,因此哪怕他们倾尽全力也难追上对方那些高速鱼雷。

半场下来,黄队吃了个鸭蛋,绿队八比零大比分领先。休息时虎头和老庚都很泄气,明摆着只有输了,咱们水性再好也只能摸鱼虾,水球比赛斗不过人家,不如退出比赛算了。胡君望望父亲,父亲望望闷墩。闷墩是他们中间水性最好的,但是比速度也只能甘拜下风。闷墩拿手指胡乱划着河滩上的沙子,划来划去他忽然开口说:"我琢磨不能这样跟他们玩,就像木船跟机器船比快一样,咱肯定就是孔夫子搬家——尽是书(输)。"

大家一齐拿眼睛盯着他,闷墩分析道:"他们在水面上游得快,这明摆着,我们呢,个个都能在水底下玩捉迷藏。这回咱们要玩一下自己的功夫,偏不跟他们比速度快。"大家忽然领悟了,个个乐开了花,父亲狠狠捅他一下说:"江猪!还是你聪明!"

比赛重新开始,勋爵大约觉得跟这帮业余球员比赛没劲,就替换下场休息,其他绿队球员也因为进球太多而懈怠起来,以为下半场少进两个球给足客人面子就结束算了。就在这时,看似败局已定的黄队忽然发力,他们截住球,然后一下子就钻进浑浊的河水没了踪影。河水不比游泳池,游泳池碧波荡漾清澈见底,但是河里泥沙俱下混沌一片,正好掩护了这帮擅长在江底摸泥鳅捉螃蟹的"水鬼"们。就在绿队为失去对手而发愣的时候,闷墩的光脑袋已经从球门跟前冒出来了,守门员连人都没来得及看清,那只滴溜溜打转的水球就已经应声入网了。

黄队扳回一分!

场上的形势急转直下,绿队队员好比占据空中优势的飞机,但是飞机速度再快也无法钻进丛林打游击战。而黄队队员则四面开花如入无人之境,胡君、老庾、虎头负责牵制对手,他们到处弄出一些浪花漩涡的假象来迷惑对手,父亲和闷墩则专门偷袭对方球门,搞得那个晕头转向的守门员跟陀螺一样应接不暇顾此失彼,绿队城门连连失守。

勋爵本来正在惬意地享受啤酒,边抽雪茄边同美国上尉聊天,没想到眨眼工夫场上形势风云突变,双方比分眼看就要打平。这下子他沉不住气了,连忙起身下水参战。但是勋爵的参战依然无法阻止中国蛟龙的水下攻势,父亲和他的队友们牢牢控制着场上的局面,直到比赛结束的哨音快要吹响时,黄队只差一球就将比分扳平了。绿队队员全线撤回球门密集防守,父亲托起水球假装寻机攻门,吸引防守队员视线,这时真正的杀手出现了,闷墩如飞鱼般从水中高高跃起,接过皮球闪电一掷,十五比十五,甲壳虫与虎龙兽战成平局。

这天晚餐勋爵破例来给中国士兵敬酒,他首先祝贺黄队"合理地利用了裁判规则的漏洞,表现出很高明的东方哲学和智慧",然后他又翘起小胡子,很不服气地发出挑战,等到打完仗一定邀请黄队到加尔各答的游泳馆正式比赛一场,因为那里的水池清澈见底。大家全乐了,父亲则代表大家回答说:"等到打败日本人,一定邀请勋爵和全体绿队队员到中国来,咱们在世界著名的长江里再举行一场水球比赛,相信它的精彩程度将会超过游泳池一百倍。"

4

一架机身涂有白五角星的轻型运输机从河滩上颠颠簸簸地起飞,螺旋桨卷起的巨大气流把灰土和沙子一起扬到半天空,看上去就像平地起了沙尘暴一样。全副武装的"甲壳虫"队员们在狭小的机舱里面对面坐着,父亲背着跳伞,心怦怦直跳,他知道自己不是因为害怕,而是一种被称作"肾上腺素"的分泌物在急速增加而已。

这是队员头次进行高空跳伞训练。英国教官强调说,空中打不开伞的几率约为百分之三,也就是说如果你跳伞一百次,可能遭遇三次打不开伞的厄运。但是这三个阴险的魔鬼到底埋伏在什么地方谁也不知道。高空跳伞还将面对许多难以预测的意外和危险,比如遭遇强气流,两张伞不幸纠缠在一起,人被挂在大树上,或者坠入深山峡谷和乱石密布的激流中等等,都可能令跳伞者丧命。如果实战条件下,还有遭遇地面敌人火力拦截的风险。如果是夜间跳伞,危险性更大。

飞机在云层中穿行,发动机吼声如雷,父亲坐在舱门边,他看见地面上的景物如同一张沙盘,一点儿也不真实。此时他又嗅到几个月前飞越驼峰航线时那种钢铁和机油混合的熟悉气味,但是如今他们再不是那群身体单薄衣衫褴褛的中国学生,而是正在接受特殊训练的盟军士兵了。飞机在天空转了一圈又回到河谷上空,英国教官提醒说:"一分钟后你们就要开始跳伞,大家一定要默记要领,千万不要慌张……地面上有座白色靶标,大家要尽可能往靶心靠拢。"

红灯亮了,舱门像一张大嘴那样张开来,猛烈的气流扑入机舱。父亲惊恐地发现自己站在万丈深渊之上,脚下的云彩像烟雾那样飞快掠过,地面的房屋就像纸糊的小盒子,河流和山谷变得模模糊糊。他听见英国教官的声音像大风中的草屑那样四分五裂:"跳……快……跳……"

威廉教官跟父亲比了个跟着我的手势,然后奋力一扑就不见了。父亲不再犹豫,紧跟威廉头朝下勇敢地扑出机舱。一瞬间气流滚滚山呼海啸,他被强大的气流裹挟着快速坠落。父亲在心中默念数字,数到第十下他用力拉动伞环,忽然间有只大手从背后捏住了他,把他从狂风巨浪的漩涡中拽起来。四周忽然安静了,耳边的风声消失了,他吃惊地发现自己不仅没有下坠反而正在缓缓上升。他仰起头来,看见头顶上方有许多洁白的伞花像蒲公英那样骄傲地盛开着。忽然一股横向气流袭来,降落伞被刮得歪歪倒倒,眼看就要刮向山头上的热带雨林了。那里不仅无路可走,而且充满种种危险和不测。父亲急忙按照要领不断调整方向,操纵降落伞朝着河滩上徐徐地飘去,落地那一瞬间,当他重重亲吻迎面扑来的泥土和青草时,他感到自己仿佛重新变成了一个婴儿,刚刚降生在胸怀宽广的大地上,他的心被成功的喜悦充满了。

中国士兵空中跳伞的成绩均为优良,无受伤,无事故,无损失,踩中靶心率达百分之五十,这个成绩显然超出了英国教官的预期。据说"钦迪特"旅跳伞训练的事故率从未低于百分之五,所以翁勋爵对这群中国士兵的表现十分惊奇,命令旅部军官都到训练现场观摩,自己则亲自随机考察。

次日天气晴朗,空中能见度很好,风力小于三级,简直就像是老天在为中国人的表演加油一样。舱门打开,父亲第一个跳出舱门,然后打开降落伞在蓝天自由翱翔。他一落地就迅速收起降落伞,然后坐在指定区域为同伴的精彩表演鼓掌加油。

最后一顶伞花落地时重重地砸在了沙滩上,跳伞者好像崴了脚,半天也站不起来。父亲急忙跑过去帮助他,这才惊讶地看见,原来这位勇敢的伞兵是翁将军本人。勋爵站起身来问父亲:"你能告诉我训练成功的秘密吗?"

父亲连忙立正回答:"因为我们一定要打败日本人。"

将军问赶过来的威廉教官:"为什么这些士兵与我从前见过的中国士兵不一样?"

威廉教官答道:"也许因为他们都是有知识的中国青年,他们热爱自己的国家,他们比世界上最优秀的军人都不逊色。"

但是中国士兵的跳伞训练也并非一帆风顺,夜间伞降就因意外事故中止了。父亲掉进一个大坑险些窒息,而闷墩则直接降落在一座印度村庄的屋顶上,幸好茅草屋顶又厚又软,只是没把那家印度人吓个半死。虎头则遭遇一场虚惊,他被挂在一棵大树上达三小时之久,直到天亮后人们才把这个动弹不得的中国伞兵从几十米高的热带大树上解救下来。后来，又有人为夜间跳伞付出了沉痛的代价：一位湖南籍同学不幸落入激流中溺水身亡，还有一位贵州籍同学被坚硬的灌木戳中面部，虽经抢救性命无虞，但是眼球却遭损坏，双目失明。

5

"嘀嘀嘀"，随着一串串神秘电波飞向深不见底的太空，父亲不断地调整电台频率，透过纷繁杂乱的噪音干扰去分辨和捕捉那个像泥鳅一样狡猾的"敌台"，并且试图通过技术手段来测定敌台的距离和方位。但是他失败了。

在当时的条件下，侦测敌方电台的技术手段十分有限，即使经验最丰富的电台兵也只能凭借对方发出的电波强弱、波段和噪音变化来作出判断。但是他的"对手"却十分狡猾，那架电台不仅时断时续地发报，而且还不停地移动方位。就在他为无法锁定敌台而焦虑的时候，一群头戴绿色贝雷帽的"敌方"特战队员却从天而降，将父亲与他的电台（代表指挥部）变成了"俘虏"。

就这样，"甲壳虫"分队在与英军王牌分队"绿色贝雷帽"的战术对抗中两战皆败，零比二居于下风。究其原因，皆因无法锁定敌人电台和指挥部的藏身位置而致。父亲由此感到了空前的压力——为什么当你还无法锁定对方位置的时候，对手却已经找到了你，从而实现了快速准确地打击呢？他们有什么更好的方法，或者拥有某种更先进的技术手段吗？父亲为此百思不得其解。他把自己的疑问向总教练威廉上尉作了汇报，希望能有机会向英军"绿色贝雷帽"学习，不料这个请求却遭到对方婉拒，理由是该分队官兵已经休假了。

由于印、缅都是英国的亚洲殖民地，英军理所当然就是主人，中美盟军都是客人，客人得看主人的脸色行事。威廉耸耸肩膀，意味深长地说："看来英国人并不想把所有家底都让大家分享。"

倔强的父亲却不肯就此罢休。他是个好奇心和好胜心都极强的青年，战术对抗两战皆败给全队抹黑，就算交学费也可以，可是交了学费却没有学到东西就难免让人心中不平了。弟兄们知道了,纷纷指责英国人自私。胡君愤愤然道:"我们不远千里来与英军并肩作战,难道他们还想留一手不成?"

虎头说:"听说那边防守并不严,咱们去把电台弄出来看看行吗?"

老庾警告道:"当心点,弄不好会上军事法庭的。"

闷墩意味深长地点点头说:"我倒觉得虎头的主意不错,咱们不能太老实,死心眼终归自己吃亏。"一向老成持重的闷墩都同意虎头的主意了,父亲便去向威廉报告说:"请批准我们自己想办法。我一定要破解这个秘密。"

威廉脸上出现一种奇怪的表情来,不置可否的样子,看看手表就急匆匆地走开了。父亲回到营房说起威廉的反常行为,弄不懂美国人打的什么哑谜。胡君分析道:"如果美国人不同意,擅自行动恐怕要冒很大的风险。"

虎头满不在乎地说:"我看先不管美国人,我们自己悄悄做了就是。"

呀呀呜担心地说:"这里可是人家英国人的地盘啊。"

老庾在一旁微笑地看着大家,一副胸有成竹的样子。父亲连忙扔给他一支香烟,老庾就开口说道:"官场这些事,你们就不懂了,告诉你们,威廉其实已经表明了态度。"

大家都听糊涂了,威廉并未点头或者摇头,怎么就表态了?连忙问他此话怎讲,老庾点燃香烟抽了一口,不慌不忙地吐出烟雾来说道:"你们难道没有听出来,威廉对英国人的态度也很不满吗?在印、缅战区,中国军队并不隶属于英军,所以美国人不便夹在中间表态,但是威廉不明确表态反对,就说明他的态度是默认。在官场上,不表态其实就是表态,不反对就是支持,这是约定俗成的规则,我看在美国人那里也一样行得通。"

虎头一拍脑袋说:"格老子!原来还有这一套深奥的学问。"

弄明白美国人的态度,接下来几个人商议如何才能搞到对方的秘密。"绿色贝雷帽"的营地就在河对面的山坡上,四周有铁丝网和巡逻哨兵。胡君脑子灵光,眼珠子一转就想出个绝妙主意,如此这般地告诉大家。众人觉得不错,七嘴八舌地加以补充,然后分头依计而行。

几天后,一份热情洋溢的请柬送达"绿色贝雷帽"指挥官亨特少校手中,原来中国客人要在中国农历的八月十五中秋节晚上举办一场盛大的联欢派对,邀请"绿色贝雷帽"官兵参加。亨特少校把请柬反复看了几遍,确信中国客人的诚意是毋庸置疑的。考虑到大家都是一条战壕的友军,有机会增进友谊当然是件好事。

为了表示郑重,中国客人还向翁勋爵发出邀请,感谢他在训练期间对于客人的支持帮助。当英国勋爵慨然允诺赴约时,准备工作大张旗鼓热火朝天地开始了。人们看见为中国人采购物资的军车进进出出,他们不仅买了许多红酒、啤酒、新鲜水果、面粉、奶油和牛肉,在草地上布置会场,支起桌子、篷布和烤肉的铁架子,还专门从加尔各答城里请来一位华人厨师,用中西合璧的美味大餐来答谢盟军战友。联欢会尚未开始,烤肉、美酒和中餐的香味就飘荡在训练基地上空了。

到了中秋节傍晚,一轮圆月升起在河谷上空,英国客人的汽车络绎不绝地来到中国军队驻地。联欢场地上张灯结彩,官兵全都换上了军礼服,个个脸上刮得像铁板一样泛着青光。主客开始频频举杯敬酒,杯盏交错你来我往。就在一个个合唱、快板、京剧、变脸、吐火、杂耍和气功节目不断把联欢会气氛推向高潮时,两个黑影悄无声息地摸进了"绿色贝雷帽"的营地。一个负责望风放哨,另一个熟练地捣腾起那些旋钮和发射装置来。不到几分钟,父亲就破解了谜团,原来英国人在电台上加装了一个特殊的测向定向装置。父亲干脆一不做二不休,把那个测向装置拆下来装进背包里,然后和闷墩两个人神不知鬼不觉地消失在树丛中。

联欢会结束已是半夜,第二天亨特少校从睡梦中被人唤醒,部下慌慌张张地报告说,电台测向定向装置不见了。亨特的酒立刻醒了。他在现场转了半天也没能找出一点蛛丝马迹,军犬追踪也不管用,因为夜里的大雨早已将造访者的气味和痕迹冲刷得干干净净。这位"绿色贝雷帽"指挥官也醒悟过来,中国人这一手干得真漂亮,简直天衣无缝。就算你心里明白却没有证据,没有证据你能说什么呢?这件事被报告给上级,但上级认为装置偶然失窃并不影响作战,此事便不了了之。

6

训练尚未结束,前线传来的战争消息就像雨季的蚊虫小咬一样骤然多起来了:有说日本人正在集结重兵,即将对印度发起进攻;也有说中美盟军发起第二次缅甸战役,先头部队已经开进缅甸;还有说英国人准备在战事不利时放弃东印度,收缩兵力保卫恒河西岸,总之"山雨欲来风满楼"。父亲从东边刮来的风里嗅到一种越来越浓烈的硝烟气味,他明白那个盼望已久的时刻就要到来了。

这天傍晚,素以行动诡秘著称的"钦迪特"旅像一头巨蟒悄无声息地开出营地,消失在暮霭笼罩的山中。眼见"钦迪特"倾巢出动,偌大的营区只剩下他们的"甲壳虫"分队,大家都如热锅上的蚂蚁。威廉上尉一早就被召到盟军总部去接受任务,现在还没回来。呀呀呜紧张地问胡君:"你猜猜会有什么任务?"

胡君已经把卡宾枪擦了好多遍了,头也不抬地说:"我想会把咱们空降到仰光去袭击敌人司令部吧。"

呀呀呜大惊失色道:"可是完成任务怎么回来呢?"

胡君故意逗他:"各人想办法呗——你还回来干什么?干脆在仰光开中餐馆算了。"

众人大笑,闷墩安慰呀呀呜说:"别信他的,他又不是史迪威将军。"

父亲小声问闷墩:"你紧不紧张?"

闷墩深吸一口气说:"我在想,第一个被我打死的日本鬼子该长得啥样?"

身边的虎头插言道:"我昨天做了个梦,第一枪打中了一个大胡子鬼子。他肯定吃过许多人肉,嘴唇红通通的。我一枪就打烂了他的脑袋,让他喝自己的血去吧!"

父亲看老庾不说话,问他想什么,老庾答:"我尿急,肚子疼。"

胡君在一旁插言道:"那是神经紧张刺激的,放松点,想想别的就好啦。"

有人提议:"胡君,来个节目吧,给大家开开心。"

胡君也不谦让,放下卡宾枪,手握两只筷子,模仿重庆茶馆里演出的快板书那样敲打起来:

> 晚风吹来天气燥,
> 朝天门码头真热闹,
> 茶馆里外客满座,
> "茶房!开水!"叫声高。(嘚儿当)
> 杯子碟儿叮当响,
> 瓜子壳儿噼啪脆,
> 有谈天,有说地,
> 有苦恼,有说笑。
> 有人谈国事,
> 有人发牢骚。(嘚儿当)
> 只有茶馆老板胆子小,
> 上前来细语说得妙,
> 诸位先生!生意承关照,(嘚儿当)
> 小日本,长不了,
> 天皇国后随您操。
> 汉奸走狗也不少,
> 汪精卫,周佛海,
> 油炸火烤随你挑。(嘚儿当)
> 国事意见少发表,
> 惹上麻烦跑不了,
> 一个命令你的差事就撤掉,
> 我这小小茶馆贴上大封条,
> 撤你差来不要紧呵,
> 还要请你坐大牢。(嘚儿当)
> 跟你说,今天天气哈哈哈!
> 哈哈哈就是哈——哈——哈!

大家鼓起掌来,胡君的表演固然精彩,但更让他们动容的是,这段

快板书来自他们的故乡。四川茶馆特有的喧闹嘈杂、热气腾腾和插科打诨的熟悉气息扑面而来,令这些即将奔赴战场的中国军人禁不住心头暖烘烘的。

一辆吉普车飞快开进营区,威廉和乔治、史利姆三位教官匆匆跳下车来。威廉快步走到大家跟前,用一种低沉有力的话语传达命令:"先生们,从现在起,你们将携带电台和装备紧急出发,趁黑夜被空投到日本人占领下的缅北胡康河谷。愿上帝保佑你们。"

父亲心中滚过一阵隆隆的雷声。他知道,暴风雨来了。

第十五章　天上有个绿太阳

1

飞机马达的刺耳吼叫简直就像一只粗暴的手,无休止地拨弄听者的神经。父亲担心地朝下面看看,地上漆黑一团,什么也看不见,他不知道敌人会不会听见飞机的吼声而有所戒备。眼前不断有棉花团一样的雾气飞快掠过,他仰头往夜空看看,但见飞机上方剪贴着一只被气流扯变了形的红月亮。

机舱里亮着一盏绿灯,不大看得清各人的表情,但是许多人都在抽烟,在时明时暗的火光映照下,他们的脸都像烧红的金属那样泛起暗淡的亮光。登机前威廉交代任务说,十天前一支中国先遣队出击日本人占领的缅北胡康河谷,不幸遭遇伏击失去联络。根据飞机侦察,在叫做"加拉苏高地"的山头还有激烈战斗,说明他们还在顽强抵抗。总部认为该部是因为电台损坏才无法进行联络的。甲壳虫分队的任务就是护送电台进入加拉苏高地,尽快恢复他们同总部的联络。父亲小声提问:"那支先遣部队,大约还剩多少人?"

威廉看他一眼说:"总部认为,能顶住敌人四个大队(营)的兵力轮番进攻,说明他们至少还有数百人。"

父亲对胡康河谷这个地名并不陌生,自从中国远征军入缅失利它就被牢牢印入了脑海。胡康河谷缅语意为"魔鬼居住的地方",位于缅北原始森林无人区,山高林密沼泽密布,其腹心地带就是著名的野人山。驻守胡康河谷的敌人是有"亚洲恶魔"之称的日军王牌第十八师团,该师团曾在中国卢沟桥悍然制造"七七事变",也是震惊世界的"南京大屠杀"的元凶之一。太平洋战争爆发后,该师团率先攻陷新加坡,创造以三万人俘虏七万英军的奇迹,随后又转战缅甸大败中英盟军,迫使十万中国远征军败走野人山。据说该师团擅长热带丛林作战,是世界上公认的最精锐的山地部队。威廉上尉宣布自己担任此次行动的指挥官,教官乔治和史利姆担任副队长。跳伞后每个队员必须尽快与全队会合,如果有人不幸受伤或遭遇敌人,他唯一的选择是战斗到底,然后把最后一颗子弹留给自己。他环视大家说:"你们都清楚,电台是全队的心脏,大家要像保护生命一样去保护电台和报务员,否则所有人的努力都将前功尽弃。"

威廉说话的时候眼神凝重地望着父亲,父亲连忙下意识地伸手去摸背包里的无线电台。电台像个有灵性的伙伴,懂事地依偎在他背上,让他感到踏实和放心。

起飞前他同总部电台进行了首次密码联络。对方显然是个技术高超的报务行家,不仅手法极为轻盈娴熟,而且在每组密码数字区间都会击打出一个好听的指尖滑动音,让收报方享受一种类似听钢琴的愉悦。他能想象那些灵巧的手指在键盘上敲击的模样,相比之下,自己的指法粗重笨拙,就像一个冒失而又莽撞的牛犊子,把牛蹄印踩得满场都是。按照事前规定,他们彼此代号为"白象"和"甲虫"。父亲凭着直觉判断对方一定是位年轻女性,因此在结束通话时忍不住试探一句:"请问,你是一位美丽高贵的白象公主吗?"

几秒钟后,对方的回答随着嘟嘟的电波传过来:"你肯定是只体格魁梧的雄性甲虫。祝你们顺利完成任务。"

父亲不禁微笑起来,心中溢出一种暖洋洋的温馨气息,就像春天的太阳铺洒在绿色的草坪上一样……

大声吼叫的飞机马达忽然顿了顿,紧接着调门就降低下来,机身也随之大幅下降。父亲明白飞机已经进入跳伞区域。行动开始了。

很快绿灯灭了,红灯一闪一闪地亮起来,这是跳伞信号。随着沉重的舱门打开,一股猛烈的高空气流像决堤的洪水那样扑进机舱来,刮得人摇摇晃晃站立不稳。父亲看见副队长乔治带头跳下去,他的动作十分敏捷,简直就像一支利箭那样"嗖"地射入黑暗的深渊。随后依次是胡君、虎头、老庚和呀呀呜,他们也都没有犹豫地跳出去。轮到闷墩时,他飞快地扭头看了父亲一眼。父亲明白他的意思,就连忙朝他点点头。闷墩像头勇猛的岩豹纵身一跃,消失在舱外的黑暗中不见了。

威廉把背着无线电台的父亲留在最后,等到飞机在空中盘旋一圈再次返回来的时候,他才大声对他耳边吼道:"Go！Go！"

父亲努力弓起腰来,他感觉背上的电台像座小山,就在他困难地把身体连同那座小山一同扔出机舱的瞬间,他瞟见美国人几乎紧挨着自己扑向空中,让他心中掠过一阵巨大的感激和踏实感……

2

耳边呼呼风响,父亲像训练时那样默默数到"十",然后拉下拉环,降落伞打开了,父亲的紧张心情随之放松。当他抬头寻找威廉时,他看见另一朵伞花就在自己头顶上方飘荡。

地面上有几只手电晃动着发出着陆信号,那是战友在引导电台安全降落,父亲这才明白威廉为什么把自己留在最后。大地像一堵倾斜的厚墙那样迎面扑来,父亲按照训练跳伞的动作要领,蜷腿收腹准备着地,孰料这是一处与训练基地完全不同的斜坡地,他被降落伞巨大的惯性拖拽着,像块石头一样骨碌碌地滚下山去。幸好有双大手及时抓住他,威廉队长低沉的声音在黑暗中响起来:"快解开伞带,检查武器准备战斗！"

队员们从四面八方跑过来,威廉清点人数,发现少了两名队员。大家连忙分头寻找,有人终于在一棵大树上发现了一个失去联络的队员,已经血肉模糊没有气息了。另一个姓诸葛的队员则是在一座巨石下面找到的,这个来自成都平原的士兵落地时不幸撞在岩石上折断了脖子,他气息微弱地说:"我可能……杀不了日本鬼子啦。"

因为是在敌后,飞机马达声可能已经惊动了敌人,所以小分队必须马上转移。伤员肯定无法带走,无论大家多么依依不舍,但是诸葛同学只能独自留在这片异国他乡的荒山野岭,听天由命了。威廉队长朝乔治点点头,然后带领队伍快步朝丛林奔去。

队伍迅即在黑暗中前进。几分钟后白人乔治从后面赶上来,一边赶一边擦拭手中的匕首。

父亲忽然站住了。他盯住乔治,一瞬间,他明白了威廉点头的含义。父亲连想也不想就扑上去,朝乔治脸上挥拳猛击。美国人没有防备,喉咙里咕噜一声就仰面跌倒在地上,但是他反应极其敏捷,转眼间就跳起来自卫,接着愤怒的闷墩和虎头一起冲上来,按住他一通猛揍。

威廉及时赶来制止了这场混乱,严厉斥责道:"这是战场,你们胡闹什么?难道谁想把伤员留给敌人吗?他连自杀的力气都没有,想想看,日本人会怎样撬开他的嘴巴!"

队员们全都哑了。狗日的战争!

3

队伍继续行进,父亲心里窝着许多火气,又愤怒又无奈,更多的是兔死狐悲的无常之感。虎头说:"妈的,等打仗的时候干掉这个白人!"

但是这个主意招来许多反对的声音,胡君小声喝道:"瞎说什么!他又不是敌人,难道你不知道他在执行命令吗?"

老庾也说:"重庆有命令,反对美军等于犯叛国罪,要受到军法处置的!"

两人的警告像一只手,拧开大家脑袋里的理性阀门,让那些无名火气像煤气一样咝咝地漏光了。一路上没有人说话,但是脚步明显加快了许多,父亲听见指挥官还在催促大家,于是开始小跑起来。天快亮时他们来到一处林间空地,终于有命令就地休息。虎头和呀呀呜立即想解开武装带卸下武器,胡君说,你们找死啊?要是发现敌情怎么办?两人只好委屈地背上武器,坐到一旁喘粗气。

威廉取出军用罗盘和地图再次定位,确定加拉苏高地就在队伍的西北方向,于是他把队伍重新分成三个组:黑人史利姆率领尖兵组走在前面侦察开路,父亲和电台走在中间,白人乔治带领战斗组担任掩护。威廉再次强调,一旦与敌人发生遭遇,全队要集中火力保护电台,一鼓作气冲过敌方阵地。如果白天受阻就撤进森林跟敌人周旋,待黑夜再伺机将电台送进我方高地。

队伍重新移动起来。当父亲爬上陡峭山坡,穿过高高的密林,终于气喘吁吁地登上一座山头时,他忽然心生异样的感觉,因为他看见面前的威廉有些变形,似乎正在变成一头青面獠牙的怪物。他又看看弟兄们,发现大家也都变了形,仿佛他们走进了一面能将人扭曲的魔镜。大家也都觉出异样,面面相觑,不明白发生了什么,这时有人低低地嚷道:"快看!"

一轮刺眼的太阳露出脸来,令人难以置信的是,这只原本应该红彤彤的太阳竟然像块绿油油的碧玉那样苍翠欲滴,仿佛在绿色丛林中浸泡过一样。我的天,绿太阳!父亲心中惊叹,难怪,原来他们沐浴在一轮绿太阳的万丈光芒中。

人们看呆了,忘记挪动脚步,安静的大森林像一幅画,每个人都是画里的风景。自然奇观延续数分钟,直到绿太阳重新恢复本色,但此时,更加离奇的怪事却发生了,威廉的军用罗盘和指南针统统失了灵,仿佛刚才真的有个绿色幽灵趁人们分神之时暗施魔法,让美国仪器变成了一堆废铁。老庾拍拍脑袋说:"这可真邪了门了,怎么这么多怪事?难道这地方有鬼不成?"

闷墩说:"小时候听老人讲,老树百年之后要成精,这些树林该有几千年几万年了,岂不是鬼怪成群?"

虎头也说:"难怪胡康河谷被称为'魔鬼居住的地方',我想总该有些原因吧。"

胡君大笑起来,嘲弄闷墩是迷信脑袋,虎头和老庾是远离科学的可怜虫,"愚昧比无知离真理更远"。三个人不服气,一齐反问绿太阳和仪器失灵该作何解释?胡君说:"我个人认为,绿太阳当是光线折射所致,当我们处在地面树林与阳光折射的某个维度上,便有幸目睹了这一大自然奇观。随着太阳升高角度的变化,这个自然现象就消失了。仪器失灵则可以有多种原因,我猜想最大的可能是因为地球磁场发生变化,比如我们脚下也许就埋藏着不为人知的金属矿藏。"

正乱纷纷说着话,命令下达了,威廉命令白人乔治和黑人史利姆各带一个战斗小组下山探路,指挥官嘱咐道:"目标区域应该就在附近,说不定这座山背后就是敌人的阵地。你们一定要提高警惕,不到万不得已不要开枪惊动敌人。"

探路的队员出发了,父亲靠着一棵树干坐着,沉重的电台勒得肩膀很疼,他调整一下背包,一块突起的树根刚好托住电台底座。一阵倦意袭来,不一会儿他就看见胡康河谷像座波涛汹涌的大海,一轮绿太阳照耀着天空,他跟在威廉后面努力行军,却怎么也跟不上美国人的脚步。这时有人追来,脚步踏得很响,是群日本人……

梦醒了,一种本能反应像鞭子那样抽打在脑袋上,他睁开眼睛,探路的队员气喘吁吁地跑过来,向威廉报告说:"山下……发现……敌人!"

4

很快搞清楚了,原来是一支满载物资的敌军运输队正从山下路过,他们并没有发现隐蔽在山林里的盟军。威廉喜出望外,他判断运输队是敌人的补给部队,要将物资送往前线阵地去。随着一声令下,小分队行动起来,他们迅疾穿过树林追赶敌人的队伍。

运输队十分庞杂,几百名缅甸民夫赶着驮马,驮马背上驮着粮食、弹药和武器,加上全副武装的日本兵押送,简直称得上人喊马嘶浩浩荡荡,一里外都能听见队伍的嘈杂声。日本人所以敢在白天大摇大摆地赶路,是因为胡康河谷为十八师团占领区,距离印缅边境还有一百多公里,并且有树林掩护,很难被盟军飞机发现目标。但是他们做梦也想不到自己已经成为了对手的向导。

翻过山坡,越过丛林和溪谷,他们来到一片地势开阔的河谷地带。威廉队长比出一个停止前进的手势,大家隐蔽起来。敌人运输队正在前面休息。树林里静悄悄的,父亲胸前的卡宾枪早已子弹上膛,弟兄们也全都荷枪实弹,随时准备投入战斗。时间一分分过去,能听见前方隐隐传来的日本话。父亲觉得汗水好像小虫子一样顺着脸颊爬下来。

忽然身后传来一声短促的叫喊,是一种嘶哑的还没有来得及传远就戛然而止的声音。原来是有个日本兵落在后面拉屎,等他赶上来正好撞上尾随的盟军士兵。幸好白人乔治眼疾手快,不等他报警就扔出了飞刀。

胡君偷偷朝他竖起一根大拇指。但是乔治无动于衷,面无表情地走到一边去了。父亲惊讶地想,他真是个冷血杀手,不过从战争角度讲,他却是个百分之百的好士兵。

忽然远处滚来一阵沉闷的雷声,天空一碧如洗,没有乌云压顶和暴雨来袭的迹象。大家正在纳闷,山谷里又响起密集的爆响,是枪炮声,战场已在眼前。只见威廉打开地图同乔治、史利姆埋头研究,胡君很有把握地说:"准备动手吧,干掉敌人这支运输队,围困我军之敌就会不攻自破,这叫'围魏救赵',也叫'釜底抽薪'。"

但是指挥官下达的命令却是马上甩开敌人运输队,快速奔向东面一座马鞍形的山头。胡君愣住了,冲动地拦住威廉质问道:"请问长官,难道还有比消灭敌人运输队更能替阵地解围的办法吗?"

威廉严厉地瞪了胡君一眼,在战场上对指挥官的决策指手画脚,无论如何都让人不能容忍。但威廉没有时间批评胡君,只是用简短而不容置疑的语气说:"士兵们,不许停下脚步。目标,对面那座山头——这是命令!"

马鞍形山冈是个有利于观察的制高点,山上不仅长满了一种俗名"望天树"的高大热带乔木和密如蛛网的藤蔓便于隐蔽,而且位置恰好就在敌人战线后方。山风把一阵阵更加激烈的枪炮声刮来,父亲看见那些堪称绿巨人的望天树尤其挺拔显眼,正好可以当做天然的瞭望塔。他向威廉建议上树观察,威廉觉得这个主意不错,父亲刚想卸下电台背包,威廉就已经把闷墩叫过来了,父亲立即明白,自己是全队重点保护对象,不能有任何闪失。原来战斗就沿着山下开阔的河谷地区展开,一座地势突起的高地成为太阳旗包围和进攻的目标,许多炮弹纷纷落在山头上爆炸,腾起一股股黑色的烟雾来。毫无疑问,那座山头就是被称作"加拉苏"的战略高地,而顽强据守阵地的正是那支失去联系的中国军队。

威廉当机立断,命令立即向总部呼叫。父亲熟练地将天线架起来,打开电台搜寻信号,嗞嗞的电流声让等待的时间一下子凝滞下来。指挥官不停地看手表,弟兄们都拿眼睛看报务员。他一次次按动发报键,那是请求接收的讯号,但是耳机里不断传出单调乏味的嘟嘟声,那个熟悉的电台讯号却始终没有出现。父亲的鼻尖渗出汗珠来,慢慢转动微调旋钮,心里暗暗祈祷:"美丽的白象公主,你快快出来,千万别错过了。"

电波一次次射向茫茫宇宙,在广阔无垠的太空中,电波与电波的相互寻找如同大海捞针。就在父亲的耐心快要耗尽时,忽然电流安静了一瞬,仿佛一轮月亮被天狗吃掉了,天空忽然黑下来。仅仅几秒钟后,圆月穿云而出,银辉洒满大地——一个暗语回答道:"甲虫,甲虫,你找到舞伴了吗?"

父亲的心立刻快乐地大跳起来,是美丽而高贵的"白象公主"!他连忙用密码报告了目标方位,请求飞机立即支援。这次通讯其实只用了短短两分钟,但是父亲却觉得熬过了整整一个世纪。这是他第一次作为战士登上战场,第一次发送真正的战场情报,第一次开始向日本侵略者的复仇之战。发完报他连忙收起电台,准备空袭过后趁乱穿越敌人阵地。

过了二三十分钟,原本晴朗的河谷忽然狂风大作,一队美军"B-24"解放者式战斗轰炸机像旋风一样掠过丛林树梢,对日军阵地进行低空俯冲扫射和猛烈轰炸。一时间山谷里浓烟滚滚火光冲天,飞机呼啸震耳欲聋,炸弹爆炸地动天摇,日军阵地被死亡的烟雾笼罩起来。空袭持续了十几分钟,敌人遭受重创四散逃命,正在组织的大规模进攻遭到瓦解。

父亲难以置信,原本气势汹汹的日本人如同遭遇洪水冰雹的蝗虫,顷刻间七零八落,仅仅因为自己发出了一个简短情报就召来如此毁灭性的空中打击吗?这简直是个奇迹啊。这时威廉队长才意味深长地告诉大家:"这就是现代立体战争的威力。我们要消灭的不仅仅是敌人运输队,更要调动空中力量打击敌人主力,这才是我们的优势所在。"

大家连连点头,胡君兴奋地说:"我算是大开眼界了,有这样的现代化立体作战,小日本不完蛋才怪呢。"

父亲则在心里说:"那两位兄弟可以闭眼了,我们已经替你们报了仇。"

5

威廉下令趁敌人混乱之际快速穿越敌阵,掩护电台进入加拉苏高地。小分队跃出丛林,穿过河谷朝我军阵地奔去。日本人终于发现了这支隐蔽在他们身后的穿插部队,此时他们才醒悟过来,刚才突然降临的空中打击与这支神秘的小部队有关。于是敌人一面出动队伍嗷嗷地追赶,一面调集炮火疯狂阻拦。

战斗空前激烈起来。

父亲边跑动边做躲闪动作,借助地形规避子弹向前跃动,但是沉重的电台给他增添很大负担,不久脚步就渐渐跟不上了。前面横着几具龇牙咧嘴的尸体,从军服判断有日本鬼子,也有中国兵,父亲刚觉得头皮发麻,忽然有人大叫"卧倒",一个人扑上来推倒他,几乎同时一颗迫击炮弹落在很近的地方爆炸。他觉得脸上黏糊糊的,手一摸竟是腐烂的皮肉,闷墩冲他耳朵大叫:"快把电台让我背!"

父亲乖乖地交出电台,跟在闷墩后面跌跌撞撞地跑动。一阵爆炸烟雾散开来,老庾坐在地上大喊大叫:"我中弹啦……"

父亲心头一急,冲上去背老庾,敌人嗷嗷叫着眼看就要追上来了,幸好这时胡君、虎头和呀呀呜也赶来了,他们一道抬起受伤的弟兄,边开枪边往山头上跑去。

危急时刻,一队头戴钢盔的中国士兵及时赶来增援,他们用冲锋枪打退追击的敌人,掩护小分队安全撤进阵地。父亲一头栽进战壕的泥墙跟前,胸膛像拉风箱一样猛烈起伏,眼前腾起一团团水蒸气。我还活着,我到底冲上来了!我们……成功啦!他抬起头来,看见弟兄们全都七零八落地躺倒在战壕里。他的眼泪忽然涌出来,咸咸的,这是快乐的眼泪。战斗还在进行,但是山呼海啸的枪炮声毕竟已经被挡在战壕外面了。

一个手臂缠着绷带面孔瘦削的中国指挥官迈着坚实步伐向大家走来,他伸出手来说:"先生们,加拉苏高地欢迎你们——你们到家了。"

第十六章　死神的眼睛

1

指挥官冲他们点点头算是打招呼。父亲几乎不敢相信自己的眼睛，因为指挥官不是别人，正是父亲想念已久的表哥楚士安。

士安胡子拉碴又黑又瘦，眼睛炯炯有神，父亲禁不住哽咽说："怎么是你？你受伤了？"

士安大吃一惊，好半天才认出表弟："你怎么啦……满脸是血？"

父亲摇摇头，使劲抹去脸上的灰土和血水，士安才放了心。这时外面枪声大作，有人赶来报告，营长，敌人又进攻了。

威廉队长命令电台马上向总部求援。父亲心中怦怦大跳，他终于要当着表哥的面执行任务了，他可以与自己从小就崇拜的表哥并肩作战了。电台很快接通了：

"白象白象，我是甲虫，请求下雨……"

不出一刻钟，头顶再次响起飞机轰鸣，这次飞来三架号称"步兵割草机"的野马式战斗机。父亲从掩蔽部里看到，它们一架接一架地低空俯冲扫射，将来不及隐蔽的日军步兵打得人仰马翻。如此反复，直到把机枪里的子弹打完才得意洋洋地飞走了。

日本人伤亡惨重，扔下一片尸体退回去。

阵地上刚刚恢复平静，天空再次响起隆隆的马达声，这次飞来的却是两架中型运输机，它们在高地联络标志的指引下开始空投，一时间高地上空呈现出一幅前所未有的战争奇观——五颜六色的降落伞如天女散花一般从天而降，各种各样的补给品：子弹、炮弹、手榴弹、冲锋枪、迫击炮、工兵铲、急救药品和各种肉类、蔬菜、水果罐头以及咖啡、可口可乐、饮用水都被空投下来。快要弹尽粮绝的中国官兵获得了强大的空中补给,阵地上一片欢腾。士安一声令下,沉寂多时的迫击炮开始毫不留情地齐射,打得对面树林里集结的敌人鬼哭狼嚎地滚进远处山沟里去了。

父亲此时才知道,就在他们还在"钦迪特"基地训练的时候,士安已经率领先遣突击营悄悄开进缅北战略门户胡康河谷,为盟军大反攻探路。然而不幸遭遇日军第十八师团伏击,报务员牺牲,电台损坏,队伍损失很大,被围困在加拉苏高地固守待援。士安感叹道:"由于联络中断,几次派人突围送信都没有成功,否则不会陷入弹尽粮绝的困境。现在队伍还剩八百多人,一多半都是伤员,而敌人的规模已经达到两三千人,他们是绝不会善罢甘休的。"

威廉很有信心地说:"只要我方粮食弹药充足,加上加拉苏高地易守难攻,相信就能为主力赶来争取时间。"

表哥点头:"按说通讯联络一经恢复,我军形势就大为改观。但是敌人十分凶悍狡猾,我猜想他们一定会改变战术避开我军的空中打击。"

威廉道:"你的意思是——夜战?"表哥没有回答,两人表情都变得沉重起来。

父亲惦记着老庾的伤势,就趁长官谈话悄悄溜出掩蔽部。阵地上到处都有中国官兵忙着加固战壕。他们身上的军装早已破烂不堪,变成跟泥土一样的褐红色,他们一定经历了艰苦的鏖战。父亲心想,再联络时一定让飞机空投些新军装,不能让大家跟叫花子一样打仗。

在一处战壕里找到几个兄弟时,气氛却十分僵硬尴尬,闷墩气鼓鼓地抱着枪,黑着脸不说话,胡君、虎头还有呀呀呜也都背对老庾,脸色十分难看。只有老庾不紧不慢地吃着水果罐头,看见父亲连忙殷勤地打招呼。父亲摸不着头脑,问老庾:"伤得怎么样?不要紧吧?"

老庾还没有说话,虎头就抢先开口了,鄙夷地说:"这人真他妈不仗义,叫他把伤口拿出来看看!要是在重庆码头上,这样的熊货早叫人给废了。"

闷墩也气鼓鼓地说:"这么多人抬着他跑,像个老爷。战场上要害死人的。"

胡君点点头道："我看老三平常也不像有精神病的样子,干吗不留在大后方,偏要来打仗呢?"

老庾也不恼,只管嘿嘿地讪笑。父亲不明就里,问老庾："你不是腹部中弹了吗?"

虎头说："屁伤都没有!早知道有人这么怕死,就该把他扔在山下!"

父亲感到事情有些严重,小声询问老庾："实话告诉我,是当时吓蒙了?还是有意装受伤?"

老庾苦恼地说："我只觉得肚子一震,看见鲜血像自来水一样淌出来,人就站不起来了。哪知道是敌人的血呢。"

父亲叹口气,帮老庾解围说,真正贪生怕死的人是决不会选择上战场的。加上老庾一个劲赔不是,大家才渐渐消了气。

天色朦胧起来,阵地四周寂静无声,加拉苏高地三面受敌,敌人数倍于我,很可能将有激烈的夜战。胡君搬来一箱手榴弹,又把空弹夹填满子弹,恨恨地说："这可不是在中国战场打仗,看看这些弹药,咱们得叫狗杂种有来无回!"

呀呀呜也雄赳赳地道："等敌人来进攻,一通炮火先压制住,再呼唤飞机来轰炸,小日本还不得屁滚尿流?"

闷墩也信心十足地说："今天都看见了,咱们人数虽少,但是不论空中、地面都占据优势,小鬼子别想讨便宜。"

没想到老庾轻声笑了,见大家都瞪着自己,他连忙解释说："据我所知,飞机是无法参加夜战的:第一,飞行员看不清地面目标。第二,夜间到处火光一片,怎么分辨敌我呢?而日本军队素以夜战见长,以短兵相接白刃格斗闻名天下,这一点连英美军队都不是对手。从国内战例来看,中国军队三比一也未必能取胜。"

虎头啐了一口说："你小子没出息,尽说泄气话,难道我们只好认输么?"

胡君也皱眉道："你怎么尽长敌人志气,灭自家威风,跟大汉奸汪精卫似的。"

经过这一次,老庾知道大家对自己有情绪,缩缩脖子嘟哝道："好好,我不说了,免得讨人嫌。"

父亲反倒来了兴趣,问老庾:"日本人擅长夜战,这一点我也有所耳闻,我们该怎么对付,你有何高见倒是说来听听。"

老庾又开始吃水果罐头,飞机空投下来的罐头够吃半个月,他打着饱嗝说:"其实事情明摆着,我们必须在夜里顶住敌人进攻,等天亮后再呼唤飞机助战。总之白天是咱们的优势,夜间是日本人天下,这一点日本人肯定很清楚。"

父亲着急地说:"万一夜间顶不住怎么办?"

老庾道:"所以必须在白天集中火力打击敌人的屯兵之地,好叫他组织不起夜间攻势来。"

话音刚落,有个人拍着巴掌说:"说得好,我看你能当个作战参谋。"原来不知何时表哥士安已经站在他们背后,大家赶快站起身来敬礼。士安说:"我来补充一点,日本兵不仅作战不怕死,而且绝不愚蠢,这一点千万不要受国内报纸和政治宣传的蒙蔽。我们面对的敌人绝对是世界上战斗力最强悍的军队,谁不能清醒地认识这一点,他将付出难以挽回的代价。但是日本人又不是不可以打败的,现在敌人占据夜间优势,我军在白天能呼唤空中打击,所以我们就要想办法把白天的优势转化为二十四小时优势。"

然后表哥朝父亲点点头,示意他跟自己走。

2

父亲跟着表哥来到营指挥所。这是一座构筑坚固的掩蔽部,一盏美国制造的电池灯大放光明,卫士已经在炮弹箱上摆上了一只盛着清水的脸盆,一条毛巾。等他洗完头脸,卫士又端来一饭盒热气腾腾的咖喱鸡肉面条。士安抱歉地说:"可惜没有芝麻酱,不然就是家乡的热干面了。"

父亲的心里一热,在战场上有机会享受亲情真是一件奢侈的事情。父亲大口吃着面条,士安在一旁感慨地说:"没想到述义关键时刻成了我的救兵,还是特种兵电台员,出息大了啊。"

父亲憨笑一声,把空饭盒一推说:"几年前你还是个只会喊口号的高中生,如今成了身经百战的长官,谁又能想得到呢?"

士安扔给他一支骆驼牌香烟,两人点燃抽起来。父亲心中一直揣着一个很大的疑问。他打量着士安的神色试探着说:"表哥,我有句话,不知道当不当说?"

士安胡子拉碴的脸看上去很粗糙,像一块生锈的铁板。他肯定地看着父亲说:"我听着!"

父亲忍不住责备道:"你为什么还没有找到她们的下落?国内亲人还在等待她们的消息呢。"她们是谁,两个人心照不宣。

烟头火光一闪,士安被呛了一口,大声咳起来。好容易止住咳嗽,士安转移话题:"今天你看见了,阵地上又阵亡了九个兄弟。"

父亲说:"是呀,夜里跳伞我们也损失了两个人。"

士安终于觉得绕不过去了,说:"上次入缅失利,我军伤亡失踪达七万人,溃散二万,仅有一万人保持建制进入印度。我们的亲人究竟属于那可怕的十分之七,还是失去联系的二万之列,现在谁也没有办法知道。其实我在任何时候都没有放弃寻找,但当人的生命比飘零的落叶还要脆弱的时候,我们必须鼓起勇气面对残酷的现实。这样说吧,如果战争结束我们还有幸活着,而她们还是杳无音信,那么就让我们活着的人为她们祈祷吧,因为在战场上,没有消息就是最确切的消息。"

父亲的心猛地沉落下去。表哥又说:"述义,军人的大脑在战场上只能装一件事,那就是如何取得胜利。因为如果你不是胜利者,你就将被消灭,二者必居其一。如果你脑子里还存有其他想法,说明你还不是一个合格的军人。"

还没等父亲细细体味这句话,外面就响起密集的枪声,紧接着炮弹也落下来,连脚下的土地都在抖动。狡猾的日本人果然借助夜幕掩护发动偷袭。父亲抓起枪正要冲出去,士安低声喝道:"瞎闹什么?你是报务员,责任就是保护电台,老老实实给我待着!"

士安带领卫士上阵地了,父亲留守。他抱着一支子弹上膛的卡宾枪坐在黑暗中,倾听外面传来的枪炮声。阵地上枪炮激烈,说明敌人攻势很猛,黑夜已经成为敌人的同谋。老庾说得对,日本人擅长夜战,白天的失败使他们意识到僵持的后果,所以改变策略在夜间投入重兵,试图孤注一掷攻陷高地。这一夜照明弹始终不熄,战斗白热化时营部卫士班和伤员都拿起枪上了阵地。直到天亮后枪炮声才终于疏落下来,敌人退走,父亲心中一块石头才落了地。

忽然外面响起一阵杂乱的脚步声,出现在父亲面前的却是胡君、闷墩和虎头,他们架着浑身是血的老庾闯进来。这回他真受伤了,而且伤得不轻,子弹打在大腿上,流了不少血,脸色苍白气息虚弱的样子。卫生兵赶来替他包扎好伤口,他忽然挣扎着说:"我开了枪,我打的……"卫生兵给他打了一针镇静剂,大家看着他昏昏地睡去才离开。

天空中浓云密布,侦察员报告说,敌人已经缩回河谷对面的丛林中,大家终于可以放松一下了。父亲看见阵地前面堆满了鬼子的尸体,就掏出身上的香烟慰劳大家,再看几个兄弟,个个满脸硝烟衣衫褴褛,如同从鬼门关里爬出来一样。闷墩拆下枪机,父亲看见那上面蒙着厚厚一层硝烟,可以想见昨晚枪膛里射出了多少复仇的子弹。虎头像老兵那样叼着烟头,从鼻孔里哼着说:"老子至少干掉了三个鬼子,算给我老爹报了仇!"

胡君擦去枪管上的泥土和血迹,又开始用探条捅枪管,他说:"我也干掉三个!有个从背后捅来一刀,幸好这枪是连发,要是'汉阳造'就死定了。"

呀呀呜黄同学也干掉了两个鬼子。父亲推推闷墩,闷墩也不说话,只管伸出一只巴掌来。父亲瞪着眼睛说:"怎么,五个?"

这下子大家全惊呆了,好半天才有人"哇"了一声。但是闷墩却不满意:"我家死了七口人,小鬼子还欠我两个呢——不行,不能这样便宜他们,我要叫敌人加倍偿还!"

虎头却不服气,嚷嚷说:"格老子!咱们比一比谁先干掉十个鬼子,就是十个鬼子的命也抵不上咱老爹一个。"

闷墩瞪起眼睛说:"那我非得干掉七十个不可!"

胡君拍手连声说好好,老二的基本指标是七十个,这下小日本的克星来了。

只有父亲心里闷闷不乐,昨晚他居然一枪未放,当了一回无所事事的看客。

3

营部的曾卫士来叫父亲,他连忙起身回掩蔽部去了。一进营部父亲觉出不对,悄悄问一个参谋,才知道原来昨夜虽然挫败敌人偷袭,消灭了三百多个敌人,但我军也伤亡近三分之一,弹药几乎消耗殆尽,照明弹所剩无几。士安命令打开电台呼唤飞机空投,并对敌人的阵地实施压制性空袭,可是此时胡康河谷阴云密布,飞机无法起飞,需待天气好转。

指挥官望着天空,不由得蹙起眉头来。

侦察员报告说,河谷对岸的敌人主力趁着大雨已经隐蔽起来,这回他们学精了,白天躲起来,不让盟军飞机发现目标,到夜间再集结兵力进攻。这样一来,如果敌人在夜间将高地守军消耗殆尽,白天就是天空布满盟军飞机也无济于事。威廉下决心说:"得先发制人,消灭他们的有生力量。"

士安也点点头说:"只有引导飞机攻击敌人的屯兵之地,打乱敌人部署,才能令敌人夜间组织不起攻势来。"

威廉比画着说:"我看唯一办法就是派出侦察员,找出敌人的主力集结位置。"

然而这天指挥部一连派出多组侦察兵去潜伏侦察,但是直到下午也没有人回来,相反前哨阵地报告说,山谷里曾经响起激烈枪声,很可能是侦察兵行动已经暴露。很显然,狡猾的日本人十分清楚战场形势,他们肯定会进行严密防范。大白天潜入敌后侦察本来就是极为冒险的行动,就算找到敌人阵地位置,但是侦察兵如何将情报及时送回来更是一件困难的事情,何况敌人一旦发现暴露,随时都会改变部署,令侦察成果功亏一篑。

指挥部陷入一片沉寂。父亲看见士安不断举起望远镜,但是除了徒劳地在热带丛林上空逡巡外,上帝并未赐予他特异功能去破解躲藏在绿色海洋下面的秘密。父亲听见一旁的威廉上尉问士安,援兵最快还有多久才能赶来?士安回答至少还要三天。美国人的蓝眼珠转动几秒钟,直截了当地建议说:"应该放弃高地,分散突围,这样也许还能拯救部分官兵的生命。"

士安惊讶地看了美国人一眼,说:"且不论现在能不能突围出去,就算突围成功,阵地上的几百个伤员怎么办?让日本人一个个砍下他们的脑袋吗?"

美国人反驳道:"就是自杀也比全军覆没好些,总不能让活着的官兵跟着送死啊。"

士安情绪有些激动,冷冷地对威廉说:"你可以把你的人带走,我奉命坚守高地,我将在这里射完最后一颗子弹。"

不知道为什么,表哥决绝的眼神令父亲心头一颤。他当然不能走,他要留下来同士安一道坚守阵地。可是留下来的目的是什么,是等待失败吗?他摇摇头,似乎在向这个结局说"不"!

可是怎样才能找出敌人主力集结的秘密呢?这时他的思维之箭忽然拐了一道弯,倏地射向远处一座长满大树的山头,那是他第一次呼唤飞机空袭敌人的马鞍形山冈。

他的脑子一下子亮了。那座山冈的位置恰好处在敌人阵地后方,如果在树上神不知鬼不觉安插一架无线电台的话,侦察兵就随时可以向总部通报敌情了,那样敌人阵地的一举一动都将无法逃过这双悬在头顶的死神眼睛。

当父亲结结巴巴地说出这个建议时,指挥官们都感到眼前一亮,士安和威廉互相望望,仿佛不相信这个神来之笔竟出自一个初次上战场的新兵大脑一样。指挥部经过紧急研究,一致同意派遣侦察员上山潜伏。

人们的目光再次集中在父亲身上。

父亲知道这个唯一合格的人选就是自己,因为潜伏离不开电台,电台不能没有报务员。士安低头抽烟,威廉也难下决心,父亲坚定地说:"战场上哪有不冒险的行动?要是高地被攻破谁也无安全可言。"

士安问他:"电台离开以后,高地同后方联络怎么办?"

父亲胸有成竹道:"目前飞机空投补给已成常态,每天补给一至两次没有问题。只要事先约定信号,比如高地上燃起火堆,发射红绿信号弹等等,我看见都能呼唤飞机支援。"

士安摇摇头说:"要是……敌人发现怎么办?"

父亲站得笔直说:"这里是战场,长官。"

父亲说得对,这是战场,士安别无选择,他把手枪摘下来默默插在父亲腰带上。父亲欲把"欧米茄"手表让士安保存,但士安对他说:"你戴上,手表也是你的武器。记住,时间对你至关重要。"

威廉亲自带领几名特种兵护送父亲和电台进入潜伏地点,他们借助河谷里滚动的雨雾作掩护,从高地一侧的悬崖悄悄溜下谷底,避开敌人密布的警戒哨和巡逻兵,迂回到敌人后方那座马鞍形山冈。父亲还是选择那棵藤蔓缠绕的望天树作为瞭望塔,因为藤蔓可以帮助自己更好地隐蔽身体。闷墩替他把电台和背包送上树,并在树上固定了一根打上死结的绳索,接下来父亲要做的事就是把自己独自留在距离地面几十米高的大树上,并用绳索把身体和电台同树杈捆绑在一起,再披上一层绿色的伪装网。这样一来,人与树干、枝叶和藤蔓就变得浑然一体,除非有人来到跟前,否则绝对看不出破绽来。

"无论遇到什么情况,你都绝对不许下地来。不许撒尿、拉屎,尽量少吃或者不吃东西,不要喝水,因为大小便、汗味和食物碎屑的气味都会引来敌人的军犬……遇到紧急情况打三发红色信号弹,我们马上就会赶来救援。"威廉把一只信号枪插在他的背包里,再三叮嘱。

闷墩趁长官不备悄悄塞给他一瓶防虫油,然后拍拍朋友肩头。父亲心头一热,赶快朝大家扬扬手,然后身手敏捷地爬上树去。

4

战友们撤离了,丛林里重新变得空空荡荡,周围的世界安静下来。透过密密层层的枝叶,父亲看见整座胡康河谷笼罩在一片白茫茫的雨雾之中。

他耐心地等待云开雨住,等待观测视线好转起来。

时间已是傍晚七点多钟,再有一小时天就要黑下来了,敌人肯定还要发动夜战,白天下雨飞机未能进行支援,高地上的弹药未得补充,照明弹也所剩无几,所以今晚能不能坚持住还是个未知数。他在心里暗暗焦急,祈祷云开雨住,夕阳快快露出脸来。可是老天却完全不理会他的心思,依旧阴沉着脸,父亲心中不禁有些绝望,高地上的几百条生命要由老天爷的脸色来决定生死存亡啊。

山风呼呼地刮着,把大树刮得摇摇晃晃,不一会儿天色竟然由暗转亮了,不多久一束燃烧的晚霞像火炬一样从云絮深处斜斜地投射下来。父亲刚刚暗自欣喜,就看见一队队日本士兵从树林中走出来,树枝般的枪刺微微闪光,数不清的小钢炮迫击炮已经扬起黑黝黝的炮口,只待黑夜的潮水来临就将对加拉苏高地发起总攻击。

父亲屏住呼吸,用颤抖的手打开电台,向"白象"紧急通报敌人主力的集结方位,请求飞机火速打击。仅仅过了十来分钟,一群饿鹰般的战斗轰炸机争先恐后钻出云层,它们简直就是阎王爷派来的勾命判官,朝着敌军集结地投下许多炸弹燃烧弹,然后又把大口径机枪子弹朝着敌人步兵倾泻。随着地动山摇的爆炸声响起来,河谷里浓烟滚滚火光冲天,转眼间寂静的山林就变成了一座血肉横飞的人间地狱……

饿鹰得意洋洋地飞走了,黑暗的潮水很快涨起来,除了山谷中还有零星爆炸和树木燃烧的火光外,黑夜给天地罩上了一层厚厚的幕布。父亲仅仅只来得及抓住白日的尾巴,命运的天平就倒向正义的中国人一边了。他能想象出来,在加拉苏高地上的表哥、威廉还有弟兄们一定瞪大眼睛看得发呆,然后忘乎所以地跳起来纵情欢呼……

这一夜敌人果然老实下来,父亲在瞭望塔上度过自己第一个单独执行任务的不眠之夜。直到第二天太阳从山背后露出脸来,父亲举起望远镜来观察,昨天敌人集结兵力的那些树林全都不见了,金色的阳光照亮一片光秃秃的焦土和山坡。他的目光继续搜寻,这才看清敌人的尸体几乎全都烧焦了,眼前的一切都在触目惊心地表明,一架巨大锋利的钢铁犁铧曾经无情地光顾过山谷,它播下的种子名字叫做"死亡"。

敌人阵地动静全无,好像他们全都睡着了一样。父亲知道素以狡猾和残忍著称的日本人决不会善罢甘休,他们决不会不知道,盟军飞机赶在天黑前恰到好处地空袭了他们的重兵集结地,这种"巧合"背后说明什么?他绞尽脑汁去替敌人思考,他们下一步将会采取什么办法对付他,或者说怎样把他从茫茫林海中找出来消灭掉,这真是一场你死我活的智力较量啊。

223

父亲又举起望远镜。他看到加拉苏高地上升起一红一白两颗信号弹,这是他与威廉约定的信号,于是父亲打开电台呼叫空投。几十分钟后,一架美军运输机飞临河谷上空,向高地投下许多红红绿绿的降落伞来。父亲能想象出来,那些降落伞下面除了系着阵地急需的武器弹药、照明弹、饮料和食品外,肯定还有他为官兵要来的新军装和衬衣内裤等等。一想到换上新军装的弟兄们不久就可以开饭,父亲顿时觉得肚子咕咕叫起来。他掏出背囊里的压缩饼干,刚刚啃了一口又放回去。威廉说过,要尽量不吃不喝,绝对不许拉屎拉尿,因为气味会暴露他的行踪。

　　一只五彩缤纷的大鸟气定神闲地落在树杈上。父亲吃了一惊,面前这只鸟儿是如此美丽,如此雍容华贵,宛如神话传说中的金凤凰。他呆呆地看着大鸟,简直疑心自己有了神话传说中的奇遇。大鸟显然没有发现藏匿在树上的不速之客,开始悠然自得地整理长长的彩色羽毛,忽然间它感觉有些不对劲,这个两只脚的动物应该在地面上活动呀,它怎么到树上筑巢呢?可能鸟儿没有与人类遭遇的经验,因此它并不显得害怕,也没有准备逃走的意思,于是父亲也久久地注视着这只美丽的鸟儿。

　　忽然有种不易察觉的微小响动引起他的注意,他低头一看,蟒蛇正循迹而来。它正在悄悄越过树枝,试图接近那只没有防备的鸟儿。父亲忍不住向鸟儿挥手发出警告,大鸟受了惊吓,拍着翅膀扑棱棱地飞走了。不料失去美味的蟒蛇却盯上了人。这下子父亲紧张了,蟒蛇足有碗口粗细,看样子能吞下一头牛犊。他将锋利的匕首握在手中准备自卫,忽然又觉不妥,如果蟒蛇尸体落在地面上,不等于向敌人告密了吗?

　　情急之中他忽然想到一个主意,连忙取出一颗子弹,拔掉弹头,将火药倒出来,划着一根火柴来点燃。只听见"嗤——啦"一响,树枝上燃起一朵赤焰,大蟒蛇被这团奇怪的火光吓坏了,连忙扭动身体急急地逃走了。

　　森林里没有风,阳光静静地穿过树叶,把破碎的光斑洒落在草丛中。父亲举起望远镜来观察,未见敌人阵地有任何动静。这种反常的沉寂令他感到不安,难道敌人打算放弃进攻,要悄悄撤退吗?或者他们正在酝酿什么更大的阴谋?就在他百思不得其解之时,危险的警告已然出现,自己藏身的这座马鞍形山冈上已经出现了许多若隐若现的光斑。这些跃动的光斑并非来自大自然的岩石、水洼或者露珠的反光,而是金属刺刀和钢盔在阳光下寻找目标。

他从望远镜里看见,至少有几百个日本兵爬上他藏身的山头进行搜索,他们不打枪不出声,连一堆草一个石洞都不放过。原来敌人已经布下天罗地网,要把刺进他们后背那根可恶的"钉子"拔出来。父亲不由得深感庆幸,要是刚才杀死那条蟒蛇,或者不当心留下什么痕迹,此时的敌人就可以顺利收网了。

父亲贴紧树干一动不动,他听见自己的心脏响得像擂鼓,有一刻他觉得敌人肯定会听见自己心跳。敌人离他那么近,可是他的任务还没有完成,高地之围尚未解除,他决不能让敌人轻易得手。于是他蜷缩身体,尽量让伪装网把自己和大树连成一个天衣无缝的整体。

敌人终于撤走了,警报解除,父亲的身体瘫软下来,人几乎虚脱下去。太阳把千万支金箭射向丛林,现在另一个敌人来到面前。那就是大自然的考验。

5

亚热带太阳简直就是一座悬在头顶烈焰熊熊的炼钢炉,好像不把人烤化誓不罢休一样。

父亲无法躲避,也无法动弹,他唯一能同炼钢炉对抗的办法就是喝水和流汗。伪装网、野战服以及背上的电台和武器统统变成了太阳的帮凶,没过多久,他的水壶就见了底。身上流出的汗水很快就被日头蒸发了,皮肤上留下一层细小的晶体,他用舌头舔了舔,那是咸咸的盐粒。

肆虐的阳光继续炙烤着树上的人,喝水已经变成一种刻不容缓的需求,如果水分得不到及时补充,过不了多久他就会中暑,因高温丧命。父亲忽然有些后悔,如果他学会沉着一些,把宝贵的饮水留在关键时刻再喝,也许他还能熬到太阳落山。可是经验的取得总是在付出代价之后,此时水壶已空,他上哪里去找水呢?他想起威廉讲过,极限生存就是自己救自己,于是他毫不犹豫地解开裤带,用水壶去接自己的尿液。

然而更加令他吃惊的是,自己居然连一滴尿也挤不出来,全身的水分都被可恶的火炉榨干了。

父亲开始感到绝望,眼前的景物也在晃动,这个征兆肯定不大妙,他不知道自己的身体还能支撑多久,也不知道怎样抵御高温缺水的进攻。四川有一种俗称"娃娃鱼"的两栖动物,因为叫声酷似孩子啼哭得名。娃娃鱼有个习性就是喜欢夜间爬到树上睡觉,但是往往天亮后却因为脱水回不了水中被太阳烤干。父亲悲哀地想,我大约也要变成一条鱼干了。

他抬眼四顾,生机勃勃的热带雨林像一只蓄满水分的大仓库,即使猛烈如火的太阳也只能飘浮在森林表面燃烧,父亲摘下一片树叶放在口中咀嚼,苦涩的植物汁液令他的口腔竟生出少许湿润和清凉来。他受到启发,取出匕首朝面前一根寄生藤蔓轻轻斫了一下,布满青苔绒丝的藤蔓皮就像婴儿皮肤一样裂开,溢出一股亮晶晶的液汁来。父亲连忙把嘴巴凑近藤蔓,一股来自植物血管的甘露顿时沁入心脾,他大口吸吮着,就像婴儿吸吮母亲的奶汁。其实这些缠绕在大树上的寄生藤蔓本身就是取之不尽用之不竭的甘泉啊,只要连接大地的血脉没有割裂,人怎么可能渴死呢?生活是最好的老师,你只有学会生存之道才能立于不败之地。他在藤蔓上小心地掏了一个洞,然后用树叶塞住,这就是他的自来水龙头。有了这股清凉的生命之水,他再也不用担心变成鱼干了。

山下小路又有了动静,父亲连忙举起望远镜一看,原来有支敌人增援队伍避开原先的小路,借助大山和丛林阴影掩护,正试图翻过马鞍形山冈悄悄开进河谷地去。敌人自以为做得神不知鬼不觉,驮载武器弹药的骡马都戴着嘴套,四蹄裹着麻布,步兵钢盔上戴着伪装物。

可是他们还是没能逃过死神的眼睛。

父亲在报告敌人方位时稍稍犹豫了一下,因为此时召唤飞机很可能由于距离太近遭到误伤。可是如果把敌人放进山谷,他们就有可能脱离他的视线监视而逃脱打击。父亲想,就是冒着再大的风险也不能放敌人过去。他是战场上的最后一根红线,绝不允许敌人踩过红线去偷走属于中国人的胜利。父亲一口气向"白象"报出方位坐标,呼唤飞机立即攻击。

几乎就在眨眼之间,两架涂抹着鲨鱼大嘴的美军"野马式"战斗机就赶到了,它们简直就像两头来自远古时代的凶猛翼龙贴着山头猝然掠过。父亲仅仅只来得及听见一阵骤起的轰鸣。山谷里仿佛起了风暴,狂风不由分说抓住大树,树枝猛烈地摇晃,要不是他被紧紧绑在树上,肯定会像一片树叶那样被刮到半空中去。

　　飞机开火了,山谷好像发生十二级地震,空气中电闪雷鸣飞沙走石,雨点般的子弹如同千万支响箭在天地间飞舞,打得敌人队伍人仰马翻。战斗机刚刚飞走,速度较慢的轰炸机又赶到了,它们仿佛要证明自己才是决定战场胜负的主角,于是惊心动魄的轰炸持续了十几分钟,山谷变成一片火海。这时惊险的一幕忽然发生了,一块锋利的弹片击中了父亲藏身的大树,他看见身旁一根水桶粗的树枝如同被巨斧凌空劈断一样,仅仅挣扎一下就坠入了深渊,把他惊出一身冷汗来。

　　夜幕降临,河谷和山下到处都有零星的火把光亮游动,父亲想,应该是日本人正在抢救伤员收拾尸体吧,他们终于尝到下地狱的滋味了。相反加拉苏高地却像睡着一样安静,守军偶尔打出一两颗晃晃悠悠的照明弹,好像提醒日本人山上并没有睡大觉。父亲猜想表哥他们该松口气了,苦战了这么多日子恐怕从没睡过好觉吧?兄弟们都在干什么呢?老庾的伤势怎么样了?他忽然记起自己上树以来还没有吃过东西,就掏出压缩饼干啃了一口。

　　下半夜忽然风雨大作,气温骤降十几度,亚热带丛林气候就是这样变化无常。父亲没有带雨衣,湿透的军衣贴在肉上,风一吹冻得直哆嗦。尽管电台背包是防雨布的,他还是担心电台被雨水浸湿,干脆脱下衣服包住电台,自己光着身子听凭风吹雨打。

　　不多久,电台兵就发起高烧来。长夜漫漫,父亲像头孤独的亚洲树熊,抱着冰冷的树干同忽冷忽热的病魔抗争。在他的记忆中,从前哪怕最困难最危险的时刻,比如在长江中溺水、炸弹下逃生、烟雾中窒息等等,都未曾令他如此孤单和虚弱不堪。原以为枪炮是最凶残的杀手,殊不知真正阴险的敌人却是时间,时间会在不知不觉中吸干你的能量,磨蚀你的体力,消解你的意志,最后把曾经生龙活虎的你变成一条再也不会醒来的娃娃鱼。他开始强烈地想念战友和兄弟,希望哪怕听听他们的声音也好。他挣扎着接通电台,这是他能与自己人说话的唯一途径。

白象公主如同守候在他身边一样立刻出现了,他困难地询问:"援军几时到达?"

对方立刻觉察什么,回答:"已经出发多时,你能坚持住吗?"

他感到信心的小船正在进水,只回答一个字:"能。"

对方焦急地问:"甲虫勇士,你负伤了吗?病了吗?"

他含糊地回答:"我会坚持到最后。"然后关闭电台。

6

父亲梦见自己又登上飞机跳伞了。这回既不是在印度,也不是在缅甸,而是两江汇合的朝天门码头。江北兵工厂的烟囱和南岸民居屋顶,还有自家院子都历历在目,可是他们为什么要在重庆跳伞呢?难道日本人已经占领了大后方吗?

机舱红灯亮了,威廉不由分说把他推出去,落地四周却是雾气蒙蒙的陌生地方。他看见那些来来往往的人全都蒙着脸,正无所适从,一个人径直走到跟前,把蒙在脸上的黑纱撩开,原来是淑贞妹妹。他问淑贞在这里干什么?淑贞轻轻嘘了一声说:日本鬼子把你父母关起来,要他们把你交出来。

父亲连忙端起枪去救父母。不料天空忽然一亮,迷雾散去,原来他已经被敌人包围了。他要举枪射击,却怎么也拉不开枪栓。一个日本军官走过来,抓住他的枪,但是他死也不松手,于是日本人吼了一声,那些兵就举起枪来……

他一惊就睁开了眼睛,发现确实有一只手在拖他的卡宾枪。因为背带是挎在身上的,所以一拖枪就把他惊醒了。此时天色大亮,太阳升得老高,但是面前这张陌生人的脸却丑陋无比:红脸膛,长着浓密的胡须,连额头上都是红毛,嘴巴很大,鼻子却很短,几乎就是两个朝天黑孔。

他面前是只红脸猕猴。

这只猕猴个头相当于一个半大男孩,现在正蹲在父亲面前的树枝上警惕地研究他,还悄悄伸手去拉卡宾枪,想把这个令它感兴趣的东西偷走。父亲听见身后传来一阵动静,转过头去,看见树上竟然还蹲着几十只大大小小的猴子,它们全都怀有敌意地观察这个待在树上的陌生家伙。

父亲知道自己遇上真正的麻烦了。他看出面前这只大猕猴就是通常所说的"猴王"。猴王通常生性好斗,领地意识极强,它不会欢迎任何不速之客闯入它的领地,一旦猴王带头,自己恐怕没法抵挡那么多猴子群起而攻之的,除非开枪。可是无论开枪还是动刀子都会暴露自己,给搜山的日本人可乘之机。

聪明的猴王看出这个两只脚走路的人身体虚弱,于是胆子大起来,不仅上前来抢东西,嘴里还发出一种恐吓的尖叫声。父亲被迫用刀背狠狠教训了它一下。不料猴王发出一种类似宣战的咆哮,其他猴子听见首领的吼声都激动起来,纷纷在树枝上张牙舞爪地蹿来蹿去,好像用肢体语言响应宣战一样。正在危急之时,山坡下传来几声枪响,紧接着又传来一阵汪汪的狗叫,猴群吓坏了,一声呼啸落荒而逃。

山下赶来的确实是人类的同类,但不是援军,而是敌人。

吃了两次大亏的日本人决心要消灭这双令他们坐卧不安的眼睛。他们拉开一张搜山大网,并将搜索范围缩小到马鞍形山冈一带。经验丰富的日本指挥官已经判断出对方电台的大致潜伏方位,只是层层叠叠的热带山林妨碍搜索。这次他们不仅派出更多搜山士兵,而且还带上了训练有素的狼狗。搜山进行得极为仔细,每棵大树,每处可疑的山洞、草坑、岩缝都不放过,于是凌乱的枪声此起彼伏,日本人虚张声势的吼叫和狗吠声响彻树林。

父亲透过树缝看见一群牵着狼狗的日本兵搜到树下,他们停住脚步抬起头朝树上张望。父亲庆幸自己没有在树下留下任何气味和痕迹,否则嗅觉灵敏的狼狗就能轻易发现他的踪迹。甚至有个日本兵扔下枪跃跃欲试地朝树上爬来,也许他在自己的家乡也是个爱爬树的捣蛋家伙,可是热带雨林的望天树有几个人合抱粗,攀爬起来远非易事,所以日本兵爬了一阵又跌下去,引来一阵叽里呱啦的取笑。由于树干太高,茂密的枝叶遮挡了视线,加上一张绿色伪装网以假乱真地掩护了父亲,敌人并没有看出什么破绽,他们胡乱朝树上放了一阵枪就走开了,射下一些乱纷纷的落叶来。

父亲觉得身体一震,有股热烘烘的液体流出来浸湿了衣服,他明白自己被子弹击中了。奇怪的是他并不感觉疼痛,而是有种触电的麻酥酥的感觉,伤口在肩头上,虽不致命,但是流血却会令他病弱的身体雪上加霜。他赶紧取出急救包来堵住伤口,不让鲜血淌到地面去,否则敌人的狼狗就会循着气味找到他。

敌人的搜山还在继续。他数了数,除了十五发子弹,腰间还挂着两颗美式手雷。万不得已他要做出最后选择的话,那么其中一颗手雷将在敌人头顶爆炸,另一颗则会在树冠上为自己燃放一朵灿烂的生命礼花。

随着时间流逝,他的眼睛开始发黑,四周景物也黯淡起来,他知道这是伤口失血过多的征兆。他暗暗鼓励自己,一定要坚持住,绝不能睡觉,因为他听说过伤员一旦睡过去就永远醒不过来了。他尝试用各种方法转移自己的注意力,比如同自己说话,同风和鸟儿说话,同天上的云彩和太阳说话,同自己争论严肃的问题等等。他想,那个从未谋面的"白象公主"长得什么样,她是中国人吗?自己将来能有幸见到她吗?当然这是战场,他们很可能永远也无缘相识。忽然间他看见兄弟们朝他走过来,闷墩严肃地说:"小哥子,你一定要坚持住,我们马上就来救你……"

天还是那样蓝,山还是那样绿,风还是那样吹,阳光还是那样猛烈,父亲感到自己越来越没有力气,连望远镜也变得十分沉重,他觉得自己的手快要举不动它了。他艰难地将眼睛贴在镜片上,好像再看一眼这个郁郁葱葱的世界,最后一次同高地上的战友告别一样。一件小小的东西跳进他的视线。一张邮票大小的旗帜在山谷和丛林间跳动着,上面有只熊熊燃烧的白太阳。他转动脑袋努力地回想着,忽然轰地一声,天上有道阳光照进来,把他的大脑一下子照亮了。白太阳,白太阳!白太阳的旗帜当然是中国人的军旗,是进攻和胜利的旗帜。这就是说,他们的援军到了。

他们提前赶到了!

望远镜随即从父亲手中滑落下去,就像溺水之人再也无法抓牢救命稻草一样。他在沉入黑暗之前尽力所做的最后一件事情,就是把信号枪里的子弹发射出去。"砰砰砰——"随着三颗红色信号弹升起来,父亲心满意足地想:我该好好休息一下啦……

第十七章 穿行地狱的风

1

不知道过了多久,父亲被一阵唧唧喳喳的鸟鸣吵醒了。他困难地将眼睛睁开一条缝,首先映入眼帘是一片银白的冰雪世界;冰雪的天,冰雪的墙,冰雪的屋顶和冰雪的人。但是冰雪似乎并不寒冷,一个矮个子雪人高兴地说:"好了好了,他醒了。"

父亲觉得这个声音很遥远,也很熟悉,却想不起在哪里听过。一个高个子雪人则把一个冰凉的东西塞进他的胸口,他的身体一激灵,眼前的景物立刻清晰起来。

自己躺在医院里。高个子美国军医正用听诊器替他检查,而站在一旁的矮个子凑近他,父亲认出正是自己梦中遇见过无数次的女护士珍妮。他试图坐起身来,却被珍妮制止了。她按住他的手,在耳边小声说:"邓,你要听话,好好躺着,你的伤口还在发炎呢——欢迎勇士归来!"

父亲心头一热,那两天两夜的孤独、凶险立刻浮现在眼前。他望着珍妮湖水般清澈的眼睛愣愣地想:这么说我是活下来了,可是闷墩他们呢?还有威廉、表哥和加拉苏高地上浴血奋战的官兵呢,他们怎么不见人影呢?珍妮告诉他,他是第一批用飞机从前线运送回来的伤员,刚进医院那阵连脉搏都找不到,医生说如果再晚几个小时,他就该直接送进另一个地方了。珍妮说话的时候样子很迷人,在他耳边呢喃细语,像守护婴儿的母亲,也像倾诉衷肠的情人。父亲觉得喉咙被什么东西粘连着,说话很困难,他勉强从嘴里挤出几个字:"他们,在……哪里?"

珍妮明白他所指的"他们"是谁,但是她不认识"他们",所以只好摇摇头。医生检查完毕说:"小伙子,你的身体很结实,就是失血过多,好在有人给你输过血了。上帝保佑你健康。"

父亲虚弱地问:"谁……输血?"

医生指指珍妮回答:"一千毫升啊,就是你身边这位姑娘,她已经快把自己抽干了。"

父亲几乎不敢相信,他怔怔地望着珍妮。珍妮轻轻替他擦去泪花说:"邓,你能回到我身边,我很高兴。"

不幸的是,父亲伤口感染恶化,再度陷入高烧昏迷之中。在这一段与狞恶死神赛跑的日子里,父亲在死亡线上几度挣扎徘徊,当他终于恢复知觉时,看见珍妮正跪在窗前祈祷,虔诚的面庞神圣而宁静,美丽的眼睛饱含泪水,不禁深受感动。

珍妮看见他醒过来,赶紧在胸前画个十字。她快乐的眼睛闪闪发亮,凑近父亲耳朵小声说:"邓,你一定要好起来。主会保佑你的。"

感动与爱情原本是一对孪生姐妹,尤其在残酷无情的战场上,鲜血浇灌的情感之花更加娇艳。养伤的日子里,父亲发现自己心中系着一根丝线,丝线另一头牵着珍妮。只要有半天时间没有见到那个熟悉的身影,他的心就会被丝线牵扯得发慌。细心的女孩子肯定感觉到了男孩子的感情,恋爱中的人目光是有温度的,但是她并未作出响应,因为她毕竟比他大一些,有过恋爱经历,尚未从杰克失踪的阴影中完全走出来。生活总是在痛苦的时候教会年轻人一些走向成熟的知识,比方战场上的爱情是一件奢侈品,并非人人都有权享用它。父亲从珍妮回避和躲闪的目光中觉察出某种变化,尽管她依然大大方方地走进病房,喂他吃药给他打针,陪他说话,聊一些大家关心的战场新闻,比方中美盟军已经取得进军缅甸的第一场大捷啦,太平洋盟军转入反攻,美军飞机从中国成都起飞轰炸日本东京啦,苏军取得斯大林格勒保卫战的胜利,而欧洲盟军也在意大利西西里岛登陆啦,总之都是一些鼓舞人心的好消息。

父亲本想当面问问珍妮发生了什么,或者说他希望对珍妮有所表白,但是珍妮不给他这个机会。女孩子总能在单独相处的时候巧妙地找借口离去,令父亲一颗热恋的心又痛苦又惆怅。

这天父亲终于下床来,他在走廊拦住路过的珍妮,把她吓了一跳。可怜的父亲本来憋了一肚子话要说,他觉得自己像只快要爆炸的气球,可是一旦真正面对心爱的女孩,立刻就像漏了气那样什么也说不出来。珍妮看着他的眼睛,炽热又害羞的目光说明了一切,却又什么也说明不了。珍妮大大方方地说:"士兵先生,我看你是不是太性急,弄不好会重新受伤的。"

父亲心一横,冲口而出道:"珍妮小姐,你知道,我……"

但是后面那个字却没有能够说出来,因为珍妮已经伸出一根指头按在他的嘴上,将他一生中最重要的那个字按回了出发地。珍妮温情地说:"邓,请你千万不要说出这个字,因为我们受的伤害已经够多了。请把我当姐姐吧。"

父亲恨恨地说:"为什么是姐姐而不能是别的?"

珍妮说:"因为我们现在都不属于自己。"

父亲抬起头来,眼睛里噙满痛苦的泪水:"属于谁?"

珍妮回答:"属于战争。"

2

这天午睡时走廊里传来一阵粗野杂乱的脚步声,忽然病房门被"嘭"地撞开,父亲还没有来得及看清就被一群大呼小叫的人抱住了,大家顿时乐成了一团。

闷墩一个劲地说:"好好,长结实了,没落下残疾就好。"

胡君嚷道:"老弟你得请客,听说总部给你记了战功。"

闷墩马上站出来护着父亲,不满地说:"你明明知道那战功后来又取消了,还捉弄人。"

胡君争辩说:"取消那也是立过功啊。"

父亲听得莫名其妙。原来总部要给电台兵记功发奖章,后来得知他殴打美国教官乔治的事,就功过相抵了。父亲坚决地说:"不管记功算不算数,这客咱一定请!"

大家欢呼起来,把父亲抬起来往天花板上抛,要不是珍妮闻声赶来,这伙人一定会把医院闹翻天。珍妮杏眼圆睁柳眉倒竖,她往屋子里一站,大兵立刻就没了声音,尤其是胡君,好像触电一样眼睛立刻直了,只好乖乖地把父亲放回病床上去。珍妮呵道:"你们都给我出去!这是医院,不是兵营!他哪能经得起瞎折腾呢!"

　　父亲连忙求饶说:"是我不好,他们都是我的兄弟,让他们待一会儿吧。"

　　胡君整理一下衣帽,庄重地走上前自我介绍:"我叫胡君,是这位伤员老弟的大哥。我说这位漂亮的护士小姐,你没看我们都是一群善良的人吗?行行好,你叫什么名字……哦,珍妮小姐,我代表大家欢迎你参加慰问活动。"

　　胡君本来长得高大帅气,又有文艺范儿,一张嘴能说会道,是个天生的情场杀手。珍妮看他一眼,似乎无法抗拒他那魅力十足的目光,于是态度软化下来,同意他们再待十分钟。她才一出门,大家立刻"轰"地炸开了,都说这个护士小姐忒漂亮,还是咱胡大哥有魅力,几句话就让漂亮护士乖乖地让步了。但是这句话让父亲很反感,连忙转移话题说:"老庾呢,他怎么没来?伤不要紧吧?"

　　他这一问,大家反倒不出声了,众人眼神中都多了一种心照不宣的东西,仿佛那东西很碍口,让人难以启齿似的。父亲奇怪地追问,到底怎么啦,老三难道出了什么事情吗?

　　闷墩啐了一口说真丢人,咱们没这个兄弟。虎头告诉他,老庾那次受伤是自伤,有人亲眼看见他不光彩地朝自己腿上打了一枪,然后就有理由躲在安全的掩蔽部里。按照军法条令,战场自伤属于变节行为,与逃兵同罪论处,因此如果有人告发,老庾将面临军法审判的下场。父亲心中像打翻了调料罐,老庾的自伤不仅令他失望和难过,同时也令他担心。他说:"威廉队长知道吗?"

　　大家都没有说话,父亲从大家的沉默中预感到某种不祥的兆头。还是胡君摇摇头说:"你别替他担心啦,本来威廉队长要处分他,可是后来重庆国防部却发来一纸命令,把他调到中方联勤部仓库去了。"

　　虎头冷笑说:"听说一过去就当了少尉管理员,国防部军官的儿子真能干啊。真是龙生龙凤生凤,老鼠生儿打地洞。"

父亲的心情十分复杂,一种悲哀和忧伤的情绪就像大雾一样弥漫开来,他想起那两个跳伞牺牲的同学,他们已经长眠在缅北不知名的荒坡上,成为永远"活着"的抗日战士。但是逃离战场的老庾虽然活着,却已经倒下了,倒在肮脏而可耻的烂泥塘中。同为抗日救国的同学,怎么会有如此大的差距呢?

这天以后,父亲发现珍妮小姐开始有了某种微妙变化,眼睛里少了阴霾和乌云,多了快乐的阳光照耀,就像春天的小树苗那样绽放出勃勃生机来。父亲苦恼地想,是什么原因让珍妮小姐精神焕发呢?

这个疑问直到他能够下床行走后终于找到答案。

那天傍晚他独自走出医院散步,看见有两个人在一棵大树下热吻,他认出女的是珍妮护士,男军人有些眼熟,等他走近一看竟然是他的大哥胡君!这段时间胡君常常借口来医院探视,原来是夺走了自己心爱的姑娘。父亲怒火中烧,像匹决斗的马儿一样冲过去。俩人都吃惊地抬起头来,望着面前这个鼻孔呼哧呼哧喷粗气的伤员弟弟。胡君镇静地告诉父亲,自己和珍妮护士恋爱了。

父亲愤怒地质问道:"你怎么能……这样做?"

"兄弟,我没有做任何违背道德的事情,珍妮是个人,不是件东西,她有权利选择爱情。"

珍妮为了印证胡君的话,竟然幸福地点点头。父亲简直气昏了头,冲珍妮嚷道:"你不是说过,你不属于自己而是属于战争吗?"

珍妮动情地回答道:"弟弟,你长大就会明白,女人任何时候都不会拒绝爱情,哪怕在炮火连天的战场。除非你无缘与丘比特相遇。"

父亲讷讷地问:"可是你……为什么要救我?"

珍妮说:"难道姐姐不该救你么?"

父亲无言以对。他只有恨恨地瞪着胡君,恨不得揍他一顿,但是珍妮的话令他双脚在地上牢牢地生了根,年轻的头颅低垂下来。失恋的痛苦令父亲辗转反侧,到天亮时他做了一个决定:马上出院,远远离开珍妮,离开这座挽救了他的生命却埋葬了他初恋的医院。但是他不会原谅胡君,他决心要让胡君为自己的不义付出代价。

3

出院不久小分队接到命令紧急登车,连夜抵达印缅边境的前线机场。去年他们就是从这里走下飞机踏上印度土地的。父亲看见机场跑道已经进行了大规模扩建,停机坪众多飞机就像开博览会。威廉说:"你们知道吗?支援加拉苏高地的飞机都是从这里起飞的。"

父亲用目光抚摸这些飞机,心中涌出一股亲近感,好像它们都是老熟人一样。

威廉队长在草坪上召集会议,脸色看上去十分严肃,首先通报一个不幸消息:两天前有架盟军飞机深入敌后,与总部失去联系,据推测很可能因恶劣天气不幸坠毁。飞机上搭载的乘客都是负有特殊使命的盟军军官,其中有位大名鼎鼎的人物,他就是蓝姆伽特种兵学校的名誉校长,"钦迪特"部队指挥官,英国勋爵翁将军。

大家不由得面面相觑,那个顽皮而又自负的小个子勋爵,威震敌胆的特种战专家,已经葬身空难了?威廉在军用地图上画出一个圆圈,表示飞机可能坠毁的区域。父亲看到圈内那条狭长的隆起地带就是原始丛林无人区和野人山脉。

威廉低沉的声音响起来:"各位先生,我想说明的是,这架飞机上不仅载有盟军高级将领,还有绝密的作战文件和通讯密码,一旦这些军事机密落入敌人手中,你们都知道会有什么严重后果,因此总部命令我们立即出动,抢在敌人找到飞机残骸之前把这些重要文件统统销毁,并把勋爵先生的骨灰带回来。"

大家互相看看,个个眉头紧锁表情凝重,一时间空气变得很静。父亲小心地提出一个问题:"飞机坠毁的位置准确吗?"

威廉指着那个圆圈回答:"根据目前掌握的线索,该区域只是飞机失去联系时的大致方位,估计范围应在一百平方公里之内。"

大家不由得倒吸一口冷气。在险象环生的野人山原始丛林,一百平方公里区域足够小分队搜索三个月时间。胡君问道:"为什么不派侦察机搜索,以便确定坠机位置呢?"

威廉高兴地看到他的队员已经成熟很多,他点头回答:"总部已经派出多架侦察机前往搜索,均未发现地面有燃烧痕迹,说明飞机未起火而是坠地解体,这就是我们为什么必须赶在敌人发现飞机残骸之前找到它的原因。"

大家互相望望,虎头吐出一个堵在大家心头的疑团:"'钦迪特'部队本来就在敌后缅北一带活动,他们的人肯定比我们熟悉地形和环境,为什么不派他们执行这个任务呢?何况翁将军还是他们的指挥官呢?"

威廉忽然很冒火,生气地责备说:"你们是不是害怕了,不愿意去?难道执行任务还要分你们我们吗?"

虎头脑袋一缩,不敢吭声了。父亲觉得长官误解了虎头的意思,连忙替他解释说:"虎头的话于情于理都没错。尽管中英盟军不分彼此,但是英国军队究竟干什么去了?'钦迪特'部队确实更有理由去执行这项敌后任务,我想大家应该有权利知道为什么。"

威廉也冷静下来,沉重地点点头说:"好吧,我想你们的确有权知道原因。我要告诉你们,这个原因就是从上个月起,英军'钦迪特'部队已经不复存在。当我们还在加拉苏高地作战的时候,他们不幸遭遇敌人围剿损失惨重,许多官兵都被打散了。翁将军就是为了飞去重新收拢他的部队而中途失事的。你们想想,现在还有谁更合适执行这个任务?"

大家这才恍然大悟,他们都替这支曾经威震一方的英军特种部队的覆灭而悲痛,也为那位首创特种战奇迹的英国名将之死叹息不已。战争就是这样,先行者未必是胜利者,只有谁笑到最后谁才笑得最好。威廉指着停机坪上一架运输机说:"执行任务的食品和后勤保障物资都已经装上飞机了,你们各自检查装备,十分钟后登机出发。"

当运输机载着"甲壳虫"小分队滑离跑道起飞后,父亲打开电台呼叫总部。一个熟悉的指尖滑动音出现了,白象公主穿过云层站在父亲面前,简短通报说:"目标区域上空天气恶劣。亲爱的勇士们,祈祝好运。"

父亲注视着飞机下方汹涌的气流和翻滚的云团,还有地面时隐时现像大海一样的黛黑色丛林,他不知道等待他们的将是怎样一种命运。

"也许此刻勋爵先生正在盼望有人带他回英格兰老家呢。"父亲眼前出现那个蓄着小胡子神气活现的小老头面庞,他叹口气:"是的,您是我们的校长,我们不再是 slim grape vines(瘦弱的葡萄藤),而是真正的大树了。我们一定不会让您失望的。"

4

空降顺利得出人意料,飞行员选择了一处树木稀疏的山坡把他们投放下去,四周低覆的云团和蒙蒙雨雾成功地掩护了这次白天进行的冒险行动,即使山头上的日军哨所也未发现这些从天而降的盟军伞兵。父亲落地时被挂在一棵树上,附近的胡君连忙赶来解救他,帮他割断伞带落下地面,但是父亲根本不领情,绷紧脸走开了。这次空降的唯一纰漏是系有小分队食品的降落伞没有找到,很可能被风刮到山背后去了。威廉毅然决定放弃寻找食品,于是小分队就像鱼儿一样迅疾游向绿色的丛林大海,很快消失在山谷里不见了。

父亲背着电台,被夹在队员中间。队伍沿着一条长满苔藓的溪谷鱼贯前行。溪水两岸的灌木和茅草比人还高。稍有常识的人都知道,热带丛林的溪谷和低洼地带正是猛兽毒蛇出没的地方,所以黑人史利姆挥动一把大砍刀在前面开路,他有意弄出一些声响来,不时惊飞几只大鸟,赶走一些不知名的小动物。

前面出现一道瀑布,水流激起很大的声响,溅起一片白茫茫的水雾来。威廉宣布就地休息。父亲看见石头缝里有几根动物白骨,这些骨头经过水流冲刷都变得跟白玉一样光滑。闷墩捡起一根来看看说:"这不是动物骨头,是人骨!"

虎头饿得有气无力,附和道:"对,是个不走运的饿死鬼。"

呀呀呜质疑闷墩的鉴定水平,闷墩肯定地说:"我在重庆帮忙收敛掩埋过炸死的人,江里那些人骨我能分辨出来。"

胡君摇摇头说:"既然是原始无人区,这些人骨从哪里来的呢?难道这里发生过大轰炸大屠杀吗?"

父亲冲他恶狠狠地嚷道:"你怎么知道没有大轰炸大屠杀?"

胡君看看父亲的眼睛，没说什么就转身走开了。大家愕然地看着他俩，不明白冲突从何而来。枯坐一阵没有人说话，寒气渐渐袭来，只听见远处一头不知名的大鸟在"我儿"、"我儿"地怪叫，令人毛骨悚然。

队伍继续前进，上游的白骨更多了，不仅石头缝里，而且岸边也发现多处人骨，甚至还有死人头骨盖，足以证明闷墩的说法正确无误。大家心中的疑问更大了，这些死者都是些什么人，他们来到这里干什么？什么原因令他们葬身这片与世隔绝的大山和原始森林呢？

天空渐渐黑下来，在没有道路的丛林中行军几乎跟徒手攀岩一样困难，指挥官下令就地宿营。队员们整整一天没有吃东西，他们已经饿得前胸贴后背。威廉变戏法一样掏出一盒巧克力糖来，对大家说："先生们，晚餐是比平时少一点，不过营养还不错。"

队员都分到一小块巧克力糖，大家默默地啃起来。忽然有人碰碰父亲的手，胡君把自己的巧克力掰下一半来递给父亲。父亲忽然很生气。他觉得这人真厚颜无耻，那么虚伪，自己从前怎么没有看穿他？再说他干的那种不光彩的事，能用巧克力来了结么？于是干脆背过身去不理他。胡君并不窘，他边吃巧克力边同其他人高谈阔论："按说军官有特权独享食物，可是威廉却拿出来同大家分享，这就是西方的人文精神。你们说说，中国军官会这么做吗？"

大家还没有来得及说话，父亲一拍枪把吼起来："我表哥就会这么做。你难道瞎了眼，没看见他与士兵一道出生入死么？"

大家被他的怒火吓了一跳。虽然父亲的话没错，但是大家还是觉得他态度有些问题。闷墩悄悄问，是不是跟胡君有什么过节儿，胡君怎么招他了，父亲气鼓鼓地不答。

为了怕暴露目标，晚上睡觉没有生篝火。威廉警告大家一定要扎紧鞋带、裤脚和衣服领口，在身体暴露部位涂抹上防虫油，防止丛林中无处不在的蚂蟥和蚊虫袭击。父亲睡不着，他觉出身边有种窸窸窣窣的咬啮声，就像老鼠在偷吃粮食一样。他推推身边的虎头说："是你吗，做么事？"

咬啮声停止了，好一会儿虎头才含含糊糊地回答："没啥。"

不料睡到半夜，忽然有个声音像拉警报一样响起来，把大家的瞌睡全赶跑了。父亲连忙打开手电筒一照，原来虎头有只裤脚没有扎紧，被无孔不入的蚂蟥钻了空子。父亲觉得头皮一阵发麻,他看见密密麻麻的热带蚂蟥弓起柔软的身体,举起蠕动的吸盘,几乎爬满了虎头的身体。可怜的虎头已经被咬得鲜血淋漓,裤带以下成了蚂蟥的重灾区。好在发现及时,大家七手八脚替他将那些疯狂的吸血鬼捉干净,伤口抹上止血药,重新扎紧裤脚和鞋带,不然明早醒来虎头恐怕只剩一张空皮囊了。

等换了一处远离草丛的山坡地重新宿营,虎头碰碰父亲内疚地说:"刚才我是在偷吃压缩饼干,只有一小块,在背包里找到的。真对不起。"

父亲拍拍他说:"以后多想着大家就行了,兄弟。"

父亲忽然想起溪水里和河岸边那些累累白骨,他悄悄对身边的闷墩说:"白天那些人骨,恐怕就是不知不觉做了蚂蟥毒蛇的牺牲品呢。"

闷墩叹口气道:"他们为啥要到原始丛林无人区呢?"

无人能答。四周漆黑一团,树林的缝隙中露出几只星星眨着眼。是夜无人合眼,大家一直坐待天亮。

5

山中起了大雾,丛林里白茫茫一片,队员们排成一行,沿着陡坡向山梁上搜索前进。中午过后头顶亮起来,他们终于登上一座乱石嶙峋的山头。

父亲极目四望,看见在一轮金灿灿的太阳照耀之下,一座座山头像岛屿一样耸立在波涛汹涌的云海之上。野人山面积足有数万平方公里,要寻找一架小小的失事飞机肯定比大海捞针还要困难。威廉取出罗盘和地图,确定方位后命令同总部联系。父亲很快叫通了白象公主,对方用暗语回答:你们已经进入搜索区域。最新情报显示,敌人也在行动寻找失事飞机,你们必须抓紧时间完成任务。

形势紧迫,威廉决定在山头设立大本营,把队员分成多组分头搜索。指挥官叮嘱说,如果找到目标或者发生意外立即用信号弹进行联络,不到万不得已不许开枪,因为枪声很可能惊动敌人。队员们出发了,营地只留下报务员父亲负责看守。

父亲把队员们留下来的背囊装备和弹药搬进一座山洞藏好,然后独自抱着卡宾枪坐在大石头背后放哨。他已经是个上过战场的老兵,知道负责守卫大本营意味着什么,所以不敢有丝毫麻痹大意。天上的白云像羊群一样被山风放牧着,一会儿低头吃草,一会儿到处游荡。太阳像个顽皮孩子同羊群嬉戏着,它忽而躲在羊群背后,忽而钻出来把热辣辣的阳光猛地掷向大地,岩石上溅起一片滚烫的阳光来。父亲眼睛花了,他换个位置,躲进一片树荫下面继续监视。大森林无比宁静,一阵山风刮过,树上响起一片水珠溅落的声音,听上去有些惊心动魄。坐久了肚子就咕咕地提出抗议,父亲这才意识到已经快两天没有吃饭了。

一只晒太阳的白色蜗牛吸引了父亲的目光,蜗牛显然没有意识到已经迫近的危险,它还在不慌不忙地散步。父亲伸出手来,捉住蜗牛几乎没有迟疑就放进嘴里,生蜗牛肉散发出一种甜丝丝的土腥味,虽然有点恶心,空荡荡的胃袋还是得到了小小的满足,于是年轻的哨兵开始到处寻找食物来充饥。

独自守望总是枯燥而漫长的,手表的指针仿佛停滞了,饥饿和疲劳像潮水一样冲击哨兵的精神堤坝。父亲不知不觉打了个盹,也许只是一瞬间,也许根本就没有睡着,只是小小地走了一下神,时间就倏地溜走了。有种轻微动静传进耳朵,令他猛地惊醒过来。恍惚中有个影子一晃就不见了,他赶紧打开枪机保险,聚精会神地四处察看,却什么也没有看见。直到听见队员们返回营地的脚步声响起,一颗心才落回原处。

第十八章　木鼓咚咚

1

这天傍晚,返回营地的队员们带回了大自然慷慨馈赠的丰盛食物,有岩鱼、螃蟹、石蛙、鸟蛋和野芭蕉、野果、野菜等等,甚至还有一只脸盆大的野蜂窝。闷墩成为了小分队的功臣,他打死了一头足有二十斤重的热带蟒蛇,解决了全队未来几天的后顾之忧。大家在岩石背后挖坑垒灶生起火来,架起树枝烧烤食物,饱餐了一顿真正意义上的山珍野味。但是各组寻找失事飞机的进展就不大乐观了,他们全都遭遇了热带雨林的无情阻拦,茂密的植物群落就像厚厚的城墙横亘在特种兵面前,任凭他们挥动刺刀去同密不透风的藤蔓、灌木、树干和荒草搏斗,整整一天进展甚微。准确地说,他们更像一队开挖地下隧道的工程兵,只不过把山体岩石换成了大森林绿色屏障。

一种沉闷和沮丧的失败情绪笼罩在营地上。

夜晚下起淅淅沥沥的小雨来,其实没人知道这是雨还是云雾,总之亚热带山谷气候变化无常,队员们只能裹着雨衣蜷缩在岩石下面睡觉。夜岗刚好轮到父亲和胡君,胡君好意地说:"你在这里看着点就行了,我上那边树林去。"

父亲不愿理睬他,挎着枪顾自去到树林里放哨。他想我才不要你假惺惺地照顾呢,你还当你是大哥啊,休想!

天地漆黑一团,伸手不见五指,只有山风摇动树林发出哗啦啦的响声,间或也有不知名的野兽在山谷里吼叫,令人有些毛骨悚然。父亲裹紧橡胶雨衣,压低钢盔帽,尽量不让雨水遮挡视线,然而他的大脑却不肯服从指挥,不多一会儿眼睛就恍惚起来。

忽然有只小虫子飞来撩拨他的神经,人一激灵就醒过来,眼前有个黑影一闪而过。父亲顿时紧张起来,他相信这回自己绝对没有看走眼,但是他不敢肯定那个黑影是人还是其他什么动物,于是他悄悄去把闷墩和虎头叫起来,告诉他们黑影的事情。闷墩怀疑地说:"胡君也在站岗,你为什么不告诉他一声?"

父亲坚决地说:"咱们自己干,反正不叫他插手。"

虎头和闷墩互相看看,父亲生气地说:"你们到底帮不帮我?"

那两人连忙诺诺。黎明时分他们的埋伏果然有了收获,当一个瘦小的动物蹑手蹑脚地溜进营地时,这回它没能再度逃掉。一张伪装网从天而降套住它,三个人扑上去把它牢牢捉住。几只雪亮的手电光一齐射向捕获的猎物。他们吃惊地看到,这个落入圈套的家伙并非缅甸红脸猕猴或者热带丛林的大黑猩猩,而是一个真正的人。

一个浑身赤裸的野人!

2

营地被惊动了,队员们都围着野人议论纷纷,没想到美国好莱坞传奇大片《人猿泰山》竟然有了缅甸现实版。

野人头发老长浑身漆黑,嘴巴像吸血鬼那样红彤彤的,下身居然还围着一些树叶,表明他已有一定的文明进化程度。他似乎很害怕,蜷缩着身体,一对发黄的眼珠子藏在披乱的长头发和眼缝里骨碌碌地打转,显然还在寻找机会逃掉。虎头兴致勃勃地议论说:"要是把野人运回重庆,关在动物园里,不定会多轰动呢。"

呀呀呜表示反对:"野人也是人,怎么能关在动物园呢,咱们应当对他实行人道主义呀。"

更多人对野人的性别感兴趣。闷墩琢磨说:"既然有一个男野人,那么一定还会有其他野人,否则怎么繁殖下去呢?"

虎头连忙支持说:"对呀,一定还有女野人和小野人。"

胡君站在一旁闷闷不乐,身为大哥的他被排斥在三弟兄的联合行动以外,这种行动本身就表明裂痕正在他们之间公开化和扩大化。威廉做个手势把大家叫到一边,压低声音说:"你们可能不知道,战前我在美国斯坦福大学读研究生,专业方向就是研究原始人类学。通俗地说,就是人类早期的原始部落形态。"

大家一愣,这才知道原来威廉入伍前竟然是研究生,个个佩服不已。威廉又说:"我能肯定,他不是什么野人,而是缅北丛林的原始部落土著。"

父亲心想,野人跟土著能有多大区别呢?见大家都有些发懵的样子,威廉只好耐心地跟他们解释说:"按照学术观点,野人是进入文明社会之前的早期人类,他们甚至还不会用火。而原始部落土著则属于现代人类,他们已经具有较高的文明程度。"

闷墩纳闷地说:"可是他们赤身裸体,连衣服都不穿啊。"

威廉道:"这并不妨碍他们有自己的语言,会使用工具,甚至会建造简陋的居所。"

胡君插话说:"我们同他们应该是人与人而不是人与兽的关系……"

父亲觉得猎物是自己捕捉的,白他一眼打断他说:"你们看,这家伙好像一直在听咱们谈话呢。我倒有个想法,让他明白咱们不会伤害他,做个向导带路岂不好?"

一直忍气吞声的胡君终于爆发了,大声说:"你别太自以为是!这是哪来的天方夜谭!你又不懂他的语言,他怎么知道你不会伤害他?你怎么让他明白我们要去哪里,找什么东西?"

威廉制止部下的争吵,点头称赞说:"我倒认为邓的想法有点意思。从前美军在菲律宾群岛作战也同原始土著打过交道,我的教官告诉我,只要你尽量向他们表示友善和诚意,并非不可能得到他们的信任和帮助。"

胡君一下子委顿下去,父亲开心极了,得意洋洋地协助威廉周密策划。

天色渐亮,雨雾散去,湿漉漉的空气中弥漫着一种泥土和草木混合的苦涩气息。美国人亲自来给土著松开绳索,并向他比画一番,表示他可以回家去了。土著先是瞪大惊恐的眼睛,当他好容易弄懂对方意思,就跳起身来蹿进树林,速度之快令人咋舌。早有准备的黑人军士史利姆带领两个队员闪电般地追上去。他们的任务是紧紧尾随这个土著,让他作为向导把小分队带到那个隐秘的原始部落去。

这一招果然奏效。不多久史利姆就气喘吁吁地跑回来报告,其实土著部落就隐藏在山崖下面的丛林里。那里有很多天然洞穴和树木搭建的棚子,但是如果不到跟前谁也发现不了。大家顿觉精神振奋,威廉一声令下,小分队像离弦之箭朝那个神秘部落射去。

闷墩替父亲背过枪,头凑近他小声说:"我看你和胡君很不对劲,告诉我出什么事了?"

父亲摇摇头,嘴巴闭得紧紧的,他不想把两个人的事闹得沸沸扬扬。忽然前面的人停下脚步,原来带路的史利姆迷了路,大家只好原地等待。虎头把子弹推上膛说:"土著会不会有所准备啊?胡兄你说说,他们会怎样对付我们?"

胡君回答说:"书籍记载,东南亚土著普遍会使用投枪和'机弩'。机弩就是一种原始弓箭,他们会在枪头和箭头上涂抹一种叫'箭毒木'的植物毒液。这种毒药很厉害,又叫'三步倒',连老虎大象也撑不过十步远。"

大家听得脸色都变了,个个都拿眼睛往树林里看,唯恐林子里飞出一根尖尖的投枪或者毒箭来。父亲心里冷笑,他才不相信胡君这一套胡说八道呢,这家伙除了嘴上功夫哄女人还会做什么?胡君又说:"还有一些土著部落,他们至今仍保留砍人头祭神的习俗,你要是不幸被他们抓住了,过几天你的脑袋就会挂在他们的木头祭坛上。"

呀呀呜摸摸脑袋道:"千万别被他们抓住,咱还得留着这颗脑袋回家呢。"

胡君道:"不过你别怕,天塌下来有高个子顶着呢。土著最喜欢大胡子男人,因为毛发多象征风调雨顺作物丰收,你们看我们中谁的胡子又浓又密?"

大家恍然大悟,纷纷嚷道:"当然是威廉长官了。把威廉先生献出去,他可是件难得的好祭品。"

说笑间,丛林上空滚来一阵咚咚的雷声,父亲看看云层早已散开,太阳热烈照耀,晴空万里哪来的雷声呢?正在疑惑,胡君脸色一变叫道:"坏了,这是敲击木鼓的声音,我们被发现了!土著一旦敲响木鼓,就等于发布战斗警报向入侵者宣战。"

果然,找路的队员气喘吁吁地跑回来了。威廉命令准备战斗,因为这时人人都能看见,许多举着投枪长矛的土著身影已经在丛林中出现了。

3

急促、沉闷、凌厉而又充满野性的木鼓声好像一道古老的神秘咒语响彻森林,令人心头为之震颤。士兵们绷紧神经,紧握子弹上膛的卡宾枪准备迎战。土著渐渐逼近了,他们个个赤身裸体充满敌意,或躲在树后面若隐若现,或"嗖嗖"地爬上大树准备战斗。父亲看见土著手中的武器正是那种令人生畏的机弩和投枪,胡君并没有瞎说。可以想见一旦有人被涂有致命毒药的尖木棍或者竹箭击中,他就再也不用费劲去寻找那架倒霉的失事飞机了。

土著队伍来到距离他们一百多步远的地方。一个首领模样的老者把一束羽毛高高举过头顶,于是土著停止前进,他们也小心翼翼地观察和试探这些来犯者的意图。父亲隐蔽在一棵大树后面,用枪口直指那个首领,只要指挥官一声令下,他保证一枪打爆那颗满头枯草的花白脑袋。森林一时陷入沉寂,时间在双方对峙中一分一分地溜走,他看见美国人不仅没有命令开火,反而站起身来慢慢走出隐蔽阵地。

这下子令父亲吃惊不小,他不知道威廉想要干什么,如果土著射击美军上尉的话他立刻就会变成一个浑身窟窿的箭靶子。谁知威廉不仅自己带头走出去,还命令队员都像他一样放下武器,坐在空地上休息。父亲明白这个斯坦福大学的人类学研究生是为了主动向对方示好,表明他们并无敌意,问题是这样做无疑要冒很大风险,一旦对方攻击他们就将全军覆没。

对方首领看见他们空着手,个个有说有笑的样子,先是露出一种困惑的表情,接着又把羽毛摇了一阵,于是那些土著也都纷纷从树上溜下来,围拢在首领周围。眼见形势有了转机,这时美国人又做出一个更加出人意料的决定,他带上父亲,用一种缓慢的动作向前走了十几步,父亲听见长官低声命令道:"邓,快脱掉衣服,脱掉鞋。"

父亲结结巴巴地问:"您说……脱衣服?"

威廉说:"你没看见,他们都赤身露体打赤脚吗?"

果然,当两个外来人把自己也变成两个赤裸身体的土著时,对方人群随即发出一些咿咿呀呀的很惊奇的声音,好像表示赞赏,也好像迷惑不解,总之那种一触即发的战争气氛开始缓和下来。

丛林里下过夜雨,红泥地上又湿又滑,由于两个文明人并不习惯打赤脚,所以他们很像两个蹒跚学步的孩子,歪歪扭扭手舞足蹈。父亲脚下一滑摔个仰面朝天,刚刚站起身来又跌倒了,慌乱中把威廉也拉倒在地,两人身上糊满泥水扭成一团。土著看着他们在泥地上舞蹈,觉得很快乐,有的也放下木棍扭动身体,好像在替他们加油。威廉干脆坐在泥水里同对方交涉,他说一句英语,父亲就用汉语替他翻译一句。大意是我们是中美盟军,前来执行任务,不会冒犯你们,只是想得到你们帮助。

对方渐渐安静下来。

那个手握羽毛的土著首领"咿咿呀呀"地说了几句话,威廉认为他可能就是部落酋长,但是两人都听不懂酋长说什么。情急之中,威廉从衣袋里掏出一盒香烟和一只打火机,他先取出一根香烟来点燃,自己吸了一口,然后放在一块石头上用手势表示,这是送给对方的礼物。一个年轻土著小心地走过来,取走了香烟和打火机,父亲认出来他就是早上放走的那个俘虏。俘虏把香烟恭敬地递给酋长,几颗脑袋凑在一起研究一阵,然后酋长小心地吸了一口,鼻孔里冒出一股袅袅的青烟来。他可能觉得味道不错,又吸了一口,然后递给身边的土著。大家飞快传递着吸起来,嘴里都发出一些细碎的惊叹声来。

父亲看得目瞪口呆,心想原来土著是会吸烟的啊。

首领又开始玩弄那只美国打火机,问题是他并不会玩,不知道怎样才能打着火。父亲很想过去教教他,但是被威廉的严厉眼光制止了。客人必须学会有耐心,在未获得主人的足够信任之前不能轻举妄动,否则引起误会,一切都会功亏一篑。

这时候从人群后面挤进一个气喘吁吁的土著来。他看上去个子高一些,也壮实一些,皮肤似乎没有那么黑,而是呈紫红色。他的腰间没有箍着树叶和兽皮,而是围着一块看不出颜色的布条,就算最接近裤子的饰物吧。土著们安静下来,他们纷纷给新来的土著让开一条路,看得出这个穿"裤子"的土著也是个受人尊敬的头领。他来到酋长跟前,两人唧唧咕咕说一阵,"裤子"抬头看看面前两个满身泥浆的客人,顺手取过打火机,手指一按就熟练地打着了火。这团小小的火苗不仅让全体土著发出"呀——咦"的惊叹,而且也让客人大吃一惊。威廉连忙用英语表达:"尊敬的朋友,我们是中美盟军,只是从这里路过。"父亲连忙用中国话把意思重复一遍,希望主人能够接受客人的善意。

这时一件令人目瞪口呆的事情发生了。"裤子"离开人群走上前来,目光有些迷惘,步伐有些蹒跚,好像喝醉酒那样不大稳当。当他走到两人跟前并且蹲下来的时候,父亲清楚地听见从他那张同样被染得猩红的嘴巴里吐出一串发音标准的四川话来:"你们是……中国军队?"

父亲几乎不敢相信自己的耳朵,可是青天白日既不可能做梦,当然也不会撞上鬼。"裤子"不仅是个中国人,而且是个四川人!

父亲用力点点头,他看见"裤子"站起身来,用一种鸟叫那样快速而尖锐的声音朝着土著人群吼叫起来。一瞬间对方的敌意和戒备解除了,土著们一窝蜂地涌上前来,围着客人开始跳起一种欢快的舞蹈。他们用力拍打臀部,嘴里发出"嗷嗷"的声音,好像中国人过大年扭秧歌一样。

生活真是个魔术大师,哪怕在这座与世隔绝的野人山,竟然也有意想不到的奇迹发生。上帝,快看看发生了什么?父亲听见威廉低声咕噜一句。他连忙拉住那个"裤子"用四川话问他:"老乡,你对他们说了什么?"

老乡大声回答:"我说,亲戚来了!"

4

木鼓重新敲响起来,这回不再是那种充满敌意和令人生畏的战争宣言,而是换了一种轻松、欢快并且带有舞蹈节拍的风格,丛林中洋溢着一种类似庆祝丰收那样喜气洋洋的节日气氛。土著男女围着客人欢声笑语载歌载舞,迎接队员们的也不再是涂抹了毒液的弩箭和投枪,而是火堆上热气腾腾的烤兽肉和包谷饭了。

酋长用一种古老的仪式向客人表达了敬意。他把一种混合兽血和红土的染料涂抹在客人额头上,据说这是欢迎客人的最高礼节。队员们用美国香烟招待部落主人,主人则以竹筒酒回敬,这种土法酿制的野果饮料味道醇美醉人,一点不逊于美国著名的加州红葡萄酒,令威廉大为惊讶。

闷墩拿手碰碰父亲,原来他一直在观察那个神奇的"裤子"老乡。他看上去该有三四十岁年纪,头发老长,表面看上去与那些土著也没有太大区别。闷墩看见父亲眼睛里流露出困惑的神情,又说:"你再好好看看他裸露的身体,那上面生满红斑脓包和溃烂的疮疤呀。"

父亲仔细一看,闷墩观察得很细致,如果不是因为裸露的皮肤颜色变紫变深,他就该像头金钱花豹了。闷墩低声分析说:"说明他进入土著部落的时间不太长,尚未完全适应潮湿闷热和蚊虫叮咬的热带丛林环境。"

这时父亲也从老乡腰间那块围着的破布看出一些端倪来,因为那不是一块普通的麻布,而是一条军队士兵的短裤。这个重要发现令他心跳不已,难道这位"裤子"老乡从前也是个军人?他为什么会来到异国他乡并加入土著部落,成为他们中的一员呢?

当喧闹和激动渐趋平静之后,大家迫不及待地围着老乡坐下来,每个人心里都画满了问号,急切等待老乡来揭开身世之谜。老乡长叹一声,从树枝搭建的木棚里取下一只小布袋,"哗啦"一声倒出一堆圆溜溜的纽扣来。大家认出来,这些圆纽扣竟是中国军队的陶瓷帽徽。抗战时期,在缺乏采矿和冶炼技术的中国,无论地方军还是中央军,帽徽大都是陶瓷烧制的。可是这么多陶瓷帽徽从哪里来的呢?在大家疑惑不解的目光中,老乡开口了,他嗓音沉重眼神凄凉,对大家讲述了一段不堪回首的历史往事。

他说自己名叫方力钧,四川自贡人,中央军第五军上等兵。几年前中国远征军出征缅甸,自己也是其中一员。后来远征军兵败野人山,他与大队走散迷了路,奄奄一息之际碰巧被一个善良的土著女人救活,以后就留在部落成为土著女人的丈夫,别人管他叫"森",部落语言就是"一头迷路的熊"的意思。这个土著部落供奉的原始图腾正是人熊,因此也被称作"熊部落",因为他们相信自己都是人熊的后代。熊部落实行群婚制,所以"森"不仅拥有多位妻子和儿女,并且很快赢得其他部落成员的信任和尊重,今后很可能接替酋长成为这片原始森林的主人。

老方感慨,那时候整座野人山都是中国官兵的地狱啊。许多人头晚睡下,第二天就再也起不来了,因为他们已经被蜂拥而至的蚂蟥吸干了。更多人则为疾病和饥饿所折磨,数万人葬身丛林,许多人实在走不动只好选择自杀,把年轻的生命变成一堆堆森森白骨。那么多孤魂野鬼,到头来连个收尸的人都没有,真是一场噩梦啊!

父亲看见这位前国军老兵的眼圈红了,泪水悄悄溢出眼角,父亲忽然醒悟,原来小分队不知不觉间走进了那场曾经被表哥和志豪描绘过的战争悲剧中,他们脚下正是那条十万大军兵败野人山的死亡之路,只不过他们在不经意中扮演了后来人和历史见证者的角色。

在队员请求下,老方带领大家来到部落背后一处山崖断壁之下。远远看见一座乱石垒成的荒冢赫然隆起,一根粗大的树桩竖在坟前。父亲走近一看,树桩上有一行刀子刻出来的汉字,字迹歪歪扭扭——

中国远征军无名官兵之墓

        方力钧叩立　中华民国×××年

据老方讲,这座坟堆里葬有一百多位远征军战友的遗骨,都是他在附近山谷丛林中收敛回来的,算是让这些不幸殉国的抗战英烈入土为安吧。父亲想,怪不得那么多人被列入"失踪者"名单,从此人间蒸发了,要不是小分队偶遇幸存者老方,谁又会知道这些中国官兵的下场是如此悲惨呢?而他失踪已久的如兰姐姐、罗霞嫂子是否也成了野人山里到处游荡的孤魂野鬼呢?他可能永远也无从知道。

父亲的眼泪在心中流淌成河。大家默默地在坟前肃立致哀,点燃香烟来祭奠这些为国捐躯的无名烈士。

5

对于几乎迷失在野人山的小分队来说,老方的及时出现成为照亮他们前面道路的希望之光。老方听完威廉讲述寻找飞机残骸的任务后,忽然想起什么,匆匆去叫来一个瘦小得像孩子的土著男人,他管这个男人叫"机"。他同机咿咿呀呀地比画着讲了一阵,然后翻译说:"机是熊部落最好的猎手,他说在太阳升起来又落下去好几次以前,他去太阳睡觉的地方打猎,看见一只很大很大的鸟儿从天上掉下来。机认为那一定是山神发怒了,吓得再也不敢去那里打猎了。"

大家好像黑暗中摸索的人忽然看见光亮。威廉欲请猎手做向导带路,但是遭到了拒绝,因为机害怕遭到山神的惩罚。老方详细问明地点之后,决定亲自带领"亲戚"去寻找那只坠毁的大鸟。

经过一整天翻山越岭,他们果然在一座幽深难觅的山谷里找到这架失事的盟军飞机。正如总部通报的那样,飞机虽已坠毁但是并未起火燃烧,所以残骸散落得到处都是。而由于陡峭的山崖和高大的树木严严实实遮盖了它的踪迹,美军侦察机也难觅得。他们在机舱残骸里找到摔坏的电台和文件包,正如总部担心的那样,作战文件和密码本完好无损,如果被日本人抢先找到后果确实不堪设想。威廉将文件和密码本付之一炬,让红彤彤的火焰完全吞噬这些军事机密,然后看着溪水将纸灰带得无影无踪。

接下来他们继续寻找散落在山坡和丛林中的死者遗骸,以便让这些不幸殉难的西方军人以体面的方式进入天堂。但是当他们陆续找到人体遗骸时发现死者面目全非,不仅模样不可辨认,而且所谓"遗体"也只剩下一些残缺不全的白骨,想必热带丛林的食肉动物都赶来光顾过这顿天上掉下来的人肉大餐,即使那位大英帝国的勋爵先生亦不能幸免。人们仅仅通过那只奇形怪状的大号木头烟斗才确认了他的身份。他们将所有找到的遗骸堆在一起火化,只把其中属于勋爵的一小部分骨灰装进铁盒子里带走,其余就地掩埋。

下葬的时候威廉为死者念了一段《圣经》为他们的灵魂祈祷,然后大家填上土,插上一块飞机的金属碎片作为识别标志。完成任务的小分队就要和他们的"亲戚"老方或者说土著"森"说再见了,大家心里都有些依依不舍。父亲听见胡君小声问他:"你愿意跟我们一道离开野人山去印度吗?等打败日本人,你就可以回到你的四川老家去。"

老方犹豫一会儿,摇摇头说:"你们走吧,从前那个叫方力钧的士兵已经不存在了,今天你们面前的人名字叫'森'。森在这里有自己的家,有妻子和孩子,部落曾经救过他的命,他们都是森的亲人,所以森必须留下来报答他们。"

老方走得很快,一下子就钻进山林中不见了。走着走着,远方的山林中忽然响起一个男人粗犷的歌声来,父亲听出那是一种流行于川南自贡的地方小调《躲猫猫》:

郎呀郎你莫走,哪怕你躲在猫猫(旮旯)头,
妹子一心跟你走,撞倒东山不回头。

妹子妹子听我说,哥哥不是无情郎,
如今日本来侵略,哥要扛枪上战场。
……………

歌声越来越小,队伍也越走越远,最后人与歌声都融入茫茫林海,变成天地间一朵绿色的浪花……

第十九章 恒河之约

1

自从完成那个艰巨的搜寻飞机任务并带回翁将军骨灰后,又接连执行了几次任务,小分队奉命返回印度基地休整。虽然营地静悄悄的,可是父亲却再也睡不着了,他坐起来。这时外面传来一阵断断续续的口哨声,那哨音很快乐,吹的是西北流行歌曲《送你一支玫瑰花》。他听出是胡君在吹口哨,心里立刻来了气,拿手堵住耳朵,可又一想这小子起这么早干什么呢?他悄悄从帐篷缝里往外一瞅,看见胡君刮了胡子,穿着新军装,一副容光焕发的模样,手里还拿着一束野花。他在车上捣鼓一阵,然后发动汽车开走了。他忽然明白,这小子一定是去医院与珍妮约会去了。

恋爱从来都是排他主义和头脑冲动的产物,父亲恨恨地想,不管怎么样,这个家伙也不该抢走弟兄心仪的姑娘,他算什么大哥啊!想到这里,父亲飞快地动起脑筋来,他要想法阻止胡君约会,不能让他如愿以偿。

营地到医院来回有好几个小时车程,父亲看看手表已经过去快一小时了,却没有想出什么好办法。这时虎头也起床了,看他坐立不安火烧眉毛的样子,就奇怪地问他怎么啦,他悄悄把胡君抢走护士珍妮的事说了。虎头一听就火了。"朋友妻,不可欺。这种事出在江湖上要被放血的。"于是两人开始密谋,决不能让胡君的企图得逞。

早饭时有人从黑人军士长老汤姆口中得到口风,说小分队要去某座印度城市执行任务,大家都很兴奋,纷纷猜测要去哪座城市,执行什么任务等等。父亲眼睛一亮,拉着虎头闯进威廉的队部帐篷。队长正围着餐巾吃早饭,父亲大声报告说:"长官,听说要去执行任务是吗?"

威廉取下餐巾擦擦嘴说:"本不想让你们提前知道,既然传开了,我就只好如实回答你,是有这么回事。"

父亲紧张地问:"什么时候出发?"

威廉回答:"傍晚六点。"

虎头报告说:"胡君擅自离队外出,他很可能赶不上执行任务。"

威廉皱起眉头说:"胡是个遵守纪律的士兵,他昨天向我请过假,但是命令是今天早上才下达的。他的外出应该在傍晚以前结束。"

父亲争辩道:"要是他赶不回来怎么办?"

威廉也犹豫起来:"你知道他上哪里吗?"

两人涨红脸大声回答:"当然知道——长官!保证完成任务!"

父亲驾驶吉普车冲出营区,一脚把油门踩到底,满脑子只有一个狂热念头,那就是无论如何也要把胡君押回来。发动机声嘶力竭地咆哮,耳边一片呼呼的风响,汽车在公路上狂奔,连虎头都连声惊呼:"老邓你疯啦!别把车开翻了!"

此时已能看见那座曾经给他留下过美好记忆的野战医院,浪漫的胡君当然不知道有人在后面追赶他,他只是沉浸在热烈而又美妙的恋情中。直到父亲追上去拦在面前,胡君才吃惊地从车里探出头来。当他看清面前两张凶神恶煞的面孔时不禁变了脸色,父亲可不管他有多么吃惊,只管凶巴巴地传达命令:"我们奉命带你回去,你马上跟我们走!"

胡君理直气壮地说:"队长准了我的假。"

虎头笑了,他说:"队长又改变主意了。"

胡君结结巴巴问:"为什么?"

父亲拍拍卡宾枪说:"部队要执行任务。你想做逃兵吗?"

胡君的神情立刻委靡了,他看看近在咫尺的野战医院,不甘心地说:"给我十分钟……就十分钟行吗?"

父亲冷冰冰地回答:"不行!"

虎头更厉害:"一秒钟也不行!马上回去!"

胡君只好掉转车头,像个垂头丧气的俘虏兵被父亲和虎头押回营地。父亲心里痛快极了,简直像大热天吃了凉西瓜。

傍晚队伍集合,威廉队长宣布上级命令,鉴于"甲壳虫"分队圆满完成总部交给的任务,上级决定为他们集体记功一次,这次的行动就是休假十天,地点就在素有"东方纽约"之称的加尔各答。闷墩将信将疑地说:"我们去……度假吗?"

虎头兴高采烈地说:"老汤姆说了,还能吃上海鲜呢!"

加尔各答也是"二战"时期印缅盟军总部所在地,大家很快弄明白此行任务除了休假,顺带还有更换装备——盟军总部决心把这支屡建战功的特种兵分队武装到牙齿。队员们欢呼雀跃,只有胡君无精打采。父亲与虎头对视一眼,脸上露出坏坏的笑容。

2

汽车开了一天一夜,当靠在后座睡觉的父亲醒来,他看见车队已经来到一座大铁桥跟前,宽阔的河面船只穿梭鸥鸟翻飞,一股带有浓重咸腥味的海风扑面而来。威廉浑厚的男中音从前座传来:"你们脚下这条大河就是印度的母亲河——恒河,远处就是它的出海口恒河湾。"

吉普车队一溜烟驶进城市,来到一座金碧辉煌的豪华酒店跟前。父亲认出楼顶上的霓虹灯招牌竟然是"Royal Crown Hotel"(皇冠大酒店),不由得吓了一跳。眼前这座堪称世界级的"皇冠大酒店"据说中国也只有上海才有,而他们这群满身灰土的中国士兵开着几辆破吉普车,竟然也敢大摇大摆地闯进去。不过既然有美国佬撑腰,他们除了感到新奇外倒是一点也不胆怯。

垂手侍立的印度侍者赶来给他们打开车门,士兵跳下车来只管拍打身上的灰土,呛得印度人直打喷嚏却敢怒不敢言。酒店大堂里起了小小的骚动,这里入住的都是衣冠楚楚的上流阶层、盟军军官和花枝招展的太太小姐,他们对于这群像野牛一样闯进来的中国士兵既惊讶又不满,许多欧洲绅士怒目而视嗤之以鼻,甚至有人向酒店经理提出抗议。但是酒店方面却无可奈何,因为有人已经替中国人预付了租金,所以他们都是酒店的客人。更何况战争时期"军人优先"是既定国策,酒店方面更没有理由不对客人一视同仁。

中国人被安排在一幢俗称"海景房"的别墅楼内,这里有许多房间,宽大的落地窗户一推开,满眼碧蓝的海水就扑面而来。这些中国内地长大的年轻人从未见过大海,他们哪里想得到,世界上竟有如此天堂一般的海滩美景呢?他们把行囊背包一扔,争先恐后地奔向海滩,奔向金色的阳光和雪白的海浪。闷墩结结巴巴地说:"我不是做梦吧?"

虎头捶他一拳说:"你也打我一下,看看是不是做梦。"

呀呀呜瞪大眼睛道:"传说中的蓬莱仙境也不过如此吧?要是下辈子投生,我一定还到印度来。"

虎头故意抢白他:"下辈子一定让你穿上白衣白裤,长出一副大胡子,然后站在酒店门口专替客人开车门。"众人大笑,连衣服都不脱就纷纷扑进海水里。

威廉躺在一把太阳伞下面惬意地抽着雪茄,像个心满意足的父亲看着他的孩子们游戏嬉闹,脸上浮现出一种慈祥的表情来。士兵看见长官,纷纷围上去七嘴八舌地发问,为什么让他们入住皇冠大酒店?这样奢华的酒店多少钱一天?这笔钱谁掏腰包?是上级批准他们住在这里吗?如此等等不一而足。威廉只管微笑着抽烟,不慌不忙地回答:"这样说吧,你们士兵一年的津贴只够付一天的房费,而我呢,全年军官津贴也只够住一周,所以你们要抓紧时间享受美好时光。"

父亲问他:"长官,其他中国士兵都能享受这样奢华的度假待遇吗?"

威廉脸色严肃起来:"邓,你的问题提得好。我来回答你们,因为你们完成了一个极其艰巨而且意义重大的任务,带回了英国勋爵翁将军的骨灰,所以英国总督大人予以你们特别奖励,享受皇冠酒店度假正是该奖励的一部分。"

大家这才恍然大悟,纷纷松了一口气,然后心安理得地投入到油画般的美景中去。

夕阳西下,这群身穿便装的中国士兵又出现在金碧辉煌的餐厅门口。餐厅里点着枝形蜡烛,播放着淡淡的勃拉姆斯小夜曲,进餐的欧洲客人个个西服革履,挽着珠光宝气的夫人小姐,而中国士兵则好奇地东张西望,有些不知所措的样子。一位正在进餐的白人绅士发出了不满的嘘声,他叫来印度侍者要求把他们赶走,因为他认为自己进餐的兴致已经受到不礼貌的打扰。

但是接下来一幕令所有客人目瞪口呆。餐厅经理殷勤地跑出来,亲自接待这群其貌不扬的中国客人,为他们安排就座,挑选酒水,推荐菜单等等,就像一个尽职尽责的餐厅侍者。客人们纳闷地看到,这些来自中国的年轻士兵不仅有权享受顶级客人的服务,而且送上桌的红酒也都是价值不菲的法国十九世纪波尔多藏品。不久客人们就打听出来,原来这群中国士兵竟然是印度总督大人亲自邀请的贵客,至于为什么成为总督座上宾的原因却不得而知。但是这群贵客却在餐桌上闹出不少笑话,虎头贪心地点了两份烤牛排,等端上来发现都是生牛肉,他叫侍者端回去重新回炉,不料侍者坚持烤牛排就该是这样,结果把一张瘦脸吃成苦瓜。东北人老江老林不知道怎样使用刀叉,以至于用力过猛打翻了盘子。闷墩从未喝过黑糊糊的咖啡,但是他不好意思说出口,就悄悄学着别人往咖啡里加了些调料,然后也端起杯子来喝。但是还未咽下就"噗"地一声喷出来,把别人都吓了一跳。原来闷墩往咖啡里加的是胡椒粉。

虎头抱怨说,酒店做的东西怎么这么难吃?几个人纷纷附和。父亲本来不这么认为,但是他看见胡君在一旁冷笑,就改变主意支持虎头说:"别以为西方人什么都好,你看他们那身体毛就是进化不彻底的证明。"

这天晚上父亲的房门不断被人敲响,弄得他跑上跑下成了替补服务员。有人搞不懂那些亮闪闪的镀金开关和水龙头,结果出了许多洋相。闷墩惊慌失措地来找父亲,说是把厕所弄坏了,父亲连忙过去看,原来闷墩从未用过抽水马桶,上完厕所不知道怎样冲水,结果把马桶手柄拉动了,"轰隆"一声大水冲下来,吓得他提起裤子就逃出房间来。

笑过一回之后,闷墩干脆搬来睡在父亲房间里,父亲忍不住把报复胡君的事讲了。闷墩睁大眼睛好半天才说:"小哥子,我就看你和胡兄不对劲,原来是这么回事啊。不过我也不好说什么,总之就是'三月三,打金丹'罢了。"

父亲没听懂,闷墩解释说:"四川古有'金丹会',与会人各显本事去赢得姑娘芳心。"

父亲听出来闷墩并不站在他一方,心里不大高兴,气鼓鼓地说:"难道你认为胡君还有理么?"

闷墩诚心诚意地说:"小哥子,这种事情我说不好,但是人家姑娘的意思却是顶要紧的。再说了,恋爱是两厢情愿的事,郎有情来妹有意,绣球入怀都是会长眼睛的。你年纪还小,我劝你还是不要为难胡兄。"

父亲翻过身去不理闷墩,闷墩见闹僵了,叹口气抱着被子回自己房间睡去了。

3

加尔各答不仅是印度最大的港口,也是盟军物资的战略集结地,凡是调往印缅前线的军队和物资武器都要在这里登陆,因此在这座号称"东方小纽约"的殖民地城市到处都是穿军装的英美大兵,呈现出一派畸形的繁华景象来。

一早起来虎头就嚷嚷要去照相,上次在蓝姆伽没照成,大家都有些遗憾,加上来印度一年多除了封闭训练和执行任务,他们还没领略过南亚古国的人文风情,于是都齐声赞同。父亲看见闷墩把胡君也叫上了,虽然心中不乐意,但也不好说什么,他们向酒店门口的侍者问了路,便兴致勃勃往城里走去。

加尔各答跟中国城市很相像,大街上人流如潮熙熙攘攘,虽然也有公共汽车和长着辫子的电车,但是牛车马车更多。当地人说印度语,问路也听不懂,只好一路往前赶。不过,总算见到了印度姑娘,只见她们皮肤黑黑的,鼻梁高挺,眼睛又大又圆,额头上点着一颗樱桃大小的朱砂红痣,像极了中国寺庙的观音娘娘。父亲听见胡君说:"佛教原本发源于天竺国,也就是今天的印度,《西游记》讲的唐僧师徒上西天取经就是到印度。难怪这里的人个个长得都跟菩萨一样,没准那些菩萨说的还是印度话呢。"

照相师是个黑皮肤印度人,会说英语,他指挥大家站到一幅很大的布景跟前,然后按动快门挨个拍照。轮到虎头时,他却拧着脖子不肯服从指挥,弄得照相师一脸茫然,原来虎头要照那种全副武装的照片。可是照相师是个老百姓,他哪里去弄这些钢盔武器的道具行头呢?拉扯一阵,最终虎头还是嘟嘟囔囔地屈服了,闪光灯一亮,他人生中第一张纪念照产生了。

出了照相馆,大家放松心情随处乱逛。来到一处热闹街市,虎头欢喜地说:"我看跟窍角沱集市也差不多。"

闷墩感慨道:"我真羡慕这些印度人,他们的国家没有日本鬼子,也没有飞机轰炸跑警报,人人都在享受和平的生活。"

印度的乞丐到处都是,一个披着麻布的老乞丐向他们伸手要钱,父亲本来想掏点零钱给他,却被虎头挡住了。虎头愤愤不平地说:"他拥有和平生活还不知足啊,凭什么施舍给他?要给也得回国去给自己同胞。"

在一处烧烤摊上,胡君站住说:"考考你们,为什么印度人吃饭都用右手,没有人用左手?"

大家一看,印度人果然都用右手抓饭吃,呀呀呜好奇地说:"难道还有什么讲究不成?"

其实胡君也回答不上来,他只是观察细致而已,大家只好把问号揣在心里。又往前走,但见一个印度人在表演做"飞饼",他把一张面饼擀得极薄,然后举在头顶上飞快旋转,跟杂耍"顶手帕"差不多。父亲买了一张来分给众人尝,老林老江连声说不如咱东北的鸡蛋煎饼味道好,虎头则争辩说还是四川"韭菜鸡蛋烫锅皮(煎薄饼)"味道鲜美,闷墩闷声闷气地说,我们湖北有热干面,你们谁也比不了。正说得热闹,冷不防伸来一只手把虎头手中的飞饼抢走了,大家一惊,再看抢东西的强盗却是只老猴子。它不慌不忙地蹲在一根横梁上津津有味地吃起来。虎头捡个石头要打它,被大家劝阻了,父亲说:"别跟猴子一般见识,它毕竟是咱们老祖宗呢。"

不知道为什么,城市大街小巷有许多牛,这些畜生不去耕田犁地,也不拉车干活儿,反倒大模大样地在马路上游逛,见了人也不躲避,来了车也不让路,反倒是那些汽车行人纷纷绕开走。父亲觉得纳闷,难道这些牛没有主人么?一头母牛横卧在马路中央,只顾翻着白眼晒太阳,虎头刚才被猴子抢了飞饼,又看不惯牛的态度过于傲慢,就飞起一脚去踢它屁股,那畜生被踢痛了,"哞——"地嚎叫一声仓皇逃走。虎头得意地说:"看来印度人没教过它怎么遵守交通规则。"

话音未落,就听见远处一阵人声鼎沸,只见一群当地人举着刀叉棍棒朝他们赶来,嘴里还愤怒地大声嚷嚷着。父亲一看势头不好,招呼大家落荒而逃,然而他们不认得路,跑来跑去又转回老地方。当地人越聚越多,眼看他们就要被团团围住,父亲眼尖,看见前面有座中式宅院,门匾上有"悬壶济世"几个汉字,店招是"祖传神医金大霖",连忙领头逃进院内,也顾不得礼节,高声大叫"金先生快救救我们",一时间把座静谧的宅院惊得鸡飞狗跳。

金先生从里屋应声走出来。他是个六十多岁的老者,面容清癯白衣白裤,颇有仙风道骨的模样。他一看这群中国人惊魂未定的样子就明白发生了什么事情,于是走出门去对那些怒气冲冲的印度人说了一些当地话。想必金先生在当地行医德高望重,加上印度人多是佛陀信众,所以经他解释一阵那些人也就散开去了。大家连声感谢金先生,金先生却很谦虚,连声道:"冒(没)得么事,冒(没)得么事,都是中国能(人)么。你们出国来抗尔(日),给中国能(人)争光了。"

父亲听出金先生一口湖北乡音,不由得十分欢喜,俗话说"老乡见老乡,两眼泪汪汪",一打听金先生老家竟然还是汉阳县柏泉乡,与祖父张松樵是真正的邻里乡亲。当金先生得知面前这个年轻军人就是湖北赫赫有名的棉纱大王张松樵的儿子时,不禁张大嘴巴久久合不拢来:"像你这样富贵能(人)家的公子都来当兵抗尔(日),中国有希望了。"

父亲问起金先生为何要到印度行医,金先生叹道:"民国十六年(1927年)北伐军进攻武昌,房子烧得精光,恰逢有个老乡越洋到印度做生意,就随他来到加尔各答,靠祖传中医替人治病,维持温饱而已。"

金先生问他们到底做了什么,惹恼了印度人。虎头就把刚才踢牛的事讲了,金先生警告说:"印度人视牛和猴子为神物,它们要做什么,人就得由着它,万万碰不得的。幸好刚才那些人跟我熟,我就说这些中国人初来乍到不慎冒犯,请大家包涵。他们才算了。"

胡君问:"要是被他们抓住会怎样?"

金先生回答:"轻则鞭打,然后给神牛赔罪,重则乱石砸死,扔进沼泽里喂鳄鱼。不过,印度人大都心地善良,只要你不触犯他们的规矩,也都能友好相处。"

说话间金夫人从里屋走出来,她手里端着一只托盘,上面整齐地摆放着几只青花细瓷碗,父亲心头一动,因为他已经从空气中闻到一种来自遥远家乡的熟悉味道。金夫人用湖北话谦虚地说:"冒(没)得么子招待你家的,乞(吃)碗热干面充充饥。"

果然都是香喷喷的家乡热干面!父亲很激动,伙伴们个个也很动情,金先生见状连忙安慰他们:"以后想乞(吃)热干面,就上加尔各答来找我,就是再冒踢人家神牛的屁股了。"

胡君向金先生请教为什么印度人都用右手抓饭,金先生笑道:"你们观察得很对,印度人的规矩是右手抓饭吃,左手么,那是用来干另一件事的。"

虎头抢着答:"一定是进厕所那件事,对么?"大家大笑。

4

回到皇冠大酒店已是下午,大堂挤了很多客人,父亲不经意中瞥到一个熟悉身影,就像雷达屏幕反馈出一个熟悉信号,心中咯噔一跳,于是就抬起眼睛来朝那个方向张望。他看见那是一个身穿美式军装的女军官正侧着身子与一个高大英俊的美军上尉说着话,父亲磨蹭着等同伴走过了,然后试着用四川话唤了一声:"罗霞——嫂子!"

女军官转过身来,两人足足愣了半分钟没有动弹。罗霞不敢相信自己的眼睛,在南亚印度一座专门接待上流社会和盟军军官的皇冠大酒店里,竟然站着那个以淘气包著称的小表弟。只不过小表弟长大了,长成了个英俊结实的年轻军人。罗霞紧紧搂住父亲的头狂吻,喜极而泣,父亲则不好意思,手足无措地"嘿嘿"傻笑,两人在众目睽睽之下上演一出亲人重逢的悲喜剧。美军上尉开始不大明白,站在一旁直瞪眼,罗霞连忙把他拉到一旁用英语解释一阵。父亲听见她使用的称呼是"亲爱的",心里便泛起一阵狐疑和不高兴。美国人转身去办手续,罗霞赶快拉着父亲在咖啡厅坐下来。

父亲看见罗霞穿着一身合体的斜纹呢美式军装,头戴船形帽,一头波浪滚滚的黑卷发,他觉得嫂子比从前更美了,打心里为表哥士安高兴。他急不可耐地说:"士安一直都在打听你的消息,难道你不知道他也在印度吗?"

罗霞本来要去端咖啡杯子的手僵住了,美丽的脸庞因为震惊而有些变形,她结结巴巴地说:"他怎么会……在印度?有人告诉我,他在撤退途中失踪了,难道他……还活着?"

父亲一口气把士安如何执行阻拦新三十八师西进的任务,后来如何被迫跟随孙立人师长转战印度,以及他们在加拉苏高地战斗中巧遇,如今士安已经是前卫营长的事情讲了一遍。罗霞听着听着就捂住脸抽泣起来,父亲连忙安慰她:"既然大家都好好的,应该庆祝才是。你是怎么逃出缅甸的?又怎么会在加尔各答?"

好一阵罗霞才止住抽泣,向父亲要了一支香烟抽起来,声音穿过一团青色的烟雾:"缅甸大溃败我被派往盟军联络组工作,就跟随史迪威将军一道撤退到印度,然后留在盟军总部做情报工作,倒没吃太大的苦头。"

父亲连忙问她:"你见过如兰姐姐,知道她的下落吗?"

罗霞闭上眼睛摇摇头,好像决心要赶走一个可怕噩梦似的,说:"述义,你要有思想准备,如兰的情况可能没有那么好。"

父亲紧张地追问:"如兰姐姐……她怎么样?"

罗霞叹口气道:"你要坚强些——听说如兰那所医院被日本人包围了,没有人知道他们的下落。"

父亲的眼泪哗啦啦滚落下来,这是他第一次听到有关如兰的确切消息,一阵阵锥心的疼痛令他几乎窒息。罗霞轻拍着表弟肩膀,掏出手绢来替他擦去眼泪,等他渐渐恢复平静她才换话题说:"你还没有告诉我,你怎么会当兵的?又怎么来到加尔各答,还住在这家皇冠大酒店?"

父亲就把如何从军的曲折经历,以及最近几次参战立功,应印度总督邀请来度假的过程讲了一遍。罗霞忽然瞪大眼睛,抓住表弟的手激动地说:"这么说,你就是那个勇敢的'甲壳虫'报务员?"

父亲很惊奇:"你是怎么知道的?"

罗霞感慨万分地说:"述义,你知道谁是战场上那个一直与你形影不离的白象公主吗?"

父亲愣住了,罗霞指指自己,轻声说道:"远在天边,近在眼前。"

父亲万万想不到,"梦里寻他千百度,蓦然回首,那人却在灯火阑珊处"。原来那个指法如同舞蹈带有一个明显柔滑音的总部电台员"白象公主"竟然是……罗霞嫂子!这么说她早已对他们在前线的行动了如指掌。罗霞动情地拥抱父亲,摩挲着他的头发说:"是的,我亲爱的甲虫弟弟,当时我对你们的危险处境万分揪心,要是那时候我知道那个把自己绑在大树上的勇敢机智的小甲虫就是我亲爱的表弟的话,没准我已经犯心脏病了。"

两人都笑起来,但是笑着笑着罗霞却忽然哭出声来,哭得悲痛欲绝无法自制,反倒把父亲吓呆了。那个高大英俊的美军上尉忽然出现在罗霞身后,无比疼爱地抚摸罗霞的肩膀,小声安慰着她。父亲听出来,美国人竟然亲昵地称罗霞为"我的宝贝"。

罗霞忍住哭泣,努力朝美国人挤出一个笑容,告诉他自己没什么,请他允许自己跟表弟再谈谈。美国人很不情愿地离开了,罗霞指着他的背影低声道:"述义,请别责怪他,他叫丹尼斯,是我现在的丈夫。我已经怀孕了。我本以为士安已经阵亡,我们此生无缘相见。你知道这是一场残酷的战争,人的内心有多么孤独无助吗?我们刚刚经历了一场可怕的大溃败,这时候丹尼斯出现了,他也是总部的情报军官,我们很快相爱并且结了婚……你说说我该怎么办?"

父亲傻眼了,茫茫人海中找回罗霞嫂子已属奇迹,但是这个大团圆的喜剧结局转眼间又变成悲剧,嫂子已成他人妇,并且怀了别人的孩子。可是这是罗霞的错吗?当然不是,一个投身战场的女军人,活着走出噩梦已属幸运,难道还要求她为失踪的丈夫守节吗?那么是士安错了吗?当然也不是,没能及时找到罗霞是因为这是一场关系复杂的国际战争,对军人来说,战争永远是高于一切的任务。美国军官丹尼斯更没有错,他当然有追求爱情以及爱与被爱的权利。

那么到底谁错了呢?父亲回答不了。他扶着椅子僵硬地站起身来,罗霞紧张地望着他,那种可怜巴巴的眼神就像一个做错事的小女孩,让父亲心中一时千疮百孔,他这才发现自己心里有多么爱表哥表嫂。他觉得嗓子发干,舌头好像短了一截,任何字词都无法表达此时的心情。他摇摇头生硬地说道:"请问,要我转告……什么吗?"

罗霞如同接受判决的犯人一样,好半天才仰起一张眼泪汪汪的脸说:"好弟弟,我的亲人,请告诉士安,他的罗霞已经留在缅甸了……我将永远是你们最忠诚的朋友和亲人。"

父亲跟跟跄跄地走出老远,他一回头,看见的罗霞哭得泪雨滂沱,而那位美国丈夫正忠实地陪伴在娇妻身边,于是他忍不住狂奔起来,眼泪成串洒落……

5

一位诗人写道:幸福的阳光总是短暂的,而苦难的乌云却无边无际。转眼间休假便结束了,小分队在盟军总部领取了新车和装备,就踏上了返营的路。

路过印缅边境利多小镇的时候,父亲吃惊地看到,一条跨越边境的国防公路就像从天而降一样展现在面前,数不清的中国军队昼夜不停地向东开进。美国工兵团正在紧张筑路,各种大型机械来回奔忙。据说美国工兵已经创造了在热带丛林筑路的奇迹,他们每天把公路向前推进数公里。威廉告诉大家,美国工兵除了修筑一条连接中国的印缅公路外,还要铺设一条通往中国大后方的输油管道。闷墩欢喜地说:"咱们大后方汽车再也不用烧木炭的'气死牛'了。"

吉普车经过一段工地,父亲忽然看见上次在酒吧打架的白人大个子士兵,正浑身泥土地从一台挖土机下面爬出来。父亲按响喇叭招呼他,大个子也认出这伙曾经让他们吃过苦头的冤家对头来,但是这回他没有扑上来打架,而是高兴地做出个表示胜利的"V"手势。父亲掏出一盒香烟扔给他,大个子竖起大拇指,用蹩脚的中文嚷道:"顶好!顶好!"

父亲也竖起大拇指说:"To China! To victory!"

大个子忽然向前紧跑几步,然后指着路边一块木板,那种骄傲神态仿佛他在向全世界宣布什么伟大成就一样。父亲看到那是一块长方形的杉木板,上面用红油漆涂抹着几个大大的英文字母——To Tokyo!

(这里通往东京!)

　　大家全都激动地做出表示胜利的"V"手势,父亲听见自己心中一块石头轰然落地。同战争相比,一切个人命运都无足轻重,更何况那些卿卿我我的儿女情长呢?

　　远处传来隆隆的炮声,它仿佛提醒人们,前方的战争还在猛烈进行。

第二十章 大空降

1

新背洋机场是盟军反攻缅甸后抢修的第一座野战机场,距离前线只有十来公里,日军渗透部队几次趁黑夜摸到机场外围与警戒部队发生战斗。亚热带的正午,光秃秃的新背洋机场被猛烈的太阳炙烤着,盟军飞行员和机械师都躲在临时掩蔽部里避暑,而那些暴晒在烈日下的可怜的飞机就像快要融化的雪人——据说表面温度高达摄氏七八十度。

父亲坐在树荫下玩"五子棋",棋子由涂过墨水的鹅卵石替代,这种脱胎于中国围棋的游戏规则很简单,不论横平竖直,谁先将五颗棋子连成一条线就算胜出。父亲是玩五子棋的高手,已经保持整整一周不败的纪录,引得不服气的队员轮番上来打擂。其他人有的观战,有的或在掩体里聊天,或抱着枪睡觉。

一辆军用摩托车嘟嘟地开来,总部军邮员送来一封来自加尔各答的邮件,原来是他们的照片到了。父亲看见相片上的自己是个瘦长脸的顽皮青年,嘴角有抹淡淡胡髭,他似乎想搞怪,但是没做出表情来就定格了。虎头则照得很生硬,很呆板,他好像在跟谁生气一样鼓着嘴,见到照片了他还在遗憾缺少钢盔和卡宾枪。大家只好安慰他说,等拿下密支那和仰光再照一张全副武装的,或者跟坦克大炮来一张,让土街巷的同胞开开眼界。虎头小心地将照片揣在衬衣口袋里,说等到打完仗再寄回家。

看照片的热闹一会儿就过去了,无聊感重又袭卷来。转眼"甲壳虫"分队进入新背洋机场已经有半个月,天天枯坐待命看飞机起降,耳朵里塞满来自前线的热闹消息,却一直未有任务下达。父亲连下棋也厌倦了,他听见呀呀呜跟人打赌,谁要是在飞机翅膀上煎熟鸡蛋,他拿出半个月津贴做赌注。于是虎头就用钢盔捧着鸡蛋朝飞机走去。父亲看见在强烈的紫外线照射下,机场正被一层摇曳不定的蜃气所笼罩,虎头的身体渐渐变小,变成一个摇曳不定的影子……

忽然父亲耳朵里闯进一只蚊虫,他刚想把它赶走,第二只蚊虫又闯进来。父亲跳起身来,他听出那个嗡嗡作响的不是蚊虫,而是飞机马达。

敌机来袭!

两架涂着膏药旗的日本战斗机像小偷一样从山沟里钻出来,飞得很低,甚至都能看见日本飞行员像猴子一样的黄脸。爆炸的烟柱腾起来,不一会儿盟军飞机就东倒西歪燃起大火。这是一九四四年雨季来临之前的五月,随着中美盟军节节推进,天空的日本飞机越来越少,所以盟军机场也就放松警惕,高射机枪连枪衣都未脱掉。遗憾的是,这回敌机不仅来了,而且趁着中午人们最懈惰的时候偷袭了新背洋机场。虎头连滚带爬地逃回来,他跺着脚说:"这些狗日的敌机是从哪里飞来的?"

胡君回答:"还用问吗?当然是密支那机场。如今它是日本人在缅北最大的战略机场,也是唯一威胁驼峰航线的空中暗礁。"

虎头恨恨地说:"等把密支那打下来,看这些龟儿子还敢猖狂不!"

父亲怀抱卡宾枪,他看见远处飞机仍在燃烧,几辆消防车像乌龟那样慢吞吞爬过来,不久腾起的火焰就渐渐黯淡下去,变成一团团朦胧的烟雾。涂着红十字标记的救护车开来,一些穿白衣服的人围拢来蠕动一阵,接着救护车又开走了。闷墩叹口气说:"死了不少人吧。"

几辆拖着烟尘尾巴的吉普车开进机场,大家眼看汽车越来越近,这才懒洋洋地从树下站起身来。父亲看见第一辆车上是队长威廉上尉,一下车就大声命令站队。从第二辆车上下来一个美军中校,不消说是个大官,大家赶紧挺胸收腹,连大气都不敢出。没想到后面又来个挂银星肩章的美军准将,他一下来更把队员镇住了,个个身体笔直连眼睛都不敢眨。但是这群人似乎都在等谁,直到最后那辆车开到,他们才一窝蜂迎上前去。车上下来一个头发花白的老军人,他个子瘦长,什么军衔标志也没有,头戴一顶宽边旧军帽,身穿普通士兵的作战服。如果你在蓝姆伽军营遇见这样一个老兵,那么他通常不过是个跟老汤姆一样的后勤军士长,或者仓库管理员而已。老军人看见树下立正的队伍,朝他们挥挥手意思是稍息,然后那群人活动起来,纷纷尾随他走进帐篷里去。胡君小声说:"你们知道那个老头是谁吗?"

见大家个个瞪眼摇头,胡君宣布说:"你们信不信,他就是印缅战区美军最高总指挥史迪威将军!"

虎头说:"如何见得,难道他单独接见过你?"

胡君鄙夷地说:"没吃过猪肉,还没见过猪跑么?重庆报纸上登过他的照片,我敢肯定。"

他这么一说,父亲明白最高总指挥光临说明一定有不同寻常的任务。他拿眼睛看看闷墩,对方显然也意识到了,朝他会意地点点头。等了一会儿,威廉跑出来发出口令,中校在树下挂出一幅军用地图,史迪威将军走过来。他吸着一支跟英国勋爵差不多的大号烟斗,不同的是他没有蓄小胡子。将军用烟斗比画着告诉中国士兵:"我将要赋予你们一个光荣任务,就是派你们去做一次精彩的跳伞。这个地点很特别,它的名字将因你们的行动而引起全世界关注。士兵们,你们的敌人可不会欢迎这次行动,因为行动成败不仅决定缅甸的命运,也将对整个亚洲战场产生重大影响。"

他用烟斗在军用地图上画了一个圆圈,然后狠狠砸下去,父亲看见被将军烟斗砸中的那个地名是"Myitkyina"(密支那)。密支那是日军在缅北的战略据点,这就是说,中美盟军向缅甸日军发起的决战即将拉开序幕。接下来米切尔准将向大家下达命令,小分队将被秘密空降到密支那城郊,趁黑夜悄悄接近敌人严密布防的西郊机场,然后发动袭击夺取机场控制权,接应盟军实施大规模空降行动。这次行动的代号是"威尼斯水城"。

史迪威往烟斗里重新填满烟丝,吸了一口然后告诉大家:"孩子们,很遗憾我这个老头子不能跟你们一道执行任务,但是我向你们保证,一旦夺取机场,我会在第一时间降落在密支那与你们一道战斗!密支那距离你们祖国的边境有多远呢?一百公里,仅有一步之遥!所以一旦收复密支那,通往中国的道路,无论空中还是地面都将畅通无阻!我还要告诉你们,云南境内的怒江前线也开始了大反攻,毫无疑问,我们将与你们的兄弟部队在缅甸或者云南某个地方胜利会师!士兵们,英勇战斗吧,你们将用行动来见证这一伟大时刻的到来!"

抗战以来,那么多中国人前仆后继救国救亡,现在他们已经隐隐听见那个伟大时刻到来的脚步声。

史迪威一行离去后,威廉队长让大家坐下来布置任务,他说为确保"威尼斯水城"行动万无一失,另一支代号为"雷电"的美军特种部队已经提前进入敌人后方,两支队伍将在约定时间一同向敌人机场发起攻击。驻守密支那的敌人正是他们的老对手日军第十八师团。根据最新情报,敌人正在向密支那增加兵力加强防卫,所以行动成败的关键就是隐蔽神速和出其不意。

太阳开始西沉,一队盟军机群掠过新背洋机场往东飞去,它们是去对敌人重兵布防的密支那城执行大规模轰炸任务的。与此同时,一架运输机也载着小分队滑离跑道,它很快追上轰炸机,加入大机群的飞行队列。父亲背着电台,怀抱卡宾枪坐在运输机里,耳边马达轰鸣声震耳欲聋,身边的闷墩忽然捅捅他叫他快看,他从舷窗望出去,只见像海水一样澄明碧蓝的天空中,一轮夕阳正在西天燃烧,许多体形笨重的轰炸机整齐平稳地游动,而在轰炸机上方,成群的护航战斗机则像海豚一样灵巧跳跃。闷墩朝他捏起拳头,父亲当然明白朋友的意思,仅仅两年前日本飞机还在丧心病狂地"无区别"轰炸中国城市,现在轮到让日本人尝尝炸弹的滋味了。他也朝闷墩捏起拳头,两人会心一笑,都有种扬眉吐气的亢奋。

几十分钟后,东南地平线上出现了城市的身影,也就是说机群快要飞临目标上空,运输机忽然单独脱离大机群向北方飞去。这种配合恰到好处天衣无缝,父亲知道大轰炸正是"威尼斯水城"行动的一部分,目的是转移敌人注意力,掩护"甲壳虫"分队顺利实施空降。

2

降落地点在密支那以北一座人迹罕至的狭窄山谷里,这里曾经是一座玉石矿,因为战争爆发废弃了,正好做了小分队的秘密空降场所。

父亲落地时刚好遭遇一股横切风,他被降落伞的强大惯性拖拽着,身不由己地向前滚落,幸好被几个人拦腰抱住了。再看面前,一个深不测底的矿洞张开大口,不由得惊出一身冷汗来。那些抱住他的人都是些皮肤黝黑的当地人,或背着步枪,或扛着机枪,正朝他露出白牙来笑呢。原来他们都是缅甸抗日游击队员,共有几十人,奉命来给小分队带路做向导的。父亲听见其中一个青年用纯正的汉语说道:"我是队长,叫李玉树,欢迎你们。"

父亲有些惊讶:"你们都会说汉语吗?"

李队长回答:"大家都是缅甸华侨,在密支那,华侨要占到将近一半呢。"

父亲忽然有种回家的亲切感觉,在这座距离祖国仅有咫尺之遥的缅甸城市郊外,他已经嗅到越来越浓郁的家乡气息了。队员们埋好降落伞,然后跟着游击队员迅速撤离了玉石矿。

天很快黑下来,大森林伸手不见五指,幸好游击队员熟悉地形,他们还赶来十几匹驮马,把空投的武器、弹药和电台都驮在马背上。父亲感到前所未有的踏实,前几回在敌后执行任务都靠罗盘和指北针摸索方向,人就跟跌进无底洞一样没有底,现在有当地向导带路就不同了。森林里静悄悄的,除了驮马发出的粗重鼻息和马蹄铁踏在石头上发出的嘚嘚脆响,以及偶有枪托铁器碰撞声外,队伍像一支无声的利箭迅疾射向隐藏在夜幕下的密支那西郊机场。

半夜里队伍来到一座山洞宿营,许多人坐在地上就睡着了。父亲刚刚合上眼就被人叫起来,他看见威廉队长亮起手电,铺开军用地图听李队长介绍情况。原来前面有情报传来,敌人在山下加强警戒,增派许多巡逻队,所以小分队必须绕道而行。从地图上看,他们的路程将比原先计划多出整整一倍。大家都用眼睛望着威廉,父亲已经架好电台天线准备开机,但是美国人又摇摇头说:"继续保持无线电静默。队伍马上出发,无论多远我们都必须赶在明天半夜前到达目标区域,按时发起进攻!"

队员们默默背起武器装备,虎头迷迷糊糊地说:"还要走么?"

闷墩吓唬他说:"你别走丢了,这里到处都是蚂蟥呢。"

虎头瞌睡一吓醒了,闷墩拍拍他说:"当心脚下,摔折腿可没法帮你。"

天亮后队伍爬上一座陡峭的山头,队员军装全湿透了,连擅长翻山越岭的驮马都累得口吐白沫,这时一阵山摇地动的马达轰响迎面扑来,山林中狂风骤起树枝乱摇,原来是一群涂成深色的盟军飞机正擦着山头呼啸而过。队员们激动起来,他们知道整个白天盟军飞机都将以不间断空袭来掩护小分队行动,有人向飞机挥手致意,尽管他们知道飞机根本看不见这支穿行在茫茫林海中的步兵小队伍。

日头当顶的时候,他们面前又出现一处废弃的玉石矿,威廉命令就地休息一会儿。父亲同李队长坐在一起,他看见这里的岩石与别处显著不同,随手捡起一块来,只见阳光映照下的石头闪动着红红绿绿的光泽,晶莹剔透煞是好看。李队长告诉他,缅北是世界闻名的玉石产地,红玉称"翡",绿玉称"翠",都是宝石中的珍品。但是翡翠矿石大都埋藏在深山老林和干河床岩石下面,开采极为艰难,所以又有"一粒翡翠一滴血,一块毛玉(未打磨的玉石)一条命"的说法。日本人占领缅北后也试图开采玉石矿,他们从国内派了工程师进山寻找矿脉,动用工兵开钻爆破,结果引起山体塌方砸死不少人。加上日本人不适应热带丛林的环境气候,不少人染上瘴气和出血热,回去不久就送了命,因此才收敛起掠夺缅甸矿产资源的野心。

李队长出身于富有的华侨家庭,父亲是密支那有名的木材商人,他本人正在仰光大学念书。太平洋战争爆发日军攻陷缅甸,他父亲因为帮助过中国远征军被日本人杀害,母亲和妹妹惨遭凌辱后下落不明,血海深仇促使他拿起枪来参加了抵抗组织。父亲听了久久没有出声,脑海里也出现了许多年前那颗长着黑色翅膀的日本炸弹,它在父亲记忆的天空中肆意飞舞横冲直撞。父亲想,要是没有日本人的炸弹,今天的自己应该是个什么模样呢?坐在大学教室里听课?实验室里做实验?

或者正在远赴外国留学的轮船上？总之他决不会浑身汗臭疲惫不堪，抱着卡宾枪坐在一处叫不出地名的深山老林待命。当李队长得知眼前这些中国特种兵全都是来自内地的学生时，惊奇得久久合不拢嘴巴。他拉着父亲的手说："怪不得你们个个气度不凡，听你英文那么好，原来都是文化青年啊。"

队伍再次行进，大家已经多了一份亲近，就像是认识多年的老朋友一样。

下午太阳落山时，队伍终于走出森林，悄悄接近密支那郊区。走在前面的侦察兵向队伍发出信号，前面村庄发现敌人巡逻队，气氛陡然紧张起来。本来那里应该是一座无人村落，居民都被日本人强行合并到大村去了，但是此时却有几个日本兵在村子里烧火做饭，还有一个在村外放哨。这个突发情况令威廉蹙起眉头，他与李队长商量几句，果断下令消灭这些敌人，不许一个漏网回去报信。

战斗本来进行得很顺利，闷墩摸上去干掉敌人岗哨，然后大家分头包抄。随着几声急促的枪响，那几个正在做饭的日本鬼子很快也被消灭了。不料还有一个敌人躲在屋后草丛里拉肚子，发现遭袭就拎起裤子往村外逃，恰好被父亲发现，他举起枪来扣动扳机，敌人应声倒地。等他赶上去，看见这个敌人还在喘气，鲜血正从他肚子上咕噜噜地涌出来。

这是父亲第一次与被称作"敌人"的日本人面对面。他看见面前是一张很年轻的亚洲人面孔，黑发黄肤，跟中国人没有两样，如果不是穿着可憎的日本黄军装，谁也不会把他当做杀人放火的法西斯强盗。日本兵的年龄大约跟父亲差不多，也就十八九岁吧，面孔已经被伤痛和绝望扭歪了，一双恐惧的眼睛死死盯住慢慢走近的中国士兵。

父亲本来应该毫不犹豫地补上一颗子弹，或者捅一刺刀，让这个闯进别人家园的强盗尽早脱离被他们暴行玷污的世界。但是此时的父亲却犹豫起来，他对这个垂死的人或者说这张年轻面孔产生了某种怜悯，尽管只是稍纵即逝的闪念，他的脚步还是放慢下来。他听见有个声音对自己说，你看他不过还是个孩子，也许只是个高中生，何况还受了致命伤，死神就蹲在他的眼睛里看着呢。

父亲被这双垂死者的眼睛打败了，或者说他被自己内心的软弱打败了,于是收起枪来转过身走开了。让他去腐烂吧,反正也跟杀死他差不多,父亲这样对自己解释,心里也并未因放过敌人而产生不安。但是仅仅过了几分钟,一声巨响就将他的同情心击得粉碎,一颗手雷滚出来把走在前面的李队长炸翻了。

日本人终于被刺刀戳成蜂窝,但是李队长却再也醒不过来了,这个来自仰光大学的华侨青年为他的祖国解放流尽了最后一滴血。当队员们掩埋同伴的尸体继续前进时,父亲心中流血不止,他为此一辈子无法原谅自己,就像他再也无法原谅那些被称作"敌人"的野兽一样,直到和平时代到来,父亲的情感也难以转变。

3

夜半时分,"甲壳虫"分队终于赶在预定时间抵达密支那西郊机场外围,但是另一支代号"雷电"的袭击部队却不见踪影。威廉指挥官不停看手表,然而急也无用,谁也不知道这支友军身在何处。父亲隔着一条干涸的小河看见对面就是敌人机场,但是偌大的机场里并没有飞机影子,只有一盏孤零零的探照灯在夜空中壮胆似地划来划去。原来盟军飞机不间断轰炸起了作用,日军不仅把飞机匆匆撤走,连守备部队也躲进掩蔽工事不敢出来,给偷袭部队进攻创造了有利条件。

随着攻击时间临近,威廉命令打开电台,父亲向总部发出"云层散去"的暗号,意思是"甲壳虫"准备就绪。很快电台里传来总部暗号:"天气预报准确",意为按计划进攻。这就是说,原本应该有两支部队共同承担的作战任务,现在只能落在"甲壳虫"分队肩头上了。

威廉果断地将队伍分成两组,一组人由白人乔治指挥,负责摧毁敌人的防空火力。另一组由黑人史利姆带领去夺取机场指挥塔,游击队负责控制跑道。父亲背负沉重的无线电台跟在威廉队长身后,他看见几个兄弟闷墩、虎头、胡君都从自己身边跑过,胡君还朝自己比个鼓励的手势,不由得心中一热,这一刻他对胡君的怨恨动摇了。他想,要是胡君负伤或者牺牲,自己就原谅他。

不久塔台方向响起密集的枪声,几乎与此同时,敌人的高炮阵地也传来手雷爆炸声,战斗只持续十几分钟就结束了。盟军白天的轰炸行动成功蒙蔽了敌人,此时高炮阵地只有一个班的鬼子在睡大觉,当突击队员消灭敌人然后准备炸毁高射炮时,这才发现一个惊天骗局,原来鬼子的高炮都是木头做的模型。很快游击队员也在跑道上燃起火堆表示得手。只有塔台方向的战斗损失惨重,虎头呼哧呼哧地跑过来报告,黑人教官史利姆和三名队员当场牺牲,还有多人负伤。父亲拉拉虎头的手,发现老四的手冷冰冰的,指头上全是汗水。

  威廉命令父亲向总部发出暗号,父亲觉得自己的双手几乎不听使唤,他的手指关节因为紧张而像木头一样僵硬,因为他知道,远在边境的多座盟军机场里,上千架各型飞机和数万部队早已待命,只等他的信号发出就将以雷霆万钧之势直扑密支那而来。这是父亲第一次走进战争风暴的中心,他简直是拙笨和艰难地敲击出了那个代表偷袭成功的暗号——"响亮的炸雷"。随着他的手指跳动,信号被反复发送。不久他收到了那个指尖带有间歇柔滑音的熟悉电波讯号:"风车,风车。"这是约定暗号,意思是第一批搭载空降部队的飞机开始起飞。父亲绷紧的神经忽然松弛下来,他这才发现自己后背以及手心统统都被汗水打湿了。

  威廉命令各组抓紧时间加固工事,准备迎击城里敌人反扑。父亲看见威廉不停看手表,然后又朝漆黑的夜空张望,他猜想威廉一定在焦急地盼望"雷电"部队快快赶到,否则仅凭小分队的兵力很难坚守到天明。果然,从城里开来的敌人援兵很快出现了,一辆装甲车在前面开路,后面紧跟满载步兵的汽车。城里敌人还蒙在鼓里,他们以为袭扰机场的不过是一伙地方抗日武装而已,所以并没有把这些打了就跑的游击队放在眼里,只管开着大灯气势汹汹朝机场扑来。

  忽然一枚拖着火舌的火箭弹疾如闪电划破夜空,领头的装甲车被掀个底朝天,当场变成一堆废铁。紧接着猛烈的机关枪、冲锋枪和卡宾枪交织成一张扇形火网,打得汽车纷纷起火燃烧,侥幸没死的日本兵只管丢盔卸甲地往回逃跑,只怨爹娘少生了两条腿。

  阵地上的报告纷纷送来,各组都出现伤亡,并且弹药消耗很大。威廉点燃一支雪茄烟吸起来,脸上现出焦虑的神情,没有人怀疑,日本人马上就会醒悟过来,既然偷袭机场并不是一伙钻山沟的游击队,说明他们将会利用这座机场实施某个重大行动。

接下来日本人必将不惜代价夺回机场控制权。

空气中飘来汽车轮胎和草木烧焦的刺鼻气味,随着时间一分一分地消逝,"雷电"部队还是不见踪影。父亲抬头望望指挥官,忽然冲口而出:"干脆用明码告知总部,催促'雷电'部队尽快赶来支援。"

威廉忽然冒起火来,粗鲁地斥责父亲:"闭嘴!你懂什么?你不过是个小兵!你的责任是执行命令,不是下命令!"

父亲吓得一缩头,好像晴空落下一个炸雷。他感到十分委屈,平时威廉并没有长官架子,自己只不过提个建议,竟惹得长官大发雷霆。过一会儿威廉才控制住情绪,拍拍父亲肩头说:"邓,对不起,是我心情不好。你不知道,'雷电'部队是美军最出色的特种兵,它的指挥官姓杰尔森,也是我的老上司,我奉命训练你们之前就在这支部队服役。我太了解我的老部队了,他们很可能遇上麻烦,要不就是迷了路,或者遭遇了敌人,否则他们一定会按时赶到发起进攻的。他们竟然会……迟到这么久,远远落在中国人后面?真是太不可思议了,这就是我苦恼的原因。"

父亲恍然大悟,至此他才明白,美国人骨子里那种根深蒂固的优越感是难以消除的。美国人就是美国人,哪怕他与你称兄道弟同吃同住也无法真正平等。但是没等他想下去,一道惨白的闪电照亮夜空,当然这不是闪电,而是一颗拖着火焰尾巴的炮弹落在机场里发出巨大的爆炸。威廉脸色一变说:"敌人坦克……快,所有人拿起武器上阵地去!"

他抄起汤姆式冲锋枪冲上前去,父亲也背上电台,提起卡宾枪投入战斗。他看到这回敌人不仅派出多辆坦克装甲车开路,还有黑压压的步兵分成几路朝机场扑来。几乎与此同时,敌人的重炮也朝机场猛轰,随着大地发出一阵阵颤抖,他看见身后高耸的塔台像座积木房子,在炮弹爆炸的火光中轻飘飘地消失不见了。

父亲跳进临时工事向敌人射击,忽然身边有人大叫:"老江中弹了!"他心头一震,好像有只巴掌拍在头上,什么也顾不得就赶紧爬过去。只见东北人老江仰面跌倒在战壕里,胸部炸开一个窟窿,鲜血像热气腾腾的喷泉一样咕噜噜地往外冒,瞪着眼珠直喘气,喉结一动一动的,却已经说不出话来。他赶紧掏出急救包往他伤口塞,但是没等他堵住鲜血,只听见老江喉咙里咯噔一响,两腿一伸人就没了动静。父亲呆住了,他手上还沾着战友的鲜血,那个急救包热乎乎的像团面糊,然而人却再也醒不过来了。他轻轻替死者抹下眼皮,不等心中的悲痛蔓延开来,敌人就冲到跟前来了。

敌人敢死队员一拨拨不要命地向前冲,很快外围阵地就有多处被突破了。父亲蹲在掩体后面射击,刚刚打倒一个敌人,就有几条黑影蹿进来,黑暗中到处展开肉搏战。两个人滚到他脚下,他看见一个敌人举起刺刀猛戳,心一急抢起卡宾枪砸去,敌人被砸倒,他才看清下面的人原来是胡君。父亲悻悻地想,怎么是他呀?随即另一个声音说,他不是你战友,你结义兄弟么?想想也就释然了。

他们边打边后撤,很快闷墩、虎头、呀呀呜、东北人老林都陆续退到小河坎下面来,这是最后一道防线,他们背后就是无遮无拦的机场跑道。大家心里都清楚,如果敌人重新占领机场,那么当大机群到达的时候将无处降落,整个"威尼斯水城"行动都将前功尽弃。父亲听见枪机"咔嗒"一响,弹仓空了,他摸摸子弹盒,里面也空了,他着急地问:"谁还有子弹?"

没有人回答,这就是说,大家都没有多余子弹。父亲看见战友都在默默地上刺刀,这个动作足以说明一切。黑暗中威廉队长高大的身影出现了,美国人已经负伤,他带来那边阵地的消息相当不妙,副队长乔治阵亡,剩余队员准备进行最后的白刃战。他命令父亲砸毁电台,撕碎密码本,战至最后一人一弹。当那架与父亲朝夕相处的无线电台四分五裂地消失在河沟里时,父亲心中十分平静,他看看身后的机场,跑道和停机坪燃起的火堆照亮夜空,那是游击队员在给即将到来的盟军飞机指示目标。父亲看看手表,已经凌晨五点多钟,再有一个小时天就要亮了。

有人碰碰他的手,是胡君,他将一枚手雷递给自己,同时拍拍自己的肩头。父亲当然明白他的意思,接过来没有说话,但是那一刻他心中的怨恨全消。在战场上,还有什么比战友情谊更宝贵的呢?

敌人显然也懂得时间的意义,城里方向出现更多坦克和汽车的灯光,蠕动的步兵又像潮水一样涌上来。父亲回头看看弟兄们,大家全都脸色凝重心照不宣,只有枪刺在燃烧的火光中闪动微微的亮光。

敌人坦克的履带碾压声和步兵哇啦哇啦的吼叫越来越近,父亲和他的兄弟们紧握卡宾枪,准备迎接最后时刻的到来。

忽然一串拖着火焰的炮弹越过他们头顶飞向敌人队伍,随着猛烈的爆炸声震动大地,父亲看见两颗红色信号弹映亮夜空。

迟到的"雷电"部队终于赶到了。

4

当空中响起盼望已久的马达轰鸣时,父亲看见第一架盟军运输机紧急着陆时很像是一起迫降事故,它直接越过停机坪冲出跑道外。幸好那条干涸的河道挡住了去路,于是它趴下来把河道变成机窝。

很快天空中出现更多运输机和滑翔机的身影,机场上空好像进行一场声势浩大的航空表演,空中开满像蘑菇一样色彩艳丽的伞花。完成任务的"甲壳虫"分队奉命撤下阵地休整,父亲和战友们头一倒地就睡着了,他们几乎是一合上眼睛就坠入睡眠的深渊,任凭源源不断的空降队伍像洪水一样从他们身边呼啸而过,也不管扫荡残敌的战斗还在机场外围进行,这时候就是发生地震洪水也不能把他们惊醒来。父亲像个赚足钱的富翁那样心安理得地熟睡着,因为此时他拥有的财富不止休息,还有已经到来的胜利。

忽然一只手急促地摇醒他,他听见有人大声呼唤他的名字,睁开眼睛一看,面前站着表哥楚士安。士安脸上挂满受惊和焦急的表情,他看见父亲浑身是血躺在地上没有动静,误以为他受了重伤或者阵亡了。父亲有气无力地回答说:"我没事,就是累坏了。"

士安这才松了一口气。他匆匆告诉父亲,他的主力营将进攻密支那城北火车站,那里是敌人的大本营。士安带领队伍去远了,父亲这才想起在加尔各答遇见罗霞的事情,他刚想跳起身来追赶士安,却又被一只无形的大手按住了,只好沮丧地坐下来。罗霞嫂子已为他人妇,还怀了别人的孩子,他该怎么对表哥说呢?让表哥带着一颗流血的心上战场么?倒不如让他不知道的好!

这样一想,心里又轻松下来,可是心情却乱了。虽说为表哥着想,总觉得在进行一场欺骗,心里有种负疚感。表哥是他的亲人,他不应当欺骗他,可是话说回来,这是一场战争,表哥未必有机会与罗霞重逢。他记得赞美诗里有句歌词:彼不明白的事情,上帝自有安排。原先似懂非懂,现在忽然明白了,原来世界上许多事情,听其自然比真相更管用。

不久一架涂有红十字标志的飞机降落下来,野战医院在机场里面搭起帐篷抢救伤员。威廉队长多处受伤,被转送后方医院治疗,胡君被指定临时代理队长。小分队虽然完成偷袭机场的重大任务,却付出伤亡过半的惨重代价,父亲眼看身边战友越来越少,那些鲜活的生命和熟悉的音容笑貌转瞬即逝,就像落叶随风而去一样,不禁心情沉重提不起精神来。

午后当一支收容队开始搬运阵亡者尸体时,悲痛的情绪就像海潮泛起那样猛烈冲击幸存者的心脏。阵亡战友一个个从他们面前经过,白人乔治、黑人史利姆、东北人老江……他们被装进一只只黑色的裹尸袋,然后被大卡车运走。大家挂着枪,个个的目光都像被胶水粘牢一样,不堪重负的悲伤令他们的面孔全都变了形。

父亲蹲在地上,忍不住大声嚎哭起来,肩膀一抽一抽地抖动,撕裂的痛苦就像热带丛林的食肉蚁爬满他的胸膛。他明白这些伤口恐怕今生今世也无法痊愈了……

有人递给他一条毛巾,他一看却是闷墩、虎头和胡君,三个兄弟眼睛也是红红的,悲伤把他们的心紧紧系在一起。他们并排着坐下来,机场风很大,刮得废墟上一杆残破的军旗哗啦啦响。这群人跟呆了一样枯坐着,直到收容队的汽车驶出机场不见踪影。

下午有队工兵赶来清理废墟,腾空停机坪,不久一架体形庞大的重型运输机出现在机场上空,它的翅膀上长着四只巨大的螺旋桨,几乎是迫不及待地扑进跑道里。飞机刚刚停稳,肚子下面就钻出一队昂着炮筒的坦克车来,这些铿锵作响的铁家伙爬过跑道和草坪,然后径直向他们开过来。"谢尔曼!"父亲惊喜地嚷道,一瞬间遥远的记忆复活了,多年前他曾在仰光港与威武雄壮的"谢尔曼"坦克有过短暂邂逅。大家瞪大眼睛看着这些庞然大物开过,呀呀呜羡慕地说:"好家伙,连地皮都在抖动呢。"

虎头点头道:"可不是吗,跟起了地震一样。"

闷墩抱着枪问："步兵该怎么对付这家伙呢？"

大家面面相觑，因为在特种兵战术教程中没有反坦克课，那是工兵的专利，所以连博学多才的胡君也直摇头。正说着话，一个戴头盔的人从坦克车里钻出来，大喊大叫地朝他们跑过来。父亲眼尖，高兴地大叫："是老赵！"

果然是河南籍同学老赵！

战场相逢，大家格外激动，又是拥抱又是拉手。赵同学四处看看说："咦，还有好些人呢，怎么不见了？"

他这一问，大家的神情立刻黯淡下去，赵同学立刻明白了，他咬着牙说："狗日的小鬼子！等老子上去一个个压扁他们！"

胡君问他："你这伙计，单挑鬼子坦克会怎样？"

老赵自豪地介绍说："先说吨位吧，咱这伙计四十吨，鬼子的'哈勾九五式'呢，还不到八吨。再看咱这火炮，七六毫米口径，鬼子才多少？三七毫米，足足大它一倍。而破甲射程呢，日本坦克只有三百米，咱能在一千米外击毁它。"

大家欢呼起来，你尽管去想象小鬼子挨揍的狼狈模样吧，老赵一来，还不得跟虎入羊群一样么？胡君赶紧提出另一个问题，他说如果步兵遭遇坦克怎么办？老赵想了想说："通常情况下，缺少反坦克武器的步兵是无法与坦克对抗的，因为坦克的装甲钢板不仅能够抗击子弹和手榴弹攻击，并且还有很强的自卫火力。在国内战场，穿草鞋的中国兵见了敌人坦克就跟见了魔鬼一样，只有逃跑一个选择。"

闷墩闷闷地说："难道咱们就没法制它么？"

老赵回答道："其实坦克也有短板，比如它的履带容易炸断，这样坦克就走不动了。"

父亲眼珠转了转，提出另一个问题来。他说："就算坦克走不动，它的机枪、大炮火力猛烈，也等于一座钢铁堡垒。怎样才能消灭它呢？"

老赵故意卖关子说："的确是这样，如果不弄懂的话，你们步兵永远也别想对付坦克，除非你拥有平射炮和反坦克炮。"

弟兄们赶紧拍老赵马屁，递上香烟，替他点燃了，个个眼巴巴地看着坦克兵。老赵一口气吸掉半支香烟，等他过足烟瘾，这才低声道：

"都是自家兄弟,我给你们透露个机密。坦克最怕什么东西?简单地说,是火。你们想想,坦克内部空间那么小,加上发动机运转,机枪大炮射击,车内温度能达到五十度。如果扔上几只燃烧瓶,或者浇上一桶汽油,连钢板都烧红了,里面的人还不都得变成烤羊肉串吗?"

父亲恍然大悟,原来看上去无敌于天下的"战场之王"也有致命短处。他想起英文老师讲过的希腊神话故事,英雄阿喀琉斯刀枪不入,但是他有个致命软肋,那就是他的脚踵。敌人获知秘密,一箭射中脚踵,英雄轰然倒地。

正讲得热闹,坦克那边有人大声呼叫赵同学名字,大家恋恋不舍地目送坦克兵钻进坦克,看着"谢尔曼"轰隆隆地开动,一辆接一辆开出机场去。虎头羡慕地说:"能跟坦克照张相就好啦。"

大家连忙安慰他,下次一定让老赵把头盔给他戴上,照张相片寄回家去。呀呀呜叹道:"还是人家老赵好,哪像我们这么艰苦,尽打头阵。"

大家都拿奇怪的眼神看他,呀呀呜自知失言,也不说话了。

第二天前线传来消息,坦克部队进攻火车站受阻,赵同学阵亡。原来日本人利用长竹竿将炸药包和燃烧瓶送上坦克尾部引爆,致使中美盟军损失多辆坦克,暂时撤出城市巷战。

5

接连休整几日,大家反倒不习惯起来。

西郊机场就像台风中心一样平静,他们天天听着从城里传来的激烈枪炮声,随着战事推进,中美盟军已经占领大部分城区,把日军压制在城北火车站等几处据点内。大家的手又开始痒痒起来。指挥部显然把这支暂时没有用武之地的"甲壳虫"分队遗忘了。从前都是威廉队长到总部接受任务,现在威廉住进医院,电台也砸毁扔进河沟里,他们好像断线的风筝一样了。

因为无事可做,天天跟机场内一群看守空运物资的后勤兵厮混,大家都是学生兵,除了气味相投还有许多共同话题。父亲又结识了几个湖北老乡,很快熟悉得不分彼此,好像他们都变成同一支部队似的。这天从飞机上卸下来一批美国特种步枪,称"M1狙击步枪",其实就是在长程步枪上加装一支圆筒瞄准镜。大家一看就来劲了,轮流到外面去试了一回。父亲把标尺定在一千公尺,瞄准镜一搜索,景物历历在目,清楚得好像就在跟前似的。他瞄准一只破钢盔,等扣动扳机再看,那只钢盔已经没了踪影。天啦!他在心里惊叹道,谁要是拎这种枪上前线,还不得把日本鬼子都跟打兔子一样打得精光!

大家心里好像真的揣进一只兔子,都有些急不可耐跃跃欲试的样子,于是由胡君出面与那几个老乡私下协商,借几支出去过过枪瘾。好说歹说还贴上一条军用香烟,总算借出一支枪一盒子弹。大家像揣着宝贝一样兴高采烈地出了机场,向别人打听清楚新三十八师的阵地位置在城北,然后直奔主力营而去。

士安见父亲来到前线大吃一惊,得知他们意图后更是哭笑不得。这些学生兵虽然已是见过阵仗出生入死,但还是像一群没长大的孩子,对游戏的好奇和冲动远远大过战争本身。可是他们的想法并没有太离谱,军人谁不喜欢新式武器?谁不想多消灭敌人?士安只好同意他们进入前哨阵地,条件是打完子弹就走人,不得参与进攻作战。

前哨连长姓干,是个四川人,个子瘦小,脸膛很黑,额头上有条刀口将眼睛拉成斜角,令他相貌看上去有些凶恶。他龇着焦黄的牙齿走到大家前面,手指夹着香烟,也不多说话。主力营本来就是驻印军前锋,而前卫连则是主力中的尖刀,干连长要过新式步枪看了看,样子很不以为然。一些官兵在加拉苏高地就同父亲他们认识了,再次相见分外亲热,都围拢来看他们试射狙击步枪。

前哨连正面之敌占据着火车站一带的建筑物,加上事先修筑了坚固工事,易守难攻,与中国军队形成拉锯战。从阵地看出去,敌人兵力显然不少,五百米外的沙袋工事和建筑物窗口都能看见敌人晃动的影子。远处八百到一千米外的敌人根本不用隐蔽。他们肆无忌惮地来回走动,甚至成群结队在阵地之间搬运东西。

狙击战原本就是特种兵的专长,狙击步枪的到来更令他们如虎添翼。第一个试射的是大哥胡君,他老练地转动枪口寻找目标,忽然动作凝固一瞬,几乎同时枪响了。父亲赶紧举起望远镜来,他看见一个敌人从火车站大楼顶上扑棱着胳膊掉下来,像只中弹的鸟儿。

第二声枪响令空气一震,又一个敌人垂下半截身子挂在楼外面。一个戴钢盔的敌人试图把他拉进去,胡君快速射出第三发子弹,但是这个敌人很狡猾,他头一缩钢盔飞了,逃过致命一击。

三发两中,官兵们都为他鼓掌高兴,父亲看见干连长粗糙的脸皮抽动一下,斜眼睛眨了几眨,眼光变得很惊奇,好像自己的钢盔被打飞一样。哪知胡君却后悔不迭,他连连责骂自己该死该死!怎么沉不住气呢?再等他脑袋多露一点就跑不掉啦。

轮到闷墩出马,也打了个三发两中,击毙两个在阵地上跑来跑去的敌人。

虎头和呀呀呜成绩也不错,最后轮到父亲,他从瞄准镜里已经看不见敌人身影。原来狡猾的敌人发现对方阵地来了狙击兵,已经躲起来不敢轻易现身。这时候四川人干连长说话了,警告学生兵说:"你们赶快回吧,敌人一旦发现狙击手位置,炮弹马上就会落下来。"

但是父亲心有不甘,因为他还一枪未放。而且,中美盟军一路势如破竹已经占领大半个密支那城了,最多再有一周就该打扫战场了,那时候他还上哪里去试射狙击步枪呢?干连长看看手表催促说:"再有五分钟,我军炮击就要开始,那时候到处都是浓烟灰土,什么也看不见,所以你们还是赶快离开为好。"

就在父亲绝望地准备放弃之时,他看见敌人阵地上有道玻璃反光一闪,那是敌人望远镜在偷偷观察。他几乎毫不犹豫地连开三枪,那道反光便永久地从阵地上消失了。但是没等父亲高兴过来,干连长大吼一声把他推倒在战壕里,几乎与此同时,一道尖利的哨音猝然响起,紧接着迫击炮弹轰然落下,把他们刚才射击的位置炸出一个土坑来。年轻的班长躲避不及被炸成重伤,几天后死在野战医院里。这天夜里父亲老是做梦,梦见曾班长那双明亮而快乐的眼睛。

第二十一章 喋血密城

1

一辆颠颠簸簸的吉普车把胡君和父亲接到总部。父亲觉得这个开车的美国军官有些面熟,应该在哪里见过面,一时却想不起来。直到汽车快到指挥部驻地时,他才猛然记起,原来这人就是罗霞嫂子的新丈夫丹尼斯上尉。

罗霞告诉过他,丹尼斯是总部的情报军官,也就是说他是"甲壳虫"分队的上级长官。但是父亲心里总感到别扭,丹尼斯娶罗霞并非横刀夺爱,但是他一想到这件事就替表哥抱屈。当然抱屈也没有用,因为这是战争,就是没有丹尼斯也会有其他什么尼斯来填补表哥的空缺。

盟军指挥部设在城西一幢英国人的庄园里。

父亲吃惊地看到,重兵守卫的庄园内部似乎笼罩着一种轻松和散漫的享乐主义气氛,值班参谋跷着二郎腿或看报纸,或聊天,还有人在喝啤酒煲电话粥。一些办公室无人值守,电话铃响个不停也无人接听,好像这里不是前线指挥部而是后方什么机关。

军情部长是个留着一撇小胡子、表情严肃的美军上校,他告诉两位中国队员,总部决定由丹尼斯上尉接替威廉担任他们的队长,现在他们的任务就是配合丹尼斯编制一份表格,重新补充装备和人员。上校交代完任务就戴上军帽出去了,父亲从窗户里看见,上校的吉普车上多了一位身材性感的金发女郎。"他们大约也要去什么地方度假,"父亲心里郁闷地想,"可是前方战争还没有结束啊。"

丹尼斯派胡君去编制表格,让父亲跟着自己去通讯部领取新电台和密码本。父亲电台砸毁后就与"白象"失去联系,他心中有些忐忑,不知道会不会碰上罗霞。谁知他不想见的人偏偏就在通讯部。罗霞过来对丹尼斯说:"亲爱的,把他交给我吧,办好事情我们在外面的车上等。"

罗霞的肚子已经微微有些显形,父亲一言不发地跟在她后面,直到领取了新电台和密码本。罗霞说:"述义,很高兴见到你,以后丹尼斯要跟你们在一起了,请多支持他吧。"

父亲低着头不说话,罗霞叹口气说:"我知道你的心情,但是请你不要记恨丹尼斯,他没有错,都怪我。"

听她这么说,父亲的心又开始软了,点点头说:"我会好好干,你放心。"

罗霞说:"丹尼斯人很好,很善良,只是他一直呆在总部机关,缺少作战经验。你要好好帮帮他。"

父亲又点点头,罗霞这才高兴起来,吻吻父亲的额头说:"述义,你不知道,同你们失去联系之后我有多么担心。我不想再失去一个亲人。"

父亲心里很感动,罗霞姐姐依然把他当亲人,让他心里涌出一股暖流来。但他是个男子汉,不愿意当着罗霞的面动感情,就转移话题说:"你们指挥部怎么跟过节似的,一点也不紧张?"

罗霞小声说:"史迪威将军已经对各国媒体宣布,两周之内,也就是雨季到来之前结束密支那战斗。他本人飞到重庆去了,还有一些高级将领都飞回印度加尔各答和孟买休假去了,留下来的人会好好值班吗?"

父亲担忧地说:"可是前线还在打仗,士兵还在流血啊。"

罗霞望望天空,虽然缅北还是阳光灿烂晴空万里,但是从印度洋刮来的季风里已经有了一丝腥湿的雨季气息,她叹口气说:"上帝保佑,千万别重蹈兵败野人山的覆辙啊。"

返回机场的时候,丹尼斯友好地把一盒英国香烟塞在父亲肩章上,父亲不想这么快就跟他套近乎,生硬地把烟退还给他。丹尼斯并不生气,笑笑,取出一支自顾抽起来。

"甲壳虫"分队在丹尼斯领导下很快恢复了生气,虽然上级暂时没有下达战斗任务,但是丹尼斯上尉已经被授权整顿机场秩序,于是小分队就变成了临时宪兵队,负责督促改变机场内各自为阵和自由散漫的混乱局面。很快大家发现,新来的队长比起威廉来工作热情更高,也更有条理,比如他要求队员内务整洁,军风纪严肃,不允许邋里邋遢衣冠不整,见了长官要立正敬礼,用语要规范等等。他还严厉整肃纪律,把三个私自外出的队员关了一天禁闭。对这些久经沙场的老兵来说,循规蹈矩可不是件容易的事情,大家对此很不习惯,私下议论新队长不大像指挥官,倒像新兵队吹毛求疵的教官。父亲把个人秘密埋在心底,从不参与议论丹尼斯,尽管他内心里也觉得丹尼斯过于拘泥,像个初出茅庐的军校生。

这天队长把父亲、胡君、闷墩和虎头叫进帐篷里,交代他们一个任务,就是把一架新电台护送到"燕麦支队"阵地去。燕麦支队是一支英美混编部队,驻守城外铁路的咽喉要道拉勐高地,负责阻击八莫方向日军对密支那的增援。丹尼斯交代说,该部队已经多日未与总部联络,电台也呼叫不通,总部认为很可能是电台出了问题,所以他们必须尽快把电台送到拉勐高地,帮助燕麦支队恢复与总部的通讯联络。

父亲接受任务时一直低着头,极力避免去看丹尼斯那双像海水一样湛蓝的眼睛,他恨恨地想,罗霞姐姐一定是不当心掉进这片海水中了。当丹尼斯询问电台兵有什么问题没有时,他还是不说话。丹尼斯叹口气,小声对他说:"邓,你可能不喜欢我,但是我们事实上已经有了某种关系。等你回来我们谈谈好吗?"

父亲不置可否,敬个军礼登车出发了。

出人意料的是,他们面前这座阵地上既无野战工事,也无防守部队,甚至连巡逻哨也没有。几个人互相望望,一度怀疑是不是走错了路。父亲抬头看看天空,一轮血红的太阳已经开始落山,金色余晖洒落在山坡树丛中,一条乌黑铮亮的腊(戌)密(支那)铁路好像长蛇一般蜿蜒穿过,然而燕麦支队偏偏没有踪影!这就是说,在敌人援军通往密支那的交通线上竟然大门洞开?他们惊骇得面面相觑,这可不是儿戏,是事关战争胜负的大事!正欲赶回去报告,这时从树林里钻出来几个吊儿郎当的美国大兵来,他们松松垮垮地挎着枪,嘴里叼着香烟,一点儿也没有前线阵地的紧张气氛。父亲向他们询问支队司令部在什么地方,为首一个上士朝太阳落山的方向点点头,告诉他队伍在三公里外的坦布力小镇集结。

当他们赶到小镇时,看见这些英美大兵的所谓"集结"等于集体休假。大炮停在镇外并未构筑阵地,许多坦克和军车挤满小镇街道,成群结队的军人们在小饭店、旅馆、商铺和居民竹楼里狂灌着当地人酿造的糯米酒。他们好容易找到支队指挥官,一个英军中校。他一面抽着一支粗大的雪茄烟一面跷着脚让勤务兵擦皮靴。中校耐心听完胡君传达的总部命令,用一种近乎快乐的声调说:"告诉他们,我们的电台没有毛病,只是报务员要好好洗一洗自己。他像咸鱼一样都快臭了……"

父亲试图向长官解释,应当立即恢复无线电联络,否则上级无法了解他们的情况。中校变得不耐烦了,瞪着眼睛说道:"密支那不是已经快占领了吗?雨季就要到来了,将军们都提前放了假,为什么不能让我们自己休息一下?再说了,这里本来就是你们中国人的事情,是你们需要打通这条道路,我们只是来帮帮忙,所以剩下的事情还是留给你们自己解决吧。"

士兵永远无法同长官争辩,大家都有种郁闷得要哭的感觉,他们简直要怀疑这些欧美军人还是不是盟军?他们到缅甸来是为中国人打仗吗?为什么同为盟军的威廉、乔治、史利姆和丹尼斯个个都是好样的,而眼前这些英美大兵都跟二流子无赖差不多呢?汽车往回开的时候天空已经快要黑了,前方道路朦朦胧胧地罩上一层黑纱,小镇被扔在身后,但是某种不祥之感却像石头一样压在他们心头。胡君说:"得赶快报告丹尼斯,拉勐高地在唱空城计!"

虎头怀疑地说:"丹尼斯管用吗?"

胡君坚决地说:"得让总部知道这里发生的事情。一旦敌人增援,后果不堪设想。"

返回路上,吉普车被一棵倒下的树干挡住去路,胡君警觉起来,他让父亲待在车上担任警戒,其他人下车清除路障。父亲眼看弟兄们抬树吃力,就自作主张下车去帮忙,这时意外忽然发生了,几条黑影不声不响地蹿上来,端着雪亮的刺刀就戳。闷墩大叫一声"有敌人",立刻与敌人扭打在一起。父亲就地一滚才躲过刺刀,敌人扑上来掐住他的脖子,这个敌人力气很大,呼哧呼哧喘气声像头熊。父亲一只手恰好被树枝别住,只能用另一只手跟敌人搏斗,敌人手指越陷越深,几乎要把他脖子掐断的时候,那人脑袋砰地一声炸开了,钢筋一样的手也松开来。父亲这才看见是闷墩赶来了,他挥舞着枪托几乎把敌人脑袋砸瘪。

虎头腿上挨了一刺刀,头上身上都是血,也分不清哪些是敌人的,哪些是自己的。幸好敌人尖兵只来了四个,刚好四对四,他们肯定没有想到撞上一群武艺高强的中国特种兵,所以没占到便宜。但是如果对方来了六个或者八个,结果就很难说了。胡君火了,大声训斥说:"叫你担任警戒的,险些让大家送了命!"

父亲自知理亏,低着头不吭声,闷墩奇怪地说:"这些敌人为什么不开枪呢?"

这句话提醒了众人,这时他们都听见一种类似大海涨潮的哗啦声,好像海水正在渐渐涨满整座山谷。受伤的虎头留在车上担任警戒,其他人都悄悄爬上高地。等他们探出头来一看,眼前的一幕让他们心都不会跳了——几列首尾相衔的敌人援兵火车正在长驱直入地驶往市区,而更多的敌人已经占领铁路两旁的制高点。

2

收复拉勐高地的战斗进行得极为惨烈。总部紧急调来一团中国军队,并且在飞机、大炮和坦克的掩护下发起猛攻,直到次日才占领高地,重新切断腊(戍)密(支那)铁路,关上密支那通往外界的大门。

但是日军已经向城里输送了大批增援部队。

父亲亲眼目睹了这场伤亡惨重的攻坚战。等到他们重新登上高地,看见阵地上遍地焦土尸体枕藉,中日双方士兵扭打在一起,你掐我的脖子,我咬你的喉咙,表明这场失而复得的胜利多么来之不易!父亲不禁有种遭到背叛的感觉,他听见闷墩咬牙切齿地骂道:"妈个×!要不是燕麦支队替敌人开绿灯,咱们原本不用伤亡这么多人。"

胡君恨恨地说:"应该让军事法庭审判这些杂种!简直是跟敌人穿一条裤子。"

但是等到他们重新来到坦布力小镇,却看见燕麦支队正在浩浩荡荡地集合队伍,并把武器装备都装上汽车。英美大兵个个兴高采烈的样子,一打听才知道,原来燕麦支队干脆交出防区,调回印度休整去了。

"世界上没有免费的午餐啊。"胡君像哲学家那样伤心地感叹道,"我看即便是盟军打日本也不会一条心,中国人的事情归根结底还得靠自己。"

返回机场的路上,市区炮声越发密集,似乎距离一下子近了许多,令人疑惑不是中国军队打进城去,倒像日本人打出城来一样。他们看见机场四周筑起许多工事和掩体,公路两旁也堆起沙袋,并有装甲车坦克车来来回回地巡逻,笼罩着一种大战将临的紧张气氛。停下车来一打听,才知道城里战局发生逆转,本来大势已去的敌人夜间得到大批援兵和坦克大炮增援,立刻向中国军队发动反攻,不仅收复城北大部分阵地,就连盟军机场也遭到炮火威胁。

士安的阵地正好就在城北,父亲十分挂记表哥的处境,对弟兄们一讲,大家都着急起来,于是开着吉普车费了好大周折才找到主力营阵地。一个军官告诉他们楚营长负了伤,正在包扎所救治。

包扎所设在一幢普通民宅的废墟上,只见几个穿白大褂戴口罩的男女医护忙进忙出,脸上戴着口罩也看不清面孔。表哥的肩膀被弹片撕开了,一个美国军医正在替他做缝合手术,每缝一针表哥的脸就疼得一抽一抽的。两个卫士看见长官受苦,干着急却帮不上忙,看见他们进来就像见了救星。父亲看见表哥那个伤口像个张开的婴儿嘴巴,心想不知道会不会留下残疾呢,就连忙去握士安的手,那手汗津津的竟如在水里浸泡过一样。虎头腿上伤口也做了包扎,美国医生告诉他没有伤及骨头,否则就该抬回后方救治了。

表哥脸色十分难看,恼怒地对表弟说:"妈的,敌人眼看快要完蛋,不知道从哪里冒出来那么多援军,简直比我们的人还要多。还有坦克大炮,难道他们是从天上掉下来的不成?"

父亲就把燕麦支队唱空城计的事情说了一遍。表哥听呆了,一把抓下军帽摔在地上骂道:"这些该死的英美杂种!叛徒!王八蛋!应该枪毙他们!"

父亲吓坏了,连忙嘘嘘地制止他。在中国驻印军,反对盟军就是思想犯,要送交军事法庭判罪的。表哥克制住怒火,他连连摇头叹息说:

"中国军队上一次入缅抗战,就是处处遭到这些号称战友的盟军暗算,第二百师不就是这样一而再、再而三地上了英国人的当,最终导致全军覆没戴安澜师长阵亡的么?这次反攻缅北,你都看见了,从加拉苏高地直到密支那,全都是中国军队在前面打头阵,打硬仗,与日本人血拼,英美盟军躲在后面做后勤。美国人有钱,他们出武器,出飞机大炮,英国人干脆坐收渔利,反正赶走日本人,将来印度缅甸还是他们的殖民地。而我们中国人不得不忍辱负重,处处受制于人,这就是现实啊!"

"你的部队损失大吗?"

表哥说:"四个主力连,还剩下不到一半人。兄弟们真是死不瞑目啊。"

正说着话,忽然屋子外面响起一阵凌乱的枪声,有人大叫:"鬼子偷袭来了!"表哥拔出手枪带领卫士冲出去,父亲几个也连忙抄起卡宾枪跟上去。卫士用的一律都是汤姆冲锋枪,一通扫射就把冲上前来的鬼子打翻几个,其他人也连连开枪射击,把这股偷袭的敌人暂时击退了。

表哥看见包扎所外面停着一辆吉普车,恼火地问父亲:"你们开来的?"

父亲莫名其妙地点点头,表哥道:"明白了,就是这辆车把敌人引来的。"

父亲委屈地说:"可是我们平时都开车啊。"

表哥回答道:"你知道吗?在日本军队,大队长骑马,联队长也就是团长才配有汽车。他们绝不会相信,像你这样一个小小的中国上士,也能随便开着汽车到处瞎逛。"

敌人并没有撤走,他们眼看偷袭不成就改为强攻,借助民房掩护接近包扎所院子,然后接连投出手雷。一颗冒烟的手雷打着转落在他们身边,虎头眼疾手快将它踢走,表哥大喊:"快趴下!都隐蔽好!"

手雷爆炸了,震得父亲耳朵嗡嗡响,包扎所里腾起的灰尘和烟雾把他的眼睛迷住了。表哥鼓励大家说:"坚持住,附近有我们的部队,他们听见枪声会赶来救援的。"

果然不多久,援军闻讯赶来,敌人仓皇逃跑了。父亲看见敌人丢下多具尸体,几个已经没有气息,还有一个没有死,眼睛微微睁着,眼珠子还在转动。这也是一张像孩子一样非常年轻的脸,恐怕也就十七八岁吧,他的五官因为死神临近而扭歪了,显得非常丑陋难看。两个年轻士兵默默注视对方,一个站着,另一个躺着。父亲看见那人的手艰难地朝腰间挪去,可是因为没有力气,他的手指怎么也够不着牛皮腰带上那颗黑黢黢的手雷。父亲想起被日本伤兵炸死的华侨李队长,一股怒火燃上心头,他把日本人身上的武器全都搜走,然后冷笑着对他说:"你就慢慢去死吧。"

回到包扎所,眼前的情景令他吃了一惊,原来刚才那颗手雷滚进屋子爆炸,有个美军女护士受了重伤。父亲认出来,伤者竟是在医院护理过他的华裔女孩简。简是珍妮的朋友,一段本已尘封的感情往事又被勾起来。简也许根本没有认出父亲来,她那双美丽的大眼睛已经失去光泽,当伤员被抬走时父亲心中好像失去了什么,直到返回驻地也没能打起精神来。

3

令人谈虎色变的缅甸雨季终于来临了。

来自印度洋上空浩浩荡荡的暖湿气流被强劲的西南季风驱赶着,很快吞噬了南亚次大陆的晴朗天空,转眼间汹涌的暴雨从天而降,让人怀疑滔滔不绝的江河湖海原本不在地下,而在天空。

缅北大地变成一片泽国,河流暴涨道路阻绝,两军激战的密支那也因暴雨洪水而沉寂下来,盟军总司令史迪威将军原本要在雨季之前结束战斗的诺言也落了空。交战双方除了偶有零星交火外都在重新部署和积蓄力量,战场上暂时呈现出一种难得的平静和闲暇来。

父亲躺在帐篷里读一本英文版《少年维特之烦恼》,他觉得英文版比从前读过的中文翻译版精彩许多。这本书是那个蓝眼睛的丹尼斯上尉借给他的,也许丹尼斯就是靠书中那些像诗歌一样优美的爱情名句打动了罗霞姐姐的心。现在父亲已经不恨丹尼斯了,虽然感情跟理智不是一回事,可是人不能总生活在别扭里,何况丹尼斯的确很真诚。

帐篷外面响起一阵脚步声,胡君、闷墩、虎头还有呀呀呜们大呼小叫地跑进来,一伙人蒙住父亲眼睛要他猜猜谁来了。父亲猜了半天也猜不出来,结果那人一松手,从前的兄弟老庾变魔术一样站在他跟前。

许久不见,老三长高了,也白净许多,加上一身哔叽呢军官制服,腰上别着手枪,少尉肩章顶呱呱,简直叫人刮目相看。相比之下,他们这群同学和兄弟可就寒碜多了,虽然都是一道从重庆走出来,却还是一群扛卡宾枪的光头大兵。不管从前闹过什么隔阂,毕竟战场相见,生生死死都过来了,大家还是十分亲热,讲了许多各自关心的话题。老庾看看少了许多人,问起队里近况,大家就把如何奇袭机场,教官史利姆和乔治如何阵亡,东北人老江如何牺牲,威廉队长如何受伤讲了一遍,讲得大家心里都下起小雨。不一会儿老庾告辞,悄悄对父亲说:"我父亲从国内飞来了,他是国防部高级视察团的团长,晚上我们一同去见见他。"

父亲连忙推辞说:"我不便打扰庾老伯,耽误他休息。"

老庾不高兴地说:"老邓,你不要清高好不好?我叫你去总是有原因的。"

晚上老庾果然开来一辆吉普车,两人直奔视察团下榻的公爵城堡。公爵城堡是上世纪首任印缅总督修建的避暑别墅,坐落在城郊一座山头上,通往城堡的公路戒备森严,城堡外面也筑有沙袋工事和地堡,美军架着机关枪,宪兵仔细检查了他们的证件才敬礼放行。老庾告诉他,城堡现为盟军接待处,住着英美战地记者和军方重要客人。汽车径直来到一幢楼房跟前,老庾下车来理了理衣服,然后上前轻轻敲响房门。一个少校副官走出来,把他们领进客厅等候。

庾父从里面走出来,他的制服缀着少将军衔,老庾规规矩矩唤了一声"爹"。父亲有些局促,想称"伯父"又觉不妥,毕竟面前是一位将军,所以只好生硬地敬礼道:"长官。"

庾将军笑起来,十分慈祥和蔼。他让副官给两人泡了四川蒙顶山毛峰,然后指指沙发要他俩坐下来。庾父道:"别叫什么长官,我是长辈,就叫伯父吧。你知道我叫你来干什么吗?"

父亲慌忙摇头。庾父收起笑容,严肃地说:"这次视察团奉命来缅甸战场,就是要收集真实情况回去向最高统帅本人汇报,当然也包括你们这些第一线的士兵。听嘉庆讲你们从始至终都参加了密支那战役,那么你讲讲,为什么眼看就要取胜的战役突遭敌人逆转,原因究竟何在?"

父亲就一五一十地把盟军指挥部如何轮流放假,燕麦支队玩忽职守唱空城计,敌人援军如何长驱直入,主力营遭反攻损失惨重的所见所闻统统道来,听得俩人都惊呆了。庾父叹道:"果然有这等荒唐事情,看来重庆的传闻不是空穴来风啊。为什么如此重大的密支那战役会发生这种乱七八糟的事情呢?都是好大喜功的美国人干的好事!"

通过庾父的简单讲述,父亲才知道原来史迪威将军认定密支那胜券在握,就从缅甸飞到重庆向蒋介石摊牌,逼他交出中国军队的最高指挥权,否则以断绝美援相要挟。两人彻底吵翻了,蒋介石向白宫去电抗议,要求罗斯福总统立即解除史迪威职务,史迪威则派人去跟延安联络,威胁要把美援武器装备统统转给共产党,中美盟军关系已经处在名存实亡的边缘。既然印缅战区总司令的心思都不在战场上,那么密支那的英美盟军当然乐当旁观者,把这场战争看做中国人的事情。被史迪威将军委以指挥权的米切尔准将原本只是个机关参谋,从未打过仗的他把密支那战役指挥得一团糟。可是如果前线的中国将领稍有异议,立刻就会被解除职务赶回国内去,已有多名师、团级军官领受如此待遇。美国人骄横霸道掌控一切,所以中国驻印军快要变成一支名副其实的美国雇佣军了。

庾父冷笑道:"这些英美人,你以为他们是在帮中国人打仗么?错了!给武器弹药,给租借物资,根本的目的还是为自己利益着想!只不过他们出钱,让中国人出人罢了!美国人仅仅是对日本人开战么?不对,他们是对所有亚洲人开战,让亚洲人打亚洲人,把全世界变成他的殖民地。"

父亲与其说十分震惊,不如说十分伤心,因为一个来自国防部的高级军官几乎摧毁了美国盟军在他心目中的美好印象。这个反差实在太大了,好比揭穿美丽包装,下面却是一堆不堪入目的狗屎,令他一时难以理出头绪。好在他只是一个小兵,并非政治家,不用卷入错综复杂的政治中去。大家喝了一会儿茶,庾父道:"这次匆忙出来,看看我带来什么?"

说着就让副官取出一只油漆匣子来递给父亲,打开一看,里面有封家书,是爹爹张松樵的字迹。还有一件黄绫缎子包裹的东西,原来是枚银元大小的青铜厂徽和一只香气扑鼻的五彩香包。爹爹在信中说,端午节快到了,姆妈一针一线为远在异国战场的儿子赶绣了这只瑞香荷包,保佑儿子平安班师。青铜厂徽是新近开业的成都裕华纱厂、广元大华纱厂的统一厂标,带给儿子做个纪念。如今公司在西南各省已经拥有四家大型纱厂,基本上可以满足大后方军民市场的供需。父亲抑制住激动心情,站起身来,恭恭敬敬鞠个躬说:"谢谢伯父,路途遥远,给您添麻烦了。"

庾父"嘿嘿"地笑起来,说:"你跟嘉庆同学多年,又都在印度服役,也跟自家的儿子差不多。你父亲是国内赫赫有名的棉纱大王嘛,我也仰慕已久,所以亲自登门拜访,也是应该的嘛。"

忽然远处传来一阵急促的枪声,父亲听出来是美式冲锋枪的射击,大家都沉默不语。等了一会儿没有动静,父亲暗想,恐怕是那些站岗的美国兵虚张声势吧。庾父道:"这座城堡很安全的,日本人没有制空权,你们不用为我担心。倒是这位邓少爷,你还在前线战斗部队,要不要我替你关照一下,调到比较安全的联勤指挥部或者后勤部门,弄个军官身份,免得你爹妈担心。"

父亲并不想离开小分队,那里有他同生共死的兄弟和伙伴,再说他要想待在安全的后方早就跟志豪走了,或者留在学校念书,何必来印度呢?于是低着头没有说话。老庾悄悄拉拉他的衣角,让他赶快答应,但是父亲横了心,也就没有什么反应。庾父见他木呆呆的样子,就不高兴地挥挥手说:"好啦,你回去再想想,有什么要求告诉嘉庆就行了。"

出了公爵城堡,老庾埋怨道:"我父亲好心好意提携你,你怎么不领情呢?倒给他老人家下不了台。"

父亲也很抱歉,但是他确实离不开小分队,更不愿意让自己变成大家眼里鄙弃的逃兵,所以他态度坚决地告诉老庾:"请谢谢伯父好意,反正战争就要结束了。等以后和平了,我就不当兵了,还要回家念书呢。"

老庾眼见得老同学不可救药,就不再提了。

4

连天大雨给战争双方都带来了喘息之机。道路阻断,桥梁被冲垮,阵地被洪水围困,有的部队甚至断了粮。虽然大规模战斗暂时停止,但是交战两军就像两头死死缠斗在一起的巨兽,血红的眼睛隔着茫茫雨幕紧盯着对方,等待时机给予对手致命一击。

天空偶一放晴,盟军飞机就抓紧时间隆隆地从西边飞来,把各种战争物资源源不断地卸在机场上。这天轮到父亲执勤,他看见一群中国工兵正在试用一种新式装备,就好奇地挤上前去。他看见这种新装备很古怪,既非枪,也非炮,而像是果园农人喷洒药水的喷雾器,钢瓶背在身上,一根金属管子连接着一具卡钳喷火枪,武器的名称叫做"火焰喷射器"。

一个美国教官正在比比画画地讲解火焰喷射器的构成原理和使用方法,钢瓶叫"溶剂罐",里面灌满燃烧剂,喷枪上有两个开关:一个是点火开关,另一个是喷火开关。那些中国工兵英文不好,听得磕磕绊绊十分吃力,父亲就自告奋勇替他们做翻译。父亲没有猜错,美国人说,火焰喷射器的发明原理就是受到农药喷雾器的启发,它利用钢瓶的高倍气压将点燃的火焰喷射出数十米外,是攻克敌人暗堡、顽固工事和城市巷战的有效武器。美国人进行现场指导,指指父亲说:"你懂英文,先来给他们做个示范。"

他帮助父亲将钢瓶背在背上,扣紧胸前扣带,然后手握喷火枪,在地上匍匐前进。美国人警告说:"请注意,如果你不幸被敌人击中背上这个钢瓶的话,你将死无葬身之地。"

父亲匍匐到射击位置,左手打开钢瓶底座的旋钮开关,右手扣动喷火枪上的点火装置,这时他的心跳起来,因为他看见喷火枪前端跳动着一团小小的蓝色火苗。美国教官再次警告说:"千万不要逆风射击,那样的话你的眼睛将被高温瞬间烧瞎。"

父亲慢慢抬高喷火枪,内心像个初次实弹射击的新兵那样怦怦撞鹿。随着教官一声令下,父亲屏住呼吸扣动喷火枪扳机,随着一声

"嘭——呼儿"的嘶鸣,只见一条咆哮的火龙直扑几十米外的巨石。不到几秒钟,那块巨石就被冲天烈焰烧得焦黑,看得旁观者个个目瞪口呆。

美国人振振有词地说:"你们知道这种新型燃烧剂的温度有多高吗?摄氏一千度!它能从地堡枪眼里钻进去,把里面的敌人全都烧成焦炭。城市巷战时,敌人往往躲在地下室或者建筑物里顽抗,高温火焰不仅能将钢铁融化,还会将空气中的氧气耗尽,因此建筑物里面不会剩下任何活着的生命。"

父亲忽然想到河南籍赵同学讲过有关坦克怕火攻的话,就连忙向教官提问道:"报告长官,火焰喷射器能打坦克吗?"

教官愣住了,疑惑地说:"美军《工兵武器教程》规定,火焰喷射器的作用是清除地堡,烧毁敌人固定工事,没有听说打坦克。"

父亲并不泄气,固执地说:"我有个同学是坦克兵,他讲过坦克怕火,难道就没人用它试试对付坦克吗?"

美国人拧起眉毛来,他觉得父亲纯粹是在捣乱,再说他训练的是工兵,又不是反坦克手,所以就生气地训斥道:"我说过,没人这样做就是没人这样做!坦克是活动目标,你能追得上吗?再说坦克的防护火力很强,恐怕不等你接近你背上的熔剂罐早就被打爆了。"

工兵都幸灾乐祸地哄笑起来,他们早已觉得父亲是个不安分的家伙,不去好好站岗值勤,却来混在他们队伍里卖弄小聪明,于是就吹口哨鼓倒掌欢迎父亲滚蛋。父亲只好悻悻地离开工兵训练场,不过他并不气馁,教程上没有规定不等于行不通,没人试过不等于不行,更不能因此妄下结论。他自我安慰说,工兵都是些循规蹈矩的家伙,不必跟他们争论孰是孰非。

值完勤父亲正在帐篷埋头读英文版《少年维特之烦恼》,表哥士安来机场领取军需品。他打发副营长去料理一干公务,然后到父亲的帐篷里来。父亲看见士安瘦了很多,就关心地问他伤好得怎样?士安做了几个夸张的扩胸动作说:"看看,没事了,没伤到骨头,过几天就恢复了。"

父亲就悄悄把头天晚上去公爵城堡见国防部视察团,有关史迪威将军与重庆大本营吵翻的事情讲给表哥听了。表哥这才恍然大悟道:

"怪不得那些友邻阵地的英美盟军,都不声不响地撤走了,弹药补充和物资供应也少了很多。现在除了少数盟军顾问组和联络军官外,主力部队百分之百都是中国人,密支那成了中国军队的抗日战场。妈的,原来是神仙打仗百姓遭殃啊。"

父亲苦恼地说:"你从第一次入缅作战就来到印度,跟英美打交道时间长,你说说,英美真的就像庚老伯所说的那样,从一开始就居心叵测么?可是他们为什么要花那么大代价,武装和训练咱们中国军队呢?"

士安扔给父亲一支香烟,两人都点燃吸起来。士安吐出浓浓的烟雾说:"我不是政治家,但是我学过近代史,知道一百年来这些自称文明人的欧美殖民者在中国从没干过好事:两次鸦片战争,八国联军入侵,割地赔款,肆意掠夺,还有'华人与狗不得入内'等等。如今日本人向英美开战,把他们打得丢盔卸甲,他们不得已才把中国拉入盟军阵营、不然的话,为什么太平洋战争爆发前的'九一八事变'日本占领东北,'七七事变'日本全面侵华,他们不站出来帮助中国反侵略,反而卖军火炸弹给日本轰炸中国,大发战争财呢?英国人更可恶,曾经提出'拿中国这块肥肉喂饱日本狼'的主张,也就是不惜牺牲中国来保全他们的利益。那时候他们的所谓正义立场哪里去了?今天他们把中国人当成盟军,无非也是为了他们自身利益罢了。"

这时候外面响起脚步声,丹尼斯走进来,看见里面有个陌生军官就站住了。父亲一下子紧张起来,因为只有他知道这是一对情敌,他们同时爱着一个女人,也为同一个女人铭心刻骨,现在他们却阴差阳错地碰面了。丹尼斯狐疑的眼光闪了闪,似乎意识到什么,看看父亲,又仔细看了看士安。但是士安却不知道这个美国上尉的来历,他只是淡淡地朝丹尼斯点点头,没有说话。丹尼斯便转身出去了。

士安问父亲:"你的新上司?"

父亲点点头,没有多说什么,他想要是士安知道正是这个男人抢走了他的新婚妻子,会怎样反应呢?揍他一顿?拔出枪来决斗?或者愤然转身离去,从此断绝念想吗?

晚上父亲的直觉应验了,丹尼斯果然直截了当地来问父亲,下午那个中国军官是谁?是不是他的表哥?父亲不愿跟他说实话,就敷衍说这是重庆一个同学的哥哥,路过这里来看他。为了证明不是诳他,他还拿出那天老庾父亲带来的纱厂铜徽章和五彩香包给丹尼斯看。丹尼斯将信将疑,就随口告诉他一个重大新闻——欧洲盟军已经在法国诺曼底大举登陆,解放欧洲指日可待。父亲点点头,他想到罗霞已经怀孕,就问丹尼斯:"你妻子快生孩子了吗?"

丹尼斯很高兴,他显然没有注意到父亲问的是"你妻子"而不是"罗霞姐姐",乐呵呵地说:"罗已经回加尔各答,再过两周,我就要当爸爸了。"

新生命的诞生总是让人欣喜的事情。

5

大雨稍停,密城战事立刻激烈起来。

丹尼斯队长从指挥部回来,把队员召集起来布置任务。上级决定采取多路突进的战术,将密城敌人分割开来孤立包围,然后一块块啃掉。"甲壳虫"分队的任务是捕捉一个有情报价值的俘虏,以便弄清楚敌人司令部隐藏的位置。

大家彼此望望,都没有吭声。父亲觉得这是一个相当艰巨的任务,因为密城战线犬牙交错短兵相接,许多阵地相隔只有几十米,根本没有回旋余地。何况上级还要求抓个"有情报价值的俘虏",也就是说必得是个军官,因为那些站岗放哨的小兵根本无法提供总部需要的情报。丹尼斯留意到屋子里的沉闷气氛,他用红笔在地图上画了一个圆圈,补充说情报部根据种种迹象判断,敌人司令部很可能隐藏在北郊火车站内。这一带不仅地形复杂,工事坚固,敌人的防御力量也很强,还因为火车站背靠伊洛瓦底江,现在正是洪水季节,难以封锁,所以时常都有敌人的小型机动船只乘黑夜偷偷靠岸补给。

胡君提议在火车站附近捕俘,丹尼斯同意了,并决定亲自带领闷墩、胡君、虎头和呀呀呜执行任务。父亲不愿被落下,但是丹尼斯不同意,他指定父亲和其他队员在外围接应。出发前父亲看见虎头走路有点跛,担心他腿伤未愈,虎头亲热地拍拍他说:"得了吧,我没事,你不也在生病么？"

当时父亲正害着一种热带湿疹，身上长满了铜钱大的红斑，看上去跟花豹一样。虎头把狙击步枪留给父亲，自己换了短小的冲锋枪，然后一行人跃出阵地。父亲眼看着他们隐入雨夜中不见了。

黑夜无比漫长，城市好像睡着一样没有动静，但是父亲知道，在这片看似平静的夜幕下面有无数警惕的眼睛大睁着。天快亮时，敌人阵地忽然枪声大作，父亲心头一沉，从狙击步枪的瞄准镜里看见几个人影正朝己方阵地移动，但是敌人的机枪火力很凶，很快就把他们压制在一片开阔地上。我军接应的炮火也响起来，父亲一面向敌人的火力点射击，一面在心里暗暗叫道："不能停下来呀伙计，待会儿敌人的迫击炮弹就要落下来啦！"

这几个人影仿佛听见父亲的心声，趁着敌人火力被压制的瞬间跳起来向我军阵地飞跑过来。敌人炮弹落下来，在阵地跟前炸出一片烟雾。当这几个人连滚带爬地滚进工事里，父亲才看出来是闷墩和丹尼斯，两人拖拽着一只沉重的大口袋，后面跟着呀呀呜和胡君，不消说口袋里面装着俘虏。谁知打开来俘虏浑身是血，被流弹打伤了。父亲不见虎头，着急地问虎头呢？胡君喘着粗气道："我们负责抓俘虏，他担任掩护呢。"

敌人的射击并未停止，交火中夹杂有美式冲锋枪的还击，说明他还留在那片开阔地上。此时天色已明，父亲透过细蒙蒙的雨雾看见开阔地上果然趴着一个人影，没过多久他的枪声就不响了，大家心悬起来，虎头没子弹了！

一大群日本人端着刺刀，嗷嗷地围上来想活捉这个特种兵。虎头忽然扔掉枪，不顾一切往回跑。父亲痛苦地想，糟啦！他的腿还没有痊愈！

对这个跑不快的猎物来说，敌人的刺刀就像兀鹰一样轻而易举地追上了他，只见虎头手一扬就跌倒在地上，身体怕疼那样慢慢地蜷缩起来，好像要用这样绝望的姿态来同可怕的厄运抗争。

敌人终于围拢来，队员们停止射击，大地安静得如同亘古荒原一般。父亲的心一直向下沉落。他听见一声沉闷的爆炸响起来，随后一团淡淡的烟雾腾空而起，像幕布一样罩住了地上的中国士兵和试图靠近的敌人……

愤怒的枪炮声响彻天地,队员们都沉浸在一种压抑的哀伤气氛中,直到夜间小分队把虎头的遗体抢回来,这种悲痛的情绪才得以爆发出来。父亲趴在虎头冰冷的遗体上哭得天昏地暗不能自已,他的伤腿是因为自己的过失才造成的,如今他又因伤腿牺牲,自己难辞其咎。大家整理遗物时在衣袋里找到了他的照片,已经被鲜血浸透了。照片上的虎头英气勃勃,正咧着嘴朝大家笑呢。

这天晚上三兄弟做出一个郑重承诺,今后谁活着回家就将照片带给那位失去儿子的母亲,并代替阵亡兄弟叫一声"妈妈"。

第二十二章　奔腾的伊洛瓦底江

1

雨还在淅淅沥沥地下着,父亲坐在帐篷里望着作战地图出神,心里窝了一肚子火。丹尼斯画了红圈的北郊火车站就像个刀枪不入的怪物,吞掉了虎头,可虎头牺牲并未换来捕俘成功,那个装在口袋里的日本俘虏没等送往医院就已经咽气了。

东北人老林一阵风似地从外面闯进来,他又带来一个坏消息:"昨晚新三十八师捕俘也失败了,丢了三个兄弟。听说敌人到处布了雷,再想摸进去就难上加难了。"

闷墩盯着地图说:"要是能从江里游到敌人背后兴许能有办法。"

胡君用一种不耐烦的口吻奚落说:"别做美梦了,你以为还是在长江里玩水啊。这可是缅甸雨季,你去看看那条伊洛瓦底江水势有多大!且不说这是战争,敌军在上游,我军在下游,就是没有敌人,你背着武器逆水游十几公里试试看?早沉底了!"

父亲本来并不以为闷墩的主意算得上什么高见,可是胡君一开口他就觉得刺耳,看他态度专横得像个将军,就更加反感,他偏要站在闷墩一边说:"水大咋就不行啦?你又没试过,凭什么这么武断?告诉你,没准就这条河管用,只有最不可能的才最有可能。"

胡君冷笑道:"你倒是说得轻松,怎么游过去?总不能派条炮艇,嘟嘟嘟地开上去吧?"

父亲眼睛转了转说:"对了,丹尼斯说过,洪水季节无法封锁江面,敌人常常都要在夜里派出机动船只进行补给。我们为什么不能趁着黑夜悄悄靠拢敌人岸边,说不定能找到什么机会。"

胡君反驳说:"这方圆百里哪有什么船的影子?早叫日本人劫走了。就算你找到一两条小木船,河水这么急怎么逆水而上?找纤夫来拉纤吗?"

两人的高声激辩吸引了大家的注意力,可惜多数都站在胡君一边。东北人老林指出,如果枪支在水中灌进泥沙就无法打响,这是一个军事常识。呀呀呜也说,咱们武器装备至少有几十斤重,一旦入水谁也不能再浮起来了。

父亲的大脑像一架高度灵敏的雷达那样转动起来。他忽然想起有一天在丹尼斯那里看过一本美国海军陆战队的教科书,封面有张海军冲锋艇搭乘美国士兵冲锋陷阵的图片。那条破浪前进的美国冲锋艇令他脑子一亮。他跳起身来,一头闯进队长丹尼斯的帐篷。

丹尼斯看见父亲不请而至很高兴,还替他冲了一杯蓝山咖啡。父亲找到那本美国海军教材,紧盯图片。丹尼斯不知道他要干什么,海蓝色的眼睛里画满了问号,好一会儿父亲才抬起头来问他:"长官,你能跟海军联系上吗?"

丹尼斯疑惑地说:"我就是海军情报学校毕业的。加尔各答有我们的海军基地。可是你要做什么呢?"

父亲抑制住心头狂跳,他觉得那把打开成功之门的钥匙就在眼前。他说:"假如我们向海军借来一只快速冲锋艇,趁黑夜悄悄接近敌人江岸,然后出其不意地实施捕俘计划会怎么样呢?"

丹尼斯愣住了,他一时没有思想准备。父亲有些恼怒地望着丹尼斯,补充说:"正是因为从水上突破困难,所以水上才是敌人防守的薄弱环节。"

但是丹尼斯还是难做决定,父亲心里很失望,他有些看不起这个体格高大外貌英俊的美国人,他怎么这么优柔寡断,要是威廉队长一定会马上作出决断来。终于,丹尼斯说:"好吧,我会把你的建议汇报给情报部,请他们研究可行性。"

父亲被激怒了。他觉得丹尼斯脑袋里都是木头渣,完全没能理解自己的灵感。于是他大声讥讽说:"嗨!你干吗不去加尔各答向海军登陆专家请教,或许他们会有更好的建议呢!"

没想到父亲最后一句话提醒了他。丹尼斯并未因为父亲的鲁莽而生气,这个美国人的优点就是宽容。他乐呵呵地送走父亲,然后连夜驱车赶去总部。

一连几天,丹尼斯上尉仿佛失踪一样,直到第三天中午,一架涂有海军灰色标记的水上飞机轰隆隆地飞过头顶,然后颠颠簸簸地降落在伊洛瓦底江面上。队员们惊奇地看到,随着飞机后舱门徐徐打开来,一条墨绿色的海军冲锋艇像条大鲨鱼那样轰然入水。随同冲锋艇一道出现在人们面前的,除了两名陌生的海军陆战队员和一大堆潜水装备外,还有一个身穿陆军制服的上尉军官。他就是失踪多日的"甲壳虫"队长丹尼斯。

2

当父亲头一次穿上美国海军的化学潜水服,背上轻巧的氧气瓶,口衔呼吸管并在海军教官指导下进行潜水训练时,不禁再一次对美国人生产的高科技设备大为叹服。他没有想到自己一时的灵感火花竟然得到如此完美的演绎,中国特种兵变身"水鬼",把水流湍急的江底变成杀敌战场,这是多么不可思议的变化。但是他们已经做到了。氧气瓶可保证长达数十分钟的水下呼吸,潜水服是有浮力的,能够抵消武器装备的重量,并能帮助人体克服水流阻力游动自如。队员的武器也都换成了海军型冲锋枪,这种冲锋枪不仅重量轻,而且不怕水,也不怕泥沙,使用起来得心应手。负责接应他们的冲锋艇上装有两台大功率发动机,在水中的航速超过任何船只,说它在水面上飞也不过分。父亲想到中国成语"如虎添翼",如果老虎插上翅膀,它就是传说中上天入地的蛟龙了。

总部制定的捕俘方案相当详尽:冲锋艇将把身穿潜水服的特种兵运送至伊洛瓦底江上游江段,队员们潜游至敌人江岸边伺机捕俘,完成任务后搭乘冲锋艇高速返回。

这个任务代号为"小鹰行动"。

队员们在伊洛瓦底江支流秘密训练一周,连一向稳重的闷墩都得意洋洋地宣布说:"这回有日本人好看的。说不定咱们能一口气游到日本去,把那个王八蛋天皇抓回来枪毙。"

胡君道:"别枪毙了,天天游街示众,让老百姓看看暴君的下场!"

呀呀呜说:"光游街也不行,还得罚他天天做苦工,给中国人赎罪。"

行动时刻到了,夜空倾泻着瓢泼大雨,天地一片漆黑。随着丹尼斯一声令下,冲锋艇搭乘一群身穿潜水服的中国"水鬼",在坏天气掩护下驶离伊洛瓦底江支流,悄悄向着主河道上游开去。逆水行驶约莫两个多小时后,水兵调转船头关掉发动机,让小船顺江而下,无声无息地接近敌人岸边。"水鬼"们一个个翻身下船,钻入裹挟泥沙的浑浊江水中。

父亲嘴里衔着呼吸管,眼眶上扣着潜水镜,潜水服上有一只能自动发出微光的小亮点作为水中识别标志。热带江水温暖而充满活力,他们就像海豚那样首尾相衔地在江水中游动。因为是顺流,水流轻柔地推搡着身体向前,游动起来几乎不费什么劲。父亲看见自己眼前的江水能见度几乎为零,就像一堵黑漆漆的城墙,他只能紧跟前面那个小小的发光点,靠着江水的流速和温差变化来判断江岸的距离。江水,多好啊,父亲心中发出一声叹息。

不久水流变得缓慢起来,他们来到了一个洄流湾,湍急的江水在弯道上冲刷出一片缓水区,日军就在这里建起一座停靠船舶的临时码头。父亲悄悄靠近岸边,然后从草丛中探出头来观察,只见码头上亮起一盏探照灯,许多荷枪实弹的敌人站在岸边警戒。当他的眼睛随着探照灯光柱慢慢移向黑黝黝的江面时,这才看见原来江水中还停泊着一个形状古怪的大家伙。它长着一对双层大翅膀,正在波涛起伏的江水中摇曳晃动,是一架敌人的水上飞机!

几辆亮着车灯的汽车开到码头,下来一群日本军官,他们互相敬礼握手告别,其中几个开始登上水上飞机。父亲手痒起来,他低声说:"肯定是敌人的大官要逃走了,干脆把那架飞机干掉。"

闷墩也着急地说:"打他狗日的冷不防!"

胡君激动地说:"等它刚一起飞,咱们来个猛射,保管教它有去无回!"

但是丹尼斯却出奇地冷静,他做了一个噤声手势,然后态度坚定地说:"NO!"

队员们只好眼睁睁看着飞机关闭舱门,马达吼叫着离开水面掠过他们头顶。

码头上安静下来,探照灯随即也熄灭了,只有岗哨的手电光乱晃。"水鬼"们悄悄摸上前去,他们看见连接码头的浮桥上有个烟头一明一暗,透过洒落的雨丝和微弱光亮,能分辨出这是一个穿雨衣的日本人,腰间还挎着一把指挥刀,想必是刚才为飞机送行的军官吧。

丹尼斯比个行动手势,几个黑影悄无声息地隐入水中。那个日本军官正在低头想心事,哪里料到黑黝黝的水下忽然冒出几双铁钳般的大手,抓住他的脚就把他拖进了水里去。日本人连声音都没有来得及发出来,咕噜噜灌了几口江水就乖乖做了俘虏。丹尼斯向冲锋艇发出信号,十几分钟后小艇像影子一样悄悄地从夜幕里滑过来,大家上了船,俘虏被捆得结结实实,嘴巴封上胶带,丹尼斯打开微型手电筒再次核实了俘虏身份,确认这是个日本少佐(少校)军官,这才喜出望外地下令返回。

"小鹰行动"顺利得出人意料,他们不仅没有惊动敌人,就算等到天亮敌人发现少佐失踪了,最多以为他失足跌进江里淹死了,要不就是投江自杀。因为战败前夕日本军人悲观自杀已经很普遍了。他们做梦也想不到少佐已经被押回盟军阵地做了俘虏。特种兵个个兴高采烈,他们回到防区把俘虏带上汽车,此时已不用顾忌俘虏大喊大叫暴露目标,赶紧替他打开封口胶带。孰料这个敌人眼珠子骨碌碌地转了一会儿,开口说出的第一句话是:"你们都是……中国人?"

他说的是清清楚楚的汉语。中国话。

当时父亲正开车,惊得险些把汽车开到路边河沟里。天!大家冒着危险费尽心思,动用海军尖端装备抓到的俘虏竟然是个……冒牌货?丹尼斯被搞糊涂了,明明抓了一个日本少佐军官,还挎有日本军刀,怎么转眼间就变成中国人了?俘虏见大家都拿凶巴巴的眼睛瞪着他,连忙解释说:"别误会,咱也是中国人。翻译官,翻译官。"

胡君喝道:"这里又不是中国战场,怎么会有汉人翻译官?"

翻译官说:"密支那城里有近一半的华人华侨,帝国守军中也有几支从中国战场调来的满洲(东北)军和福摩萨(台湾)军。而缅甸战场上的对手也以中国军队为主,所以中国翻译官是缺少不得的。"

闷墩扑上去扇他一耳光,怒不可遏地骂道:"毙了你这个狗汉奸!"

经过初步审讯,事情总算搞明白了。俘虏姓金,是个货真价实的少佐军官,职务是司令部联络翻译官,那把军刀是一位日本将军赠送的,表明他在日本人那边很受重视。金翻译官对日军前途感到悲观,连连声明愿意配合审讯,他不仅交代了敌军司令部的位置就藏在火车站地下室内,还提供了更多有价值的情报,比如日军方面伤员满营,缺少弹药粮食;派遣军总司令亲自下令守备队全体"玉碎";守备队官兵斗志涣散信心动摇,等等。

最令大家目瞪口呆的还是翻译官最后那句话。他说,夜间那架水上飞机载走的不是别人,正是在中国华北发动"卢沟桥事变"的指挥官,"南京大屠杀"的罪魁祸首之一,现任缅甸派遣军总司令官的牟田口廉也本人。

3

七月底,一股敌人敢死队悄悄摸进机场,引爆了堆积如山的弹药箱,烧毁了粮食和补给品。虽然敌人被赶来的中国军队消灭了,但是密支那的僵持局面却由此打破。随着城外传来的重炮声越来越近,日军增援部队从外围猛烈进攻,城内的敌人也频频发起反击,中美盟军腹背受敌,形势变得空前严峻起来。

这天士安来到机场领弹药,临走前忧心忡忡地告诉父亲,前线战斗已到了白热化的关键时刻,今晚我军将发起总攻击消灭城内敌人,如果攻击得手战斗将胜利结束。但是如果攻击失利会怎样他没有说,父亲知道,他的目光已经说明一切。父亲目送表哥的汽车驶出机场。他抬头望望天空,翻滚的积雨云低低地压迫着树梢,这样的坏天气令盟军的空中优势荡然无存。他脑海中出现了在野人山的白骨和无名将士的荒冢,一种不祥之感越发像块沉甸甸的大石头压在心头上。

傍晚丹尼斯从总部赶回来,告诉大家说,敌人的援军已经多路逼近密支那城外,连公爵城堡也已经发生战斗,最近一路敌人距离机场只有不到十公里。

掩蔽部很静,只听见许多大炮咚咚地捶击大地,是敌我炮兵正在对射。大家屏住呼吸等待指挥官下命令。丹尼斯打开地图,他在城北火车站画上一个圆圈说,总部命令小分队化装成敌军,乘冲锋艇悄悄抵达伊洛瓦底江上游,然后趁乱混入火车站,突袭躲藏在地下室的日军司令部。"擒贼先擒王",这是对敌人守军的致命一击,也是解决城内战斗的关键。

丹尼斯问大家有没有问题,大家互相看看,都没有吭声。胡君说:"消灭敌人后……怎么办?"

丹尼斯坚定地说:"坚持战斗,直到我军赶来。"

夜幕降临,突击队员换上日本军服,在丹尼斯上尉带领下登上冲锋艇。友军正从各个阵地发起总攻,日军阵地一片火海。

发动机单调地震响着,船头溅起的浪花同天上洒下的豪雨一道扑面而来,打得人睁不开眼睛。父亲将橡胶雨衣的帽檐拉下来,他感到身体比平时重了一倍,此时他背上除了一架无线电台外,还有一支冲锋枪和八颗手雷。队员们挤在一起默不作声,他们耳边除了风雨喧哗和波涛汹涌什么也听不见。冲锋艇颠颠簸簸地逆流而行,父亲听见胡君呼哧呼哧喘粗气,就拉拉他的手。胡君悄悄说肚子疼。父亲知道胡君有肚子疼的老毛病,小声问:"挺得住吗?"

胡君道:"我没带止疼药……妈的,等打完这仗一定得上医院修理修理。"

父亲忽然想到他要去医院与珍妮会合,心情忽然黯淡了,就没有说话。快要进入敌人控制江段,冲锋艇关闭探照灯减速前进。忽然有个黑糊糊的大家伙顺流而下险些撞上冲锋艇,幸好水手及时发现才得以避开。当大家看清那个擦肩而过的东西竟然是一只大木筏时,不由得惊出一身冷汗来。

但是上游又有多只木筏接二连三地漂下来,丹尼斯举起望远镜来观察,他看见木筏上似有人影晃动,又看不清楚,连忙询问担任带路的金翻译官:"难道日本人想从水上突围吗?不过也不大像啊,因为没有动力的木筏随时可能被江水打翻,或者被漩涡卷到江底下去。"

金翻译官说:"我倒想起来了,牟田口总司令官下令决战前把伤员全部处置掉,绝不能让他们落到盟军手里当俘虏。但是城防司令官水上勉将军不忍杀死部下,就向医院方面询问,如果把伤员用木筏漂流到下游的八莫,至少还能保存部分幸存者吧?就算淹死也等于水葬。看来木筏上应该就是伤员了。"

丹尼斯看着上游还在漂下来木筏,怀疑地说:"城里有多少伤员?"

金翻译官答:"恐怕有八、九千人吧。"

为了弄清木筏上的秘密,丹尼斯决定冒险打开探照灯,同时大家机关枪冲锋枪做好准备,一旦情况有异立刻将其击沉。当一道雪亮的光柱撕开厚重的夜幕时,父亲看清木筏上果然满载奄奄一息的日本伤兵,他们或躺或坐,个个紧闭眼睛死气沉沉,任凭江水把他们带向未可知的远方。有人请示:"要不要开枪?"

丹尼斯回答:"NO!"

冲锋艇悄悄抵达上游,水兵调转船头关掉发动机。父亲听见丹尼斯在黑暗中布置任务,既然敌人正在漂流伤员,江岸边和码头上必定十分混乱,小分队要抓紧机会登岸,由金翻译官带路直插火车站。大家要准备应付敌人盘查,如果有人掉队,那么他追赶队伍的集合地点只有一个,那就是敌人司令部。

果然不出丹尼斯所料,江岸边一片混乱景象,漂流伤员的木筏不够用,所以许多伤员直接被推入激流中卷走了。也有人不愿活受罪,自己滚进江水中做个了断。但是更多从各个阵地上运来的伤员挤在岸边,他们或等待被抬上木筏,或等待命令就地了结。

化装成日军的小分队长驱直入直奔火车站而去,黑夜里来来往往的敌人并没有对这支小队伍产生怀疑。只是有一次父亲被一个鬼子拉住要火柴,父亲担心背上的电台被他看出破绽来,自己又不会日本话,情急之中把匕首攥在手中。幸好金翻译官奔来大声呵斥那个鬼子兵,他才乖乖地放手走开了。金翻译官讨好地说:"老总你跟着我吧,有什么我好应付他们。"

父亲指着背上的电台说:"要是鬼子查问这个怎么说?"

金翻译官说:"我就告诉他们,这是总司令部空投的电台。密支那守军很杂,缅甸各处战场抽调的队伍都有,彼此根本搞不清楚番号。"

父亲忽然觉得这个"二鬼子"或者说汉奸其实并不那么坏,至少还没有丧尽天良。他想起重庆大轰炸之夜那个替敌机打信号弹的东北青年,日本人抓了他的家人作人质,他能不替日本人干事吗?亡国奴身不由己啊。

这样一想,心里便不再那么恨金翻译官了。

4

进入火车站阵地,敌人的盘查明显严起来。幸好金翻译官知道口令,并且许多鬼子都认识他。父亲听见他们像老熟人一样开玩笑,彼此亲热地打哈哈,心想"堡垒容易从内部攻破",这放在哪里都是真理啊。

敌军司令部躲在车站坚固的地下室里,敌人不仅在站台前堆起沙袋工事,架着轻重机关枪,还有一队荷枪实弹的鬼子兵担任警戒。一个值班少尉走上前来,用手电筒照了照,认出金翻译官,竟然关心地询问他:"这几天你上哪里去了?还以为你去见地王爷(阎王)了呢。"

金翻译官故意哈哈一笑说:"我倒是去摸了摸地王老爷的鼻子,可是又回来了,他老人家叫我传话说,让你快去见他。"

鬼子军官笑得脖子一抽一抽的。丹尼斯有些沉不住气,眼看他纠缠不休,就埋着头带领队伍往里闯。这下子倒被鬼子军官看出破绽来,瞪着眼吸着冷气叫道:"啊啊,美国人……"

闷墩闪电般上前,刺刀就着脖子一抹,那颗脑袋几乎掉下地来。

十几支冲锋枪顿时爆响起来,打得日本兵个个东倒西歪。但是突击队毕竟过早暴露,遭到卫兵开枪还击,丹尼斯朝地下室扔进一颗手雷,随着一声闷响,里面好像起了大雾一样浓烟滚滚,突击队员边扫射边冲进去。父亲正要向前冲去,一扭头却看见金翻译官像只兔子一样撒腿就逃,他喊了一声"你回来",但是没用,那人反而逃得更快了。他抬手开了一枪,不知什么原因,他原本完全可以一枪打爆汉奸脑袋,打得像西瓜瓤一样四分五裂,但是他心中似乎有个声音悄悄说,放过……他吧。稍一犹豫,子弹便从那人头顶擦过,于是他眼睁睁看着那个蹦蹦跳跳的影子消失在黑暗中不见了。

战斗持续数分钟,地下室的敌人就被突击队消灭了多半,但是这些法西斯军官毕竟训练有素,抵抗极为顽强。东北人老林冲在父亲前面,他用冲锋枪与战友交替掩护,不料里面扔出一颗手榴弹,老林当场阵亡。父亲见状怒不可遏,朝隐藏的敌人狠狠打出一梭子子弹,闷墩、呀呀呜和胡君也把冲锋枪打得跟泼水似的,不给敌人喘息之机,里面才渐渐没了声气。

　　冲到最里一间屋子,父亲踹开门,看见一个头发花白的日本老头身穿和服歪倒在血泊里,手握一把刺进肚子的武士长刀,他已经赶在盟军士兵冲进来之前切腹自杀了。队员们缴获了许多来不及销毁的机密文件,还有日本守备部队的军旗、关防大印和密码本,可以确认这个自杀者就是敌人的城防司令官。

　　地下室战斗眼看就要结束,父亲取下电台准备发报,这时指挥官丹尼斯又犯下一个经验不足的错误,他竟然没有下令逐个检查敌人尸体。一个装死的敌人大佐军官躲在桌子下面开冷枪,美国人狠狠推了父亲一把,高大的身体好像忽然被什么东西绊住了,脚下一踉跄就跌倒了,一股殷红的鲜血从胸口汩汩地流出来。等到大家击毙敌人,丹尼斯显然已经不行了,他怔怔地望着父亲,口中艰难地吐出几个词来:"快……报告……占领……"

　　父亲眼泪滚下来:"我马上发报,你要坚持住,援军就要到了。"

　　丹尼斯的脸庞升起一道神圣的光环来,父亲惊讶地看到,这种仁慈和痛苦的表情使得丹尼斯看上去很像那个钉在十字架上受难的西方老人,他说:"我儿子……今天要……出生……"

　　外面有人大喊敌人冲进来啦,枪声再次猛烈地响起来,父亲顾不得擦干眼泪,他连忙打开电台向总部报告,已经摧毁敌人司令部,请求火速增援。

　　敌人潮水般涌来,他们被敌人堵在地下室里,只能借助墙角、桌椅和障碍物顽强抵抗,敌人一露头立刻就被打倒在门口。敌人攻不进来,开始往里面扔手榴弹,父亲看见闷墩像只螃蟹那样爬过来,对着自己耳朵嚷嚷:"快退到里面那间屋子去!快快……"

　　他连忙跟着闷墩爬进里面那间屋子,很快又飘进来一团黑影,是呀呀呜,呀呀呜身后还拖着个伤员,是胡君。胡君伤在了腿上,流了不少血。父亲连忙撕开衬衣替他做了包扎。胡君咬着牙嘶嘶地说不要紧,能挺住。

现在突击队员已经没有退路了,他们就像被人装进罐头里的沙丁鱼。当然敌人想要攻进来也不那么容易,除非他们打光最后一颗子弹。父亲从容地动手砸毁电台,把密码本吞进肚子,那三个人一齐朝他竖起大拇指。战友的心从来没有靠得这样近,这样生死相依。

5

敌人攻不进来,就在外面咿哩哇啦地放火,扔进许多燃烧的草捆和火把。因为地下室里不通风,火焰烧不起来,一股股浓烟熏得人睁不开眼睛。他们连忙脱下衣服撒上尿,然后严严实实地捂在口鼻上。父亲脑海里出现在机场学习使用火焰喷射器那一幕,他庆幸敌人装备不够先进,还没有火焰喷射器,否则上千度高温一定会使他们死无葬身之地。

敌人眼见对手炸不死,烧不死,不知从哪里弄来几枚毒气弹扔进来。毒气弹也就是催泪瓦斯,在封闭环境里会导致人窒息。他们连忙把房门堵住,然后在紧贴墙角的泥地上挖个小坑把脸埋进去,但是他们始终把枪口对准小门。敌人并没有破门而入,说明他们也忌惮毒气弹的威力,于是那个狞恶的死神就在门外久久地徘徊起来。

四周渐渐变得安静了,父亲觉得自己好像躺在坟墓里一样。闷墩小声说:"小哥子,看看表几点了?"

父亲回答:"看了也没用。"

四个人数数子弹,结果每人还不到十发。闷墩低声说:"我还有两颗手雷呢。"

呀呀呜说:"我剩一颗。"

胡君说:"我一颗也不剩了。"

父亲摸摸自己腰间,也剩两颗,就递给胡君一颗。闷墩安慰大家说:"四颗也足够鬼子受了。"他没有说第五颗做什么用,但是大家心里都明白。

黑暗中父亲忽然悄悄哭起来,泪水就像没有预兆的洪水一样不期而至,不是胆怯,更不是软弱,但是为什么却一时说不清。这时胡君摸索过来轻拍他的身体,他伸手去摸胡君的手,发现大哥手上湿乎乎的,不知道是血还是汗,就用力握住。闷墩和呀呀呜的手也伸过来,四个人的手就紧紧握在一起。

时间一分一分地过去,父亲开始觉得眼皮往下坠,挡不住的睡意像潮水一样袭来,这是严重缺氧的征兆。他告诫自己说,千万不能睡过去,只要睡过去就再也醒不来了。这时他忽然听见胡君低低地说:"你们觉出没有——有股凉风!"

的确有股微微的凉风如岩壁上渗出的湿气一样,不为人察觉地轻拂在面颊上,胡君激动地说:"有凉风,说明这间屋子有暗道通向外面,否则空气不会自己流动的。"

大家振奋起来,他们顺着风向,果然在柜子后面摸到一条窄窄的逃生暗道,凉风正是从暗道门缝里透进来的。父亲回头看看那个蜡人样的日本将军,疑惑地说:"这个老鬼子为什么不从暗道逃走,而要剖腹自杀呢?"

胡君回答:"也许咱们进攻突然,他根本来不及逃,或者他已经被打伤了,根本无法逃。"

闷墩一脚蹬倒鬼子尸体,拔出那把武士长刀来,冷笑说:"这刀不错,我要让鬼子尝尝刀锋的滋味!"

四个人顺着暗道爬出去,原来暗道连接着车站的下水道。头探出地面才看见外面激战正酣,整个火车站打成了一锅粥。中国军队正在猛攻火车站,日本人还在做垂死挣扎。

四个人趴在铁轨下面的阴影里,父亲兴奋地说:"看来快解决战斗了。"

呀呀呜看看大家的鬼子军装,担心地说:"不要被自己人误伤了才是。"

胡君赞成说:"咱们这样子冲出去,别被哪位老兄杀红了眼,正好一梭子解决。"他看看三个人没有反对的意思,又补充一句:"反正咱们弹药不多,还是等着主力来营救吧。"

闷墩没有说话,眼睛紧盯着铁轨前方的车站扳道房,那里有座钢骨水泥暗堡和沙袋垒起来的环状工事,鬼子的轻重机枪正在喷吐火舌疯狂扫射,打得进攻队伍抬不起头来。大家都看出来,这是敌人最后顽抗的火力点,也是最坚固和最难攻克的堡垒工事。不久枪声疏落下来,中国军队进攻受挫不得不退出火车站,敌人阵地前面倒下一大片阵亡者尸体。日本人开始咿哩哇啦地活跃起来,他们在掩蔽工事后面跑来跑去,输送弹药重新集结队伍,好几次敌人就从他们头顶的铁轨上跑过。

进攻一沉寂,城外的炮声更猛烈了,听得出敌人的援军正在拼命进攻,欲与车站里的敌人会合。没有人怀疑,敌人会师将意味着什么样的悲剧重演。此时天色将明,微风送来一阵断断续续的军号声,这是中国军队发起最后总攻击的信号。敌人环状工事的轻重机枪又开始咆哮,闷墩"霍"地站起身来,眼睛里喷出灼人的火焰,咬牙切齿道:"老子一定要干掉狗日的机枪!"

父亲大声说:"我跟你去!"

胡君和呀呀呜也拍拍冲锋枪说:"咱们一块上!"

四双眼睛里都是飞溅的钢花,没有一丝杂质。闷墩掏出手雷吩咐父亲:"手雷一炸你就冲进去,调转机枪向敌人工事扫射,我们三人在背后掩护你。你记住,只管向敌人射击,无论身后发生什么都不要回头!"

父亲取出自己的手雷放在闷墩手上,他们朝他点点头,四个士兵义无反顾地朝敌人扑去。随着一阵手雷爆炸,父亲猛扑进暗堡,调转重机枪就朝敌人工事和散兵线猛射,背后袭来的暴风雨般的子弹立即打乱了敌人阵脚,打得毫无防备的敌人东倒西歪。父亲只管扣住扳机疯狂射击,脑袋里像一锅沸腾的铁水,那里面融化和熔铸着一颗年轻的灵魂。枪管打红了也不管,子弹打光抓起另一挺继续扫射。他牢记闷墩的话,不顾一切只管朝敌人拼命射击,只要多给他一秒钟他就能多发射几十发子弹。他知道自己身后有三个顶天立地的兄弟,他们是一个同生共死的整体,所以他绝不回头,不把敌人防线砸得稀巴烂决不罢休。

这真是一场惊天地泣鬼神的血战啊,敌人的火力点纷纷哑巴了,防线崩溃了,许多敌人被背后飞来的凶猛子弹送下黄泉路还不明白怎么回事。中国军队抓住时机一鼓作气地攻进车站,到天亮时已经荡清残敌,把一面硝烟熏黑的军旗插在了车站屋顶上。

枪声终于平息下来,战斗结束了,当父亲被人搀扶着走出扳道房暗堡时,他被眼前惨烈一幕惊呆了:环状工事外面横七竖八地倒着日本鬼子的尸体,闷墩浑身是血伤痕累累,但是眼睛还在动,手中那把武士长刀已经断成两截。呀呀呜黄同学与敌人掐在一起,牺牲时还死咬住敌人的喉咙不放。父亲沉重地脱下钢盔帽,眼泪哗啦啦淌下来。

胡君背靠在半人高的沙袋上,肚子上插着三把敌人刺刀,白花花的肠子流了一地。救护员赶来替他把肠子塞回肚子去,这回胡君没有叫疼,他看见父亲,扭歪的脸上勉强挤出一个笑容。父亲扑上去,听见他断断续续地说道:"请把这个……交给……珍妮……"说着声气就小下去了。

父亲低头一看,他手心里握着一个小纸包,原来是一枚晶莹剔透的翡翠观音佩饰。他忽然意识到,原来那次胡君赶去野战医院,是要去将这枚信物送给心爱的姑娘啊。他连忙忍住悲痛安慰他说:"你要坚持住,担架马上就来,你很快就会被送进医院,珍妮护士一定会治好你的伤的!"

胡君盯着父亲,仿佛有很多心里话要对他说,但是什么也没能说出来。父亲意识到他又要不可挽回地失去一位兄长,一位同生共死的战友了。自己曾经那么敌视他,故意跟他作对,阻挠他和珍妮见面,自己是多么的愚蠢啊。

父亲大恸,悔恨的泪水如瀑布汹涌。

胡君到底没能救过来,他被抬出火车站时仍然睁大眼睛,仿佛还要看一眼美丽的蓝天白云,看一眼阳光普照的世界和没有来得及见面的恋人,当然还有这座他们为之浴血奋战终于插上胜利旗帜的缅甸城市……

当凄厉的军号再次响彻密支那废墟上空时,英勇的"甲壳虫"突击队员集合起来,他们排出整齐的队列,领头队长依然是丹尼斯上尉,紧随其后的是战士胡君、呀呀呜黄同学、东北人老林等等。不同的是,这些英勇的中美官兵都选择了与天地平行的庄严姿势,他们身穿威武的盟军军装,身躯上覆盖着鲜艳的中美军旗,在全副武装的战友簇拥下缓慢行进……

父亲摘下肩上的冲锋枪,为战友鸣枪致哀。

枪声惊起树丛中的一群乌鸦,它们聒噪着飞过这片满目疮痍的战场,飞向远方的黛黑色山冈和波涛汹涌的热带树林……

6

八月的密支那,轰响近百天的枪炮声终于停息下来,厚厚的积雨云暂时远去,久违的太阳重新照耀大地。父亲开着吉普车向城外驶去,车上坐着缠着绷带的闷墩。坑坑洼洼的马路上布满积水,车轮碾上去泥水四溅,目力所及到处都是战争留下的断壁残垣,还有未及掩埋的死牲畜和日本人尸体。虽然这座缅北最大的城市几乎毁于战火,但是飘扬在废墟之上的中美军旗却表明它已获得新生。

父亲曾经给珍妮写了一封长长的信,连同翡翠饰物一同寄给野战医院,但是不久信件就被退回来了,信封上注明"该医院已撤销"。父亲无奈,只得把饰物小心地收起来,他发愁不知怎样才能完成大哥的嘱托。

父亲把吉普车停在城南大金佛寺外面的菩提树下,他背起卡宾枪,与闷墩一道走进寺庙。闷墩的伤已无大碍,两人恭恭敬敬点燃香烛,为阵亡战友和弟兄虔诚祈祷。虎头和胡君的阵亡令父亲常常陷入深深的自责,闷墩担心朋友神经出问题。因为每次战役下来都会有人情绪失控精神失常,就提议到寺庙烧香。闷墩说:"在菩萨面前说说话,据说死去的人能听见的。"

父亲也不吭声,闷墩认真地向他解释说:"真的,从前听我外婆说过,哪怕你不出声,在心里说话也行。"

两人并排站在菩萨面前,父亲闭上眼睛,双手合十,在心里说了许多话,眼泪也不知不觉地流下来。当他睁开眼睛,看见莲花座上的那尊菩萨果然专注地看着自己,好像要把他的话转告给另一个世界的弟兄们。这样一想,心情果然轻松不少。他发现原来宗教是可以让人距离另一个世界更近些。

走出寺门,看见一群美国军官正向寺庙走过来,他俩赶紧让在路边立正敬礼。父亲认出来,领头的瘦高个正是盟军总司令史迪威将军,紧随其后的都是记者和随从参谋。将军显然心情跟天气一样晴好,他看见两个立正敬礼的中国士兵不仅认真地还了礼,还亲切地同他们握手。父亲结结巴巴地说:"将军,您好!"

将军笑了,他说:"年轻人,你们好!请告诉我,你们是哪支部队的?"

父亲说出了"甲壳虫"分队的番号,史迪威立刻收敛了笑容,转过身来对记者说:"他们就是我从蓝姆伽训练出来的中国士兵,他们深入敌后捕捉到了最有情报价值的俘虏,然后化装成日军捣毁了敌人司令部,给予敌人致命一击。这样的士兵将不可战胜,他们将把敌人赶出缅甸!"

一个助手模样的中校军官在一旁插言说:"将军,没有您的运筹帷幄和战略计划,空降密支那的伟大胜利是不可想象的,收复缅甸也是难以完成的。"

另一个上校副官对记者宣布说:"史迪威将军现在是美国总统批准授予的四星上将,印缅盟军最高司令官。"

史迪威矜持地点点头,对记者们说:"请看看我的中国士兵吧,他们身穿跟美军同样的军装,使用美国制造的武器,开着美国制造的吉普车,受过美国教官的作战训练。如果中国境内都是这样的军队在作战,那么日本军队再增加三倍也没有用。"

一个中国记者问道:"将军的意思是,您将武装、训练和指挥所有的中国军队对日本人作战吗?"

史迪威没有理睬那个记者,而是对父亲说:"谢谢你们,我的士兵,你们用行动向全世界证明了,我的收复缅甸的战略计划一定能够实现。"

父亲记起那天晚上同老庾父亲的谈话,不知道为什么,他对原本十分敬重的史迪威总司令多出了一份复杂的感情。战场上死了那么多人,尸骨成山血流成河,"甲壳虫"小分队被打得还剩下几个人,难道这都是将军指挥的功劳?中国自古有"一将功成万骨枯"的古训,当密支那陷入苦战,表哥的主力营几乎打得精光的时候,将军您在哪里呢?您正在重庆跟蒋委员长讨价还价!父亲用英语回答说:"中国士兵为拯救自己的国家而战,将军。"

将军没有得到期待中的响应,觉得有些失望,就即兴把胸前一枚勋章取下来别在父亲胸前。他说:"只有最英勇的士兵才配佩戴这枚勋章。"

记者们拥上来,镁光灯不停闪耀,父亲觉得自己像个任人摆弄的木偶,他甚至对这个木偶一样的自己都感到厌恶。一个女记者问他:"听说你们的战友都阵亡了,你们怎么活下来的?"

父亲不由得怒火中烧,用湖北方言低低地骂了一句:"婊子养的!咋不把你这个杂种扔给日本人!"说完拉着闷墩扬长而去。

第二十三章　复仇的地狱之火

1

天气渐渐凉爽起来,漫长而血腥的缅甸雨季终于走到尽头。在这个天高气爽的季节里,万物都在展示一年的辛劳与收获:鸟儿忙着哺育雏鸟,树枝结出沉甸甸的果实,庄稼向主人回馈他们付出的汗水与劳作。这个收获的季节在中国称作秋天,缅甸则称"旱季",表明连天的雨水不再泛滥,江河湖泊各归其道,道路也不再泥泞难行。对战争双方而言,旱季就是老天爷为胜利者开放的绿灯。由于缅北战场中美盟军取得决定性胜利,而国内远征军也分别攻占松山和腾冲,所以大势已去的日本人再也指望不上坏天气当他们的帮凶了。

然而一个令人费解的事实却是,眼看国门越来越近,中美盟军却停下乘胜追击的脚步在缅北待命。这种反常举动连一向不大关心时事的父亲也觉察到了,因为从印度开出来的中国军队越来越多,他们就像滔滔洪水被一道无形的堤坝拦住了,把密支那小城变成了一座喧嚣沸腾的大兵营。

这天父亲奉命到仓库领取后勤装备。按照惯例,战场损耗的装备理应得到完全补充,比如军衣碎成布条,鞋跑丢了,枪打坏了,钢盔和背囊不见了,所以每个经过大战的士兵都要重新武装起来。但是这回一向慷慨的美国人忽然变得很抠门,一个美国军官仔细审查了领取装备的物资清单后,大笔一挥就把其中许多项目砍去,比如两双鞋变成一双,两套军装变成一套,夏季军服取消,军便服取消,连衬衣袜子头帐也成为多余的东西。父亲十分不解,当面质问美国人:"雷多公路不是已经通到密支那了吗？为什么后勤供应反倒紧张起来了？"

雷多公路就是后来那条被命名为"史迪威公路"的印缅公路。美国人十分不屑地回答："你们中国人太浪费啦,美国纳税人的钱,怎么能让你们爱怎么花就怎么花呢？"

父亲觉得受到侮辱,抗议道："这里是战场,那么多人牺牲了生命,你给我解释清楚,什么叫'爱怎么花就怎么花'？"

美国人并不生气,耸耸肩膀道："这里本来就是你们中国人的事情,你们是在为自己而不是为美国打仗,小子你懂吗？"

父亲被激怒了,他要跟美国人理论,却被闷墩和战友拉开了。闷墩劝他道："这里是美国人的地盘,你跟他闹没用。东西是老美的,他爱给多少怎么给,那是他的权力,莫非你去抢不成？"

两个新加入分队的成都籍学生兵小程和老丁也说："端人的碗,看人的脸,谁叫咱们中国人穷？人穷志短嘛。"

原本开去两辆吉普车,结果连一辆车也没有装满,几个人都有些垂头丧气。开出后勤基地,他们看见一队军车满载美国士兵开进飞机场,机场里停着几架涂成黄绿色的大型运输机,还有更多的美国军人正在排队登机。老丁悄悄说："我听说,美国人都要撤走了,不知道出了什么事情。"

闷墩也说："我寻思肯定是哪里出了问题。本来打下密支那应该乘胜追击,一直打到仰光去,哪有打了胜仗躺下来睡大觉的道理？"

父亲没有说话。他想起老庾父亲说过的那些有关美国人居心不良的事,心中好像打翻了一盆糨糊,纠结得慌。

汽车驶回城里,街道两旁已经有了稀稀拉拉的行人,还有一些当地百姓赶着牛车和牲口返回家乡。仗打完了,老百姓就像候鸟一样飞回来清理废墟、重建家园,人的创造力真是伟大,仅仅一两个月工夫,原本满目疮痍的废墟城市就已经开始改变面貌。街道两旁如雨后蘑菇般重新竖起许多新盖的房屋,一些饭馆商店旅馆也纷纷开张营业,这座死去的缅甸城市正在恢复生机和活力。

时值中午,大家纷纷嚷饿了,汽车就在路边一家新开张的华侨餐馆停下来。大家看见店招上不仅有饺子和面条,还有地道东北风味的猪肉炖酸菜粉条,不觉喜出望外。老板娘有三十几岁年纪,背上背个牙牙学语的男婴,说一口东北话张罗客人,还有两个十来岁的中国小姑娘做招待。不多一会儿热气腾腾的饺子就端上桌来,湖北人的习俗是过大年吃饺子,父亲已有好多年没有闻过饺子味道了,母亲的饺子早已是梦中佳肴。这一口饺子就把他那块思乡病触动了,眼泪禁不住哗啦啦淌下来。闷墩连忙递给他一块毛巾,他假装上茅厕就放下碗筷到后面去了。

饭馆后面是座竹篱笆围起来的院子,有个穿缅甸服装的男人坐在树下看报纸,看见父亲过来就赶快拿报纸遮住脸。父亲心想这大约就是老板了,他本来已经走过男人身边,但是有个直觉却像手指头在他心上捅了一下,父亲猛一回头,正好与那双躲在报纸后面窥视的眼睛撞上了。他大吃一惊,因为这个穿缅甸服装的男人不是别人,正是战场上逃跑一枪没有打中的俘虏金翻译官!

金翻译官眼见躲不过去,"扑通"一声跪下来说:"长官,我没有干过坏事,就是捡条活命,混碗饭吃啊。您老人家高抬贵手,千万别把我带走。"

父亲觉得又好笑又好气,索性坐下来说:"你起来,我问你,那天你为什么要逃跑?"

金翻译官抹抹额头上的汗珠说:"长官,您设身处地替我想想,你们个个荷枪实弹如狼似虎,我夹在中间不被打成蜂窝也会挤成肉饼。再说了,我已经兑现保证把你们带到日本人司令部门口,要是我不赶快逃走被日本人抓住了,还不得活活剥了皮喂狼狗?我里外不是人啊。"

父亲说:"你不怕我一枪打死你?"

金翻译官连连道:"不会的不会的,都是中国人,长官有同情心。"

父亲叹口气想,他倒是个人精。他说:"你怎么又开起饭馆来啦?"

金翻译官觉得这个大兵并不凶恶,也没有要把他绑到宪兵司令部去的意思,就讨好地说:"长官哪,您知道替日本人做事也是迫不得已的。东三省沦陷十几年,我一个大学毕业生能做什么?日本人叫你干什么你敢不服从?所以当了这个吃里扒外的翻译官。从东北到华北,再到东南亚缅甸,连三岁小孩都知道当汉奸罪该万死没有好下场,所以我就让内人领着孩子在密支那悄悄开了一家餐馆,一旦有事免得全家饿死啊。"

父亲默默听着,内心很不是滋味,尽管他极其鄙视眼前这个没有骨气的胖家伙,但是他讲的话句句都是实情。金翻译官眼见得父亲面色严峻久不说话,有些慌了神,连忙从兜里掏出一支金笔来说:"长官我该死,请您大人不记小人过。我真的没有多少钱,贵军宪兵司令部的告示我都看过了,要那些替日本人做事的人都去自首报到,我真的不能去,去了就回不来了。我听说贵军长官已经下令,凡是去过中国战场的日本俘虏都拉出去枪毙,我这个从东北过来的人还不得给枪毙三五次?可是我小孩子还不满一岁,全家人该怎么办啊?"

父亲的心中一片风雨。他庆幸自己当时那一枪没有击中这个男人,他知道这个前日军少佐翻译官进了宪兵队肯定凶多吉少,或许根本不用审判就毙了。但是他宁愿相信从前那个汉奸帮凶金翻译官已经一去不复返,如今这个身穿缅甸服装的华侨男人已经是与妻子相依为命的丈夫和三个儿女的父亲,支撑这个数口之家的顶梁柱,于是他再次向自己的内心屈服了。他站起身来淡淡地说:"你好好做生意吧,看看你的儿女,别让他们对父亲失望。"

重新回到饭馆,那些人嚷嚷你怎么去了那么久?还以为你掉进茅厕里了。父亲没有吱声,闷着头吃完饺子就赶快上车回去了。女主人并不知情,领着女儿向他们招手说:"欢迎长官们再来啊。"

回到营地,闷墩悄悄问他怎么回事,他就把认出金翻译官的过程讲了一遍。闷墩惊讶之余点点头说:"也是的,活着做人难啊。"

又过了几天,当他们再次路过那家华侨餐馆时,却惊讶地看见房门紧闭,一打听原来这家人已经搬走了,不知去向。

2

随着一九四四年底圣诞节的来临,迟到的开拔命令终于下达,父亲离开盘桓了将近半年的密支那城,沿着伊洛瓦底江,朝中缅边境的八莫、南坎进发。他看见一路上浩浩荡荡向南推进的队伍都是黑头发黄皮肤的中国人,而那些从印度出发时一道并肩作战的美国人仿佛半途中消失了一样不见踪影。有小道消息说美国军队已经撤回印度,并将很快转向太平洋方向作战。

更加令人纳闷的是,他们这支原本隶属于印缅战区总部情报部的"甲壳虫"分队好像被人遗忘了一样,上级一直没有派来新队长,让这些身怀绝技的特种兵白白呆在营地生了锈。后来总部似乎想起他们,派来一个叫詹姆斯的少尉参谋临时担任队长,可是新队长一共来过两次,第一次来宣布自己的任命,半个多月后他又来宣布卸任,说是总部决定把"甲壳虫"分队划归中方联勤部指挥,然后就把自己的行李扔上汽车开走了。

南下命令下达前,营地开来一辆吉普车,车上除了司机外还有一名军装笔挺的中国军官,他一下车就大叫大嚷全体集合。等到父亲和闷墩们懒洋洋地走出帐篷来这才发现,原来眼前的军官竟然是老庚。

老庚领章上的两颗银星表明他已经是中尉军官了。他板起面孔,声色俱厉地训了一通话,大意是联勤部长官派他来做队长,今后"甲壳虫"小分队的主要任务就是负责护送武器弹药和粮食,保障前线作战等等。训完话后他什么人也不看,跳上吉普车一溜烟开走了。闷墩郁闷地说:"都是一起从国内来印度的,老三总共只参加过一次战斗,还朝自己腿上开枪,可是他却当上了中尉军官,还对咱们指手画脚。这叫什么事啊?"

父亲说:"谁叫他有个国防部当官的父亲啊,不过咱们也犯不着跟老三作对,只要他做事不太过分,还记着一点兄弟情义,咱们就跟他维持平常关系。"

第二天早上老三又来了,这回跟他来的还有一辆卡车和两名勤务兵。他把驻地四周看了又看,命令队员把空地平整出来,然后再搭建起一排军用帐篷。父亲心生疑窦,不过他不想多问,只是把问号埋在心里。

晚饭时来了一个勤务兵把父亲叫出去,原来是老庚坐在吉普车上等他。父亲觉得怪别扭的,就勉强喊了一声报告。老庚也不客气,指指副座让他上车,然后自己开着车进城去了。

一路上两人无话,只听见耳边风响。来到一家饭馆跟前停了车,老板是个华侨,赶快迎出来把他们让进里间。看来老庚跟这家人挺熟悉,饭菜和酒壶很快端上桌来,他吩咐几句老板就关上门出去了。老庚斟满酒说:"老邓,咱们不是外人,这杯酒干了吧。"

说完一饮而尽。父亲也干了酒,且等他往下说。老庾又斟满酒说:"我知道你志不在当官,你是纱厂大老板的少爷,打完仗回家念书,你还愁什么呢?我就不同了,念书没兴趣,经商没本钱,除了当兵还能干什么呢?可是当兵总不能跟你一样清高,在军队里卖命送死的都是兵,得好处的都是将军,'一将功成万骨枯'谁不懂啊?所以我除了当官走仕途往上爬,还能有别的出路吗?"

他一仰脖子吞下那杯酒,表情也变得有些凶巴巴的,好像面前坐着的是官场对手。父亲有些鄙视地看着老三,他想起那些一道飞越喜马拉雅山的战友和兄弟:老大胡君、老四虎头、呀呀呜黄同学、东北人老江老林、河南籍赵同学等等,如今他们已经埋骨青山,他们为的什么呢?老庾这番利己主义的处世宣言对得起他们吗?

老庾似乎看出父亲的心思,冷笑着说:"你可能觉得我庸俗卑鄙,自私自利,不高尚不道德,不过我不在乎。告诉你吧,'人不为己,天诛地灭',这才是真正的醒世恒言。什么抗战救国,什么共赴国难,这个国家是谁的,谁说了算?还不是那帮占据高位的大人物。他们把持权力,谁权大谁就捞得多,你如果不捞不占岂不白白让他们占了便宜吗?"

父亲冷冷地说:"看来老同学进步不小,你打算怎样'捞'呢?"

老庾不理会他的讥讽,胸有成竹地说:"告诉你,日本人快完啦,美军已经开始进攻日本本土,日军已成强弩之末,而怒江方向我远征军已经抵达国门畹町,与驻印军会师在即。你想想看,一旦日本人完蛋,摆在我们面前的该是怎样一个千载难逢的机遇呀?收复被日本人占领的华北、华中、华南和东北,接管几百座城市,几百万平方公里土地,这种接管靠什么?当然是枪杆子!所以我手中必须要有队伍,谁的枪杆子多,将来权力就大。这个世界总是靠实力说话的。"

父亲很惊讶,真是"士别三日,当刮目相看"啊,这个老同学已经很有官场政客的城府了。他说:"谁教给你这些东西的,你父亲吗?"

老庾咧开嘴笑笑,不置可否。父亲又说:"美国人呢?比如史迪威将军,他能容忍你们在他眼皮子底下胡作非为吗?"

老庾放下酒杯,夹起一块糖醋猪排津津有味地嚼起来,轻蔑地说:

"中国不是印度,不需要外国人来做太上皇。中国人的事情还得按照咱们中国人的方式来办。史迪威大叔已经没戏啦,他想爬在蒋委员长头上指手画脚,结果被总统召回国去坐冷板凳,接替他的是个名叫魏德迈的陆军中将。美国人知道缅甸已经没有他们什么事了,所以很干脆地撤走了事,所谓'印缅战区总部'实际上只是个空架子。天赐良机啊!"

父亲恍然大悟,原来美国盟军忽然变得消极怠工是有原因的,史迪威没能如愿以偿做成太上皇,所以不肯白白为他人作嫁。但是他还是不大明白老庾所指"天赐良机"是什么,就沉默下来只管慢慢吃菜。老庾苦口婆心地劝他说:"老同学,跟我一起干吧,只要你点头,我立马给你弄张军官委任状。咱们把那些美国人扔下没人管的闲散队伍统统收编起来,我当大队长,你当副大队长,妈的,不信咱就闯不出个江山来!想当初'东北王'张作霖起家的时候不也就几十号人,几十条破枪吗?咱们好歹也是见过大场面的驻印军,是美式装备的国军精锐,不信连这些破土匪也玩不过!"

父亲看着老同学志满意得的样子,心里觉得好笑,看来真是将门出虎子,青出于蓝更胜于蓝,"师长的儿子当军长,将军的儿子当元帅",此言不谬啊。可是他又觉得悲哀,从前那个不乏青春理想一腔热血的青年学子已经无影无踪,好比一匹白布掉进染缸里,转眼间就面目全非了,如今他面前只有一个野心勃勃的候补将军和政客。

老庾见他不说话,知道说不动父亲,便又斟了两杯酒,然后绵里藏针地警告说:"老邓,既然人各有志不能勉强,咱们只好各奔前程。但是有些丑话得说在前面,既然我是长官,有的地方如果照顾不周,还请老同学多多担待,不要拆兄弟的台。"

父亲很干脆地一饮而尽说:"你放心,咱们好歹同学一场,等打完仗我就要回家念书,祝你飞黄腾达前程似锦。"

这次谈话过后不多久,老庾带回来一个姓马的副队长,看上去像个老兵痞,跑前跑后对他巴结得跟爹似的,大家都叫他"马面鬼"。老庾果然开始进行大刀阔斧地整编,把原来属于总部和后勤部的一些零散闲杂人员和十几辆汽车统统收编起来,小分队很快就膨胀到了一二百人。老庾又往上面跑了几回,要回来一纸委任状,任命自己为少校联勤大队长,下辖三个中队。接着又任命了几个亲信做中队长,于是从前威震四方的"甲壳虫"特种兵分队不复存在了,而新成立的印缅联勤大队天天出操训练,看上去像模像样很有气势。

随着南下命令的下达,联勤大队推进到距离国门畹町仅有几十公里的八莫,父亲沿途看到,这座刚刚收复的缅甸城市到处都有被击毁的日本坦克和工事,路边敌人遗弃的汽车大炮和不及掩埋的尸体比比皆是,表明这里曾经发生过一场惨烈恶战。果然,父亲很快便打听到,日本人在八莫集中四个番号的师团与中国驻印军进行一场规模空前的决战,虽然战役以敌人被击溃告终,但是我军伤亡也十分惨重。他还打听到新三十八师正是担任主攻的队伍,不禁替表哥士安担起心来,然而无论怎样打听,却没人知道主力营的消息。有一天偶遇一位路过的新三十八师参谋,那人告诉他,主力营正在追击残敌途中,具体动向不详。

父亲叹口气。他望着天边一轮有气无力的残阳,只在心中默默替士安祈祷。

3

联勤大队属于后勤非战斗部队,主要职责就是协助打扫战场,收缴散落的武器弹药,收容散兵伤兵,向前线运输物资,维持城镇秩序等等,偶尔也参加围剿残敌,镇压敌对分子的战斗,队员们戏称给前线部队"擦屁股"。特种兵一下子变成了后勤兵,好像身怀绝技的武侠成了给孩子换尿布的保姆,叫人一下子难以适应变化。好在当保姆并没有什么硬性任务,虽说日子懒散叫人提不起劲,但是随着前线捷报频传和中国驻印军的节节推进,眼见得胜利的日子不远了。

一九四五年元旦刚过,前方就传来与国内开出来的中国远征军会师国门的消息,还说两支先头部队相遇闹了一点误会,打了半夜,差点把国内那队草鞋兵变成一堆肉酱。会师毕竟是件值得庆贺的大事,标志印缅战场取得决定性胜利,彻底完成了打通国际大通道的战略任务。神通广大的老庾不知从哪里弄来一箱中国白酒给大家会餐。那天晚上父亲喝醉了,先是和闷墩抱头痛哭,后来又吐得稀里哗啦不省人事。他们这些后方学子弃学从军,抛父别母来到异国他乡,牺牲那么多战友和兄弟,不就为了这一天到来么?可是当这个辉煌时刻就在眼前的时候,怎么一切都变了味道呢?

很快上面有了正式消息,中国驻印军与远征军要在边境小镇"芒友"举行盛大会师仪式。联勤大队接到命令,赶运一车新军装和带刺刀的卡宾枪过去。父亲巴不得出去散散心,就主动申领任务。队长老庾没有说什么,同意派他去执行任务。

汽车越往南开,路上军队越多,中缅边境简直成了中国军队的海洋,据说足足云集了几十万大军,想必这个壮观场面就是不打仗也足以把日本人吓回东海老家去。父亲一路看到,大批驻印军主力还在向南挺进,"谢尔曼式"坦克骄傲地昂起炮管,载重汽车拖拽着水桶粗的榴弹炮,头戴钢盔的步兵师不是徒步行军而是乘坐在十轮大卡车上。他感慨地想,他梦中的王者之师不就是这种压倒一切舍我其谁的雄壮气势么?但是现在的景象却让他兴奋不起来,因为他已经上过战场,经历过枪林弹雨生死激战。打仗不是演戏,不是知识分子游行喊口号,死神大手一抹,成千上万的生命灰飞烟灭,何来雄壮可言?!

临近芒友的时候公路上有人拦车,父亲停下来,看见这是一群衣衫褴褛的中国官兵,脚上穿着草鞋,肩上扛着老式步枪,身上的黄军装也是破破烂烂的,不消说他们都是从怒江东岸打出来的远征军兄弟。父亲从车上探出头来问他们要干什么?为首一个少尉排长很蛮横地说,刚刚有敌人躲在山上打冷枪,打伤一个弟兄,要送他到团救护所去。父亲想都没想,就让他们赶快抬上车。少尉排长也当仁不让地坐进驾驶室里,那种派头,好像他是车主人似的。

汽车开动,父亲这才想起来询问他们的番号。少尉有点耍长官派头,回答说老子是中央军王牌师。父亲心中有些好笑,就说怎么王牌师连汽车也没有哇?少尉取出一支云南产"重九"牌香烟来,也不递给父亲,顾自点燃吸起来,说:"老子是陆军第二百师,听说过吗?"

父亲心头一跳,不跟他计较态度,连忙问二百师有个叫林志豪的军官,他现在还好吗?少尉排长有些惊讶,忘了吸烟,拿眼睛看着他说:"你认识他?他是我们营长。"

父亲连忙问:"他在哪里?我要见见他。"

少尉说营长打畹町时负了伤,也在团救护所里。父亲顿时紧张起来,把汽车开得飞快,恨不得立即见到负伤的志豪。当少尉知道营长竟是眼前这个汽车兵的表姐夫时,态度立刻殷勤起来,连忙取出香烟奉上,还主动替父亲点着。父亲也不谦让,吸了一口就扔出窗外,然后从口袋里掏出一盒英国"555"牌香烟递给他说:"这是驻印军制式香烟,每月都要发的,你留着抽吧。"

少尉嘴巴动了动,他似乎想说什么,却终于没有说出来。

在团救护所,他果然见到已经挂上中校军衔的志豪。几年不见,他的脸又黑又瘦,要不是穿身军装,简直跟个码头搬运工或者煤炭工人无异。他胸部包扎着绷带,医生讲只是被弹片割伤并无大碍,父亲这才放下心来。不料志豪见到父亲竟有些发呆,嘴巴动了动,什么话也没有说出来。父亲知道志豪原本是个性格内向的男人,带兵打仗以后更加少言寡语,他想可能是受了战场刺激的缘故吧。志豪挥挥手,把医生和部下都赶出去,等屋子空了,他才哽咽着说:"述义,我打听到了……如兰的下落!"

父亲急切地问:"姐姐在哪里?她还活着吗?"

志豪眼泪流出来,断断续续地说:"野战医院被日本人包围,只活着逃出来一个人……他目睹了当时发生的一切……那里变成一座地狱,任何语言都无法形容……"

尽管父亲已经经历过太多战友牺牲和血肉横飞的场面,而且知道野战医院落入敌手的事,对如兰姐姐的命运早有思想准备,但他还是被巨大的悲痛和忧伤攫住了。瞬间天地一片滂沱,那是亲人的眼泪在飞。父亲觉得自己那颗被痛苦和仇恨折磨的心简直变得跟沙漠一样荒凉。他问志豪:"你回过重庆,见过你儿子吗?"

志豪点点头,父亲心中感到一丝安慰。他能想象出小石头缠着父亲,两人从此相依为命父子情深的样子。他朝志豪咧咧嘴,觉得嘴唇很疼,伸手一摸,发现嘴唇上尽是燎泡裂口,而且渗出了血。

汽车开出老远,他从后视镜看见志豪还在路边朝他张望,志豪没有戴军帽,头发被风刮得飞张起来,像个倒立的惊叹号。

4

随着隆隆的炮声向缅甸中部推移,国内军队逐渐撤离边境回国,驻印军则驻扎在国门等候命令。联勤大队驻扎在瑞丽江边一个地名叫做南坎的缅甸小镇上,与一江之隔的瑞丽县城遥遥相望。

此时已经临近中国传统春节,老庾派人向驻地寨子买了米酒,宰了一头山猪,一头黄牛,犒劳官兵好好过个平安春节。不料大年三十战事再起,有情报说日本人不甘心失败,重新集结重兵,包括坦克向中缅边境扑来。一时间空气紧张起来,联勤大队接到命令连夜派一辆卡车向前线运送急需的作战物资,大家眼看一顿丰盛的年夜饭就要端上桌,心里都不想跑这趟苦差,眼睛都躲闪起来。父亲见状就对副队长马面鬼说:"让我去吧,反正这一带我跑过多次,路熟。"

闷墩见父亲要去,也自告奋勇陪父亲去,马面鬼就同意了。父亲奇怪怎么没见到老庾的影子,他向队长的竹楼瞭了瞭,门虚掩着,里面飘出女人吃吃的笑声。父亲想,这个老庾,倒是个做官的料,先把做官的享受都学会了。

两人开了一辆美制GMC十轮大卡车,连夜赶到军械仓库装载物资。父亲看见那是一车压缩干粮和十几具火焰喷射器,心想前线很可能断粮了,也许还遭遇了敌人的坚固堡垒,于是开动汽车往前线出发了。

这天夜晚没有云彩,江边起了轻纱般的薄雾,尽管树梢上挑着一弯朦胧的月牙儿,但是月光很羞涩,总也照不到地面上来。汽车亮着大灯,沿着江边公路颠颠簸簸地行驶,蜿蜒的江水和路边的傣家竹楼在车灯中忽明忽暗,变化出种种诡异的图案来,给人感觉不是在公路上行驶,而是在幻境中穿行一般。

离开瑞丽江就向南驶上通往腊戍的山区公路,半夜里他们来到一条水流湍急的溪谷边。溪流并不宽阔,但是架在河上的铁桥被炸断了,路基下面还躺着几辆被烧毁的汽车。一队中国工兵正在赶架临时浮桥,父亲询问架桥的军官,那人下巴上有撮黑毛,说话时黑毛一动一动的。黑毛军官说,昨天有股敌人摸来炸毁了铁桥,还偷袭了运送军火的车队。父亲明白,这是日本特种兵的渗透战术。

父亲看见工兵正在费力地固定钢缆,他们一次次试图把钢缆送过河去,都因为水流湍急而告失败。父亲见过美国工兵团架设浮桥,他们使用一种抛绳枪先把绳索抛射到河对岸,再通过绳上的滑轮把钢缆一根根输送过去,这样很快就架好一座临时浮桥。但是中国工兵没有抛绳枪,所以只能很原始地用人背着钢缆过河,不幸的是天黑水急,背钢缆的人一次次被河水冲倒,架桥工作停滞不前。

父亲焦急地看看手表,指针指向午夜十二点钟。他望望头顶,大山里漆黑一团,心想父母亲人大概都在守岁吧?快快地回到驾驶室,两人都睡不着,干脆抽着烟说话。父亲吐出一口烟来问闷墩:"想么子?想那个重庆女娃子么?"

闷墩老老实实地承认道:"妈的,这些天特别想得厉害,也许因为小鬼子就要完蛋的缘故吧。"

父亲不由得深深地叹口气。是啊,报纸上天天都是胜利消息,形势一片大好,就像一夜间枯树枝头忽然缀满嫩黄的新芽一样,连人的心都渴望发芽了。他忽然对军旅生活感到一种深深的厌倦,就像当年对投笔从戎有种紧迫感一样,不同的是激情来自理想,倦怠来自心灵。"倦鸟归巢",他忽然想到这个成语。他的"巢"当然不在军队,而在他心向往之的家乡和大学课堂。

父亲又吸了一口烟问闷墩:"回去想做么子?"

闷墩闷声闷气地回答:"头件事就是赶快娶喜妹儿,当然还得看看人家是不是还没有嫁人。再就是找一份工作养家糊口。"

父亲说:"你不想念书么?要是你愿意,我让爹爹给你出学费。"

闷墩摇头道:"念书?算了吧,你是念书的料,以后到国外留学,做大事。我么,能熬成我师父那样,凭手艺吃饭就不错了。"

父亲有些失落,说:"你还年轻,当真不想念书?"

闷墩道:"人各有志嘛,如果我去念书,还不如拿了那笔钱去做生意。"

父亲第一次听朋友嘴里说出"做生意"三个字来,让他很是吃惊。接着闷墩把头凑过来说:"你猜猜,我心目中最崇拜的英雄是谁?"

父亲一连猜了几个：史迪威将军，孙立人军长，廖耀湘军长，但是闷墩都摇头。他笑道："嘿嘿，猜不到吧？告诉你，就是你父亲。湖北棉纱大王张松樵。"

父亲惊讶不已，他觉得闷墩的心思如同两层楼，下面一层是敞开的，上面一层却装着许多从不轻易示人的秘密。也许临近胜利快要回家了，闷墩对朋友敞开心扉侃侃而谈："在汉阳老家，人人都知道你父亲的故事。他小时候那么穷，在汉口流浪讨饭，替人当伙计做学徒，直到创建裕华纱厂，成为远近闻名的棉纱大王。他念过么子书？只上了两年慈善堂义学。所以我梦想像你父亲那样攒一大笔钱，做个人人尊敬的大老板。"

父亲简直要对他的朋友刮目相看了，这个平时不声不响的闷墩，竟然揣着如此远大的人生目标，虽然今后能否实现另当别论，父亲还是为朋友的志向感到由衷高兴。但是父亲想到另一个问题，他说："我爹爹娶了三房太太，你要是有钱了也娶几房太太吗？"

闷墩摇头道："胡说。我这辈子只娶喜妹儿一个。"他小心地从衣袋里取出一个小布包，打开来原来是只精美的银手镯。他喜滋滋地说："这是我花了半年积蓄买的呢。"

父亲知道闷墩平时极节俭，舍不得乱花一分钱，可见这份礼物的贵重。闷墩小心地收起银镯子，他说："小哥子，有件事你能答应我么？"

父亲道："你说说看，到底什么事？"

闷墩期待地说："等我举办婚事，你来做我的牵手郎好么？"

"牵手郎"是四川民间婚礼上的重要嘉宾，一般都由新郎一方有身份地位的人担任。父亲觉得闷墩脑袋太过陈旧，都什么时代了，还这么看重老规矩？他哼了一声说："打完仗我要去念大学，没准儿还要去国外留学呢。"

闷墩脸上掠过一阵失望的神情，头也低下来，不过他很通情达理，毕竟念书是大事，不比结婚，只是人生的过程。后来两人把话题扯到天南地北，除夕夜就在两个年轻人的无尽期盼中匆匆过去了。

东方呈现鱼肚白色，一九四五年春节到来了，一个工兵水淋淋地奔过来说，临时浮桥已经架好了，他们这才发动汽车，小心翼翼地开过桥去。黑毛军官蹲在对岸的桥头上，边啃干粮边盯着起伏不定的浮桥，等汽车开过后才站起来长长舒出一口气。

"好啦老弟们,各人保重吧。"军官同他们打招呼说,"听说前面小鬼子的花样不少,还有坦克专搞破坏偷袭呢。"

父亲愉快地朝他敬个举手礼,从驾驶室将一盒外国香烟扔给他说:"谢谢长官,新年好!我们本来就是专干这行的,知道怎么对付他们。"

5

汽车摇来晃去,坑坑洼洼的公路上尽是弹坑,闷墩见父亲有些瞌睡的样子,就让他到后面车厢上睡一会儿。父亲先是不肯,两人争执起来,最后还是父亲让步了,闷墩接过方向盘来开车。父亲打个大大的哈欠,拍拍闷墩肩膀说:"有你这个哥子真好。"

闷墩笑笑,也不吭声,只管专心开车。父亲就从驾驶室爬上摇摇晃晃的车厢,钻进睡袋里倒头就睡着了。

他睡得很深,就像鱼儿哧溜一下子游进温暖的大海。海水从四面八方包围着他,黑暗温柔地托举着他,涌动的洋流就像母亲的手臂轻轻拍打着儿子的身体,他在梦中不知不觉张开快乐的翅膀,像天使一样飞向光明的远方……

忽然天空响起一声炸雷,一把铁锤迎头砸下来,海水不见了,五彩的梦想四处逃逸,他的头也被锤子砸得嗡嗡响。当他睁开眼睛,这才发现汽车已经歪倒在路边水沟里,他的头撞在车厢板上,幸好戴着军帽,疼得他倒吸冷气。

炸雷再次响起来,这回他听清了,是重机枪的扫射声。机枪子弹像一条又粗又长的鞭子狠狠抽打空气,"哒哒哒——",弹丸穿透车厢,将那些碎木屑溅了他一头一脸。随同木屑溅入父亲大脑的第一个念头就是,敌人偷袭!他像鹞子一样灵巧地翻身滚下车,然后趴在水沟里,探出头来悄悄向外面观察。

他看清前方树丛中有一辆日本人的"哈勾九五式"轻型坦克正在猛烈射击,这种被中国官兵嘲弄为"哈狗屎"的日本坦克战斗全重仅有七吨,速度慢装甲薄,早已成为平射炮和火箭筒的活靶子。现在这辆日本小坦克却躲在暗处卑鄙地伏击了父亲的汽车,就像那些专干放冷枪勾当的杀人狂,躲在树丛中朝过往汽车开枪开炮。父亲猛然想起驾驶室里的闷墩,心脏不由得紧缩起来,他喊了两声未见回答,便不顾危险爬出水沟,迅速钻进驾驶室里。

闷墩身体歪倒在座位上,一大摊鲜血已经将驾驶室染红,父亲试了试他的鼻子,似乎还有一丝热气,不及多想就把他拖下车,背到一块安全的岩石后面。闷墩眼睛紧闭着,胸口呼哧呼哧冒血泡,父亲鼻子一酸,他觉得有一头老鹰飞来叼走自己柔软的心脏,然后把一颗冷冰冰的石头放进胸膛里。兄弟,你歇着,我去替你报仇就回来。父亲放下受伤的兄弟站起身来,他要用这块比铁还坚硬的石头去砸碎敌人的脑袋。

敌人坦克又在开火,闷雷般的机枪炸开沉闷的空气,父亲看见那辆日本坦克已经转向另外的目标射击,公路上又一辆过路的盟军汽车被打中了,车上的人像影子一样四处逃散。他趁机钻进驾驶室,方向盘上溅满血迹,空气中到处残留着兄弟的生命气息,让父亲感觉闷墩还在身边。点火钥匙依然插在钥匙孔里,他用手一拧,马达竟然没有坏。父亲眼睛紧盯着那辆疯狗一样的敌人坦克,它已经得意洋洋地爬出灌木丛,占据了公路弯道一处 S 形缓坡,准备向更多的过往车辆开火。父亲将汽车倒出水沟,狠狠地挂上前进挡,美制 GMC 十轮大卡车无论体积还是重量都超过敌人坦克,现在他浑身每个毛孔都被复仇的怒火燃烧着,他要驾驶这辆伤痕累累的庞然大物去跟敌人算账。

日本人肯定没有见过不怕坦克的汽车,更想不到会有人驾驶一辆弹痕累累的汽车来同他们拼命,等他们发现情况不妙时汽车已经风驰电掣地冲下山坡来。此时无论调转枪口还是逃跑都已经晚了,这回轮到日本人发抖了,因为他们听见死神在得意地狂笑。"轰隆"一声,火星撞上地球!

父亲的身体被重重地抛起来,思维一下子变成碎片,耳朵里面尽是嗡嗡的金属回声。当他好容易把思维碎片重新聚拢来,睁开眼睛四处打量,这才发现自己居然没有死,汽车也没有爆炸起火。他从玻璃碎片里看见自己满脸是血,身体居然还能动弹,就赶紧从严重变形的驾驶室里爬出来。

他站在地上,摇摇晃晃地扶住一棵小树站稳脚跟,四处打量却找不到日本坦克的影子,好像它从地球上消失了一样。他奇怪地想,难道被这狗杂种逃掉不成?可是它会逃到哪里去呢?当他步履蹒跚地走下山坡,这才看见原来敌人的坦克已经滚下山底,像只四脚朝天的铁乌龟倒扣在河沟里,一只悬空的履带还在呜呜地徒劳转动,却是再也动弹不得了。父亲呵呵地冷笑起来,感到一种复仇的快意好像春天融化的冰雪那样正从荒凉的心田中淌过。你们再也逃不掉了,狗杂种!他想,现在该是偿还血债的时候了。

忽然一串机枪子弹带着死亡的呼啸从耳边掠过,原来坦克里面的敌人并没有摔死。父亲转身走回车上,从车厢里取出一具火焰喷射器来。他敲敲墨绿色钢瓶,听见钢瓶发出沉甸甸的回声,知道里面装满燃烧剂。又试试喷火枪,听见一种熟悉的咝咝声,这才不慌不忙地将钢瓶背在肩上,扣上背带,然后像美国教官教导的那样,将喷火枪的枪帽摘掉,再戴上防护眼镜。一丝不苟地做完预备动作后,父亲把喷火枪拎在手中,挺直腰杆朝山坡下走去。

敌人一定从瞭望孔里看见这个全身披挂的中国士兵又返回来了,也意识到这个人重新返回来意味着什么,于是恐惧得连心脏都不跳了,只顾惊慌失措地开枪阻拦。无奈的是,倒扣在地上的坦克无法动弹,子弹都射到天上去了。于是侵略者只好倾听中国士兵的脚步声越走越近,眼睁睁地看着他来到一处上风的岩石上站住了。

空气很静,此时父亲与敌人相距只有十几米,如果他的眼睛有透视功能的话,一定能够看见面前这座铁棺材里躲着三个或者四个面目可憎的刽子手,他们刚刚袭击了他情同手足的兄弟闷墩。当然此前还有更多的同胞和兄弟;长江里那些受难者的浮尸,"无区别"轰炸中丧生的无辜平民,大哥胡君、老四虎头、呀呀呜黄同学、东北人老江老林、河南籍坦克兵赵同学,以及他的如兰姐姐、善良宽厚的丹尼斯队长等等,他们都从另一个世界默默地注视着他。父亲心中响起一个庄严的声音,那就是天堂没有魔鬼,这些恶贯满盈的侵略者必须下地狱!

忽然射击停止了,一件白衬衣从坦克瞭望孔里挂出来,表示这些惊慌失措的敌人想要保命。父亲冷笑起来,他咬牙切齿地说:"晚了……混蛋!老子拒绝投降!"

苍天在上,大地在上,饱受苦难的祖国和人民在上,为了八年抗战和千千万万的战争死难者,还有那些活着却在侵略者铁蹄下苦苦煎熬的同胞,他必须进行这场正义的审判。如果需要,他将毫不犹豫地把自己化作烈焰与敌人同归于尽。于是士兵叉开双腿,站得稳稳的像一架大山,他深深吸一口气,然后庄严地扣动喷火扳机……

他听见了火龙愤怒的咆哮。

一股地狱之火旋风般扑向敌人,一瞬间火山爆发了。在猛烈的火焰燃烧和坦克爆炸声中,他听见天空中起了风暴,不知道是天使还是魔鬼在热烈地歌唱……

6

当父亲重新回到闷墩身边时,朋友的眼睛还微微睁着,他还在坚持等他回来。他连忙捉住朋友的手,但是这双冰凉的手让他想起学校的泥塑模型。闷墩指头动了动指指胸口,父亲替他解开衣服,取出小布包,是那只准备送给未婚妻的银手镯。父亲的眼泪一下子滚出来,他抱紧朋友的身体嚷道:"喂,你别走,你知道,咱俩谁也离不开谁!你不是答应过照顾我的吗?你不是要回家吗?你的喜妹子还在等着你回去娶她,你的婚礼还没有举行,怎么能独自走了呢……好兄弟,你别走啊!"

但是晚了,闷墩已经听不见了,他失神的眼睛盯着父亲,仿佛不明白他这个最要好的兄弟在说什么。

"看看我这个混蛋都做了些什么?他将最重要的心愿托付给我,可是我却……拒绝了他!"父亲摇撼闷墩没有知觉的身体,悲痛欲绝地哭喊道:"兄弟,你真的这样走了,连个改正的机会都不给我吗?我向你保证,我哪儿也不去,大学也不去,留学也不去,一定做你的牵手郎……你能听见吗?"

如果闷墩知道他的小哥子答应出席婚礼,做他的牵手郎,他一定会喜出望外,也许会选择留下来。然而这个承诺来得太迟,他只好带着最后一丝遗憾离开了。父亲看见朋友呼哧呼哧的血泡渐渐小下去,眼中的光亮开始消散,身体也变得僵硬起来。父亲紧紧捉住朋友的手,就像孩子想要捉住断线的风筝一样,但是天上的风和云彩还是无情地带走了它……

后来父亲老对我说,他欠了很多很多的债,今生今世都还不清。

直到傍晚,形单影只的父亲在山坡上埋葬了闷墩,就像寄放了自己的灵魂。当他终于摇摇晃晃地走下山去的时候,只见一轮红得割眼的落日被山峰的尖刃刺得四分五裂,太阳的血迹溅得漫山遍野都是。

他踏着这片血迹向远方走去,内心荒凉如衰草。

第二十四章 破碎的阳光

1

日本宣布战败投降那天父亲正在蒙头睡觉,他听见外面响起零乱的枪声,先是心头一惊,以为发生情况,紧接着那两个成都人老丁和小程冲进来,他才知道战争终于结束了。

晚上大家举杯狂欢,个个喝得酩酊大醉,父亲喝着喝着就哭起来,仿佛要把一生的眼泪都要流尽。

没等大家高兴过来,奉调回国的紧急命令纷至沓来,各部队简直像开拔比赛一样争相往国内赶。父亲看到,无论是机场、公路还是码头,都被穿黄军装的队伍挤得满满的,他们都是赶回国去受降的国军部队。

联勤大队原本直属印缅盟军总部,但是抗战胜利前夕印缅总部名存实亡,联勤大队也就等于没有了领导。老庾通过他的父亲同重庆国防部取得联系,得到命令将盟军存放在腊戌火车站的武器弹药和战争物资统统搬运回国来,于是父亲只好眼睁睁地看着别人回国,自己却还要在畹町通往腊戌的滇缅公路上无休无止地奔波。

等到大部队开走了,原本拥挤繁忙的滇缅公路就像退潮后的滩涂一样忽然空旷起来。有天父亲遇见有支中国车队在兵站加水,大家聊起来才知道,原来还有少数中国部队驻扎在缅甸中部曼德勒一带。英国人收复东南亚兵力不敷,只好挽留中国人替他们当临时看守。中午大家都在兵站食堂吃饭,父亲听见老庾对那支车队的军官发牢骚说,别人开到大城市南京、上海、杭州受降的,一个小排长也要捞上一两百万,更不要说那些师长团长了。

不料军官瞟瞟他说:"老兄,你的消息早过时了,什么一两百万?告诉你,最厚的油水还在东北呢。国民政府宣布没收敌产,你想想看,日本人在那里统治了十四年,谁跟敌伪没点瓜葛?但凡与日伪沾点边的都算敌产,所以国军一去个个都成了暴发户,小排长的财产都用马车拉。东北人编顺口溜说'排长睡汉奸妞,连长睡日本妞,师长团长赛皇上,想睡啥妞睡啥妞'。"

听得老庾脸都青了,好像遭人算计吃了大亏一样。

打从这天以后,联勤大队的运输任务开始出现一些微妙变化,原先从腊戌运回国来的物资都是直接运往国防部设在畹町、芒市的临时仓库,现在运输车队的路线却有了改变,他们宁可多绕上一两百公里路,多花上一两天时间从陇川、梁河绕道而不愿意将物资直接运回仓库。开始父亲不大明白,这样舍近求远绕个啥圈子呢?还是成都人老丁悄悄提醒他,你没看见有的车留在后面悄悄卸货吗?那是老庾和马面鬼在偷盗军用物资呢。

父亲这才恍然大悟,原来这些人在暗中损公肥私中饱私囊啊。他有些愤愤然,决心阻止他们公然违法乱纪。有一天马面鬼故伎重施,命令汽车绕道而行,父亲佯装不懂问他说:"明明大路到畹町只有半天多路程,为啥偏要走小道,让兄弟们多辛苦两天?"

马面鬼很嚣张,冷笑道:"看你也是个老兵了,懂不懂什么是军纪,军人以服从命令为天职?"

父亲反问道:"难道上级命令绕道了吗?是谁在违反军纪呢?"

老庾看见大家都在冷眼旁观,就站出来打圆场说:"老邓你有所不知,前面到畹町的公路维修桥梁,所以才要绕道的。都是为了完成任务嘛,大家赶快执行马副队长的命令。"

父亲仔细看看老庾,他发现这位老同学眼神十分镇定,丝毫没有说谎者的闪烁和心虚,反而好像都是出于公心执行任务一样。他悲哀地低下头,不想与他撕破脸,就上车开走了。

晚上传令兵来找他,老庾已经坐在房间里,桌上摆了油炸花生米、卤猪头、牛干巴和烧鸡块,还有难得一见的云南"乌蒙肥酒"。父亲看见那瓶酒,心中跳了跳,那是他们当初五弟兄喝过的酒啊。老庾显然已经忘了酒的来历,递一杯给父亲说:"来来,老同学,干一杯,这是国内的好酒啊。"

父亲盯着他的眼睛说："你还记得这瓶酒吗？"

老庾狐疑着，摇摇头。父亲冷笑道："看来贵人多忘事啊，那年我们五个人在昭通，不就喝的这酒么？"

老庾恍然大悟，连连说："是啊是啊，难得'百年修得同船渡'，你我同学一场，又在战场上滚了这几年，好容易熬到战争结束，不要为些不相干的小事伤了和气。"

父亲仰头干了酒，他想起那几个一同出来从军的兄弟，不禁黯然神伤。老庾又替他斟满说："古人说过，'识时务者为俊杰'。你我不过都是炮灰，战场上捡条命已属运气。活着是条龙，死了是条虫，但是你必须为自己活着才是条龙。我也不想瞒你，车队绕道是我的命令，而且今后车队也必须绕道而行。"

父亲说："你为什么要这样做？"

老庾捡起几颗花生米扔到嘴里，咯吱咯吱地说："这还用问吗？生在这个你争我夺的世界上，谁是不食人间烟火的菩萨神仙？就算你老邓清高，你父亲张松樵难道就清白？他不走私原材料？不偷税逃税？不瞒报产量销量收入利润？你父亲要是上对政府下对工人都讲老实话，他能发得了财吗？如今这个世道，撑死胆大的，饿死胆小的，那些回国受降的部队哪个不大发国难财？还有谁像我们一样老老实实只会干笨活儿？打了这些年仗，没有功劳有苦劳，如果政府待咱们不公，咱就自己犒劳自己，靠山吃山，靠水吃水，就算顺手牵羊也不为过。"

父亲默不作声，他觉得老庾的话于情可原，于理不通。如果你偷东西是为了报复别人做强盗，难道偷东西就该有理么？再说他们这些投笔从戎的学生兵，出生入死埋骨青山就是为了理直气壮地做强盗或者做小偷么？他心里滋味复杂，但是这些话没有说出口来，喝了几口闷酒就告辞了。

出门的时候，老庾拍拍他肩膀说："老同学，看在我的面子上，你只消睁只眼闭只眼就没事了。"

父亲听出话中的威胁意味，站住说："老庾，我想脱了这身衣服回家，你放我走吧。"

老庾爽快地说："你再忍一忍，回国就放你走人。"

2

车轮轰隆隆地转动,转眼间几个月时间过去了,联勤大队不仅没有得到回国命令,反而越开越远,北上密支那转运物资。他们奉命将美国人遗留在缅北战场上的剩余物资统统装上火车运至仰光港装船,然后运到东北打内战。已有许多国内小道消息纷至沓来,说是东北、华北国共相争,兵戎相见,一场大规模的流血内战恐怕在所难免。

父亲回到密支那时不禁百感交集,人类的自我修复能力简直是个奇迹,仅仅一年多时间,千疮百孔的战争废墟上已经崛起一座新城来。旧地重游,心中惆怅无限,父亲听说城郊建起一座盟军阵亡将士公墓,就独自驱车前往祭扫。

时值中午,偌大的墓园在亚热带阳光下寂无人声,墓碑全都静悄悄的,仿佛那些躺在地下的军人都在倾听战友熟悉的脚步由远而近。父亲挨个找了一遍,他很失望,因为在这座仅有一百多个有名有姓墓主的公墓里,他没有找到一个熟悉的战友的名字。

仅密支那一役,中美盟军就阵亡数千人,其中绝大部分都是中国官兵。父亲脑子里忽然冒出一个念头来,他要把那些战友和兄弟的忠骸移至公墓,让他们孤独的灵魂有个归宿。

他回去就向老庾请了一周假。

老庾倒也通情达理,批准他请假,于是父亲开始忙碌起来。没想到这件事颇费周折,他先是凭着记忆找到战友牺牲的地方,可是战场归战场,打完仗尸体便由民工匆匆处理。热带地区酷热高温,当时又逢雨季,为了避免瘟疫传播便采取集中焚烧掩埋,甚至敌我不分统统挖个大坑埋在一起。就这样爱说爱笑的虎头消失了,多才多艺的胡君消失了,河南籍同学老赵、东北人老江老林、成都"小有天"酒楼少东家呀呀呜黄同学还有丹尼斯、乔治、史利姆等等,他们都从地球上抹去了,连个痕迹都没有留下来。

父亲雇了一辆大车将闷墩的遗骸运回密支那重新安葬,墓园竖起两块石碑,一块刻着"中国驻印军上士张兴富之墓",另一块上则刻着如下字样：

> 中国驻印军阵亡士兵胡君、仇小虎（虎头）、黄余仁、赵天成、江涛、林远志以及美国盟军丹尼斯、乔治、史利姆万古不朽。

他将一套新军装连同史迪威将军送给他的勋章包在一起，恭恭敬敬地放进墓穴里，算作战友的集体衣冠冢。他本想把胡君那枚翡翠观音像也放进坟墓里，觉得不妥又取出来，他想既然找不到珍妮，也许该把它带给胡君父母，算作他们儿子的最后遗物。

祭奠完战友，父亲心中为自己的战争人生画上了句号。

走出公墓，远处扬起一阵灰土，一辆吉普车疾驶而来。有个戴墨镜的美国军官不等车停稳就跳下来。父亲觉得军官有些面熟，正在脑子里搜寻哪里见过，那人却伸出一只大手来抓住他，快乐地大叫起来："嗨！邓，是你吗？"

天啦！竟是他常常思念的威廉队长。

当他激动地拥抱威廉时，觉得老长官身体有些空荡荡的，好像少了件东西，再看才发现威廉少了一只胳膊。但是威廉并不在意，幽默地说："那只胳膊代替我牺牲了，不然我们只好隔着墓碑说话了。"

虽然少了一只胳膊，但是气质依然英武，性格依然乐观。重新祭奠完战友，他对父亲说："邓，想过去美国念书吗？如果你同意现在就跟我走，美国政府愿意接受那些为战争做出贡献的亚洲青年去念书，我认为你将来一定会成为一个杰出的科学家。"

父亲摇摇头说："我得回中国去，我想念父母和家人。"

威廉有些失望，他说："你确定吗？你的国家眼看就要内战，你愿意为一个无休止动乱的社会再次付出代价吗？"

父亲想了想，还是摇摇头。他承认威廉的话确有道理，生活在一个动乱的社会本身就是一场噩梦，可是他的家在中国，那里有他的父亲、母亲，有他的亲人和朋友，还有他爹爹张松樵用毕生心血创建起来的裕华纱厂，他能毫无牵挂地放弃这一切远走他乡吗？他能不与父母家人休戚与共，就像敌机轰炸下那样站在一起，而是可耻地逃到美国去念书躲避吗？他终于看到了一种坚定的信念像大雾里的灯塔那样渐渐明亮起来，那就是，回家去，回到父母身边去！

威廉眼见无法说动父亲,就把身上的钢笔送给他做纪念。父亲没有什么可送的,干脆把手腕上那只"OMEGA"金表退下来送给威廉队长,但是被美国人谢绝了。威廉郑重地说:"这只表很贵重,它不适合做礼物。你自己留着吧,没准以后会有用处的。"

威廉正欲登车,父亲忽然大喊等等,他小心地取出那枚翡翠观音饰物,把胡君的临终遗言告诉他。威廉郑重地接过来,他说自己一定会尽最大努力去寻找珍妮,完成胡君的心愿。

父亲一颗心终于放下来,当他目送长官汽车去远时,一种巨大的孤独感像丛林暮霭那样升起来笼罩了他。他看见威廉还在挥手,于是这个年轻军人就像队列式听见口令那样,脚跟一并,高抬右臂,向长官敬了一个久久的军礼……

3

眼看公元一九四六年春节又到了,联勤大队终于得到回国命令,于是几十辆军车迫不及待地驶入国门,沿着滇缅公路一路轰隆隆地往芒市方向驶去。

没想到回国头一天就出事了。

一个姓谭的贵州学生兵爱上了缅甸的姑娘,他不忍从此与心上人天各一方,于是趁大家熟睡之际换了便服悄悄消失在黑夜中。第二天老庾得知有人开小差大发雷霆,派马面鬼带领荷枪实弹的特务排前往追赶,无奈谭同学早已不知去向,马面鬼只得无功而返。

谭同学开小差只是一个信号,成都籍同学老丁和小程来找父亲商量,说是到了东北再跑就难了,干脆到芒市就走人吧。剩下的路程,就是讨饭也要讨回家去。父亲不同意,当初既然轰轰烈烈出来救国救亡,怎么胜利后倒像做贼一样偷偷摸摸溜回家,岂有此理呀?老丁尖锐地嘲笑说:"你别做救世主的梦啦!什么英雄凯旋啦,民众远迎啦,姑娘献花啦,万人空巷啦,看看现在什么世道!老百姓最忧心的是内战,最痛恨就是那些四处搜刮地皮的丘八大兵。他们看见穿军装的人就像看见瘟神一样,咱们还是脱了这身狗皮回去念书吧。"

父亲道:"当初蒋委员长亲口许诺,学生兵一律保留学籍,抗战结束就返回学堂念书的。"

小程反问道:"现在你找谁讲理去?找蒋委员长么?算了吧,此一时彼一时,神仙老子的话都没用。还是自己救自己要紧。"

父亲怎么也无法说服自己当逃兵,他觉得当逃兵没法向父老乡亲交代。裕华纱厂几千工人,他们会怎么说呢?张老板的儿子出国打日本,现在却当逃兵回来了,这不是给爹爹姆妈脸上抹黑吗?想当初一腔豪气,怎么就落得这般灰溜溜的下场呢?更重要的是,那些躺在地下的兄弟们会怎样看,他们会说,老弟,快别丢人了,我们可没当逃兵!

老丁、小程果然一到芒市就躲进一家小旅馆里,可没想到被早有准备的马面鬼逮个正着。第二天全队官兵都集合起来,逃兵被五花大绑押上来,老庾一脸正气,痛斥逃兵的行为就是叛国,简直罪大恶极十恶不赦。他取出一枚硬币来宣布说,你们两人中枪毙一人,另一人打板子,各选一面听天由命吧。

硬币掷到空中又落下来,于是小程被拖走了,随着两声枪响,父亲觉得脑子里最后一点幻想也被击碎了。这天晚上父亲走进老庾房间直截了当地说:"咱们做个交换,你放我走,这个归你。"

他把欧米茄金表取下来放在老庾面前。老庾当然知道父亲这只名贵手表的来历,放在灯下仔细看了一阵,脸上现出惊讶的神情来。

"要是我不答应,你怎么办?"老庾的眼睛从金表转向父亲。

"我就去告发你,盗窃军用物资,走私违禁物,中饱私囊,克扣士兵。"父亲迎着老庾的目光毫不动摇地说。

老庾有些心虚,说:"证据呢?"

父亲回答:"现在汽车上藏的那些私货还不够吗?"

老庾的态度终于软下来,他把金表收起来说:"好吧,告诉我,你打算什么时候走?"

父亲说:"明天到了保山,我就堂堂正正地离开部队。"

老庾点头答应,还取出一沓法币说:"拿去路上用吧,算我捡个便宜买你的表。不管怎么说,咱们好歹同学一场,别叫人说咱们不义气。"

第二天车队抵达保山县城,父亲离开队伍准备搭乘便车连夜赶回重庆,不料他在路口等车的时候却看见马面鬼带领特务排的人赶来,不由分说就把他捆起来。父亲一面挣扎,一面大骂马面鬼:"老子是经过批准离队的,你他妈的别血口喷人!"

马面鬼狞笑道:"庾队长批准的吗?算了吧,你以为你是谁?实话告诉你,这道就地正法的命令就是他下的!"

父亲顿时无语,这才明白老庾太阴险了,他要杀人灭口!这个老同学兼兄弟,什么时候变得如此心狠手毒杀人不见血呢?父亲质问马面鬼:"老庾出尔反尔,你替他当帮凶,就不怕丧尽天良,半夜冤魂上门索你的命债么?"

马面鬼骂道:"老子最恨的就是你们这些自以为是的学生兵,别以为你们念过书,有文化,出身富贵,个个都是少爷。今天栽在老子手里,明年的今天就是你的祭日!"

说完一挥手,命令手下带走。父亲心一横,挣扎着破口大骂,惊动许多过路市民,大家纷纷围拢来看抓逃兵,连马路都堵塞了。正吵闹着,公路上开来一队军车,为首一辆吉普车嘎吱急停,一个戴墨镜的上校军官朝这边看了一阵,然后推开车门走下来。

马面鬼看见来了一个大官,连忙立正敬礼,讨好地报告说正在奉命抓捕逃兵。父亲一见有人关注,不顾一切地控诉起联勤大队军官贪赃枉法和栽赃陷害的罪行来。长官认真听着,马面鬼急了,举起枪托去打父亲,却被长官制止了。

长官转向马面鬼问:"他说的都是事实吗?"

马面鬼极力申辩道:"长官您别听他的,他想开小差,血口喷人。"

长官一挥手,命令副官说:"来人,把他们枪缴了,去他们驻地查查看。"

父亲被松了绑,坐进长官的吉普车领路,他觉得这件事有些蹊跷,而上校长官的声音似乎也有些熟悉,好像哪里见过一样。待上校慢慢摘下墨镜,露出一只像死鱼一般的假眼珠来,父亲不禁愣住了。

原来正是父亲思念的表哥楚士安。父亲大恸,捉住表哥的手,喜极而泣道:"你还不能回国么?"

表哥淡淡地说:"是啊,打仗时候躲在后方的人,受降当然冲在前面。"

父亲看着表哥那只假眼,原本一表人才的表哥已经被战争弄得面目全非。士安像看出了他的心思,说:"在八莫会战受的伤,还算走运吧,炸瞎一只眼睛。你是怎么搞的,闹到这步田地?"

父亲就把事情的来龙去脉说了一遍,包括老庾怎么收受他的金表,怎么杀人灭口等等。他看见表哥慢慢戴上墨镜,僵硬的脸上又恢复了那种生铁一样硬邦邦的冷酷表情。

4

车队一开进联勤大队驻地,全副武装的士兵就跳下车来把队部包围了,连哨兵的枪都被缴了械。老庾以为发生误会,连忙奔出来解释,副官当场向他宣布,奉最高长官部命令,中国驻印军后卫团负责在滇缅公路沿线执行军风军纪纠察,对一切回国部队之破坏军风军纪行为予以严惩,凡是不在大本营编制序列的临时单位一律予以解散,云云。

老庾一听就傻了眼,他的联勤大队原本就是七拼八凑拉起来的队伍,从前名义上隶属印缅盟军后勤部管辖,但是印缅总部早已人去楼空,重庆大本营当然不会有他这支所谓联勤大队的序列。他只好打出最后一张王牌,搬出他父亲的名头来。但是上校长官根本不买账,当场宣布解散联勤大队,军官一律扣押起来,没收汽车上的物资,士兵予以收容,汽车统统编入运输营。

十几个军官都被剥了军装看管起来,老庾破口大骂道:"算你狠!咱们走着瞧,姓庾的不是没有后台!我叫你怎么吃进去还给我怎么吐出来!"

上校指着老庾手腕上的手表说:"来人,给我取下来。我看还是你怎么吃进去怎么吐出来吧。"

父亲推开车门走下来,理直气壮地取回自己的手表。老庾这才认出长官就是楚士安,他一下子泄了气,乖乖地躲到一边去了。

第二天后卫团继续开进,车队加长了许多。士安劝告父亲,还是不要回家好,他可以任命父亲当联勤大队长,几十台没收的汽车都归到他名下指挥。父亲有些吃惊,他说这不是跟老庾一样黑吃黑,大鱼吃小鱼么?士安不以为然地说:"这些杂牌队伍都是祸害,留着他们干什么?我的团本来只有三千多人,等到了东北就能增加到九千人,那时候我就是少将师长了。"

父亲无语,原先那个正直、忠诚、热情和满怀理想的表哥已经像他那只炸坏的眼球一样一去不复返了。士安见父亲执意不肯,只好作罢。他对父亲说:"你父母已经回汉口了,你知道吗?"

父亲惊讶地说:"你怎么知道的?"

士安望着窗外不答。

父亲说:"那么你也知道罗霞姐姐的下落了?"

士安点点头,脸朝着窗外说:"她已经生下那个混血儿,然后作为美军阵亡军官的遗孀到美国去了。"

父亲忍不住小声说:"如兰姐姐的遭遇,你也应该知道了?"

士安没有说话,脸铁青得怕人,像一堵狰狞的岩石。但是父亲分明看见,一团潮湿的水分渐渐从岩石缝中渗出来,终于聚成露珠,"啪嗒"一声滴落下来。

车队轰隆隆行进,父亲看到内地那些城市和乡村十分萧条。抗战胜利了,日本人投降了,但是老百姓那种激奋昂扬的热情和同仇敌忾的斗志也消失殆尽了,就像冰冻的河流一样死气沉沉。行军的日子就在这种阴冷潮湿的空气中过得浑浑噩噩,眼看越是离家乡近了,反倒打不起精神来。

这天路过湖南怀化,父亲看见一辆运牛汽车停在路边,牛们显然渴坏了,有的奄奄一息,有的倒下站不起来了,但是那个牛贩子和司机却蹲在路边上有说有笑地吃东西。父亲看着牛们哀哀的眼睛,心里忽然起了很大的愤怒,就跳下车来质问牛贩子,为什么不给牛喝水?牛贩子见来个大头兵,爱理不理地说:"这些牲口,反正是要宰杀的,叼神喂水干啥?"

父亲从牙缝里挤出声音说:"听见没有,叫你打水喂它们。"

牛贩子愣了愣,也拧起脖子来顶撞说:"这牛是老子的,老子爱喂不喂,关你屁事。"

父亲抡起枪托,"嘭"地一下把他手中的饭盒打飞了,接着"哗啦"一下推上子弹,凶神恶煞地说:"你到底喂还是不喂?"

司机吓呆了,连连告饶说:"喂,喂,马上就喂!"

父亲眼看他们很不情愿地给牛喂完水,这才收起枪来上车走了。他从后视镜里看见那两个倒霉蛋嘴巴叽叽咕咕,知道他们一定在骂娘。不过他才不在乎呢,他要的就是,不许虐待生命,哪怕动物的生命也不许。

半个多月后,车队终于抵达湖北宜昌,士安把父亲送到长江码头上。此时早春时节细雨霏霏,空气中弥漫着一种草木初露的青涩和江水的土腥味,从码头上望出去,江面一片烟雨迷蒙。士安苦笑道:"替我问候姨夫姨母。你好好念书吧,我这辈子除了打仗,恐怕也是个废人。"

父亲动情地说:"你还不到三十岁,我们都等你回来,小石头还盼着他的舅舅讲故事呢。"兄弟俩拥抱告别。

当轮船拉响汽笛开出老远,父亲回过头,看见在雾气蒙蒙的码头上,士安的身影渺小得像个逗号。父亲想,他的战争故事到哪里才是句号呢?

5

终于到家了。

远远看见汉口黄兴路的家。那是一幢熟悉的两层法式别墅,花园的大铁门虚掩着,他没有按电铃就径直走进去。

没有看见佣人家成和苏大嫂,房门口有个中年妇人背对他,身边站着一个男孩。他很激动,觉得嗓子发干,就叫了一声"姆妈"。妇人回过头来,却不是柳韵贤,分明是个厨娘或者佣人。再看那个男孩,有桌子高了,正惊恐地看着这个闯进门来的风尘仆仆的陌生人。他觉得他应该就是侄子小石头,一去四年,算算也该有七、八岁了。但是立刻想起如兰姐姐是再也回不来了,物是人非,光阴如梭,人也苍老得好像过了一个世纪,不禁有些悲恸凄切。他想摸摸孩子的头,就问他:"你是石头?"

孩子却害怕地躲到妇人身后去,露出一只眼睛偷看这个胡子拉碴的陌生人。父亲想,他的模样像谁呢?像他的父亲志豪,还是舅舅士安?小男孩忽然低头一蹲,像头机警的小鹿那样飞快地逃回屋子里去了。

他疲惫地放下背包,在门廊前面的石阶上坐下来,脱下那双沾满黄泥的军用皮鞋在水泥地上使劲敲打。胸前有件东西硌着他,掏出来一看,原来是那张血迹斑斑的照片和银手镯,照片上的虎头兄弟英气勃勃,正朝他微笑呢。

总算到家了。他发愁地想,内心一片苍茫。

他抬头看看天空。

天空很脏,没有一丝风,太阳碎了一地……

2012年6月端午节
完稿于四川青城山

后记一　父亲的二〇〇九

二〇〇九年元月二十八日,也就是大年初三晚九时,长期卧床不起的父亲终于与世长辞。他的生命指针永远地停留在那个华灯初上的冰冷时刻。

窗外爆竹声声,父亲却离开我们,渐行渐远。

父亲的一生可谓"生不逢时,命运多舛"。他就像古希腊神话中那个遭受惩罚的西西弗斯,日日费尽心力推着巨石上山,但是晚上石头又滚落山底,周而复始、循环不止。这块压迫父亲一生的沉重巨石名字叫做"历史污点",换言之就是年轻时参加过"国民党反动军队"。那支军队的全名是"中国抗日远征军"。

抗战结束之后,父亲拒绝留在军队里打内战,他选择了做一个不光彩的逃兵,回到家乡继续念书,然后以优异的成绩被保送入南京金陵大学念工科。不幸的是,生于动乱时代的个人是无法左右自己命运的。不久,内战逼近南京,爷爷张松樵原本打算举家迁居海外,但在机场临时改变主意留下,此一念之差将父亲乃至整个家族推入无穷无尽的灾难深渊。

我记事时刚好赶上"大跃进"时期。那是个火红的政治年代,而父亲留给我的印象则永远是表情严肃、不苟言笑。他常年穿一件半旧的灰布中山装,每天早上骑一辆旧自行车去上班,下班后足不出户,不跟人交往应酬,独自关在家里读书、演算课题和画图纸,有时我们半夜醒来看见他房间还亮着灯。父亲是个受人尊敬的人,这一点从周围邻居、同事以及长辈的话语中都能听出来。他是省里某工业厅的主管工程师,有名的纺织专家,曾被评为省级劳动模范,还师从过数学大师华罗庚,将应用数学与纺织技术相结合,取得过多种创造性的、骄人的成就。他创造的科研成果在全国同行业中学习推广,并且常常应邀去外省帮助解决难题,"传经送宝",但是父亲显得并不开心。他常常紧锁眉头心事重重,后来我们兄弟姐妹从父母的谈话中隐约听出来,他在单位里境遇不佳,好像跟一些吓人的事情牵连上了。

"四清"运动开始了,单位对父亲的批判变得公开化。他回家后再也不画图纸和演算课题了,而是无休无止地写检讨和"背书"。后来我才知道,父亲成为了上面圈定的"批判对象"——严重的经济问题(与大资本家爷爷未划清界限)和政治历史问题(参加过国民党远征军)把他从科技权威变成了敌对分子。要不是他"认错态度较好",且又是本行业最优秀的纺织专家,恐怕早就与那些劳改队里的"地富反坏右"为伍了。

在政治运动的暴风骤雨打击下,父亲开始战战兢兢度日如年。还不到四十岁的他,驼着背,头上落下了白霜。他甚至连自行车也不骑了,天天埋着头走路上下班,以示与资产阶级生活方式划清界限。至于他经历过多少次政治运动和组织审查,写过多少检查,受过多少次批判(包括下放),档案袋里装有多少悬而未决的组织结论已无从得知。他的技术职称、工资和待遇十几年未曾提升过,但是他却毫无怨言,说没有降级已很知足。有次他回家高兴地说:这下好啦,组织上又信任我了。原来,他被派往一座很偏远的山区小厂去做所谓"派驻工作队员",一去两年,等同普通工人,但他却认为这是重获组织信任的开始。

一九六六年"文化大革命"爆发,有一天父亲去了机关再也没有回来。母亲向我们解释说,父亲出差去了。母亲说话的时候没有表情,眼睛木木地盯着远方一棵大树,树丫上有几只归巢的乌鸦在寒风中啼号。后来我去机关食堂打饭,时间尚早,就跟几个孩子到处乱窜。在锅炉房看见有个穿围腰的中年火夫正在挥动铁铲除煤渣,他干得很认真,也很吃力,雾团一般的煤灰飞扬起来令他蓬头垢面。当他熟练地抬起衣袖而不是用手绢去揩汗水时,我忽然意识到,这个火夫就是我亲爱的父亲。原来父亲并没有出差,他被关进了"牛棚",沦为一个失去自由的"牛鬼蛇神"。我仓皇地掩面而逃,泪水滚落下来,心中如有刀子"哗啦"拉开一道血口子。此后很长一段时间,机关楼房和院子里天天都有父亲的大字报,"邓述义"三个字还被打上大红叉,看上去像溅了人血那样触目惊心。

一九六九年,父亲随单位去了西昌"五七干校"劳动,再后来又被下放到偏远的三线地区工作。我母亲和弟弟妹妹也都离开成都随父亲一道下放。下放整整持续了十年,直到"文革"结束好几年后,年逾半百的父亲几经周折,才落实政策回到成都。此时他已经病魔缠身心灰意冷。恩师华罗庚教授欲调他到中科院搞科研,被父亲婉拒,他自嘲道:夕阳无限好,只是近黄昏。由于种种原因,他无法回到原机关,只好选择一所中等专科学校教书直到退休。因为退休早,直到去世前每月收入仅有两千来元,尽管他早已是声名显赫的纺织专家和技术权威。

父亲天赋极高,是搞数学或者理工科研究的好材料,原本极有可能成长为一个造诣很高的大科学家或者科技领头人,但不幸的是,他生长在一个充满战争、动乱和内斗的年代,聪明才智被无休无止的社会动荡耗光了。父亲的生命像一堆优质煤,本来可以尽情燃烧自己造福于中国乃至人类,然而他却注定无所作为,只除了在那场抗击法西斯的印缅远征中让青春绽放过一回耀眼夺目的光芒。

一个曾经生活优越的"裕华少东家"和不识愁滋味的"富二代";一个在印缅战场机智灵活、英勇顽强的中美盟军通讯兵上士;一个在国内政治运动中遭受反复"阉割"的知识分子;还有一个在贫病交加中奄奄一息的耄耋老人,这就是我的父亲用生命描画出来的人生轨迹。

斯人已逝,我心戚戚!

如今父亲的灵魂终于获得自由,但是他再也不会回到他深爱的亲人身边,我想,这就是他的儿子努力写作这本《父亲的一九四二》的源动力吧。

作　者

2012年秋补记

后记二　永远的父亲

上世纪九十年代,台湾的远征军老兵杨义富先生回乡访友,希望与成都地区的远征军老兵见见面。没想到一下子来了五六十人。我惊讶地看见,这些年事已高的与会者大多是从事工程、科技、社科和文化教育工作的知识分子或干部,他们中有教授、学者、总工程师、总设计师、艺术家、企业领导、院长、厅长等,还有国外学成归来的洋博士,有人还是享受国务院特殊津贴的专家。这些白发苍苍的老人,自从四十年代弃学从军,远赴印缅战场浴血奋战,至抗战胜利后回国各奔前程,已有整整半个世纪没有以中国远征军的名义聚会过,因此战友见面格外激动,有人甚至血压升高当场急救。

更令我吃惊的是,这些当年投笔从戎的青年学子,有很多人都出身优越,也就是那个时代的"富二代"、"官二代"、"名门之后"等等。比如父亲的战友杨叔叔,他的父亲就是曾任四川省主席,人称"四川王"的大军阀杨森。而当年与我父亲一同报名参军的卢叔叔,他叔叔是国民政府的陆军中将。我父亲当然不用说了,他是国内赫赫有名的"棉纱大王"的儿子,标准的"富二代",而以祖父为首的"裕(大)华纱厂"集团的四大股东里,就有三家人的儿子作为中国学生兵到印度打仗。要知道在那个战火连天、国险民艰的年代,能送孩子念大学和高中的家庭都不会是普通百姓人家。

二〇〇四年,我应国务院新闻办之约,带领几位文学青年完成一部反映印缅抗战的口述体回忆录。我们先后寻找、询问记录散落在世界十几个国家的远征军老兵近千人,其中采访达数百人,最终精选回忆录五十二篇成书,书名叫做《同一面战旗下——二战中国老兵回忆录》。该书于抗战胜利六十周年之际以中、英、日三种文字向全世界发行。此次群体采访使我进一步认识到,当年十万后方学生大从军的壮举堪称中华民族发出的"最后的吼声"。试想,连校园里的莘莘学子都不再念书而是主动投身军营(当时国民政府规定在校生免服兵役),以鲜血和生命践行"抗敌救国,不当亡国奴"的历史使命了,那还有什么能阻挡这条沉睡的古老巨龙走向觉醒和重生呢?

抗战后期,大后方兵源几近枯竭。太平洋战争爆发,中国政府派遣远征军出征缅甸遭遇惨败,日军趁机攻占缅甸和东南亚,切断了中国通往外部的最后一条生命线——滇缅公路。深感兵力匮乏的美国人决定在印度重组中国驻印军,其使命就是打通印缅国际交通线,为坚持抗战的中国大后方紧急"输血"。在这样危机四伏的国际背景下,成千上万的后方学生挺身而出,成为担当这一历史使命的主力,他们弃学从军奔赴异国战场,接受英美盟军的现代化装备,学习盟军的现代化作战理念,掌握先进武器与盟军互相配合、并肩作战,终于在血与火的战场上打败了强敌,完成了收复缅北和打通国际交通线的伟大使命。

稍有历史知识的人都应该知道,八年抗战敌强我弱,正面战场历次重大战役,多以中国军队失利和国土沦陷而告终,即便是台儿庄大战、昆仑关大战、长沙保卫战等局部胜利其实也不例外,战果得而复失。唯有反攻印缅之战成为日本人的噩梦,它的意义不仅在于消灭了日军精锐,还在于这是第一场以中国人为主力的现代化和国际化战争,同时也是中国军队在整个二战中投入的唯一一场国际战役,这是何等值得国人骄傲和自豪的历史记忆!印缅之战的胜利已成为中国抗战乃至二战最鼓舞人心的战争绝唱。而这次战争的作战主体就是父亲所在的"中国学生兵"。

须知,要取得这个胜利绝非易事,青年学子面对的凶恶敌人是号称"王牌中的王牌"的日军师团,这支部队曾经发动过"卢沟桥事变",制造了惨绝人寰的"南京大屠杀",攻陷新加坡、马来西亚,大败英美盟军和第一次入缅的中国远征军。除了现代化的装备,年轻的中国驻印军到底是靠什么战胜了强敌,让中华民族做到了凤凰涅槃呢?我相信历史之谜就隐藏在一个个学生兵身上。统计数字表明,远赴印缅作战的学生兵中,大学文化程度约占百分之二十,高中文化程度占百分之五十以上,粗通英文或者具有较高英文能力的人约占四分之一。这样一支高学历的知识分子军队,相信即使是二战时期的英美盟军也无出其右!

我的父亲就是这千千万万从军学生中的一员。生在那样的年代,他用行动践行的是"国家兴亡,匹夫有责"的古训,但这段异域从军的经历却从此成为他人生中永远的亮点。不幸的是,这支在印缅战场摧枯拉朽的队伍回国后又遇到了国共内战,学生纷纷大逃亡。一时间,胜利者土崩瓦解,王者之师名存实亡。后来,父亲和他的战友大多重返校园继续念书,走上了知识精英科学救国的道路。但是在建国后那段不正常的历史岁月里,他们几乎无一例外地遭受了不公正对待,那段慷慨悲歌的从军经历居然变成了他们需要反复申明洗刷的"历史污点",直至改革开放才予以改正。二〇〇五年,正值抗战胜利六十周年之际,有关部门向所有参加抗战的离休干部颁发荣誉勋章,父亲与他的战友却无一人获得。我为此不平,但是那群老人却表情淡淡的。经历了战争的惊涛骇浪,这历史的起起伏伏和个把身前身后评于他们又算得了什么呢?

俱往矣!

二〇〇四年采访期间,有一次给仅在一周前采访过的老兵打电话,谁知他儿子说,老人家刚刚谢世。以后这样的事情就屡屡发生。在将近一年的采访中,至少有十几位接受过采访的老人相继离世,很多人甚至没能看到记录他们人生的新书出版。岁月的流逝就是这样残酷无情。二〇〇九年,我父亲也告别人世,到天堂与他的战友们会合。如今成都地区那一代金戈铁马的学生兵存世者仅寥寥数人。

这部《父亲的一九四二》呕心沥血写作三年,它是我第一部带有家族传记性质的长篇小说,我以父亲和他的战友为原型塑造了一群征战印缅的学生兵艺术形象。但是从某种意义上说,它更是一部浓缩的印缅战争史,再现和还原历史的本来面目。

这是我在父亲墓前献上的一束小小的鲜花,以寄托儿子永远的怀念和哀思。

谨以此书,纪念所有为拯救中国和世界人民的苦难而投身反法西斯战场的我的父辈,祈愿他们的在天之灵安息!

作 者

2012年7月7日 于青城山

附录：

重庆参军第一人（节选）

邓述义（中国驻印军独立战车第五营通讯上士）

我老家在湖北武汉。一九三八年武汉沦陷，我随父亲迁移到陪都重庆。由于父亲是武汉裕华纱厂老板，家庭条件自然比一般人家优越。但是在战火之下，人人都无安全感可言。那时的重庆也时时被日机轰炸。在一次大轰炸中，三姨妈一家全被炸死了，只剩下大表妹穿着孝服住在我们家。我没有见过死人，但见到了大表妹心酸的泪水！躲在防空洞里的人也并不安全。我记得有一回，日机来了好久也没回去。防空洞里闷死了好多人。听拉车的佣人说，收拾尸体时，光是金表之类的金银细软就装了好几大箩筐！尸体埋在河边上，涨水时一冲，就顺江而下，江面上满是死人！

我那时正在位于重庆南岸黄角垭的博学中学念高三，家里的纱厂时时成为日本人的轰炸目标。而且重庆如若不保，再往哪里退？！……

我和好友卢乐礼（北方沦陷区人）在他叔叔处（他叔叔为当时国民党军医处中将处长）摸清状况后，径直到军事委员会的一个机关，向卫兵讲明来意，要求见长官。不久，一名上校接待了我们。同我们谈了许久之后，拿出本子要我们先登记。我抢先写上了自己的名字，成为战时陪都第一个报名参军的学生。

那时国内还未提倡学生参军。学生是国家的栋梁，学生如若从军，战后谁来重振中华呢？但祖国已到了生死存亡的边缘。很快，报上刊出了醒目的头条，让学生们响应号召从军抗日！一时间到处都上演着从军热。母亲整日在家哭泣，父亲和校长不时劝我，但我的心已经飞向了印度。

  一个月后我们终于出发了！到昆明等待飞印。还要由美军统一重新体检。美国的医官全是笑呵呵的。他们发给每个人一张体检表。检查完一项,若是合格则在对应栏内用铅笔画上个勾。我在行军途中患了角膜炎,两只眼睛红红的,当然检查不合格！怎么办呢？难道要在这里打回票么？想了一下,我撒腿就往机场外跑,找到文具店,抓起铅笔画了一个勾。勾是有了,但体检也近尾声。过关的同学都喜滋滋地出来了,我发现他们的手臂上均印有一个蓝色的表示合格的图章,灵机一动,拉过一位,两手臂紧紧一靠,我也就成了合格者了！虽然字迹全是反的,也没人注意,我就这样上了飞机。

  抵达印度后,就到了印度比哈尔邦的蓝姆伽接受军训,编入了驻印军独立战车第五营。印象最深刻的是在通信学校学习无线报话的那十二周了。班上的同学来自各个营部,文化程度参差不齐。多数人根本不懂英文,还需要从 ABC 学起。第一节课下来美国教官就吃不消了,苦着一张脸把这重担交给了翻译官。第二节课下来,翻译官也吃不消了,见我英文还勉强过得去,他干脆把这担子移给了我！

  我辛苦了十天,终于有了成效,课程得以顺利进行。美国教官就同我比较熟了。两个教官都是二十来岁的军士。一个是落腮胡 William-Slider；一个是大个子 Henry-Camp。落腮胡看我圆满地完成了教授字母的任务后,高兴地送给我两盒"Pall Mall"双狮过滤嘴香烟。课间的时候我们还常常坐在一起聊天。虽然我的英语有些蹩脚,连比带画竟也达到了交流的目的……

  学习结束之后,我们都相互留了联系方式,但却在军旅途中不幸丢失。

  …………

  一九四五年春末,我们由一位美军上尉领着,到加尔各答去取新车。到了目的地,就住在美军军营里和他们同吃同住。中国兵习惯用的是一个大口盅加上一个汤匙。美军的伙食对我们来说很不适应。牛肉粥、鸡块、沙拉和冰淇淋等统统倒在一个口盅里,实在是糟糕透顶！为了照顾我们的习惯,他们对中国兵特别优待——允许分几次领取。

  …………

一九四五年夏,动身回国时,部队里分配的是一辆卡车。两个人一中一美搭档,轮流开车。我的伙伴是一个比我大一岁的印第安那州的黑人。当兵前也是个高中生。我英语不好,他中文也只会几个简单的词,但我们交谈得很愉快! 他还告诉我,他打算以后要当一名科学家。既然交流费劲,我们就干脆唱歌。唱一些如《Old Man River》、《Old Folks at Home》、《Mississippi River》等之类的老歌。虽然绝大部分都是不和谐的合唱,但我们还是唱得津津有味。有一天,听他唱过一段深沉而雄浑有力的歌曲之后,我接着唱起了福斯特的名曲——《Old Black Joe》。当唱到"I hear their gentle voices calling 'Old Black Joe'"时,他突然大吼一声:"Shut Up!"对我怒目而视。我丈二和尚摸不着头脑,见他怒气冲冲,赶紧不停地赔不是。他好容易冷静下来,给我讲了一大堆道理,谴责我不应当侮辱他们黑人。话说完之后就板着脸不再理我了。车队到昆明之后,他也是冷冷地和我道别。我到现在还没弄明白,他为什么要生我的气?《Old Black Joe》本是一首黑人歌曲,我想破了头也不知道哪里有侮辱黑人的意思。真希望何时还能再见那黑人朋友一面,以冰释前嫌。

这样的误会毕竟只是少数。更多的时候,我们还是在打打闹闹中度过的。有一次我的车在下山出了毛病。放空挡滑下坡之后,就停在路中间不动了。我正检查车时,听到了一阵刺耳的喇叭声。回头一看,有好几辆美军军车被我挡了道。就在我请老乡帮着推车的当儿,有一个美国大兵像是等不及了似的,张开嘴用英语在一旁唧唧歪歪地就骂开了。我也不甘示弱,用英语也骂开了。那美国大兵把车子一停,跳下车向我走过来。我才一米七二,而他却有一米九左右,简直像头大熊!他走到我面前,只是伸出右掌,按着我的头,向下一用力,我就摔了个跟头。我刚爬起来,他就又来那么一下。三五次下来,我看见周围的东西都在晃动。围观的人都在哈哈大笑。我抓住一个空子,一下子往外跑去。回到车上提起冲锋枪就对准了美国大兵,子弹上膛。这一下,他笑不出来了,愣在一旁,但随即又面带微笑地两手高举,连连对我说:"顶好! 顶好!"我看他笑的不假,就只用枪头在他屁股上狠狠戳了几下,大喊一声:"Get way!"他如获大赦般赶快跑回车上去。车子开动时,居然还伸出脑袋,嬉皮笑脸地向我招手:"Bey bey!"一场喜剧就这样收了场。

　　…………

　　一九四五年胜利之后,我们在离雷多小镇约四十公里的地方扎起营寨,等待回国。虽然只是住在大森林的外围,但原始森林的恐怖我们还是见识到了。在森林的夹缝中有一条十米左右日照不足的深绿色小河,营里的炊事班就搭建在河边。往对岸看,参天大树密密排开,树间缝隙长满了三四米高的巨草,城墙似的密不透风!仔细看,可以发现,密草丛中有一个大洞。当地人告诉说,那是象道,是大象为了便于饮水用身子拱出来的。这条通道也就成了野兽们喝水的专道。时常有各种动物到河边饮水,再原路返回。一开始我们很怕野兽游过河来,又不敢说出来怕惹人笑话。班长、排长、营长和老兵们都完全不提这一回事,只是不停叮嘱大家不许下河玩水。传说是河里有鬼。有个战友小福建,中等身材,很壮实,仗着自己好水性,一天吃过午饭就摸下水。一会儿工夫就没了人影。河面上平平静静的像什么事也没发生过。旁边有同学扔了根木棒下去,泡也没冒一个就沉了下去。仔细观察,木棒一下去,立即就被纤细的水草缠上了,越缠越多,根本浮不起来!小福建就这么被留在了水下,没能回国。

（邓述义口述,孙艳婷整理）
（选自父亲的回忆录《印度从军》,原载《同一面战旗下
　——中国二战老兵回忆录》五洲传播出版社2005年
中文版）

1944年摄于抗战时期的陪都重庆